LES

MYSTIQUES

DU MÊME AUTEUR

SOUS PRESSE

PARIS. — IMPRIMERIE L. POUPART-DAVYL 30 RUE DU BAC.

LES
MYSTIQUES

PAR

L'ABBÉ ***

Auteur du *Maudit*, de la *Religieuse*, du *Moine*, du *Jésuite*,
du *Curé de Campagne*, etc.

PARIS
LIBRAIRIE INTERNATIONALE
15, BOULEVARD MONTMARTRE

A. LACROIX, VERBOECKHOVEN & Cᵉ, ÉDITEURS
A Bruxelles, à Leipzig et à Livourne

1869

PROGRAMME

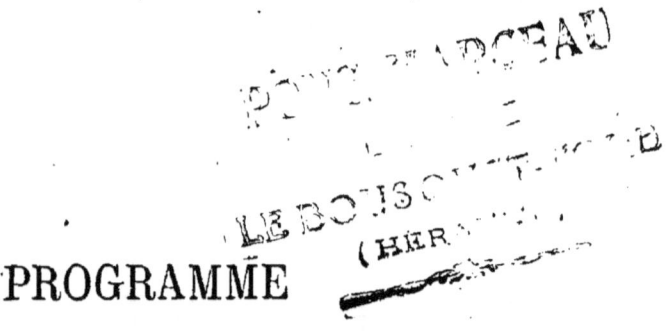

D'UNE SECONDE SÉRIE DE ROMANS

La première série de mes livres vient de se clore par *Le Curé de campagne*. En ouvrant une seconde série, je dois faire connaître le programme des idées qui devront y être développées, et qui en seront comme la substance.

Ce sera une réponse aux furieux de l'ultramontanisme qui tiennent à me représenter comme un suppôt de l'enfer, et qui me déclarent un ennemi des plus dangereux de l'Église.

Ce sera un éclaircissement nécessaire à quelques hommes de la libre pensée, qui, me voyant attaquer avec vigueur les mille abus que les longs âges ont fait pénétrer dans la vie extérieure du catholicisme, se sont étrangement trompés sur l'esprit général de mes livres, et ont conclu que j'étais « un prêtre voltairien », reniant sa foi et désertant son sacerdoce (1).

_____

(1) Voir, à la fin de ce programme, la note sur la lettre d'un libre penseur du *Figaro*.

Je tiens à l'estime des hommes de bonne foi, qu'ils appartiennent au catholicisme ou à l'école de la libre pensée.

Je ne pense pas que les hommes de l'absolutisme se trompent beaucoup sur mes tendances et sur mes principes. Dans leur conscience, ils me jugent moins durement que dans leurs journaux. Mais c'est, de leur part, un jeu habile de soulever d'implacables répulsions contre mon œuvre, au sein du monde religieux qu'ils savent d'habitude ne revenir jamais de sa haine. Cette tactique, toute déloyale qu'elle soit, leur a toujours réussi.

Quant aux libres penseurs, ils seront éclairés par quelques lignes bien explicites où ils verront toute ma pensée.

Les esprits les plus sérieux de la presse contemporaine ont fait souvent l'aveu que le christianisme n'a pas dit son dernier mot dans le monde.

L'un d'eux, très-remarquable publiciste, se demandait naguère si la barque de Pierre, menée péniblement à la rame à travers les tempêtes, et le navire qui porte dans ses flancs les destinées de la société politique, poussé par la vapeur et glissant légèrement sur les flots, pourraient longtemps naviguer de conserve et ne seraient pas forcés de se séparer. C'était poser avec netteté le problème de la crise que subit le catholicisme. Il se faisait cette réponse bien digne d'être méditée :

« Avant d'adopter d'une manière irrévocable cette conclusion qui, dans les temps de lutte, surtout, se pré-

sente d'abord à l'esprit (la séparation), il faudrait être
sûr que le catholicisme est incapable de transformation
et de renouvellement; que cette grande société religieuse
qui avait autrefois ses états généraux dans les conciles,
qui était démocratique par l'élection populaire, ne pourrait se sauver, en échappant, par un retour vers ses institutions primitives, à cet absolutisme sans contrôle dans
lequel elle se dessèche et s'isole du monde vivant. »

Puis, constatant qu'il est impossible de méconnaître les
signes d'une grande révolution religieuse, il se demandait encore :

« Quel sera, dans cette vaste élaboration, le contingent
de la tradition catholique? Qui peut le savoir? Le catholicisme est incontestablement la forme la plus élevée
qu'ait revêtue jusqu'ici la pensée religieuse; sa vitalité
est loin d'être épuisée (1). »

Je résume la question, ainsi présentée, par ce mot :

L'Église, en ce moment, est dans le travail de sa
transformation.

Il est incontestable que le christianisme, plus connu
dans notre Occident sous le nom de catholicisme, a joué
un rôle prépondérant dans la formation du monde moderne. L'Église, par sa constitution, a sa raison d'être, et
sa tâche au sein de l'humanité.

Embarrassée de la tutelle sociale de l'Occident, au
moyen âge, elle a reçu en elle, par ce mélange, un germe

(1) Ad. Guéroult. *Opinion nationale.*

fatal de décadence. Mêlée, confondue avec les choses terrestres, avec ce monde grossier et barbare, elle ne pouvait que perdre.

A l'époque moderne, l'Église, en face des victoires effrayantes de la libre pensée, croyant que, pour retenir les peuples dans son sein, il faut les ramener aux institutions du moyen âge, hâte elle-même sa décomposition. Elle provoque une réaction terrible qui, repoussant ce moyen âge abhorré, repousse par là même l'Église s'obstinant à dire qu'elle ne peut subsister qu'avec des institutions et des formes vieillies dont l'esprit moderne ne veut plus.

L'esprit moderne se détache donc, d'un jour à l'autre, de l'Église.

Après sa décomposition sous la forme que les circonstances, le temps, les idées lui ont donnée au moyen âge, l'Église devra arriver à la forme nouvelle que réclame l'esprit nouveau de l'humanité. Elle ressaisira l'homme de la civilisation moderne, qui va se détachant d'elle, non plus pour le tenir sous la lisière comme un enfant, ou le mener à la verge comme un esclave, mais pour le guider vers Dieu, comme un être libre.

Il faut, afin que la valeur réelle de l'Église, dans sa tâche de conducteur moral de l'humanité, apparaisse au monde contemporain et au monde de l'avenir, qu'elle dépouille sévèrement ce qui s'est attaché à elle par son mélange avec le monde matériel, mélange qui l'a étrangement défigurée.

Toutes les idées sociales du moyen âge, qui ont formé cette longue et triste oppression de la raison, de la liberté, de la conscience humaine dont ces siècles ont eu tant à gémir, sont aujourd'hui, à la civilisation nouvelle, ce qu'étaient les idées religieuses et sociales, au moment où vint à se dilater prodigieusement le christianisme. Du vrai, du bon, du nouveau à l'homme, après les souffrances et les erreurs grossières du passé ! On va à ces idées nouvelles. Les anathèmes n'y font rien, pas plus qu'autrefois les bourreaux. Les *Syllabus* ne les arrêtent pas, ces idées, parce qu'elles sont une délivrance.

Les hommes du passé, pour flétrir l'idée moderne, l'ont appelée révolution. Ils ont dit que c'était la fille de Satan, qu'elle était née dans l'Eden, le jour de la désobéissance de l'homme, et autres belles choses de ce genre. La révolution, puisque c'est le nom donné à l'ensemble du progrès qui constitue l'idée moderne, ne s'en est pas portée plus mal ; et elle s'avance vers le vingtième siècle, avec ses conquêtes intellectuelles, ses prodiges de découvertes de toutes sortes, ses bienfaits appréciés même de ses plus implacables ennemis.

Jugez de l'esprit et de l'habileté des apologistes de l'Église, qui crient par dessus les toits : « Il faut choisir entre le catholicisme et la révolution ! » Eh ! mes bons amis, si c'est cela, n'épuisez pas vos poitrines, prenez patience ! Le choix est bientôt fait par chaque génération qui arrive à sa vie d'action et de responsabilité.

Et moi je viens dire :

Il faut que le christianisme aille à l'idée moderne comme à sa conséquence, et que l'idée moderne aille au christianisme comme à sa source.

Ces mots mis ensemble hurlent à vos oreilles. Je n'y puis rien. Je n'ai fait ni la langue ni le dictionnaire. Mais c'est vous qui avez appelé l'idée moderne révolution. Or, l'idée moderne, c'est l'humanité elle-même, car les hommes, ce ne sont pas des corps, mais des pensées, des idées se réalisant. Si vous voulez cette humanité, il faut la vouloir ce qu'elle est. Si elle est révolution : soyez révolution avec elle, pour qu'elle soit christianisme avec vous. Sinon, non.

Ainsi donc, décadence de l'Église embarrassée long-temps de la tutelle sociale de l'humanité au moyen âge, et persuadée encore qu'elle doit diriger temporellement l'humanité contemporaine.

Renouvellement de l'Église, par un retour à ses institutions primitives, et en laissant à l'humanité adulte la tâche de se guider elle-même dans ses destinées temporelles.

Telle est maintenant la question religieuse.

Le programme logique de l'Église contemporaine, celui dont j'ai compris toute l'importance et toute la grandeur, c'est qu'elle revienne aux institutions qui ont fait sa liberté et sa force.

En est-elle là aujourd'hui?

Ne se complaît-elle pas à une lutte acharnée contre les idées qui forment la substance de l'homme moderne, qui sont sa foi sociale, son indestructible conviction ?

Ne caresse-t-elle pas toujours, comme son idéal, la théorie, qui s'est noyée dans trois siècles de luttes sanglantes, que le pouvoir matériel qui tient le glaive doit être au service du dogme, l'établir là où il n'a pas toute sa pureté, le venger là où quelques esprits s'en écartent, et cela avec la prison, le bûcher, l'échafaud ?

N'est-ce pas la plainte universelle des publicistes qui la voient creuser, de plus en plus profond, l'abîme par lequel elle s'obstine à se séparer de la civilisation moderne, pour y substituer la civilisation selon le programme des jésuites, c'est-à-dire l'absolutisme sacerdotal, ce qu'ils appellent, par une provocation orgueilleuse, la civilisation catholique, comme si les deux cités n'existaient pas, comme si le pontife devait commander chez César ?

La position pour l'Église n'est donc plus tenable. Les prétentions impossibles où elle s'obstine lui créent une opposition implacable dans les masses lettrées. L'exaltation même de ses croyants, amenée quelquefois jusqu'au fanatisme, la déconsidère. Le contraste entre ce qu'elle proclame et ce qui se réalise sous son influence ne fait que rendre plus palpable l'impuissance des prétendus moyens de salut social qu'elle propose au monde contemporain. La théocratie, le formalisme, le mysticisme, le pharisaïsme, le favoritisme, l'intolérance, l'absolutisme, l'esprit de caste, tout cela écrase l'Église et la tue.

Telle est la situation de l'Église. Dès le douzième siècle

déjà, saint Bernard déclarait que sa plaie était intestine et inguérissable (1). Il disait cela, à une époque qu'on a appelée le grand âge de l'Église. Six longs siècles d'affaissement et de misères, enregistrés par l'histoire, sont venus ajouter leur contingent au mal irremédiable reconnu courageusement par l'abbé de Clairvaux. Je suis le dernier venu de ces faiseurs d'enquête religieuse ; et, peut-être moins découragé que saint Bernard, je suis forcé de dire avec tristesse que le mal a atteint ses limites extrêmes.

Le remède est donc dans une transformation urgente, si l'on ne veut pas tout perdre. La question de la puissance temporelle des papes a galvanisé un moment le monde catholique. Tout ce qui compose, dans l'Église, le parti violent et théocratique, a poussé d'immenses clameurs, à tromper les peu clairvoyants, et à faire croire qu'une armée innombrable remplissait les nouveaux camps d'Israël. On sait le contraire. Cette minorité bruyante est supputée par les statistiques ; et elle révèle misérablement combien est peu nombreuse cette phalange que les ardents du clergé et les ordres religieux sont parvenus à affoler.

Il est d'une palpable évidence que les masses ne suivront pas cette petite Église, pour le quart d'heure si guerroyante, et que, avant peu, quand le silence se sera fait autour des dernières convulsions de la royauté des

---

(1) *Intestina et insanabilis plaga Ecclesiæ*. (Serm. XXXIII, *in Cant.*)

souverains pontifes, la question religieuse n'aura pas
avancé d'un pas, s'il n'y a pas un progrès plus accéléré
encore vers le dernier effondrement.

Ces tristes révélations expliquent aux esprits graves et
impartiaux quelle est la tâche de l'écrivain catholique qui
a sondé toutes ces misères, et qui voudrait, pour l'Église,
ce renouvellement dont quelques publicistes de l'école
de l'examen et de la libre pensée ont eux-mêmes reconnu
la possibilité.

Mais il faut évidemment, pour une transformation sérieuse, que la hache soit mise courageusement à la racine
des maux sous lesquels succombe le catholicisme. Le
système des flatteries, mis en pratique par les satisfaits
du sacerdoce, serait, je l'avoue, plus commode et surtout plus fructueux pour le prêtre qui écrit. J'avais à
choisir de faire un bien sérieux à l'Église, en portant
une main hardie sur ses plaies, ou de me mêler à la
tourbe des adulateurs qui l'endorment de leurs men-
songes. Ce dernier parti m'eût valu force applaudisse-
ments. L'autre parti me vaut toutes les exécrations des
fanatiques. J'aime assez l'Église pour préférer leurs anathèmes, pourvu que j'aide à la sauver, aux applaudisse-
ments qui seraient la récompense de mes adulations et
de mes lâchetés.

Ma tâche est donc d'attaquer :

La théocratie, qui est l'usurpation, flétrie dans l'Évangile lui-même, des droits de César par le successeur de
Pierre ;

Le mysticisme, qui alanguit les âmes et les perd dans
de honteuses aberrations ;

Le pharisaïsme, qui rejette la religion d'esprit et de
vérité dix-huit siècles en arrière, au temps où l'on cru-
cifiait Jésus pour avoir dit qu'il détruirait le temple et
le rebâtirait en trois jours ;

Le formalisme, qui substitue le culte à l'amour, et fait
adorer l'image à la place du Dieu vrai et vivant ;

L'intolérance et le faux zèle, qui amènent au fanatisme ;

L'adulation, qui dégrade le prêtre ;

Le favoritisme, qui s'appela autrefois simonie et népo-
tisme ;

L'absolutisme, qui met le césarisme dans l'Église ;

L'orgueil hiérarchique, qui fait dans le sacerdoce,
des princes et des petits, une aristocratie et une
plèbe ;

La superstition, qui fabrique et bénit les amulettes et
leur prête la vertu de nous mettre dans le paradis ;

L'esprit de caste, qui fait prendre au prêtre racine
dans le monde matériel, et adorer la motte de terre où les
plus hauts représentants du sacerdoce posent le pied.

Ces déviations fatales, ces criants abus, ces négations
éclatantes de l'institution primitive de l'Église, doivent
être démontrés au grand soleil de la raison et de la justice. Ce sont autant de sujets indiqués naturellement
pour mes nouvelles publications. Si l'on veut que l'Église
ne descende pas au dernier degré, après lequel il n'y a

plus que l'abîme, il faut qu'un rayon de forte lumière, jaillissant du foyer pur d'une raison amie, éclaire toute l'horreur de cet abîme, et fasse se retenir les insensés et les ardents qui s'y précipitent à l'aveugle.

J'aurai été, au second cycle du dix-neuvième siècle, l'éclaireur hardi de l'Église.

Mon œuvre est douloureuse comme celle de l'homme de l'art qui, pour enlever la gangrène et sauver le malade, doit pénétrer dans la plaie avec l'acier.

Et s'il faut être le soldat, envoyé en sentinelle perdue, qui, la nuit, pousse le cri d'alarme, et qui tombera indifféremment, pendant la mêlée, sous la balle des siens ou sous la balle des ennemis, j'aurai été, dans l'Église, ce soldat.

Je dis au sacerdoce catholique :

Ce qu'on appelle révolution, démocratie, progrès, est contre vous. Il faut que la révolution triomphe de vous ou que vous triomphiez d'elle. Elle vous enlèvera de l'Europe et vous enverra chercher des fidèles sous un autre hémisphère, ou bien vous vaincrez la révolution, ce qui est votre grande espérance du moment. Mais la révolution ne peut pas être vaincue par les forces matérielles. C'est là votre profonde erreur. Il n'y a qu'une seule victoire sur elle, la victoire qui la rendra chrétienne. C'est là, du reste, la mission avouée de l'Évangile ; et il est étrange que vous en cherchiez une autre. Lorsque vous prétendez la vaincre par la puissance des Césars, dont vous exigez le concours, vous tombez dans un maladroit paganisme. Vous vous faites du monde, et le Christ n'est plus avec vous.

Il faut donc céder sous le souffle violent et implacable de la révolution, ou trouver en vous un souffle si puissant de vertu évangélique et chrétienne que la révolution se jette dans vos bras et vous dise : Je vous aime.

Un triomphe brutal sur les âmes, par des procédés humains, par des voies matérielles, comme on l'a vainement tenté pendant six longs siècles du moyen âge, avec les prisons de l'Église, les autos-da-fé des inquisiteurs, les Saint-Barthélemy et les dragonnades des rois serviteurs du sacerdoce, c'est de la plus pure barbarie. Les enfants, sur les bancs des colléges, ont leur sourire pour cette folie qui ne se renouvellera plus dans le monde ; et je voudrais trouver ici des paroles assez accablantes pour qu'elles vous fissent comprendre enfin que c'est la plus mauvaise route qui puisse être suivie dans l'œuvre immense de la réconciliation avec vous d'une génération effrayée des provocations de vos publicistes et de leurs injures.

Le jour où, changeant loyalement de système, vous l'aurez convaincue que vous vous en tenez définitivement à votre mission sur les âmes, en même temps que vous acceptez le règne de la liberté dans le monde, ce jour-là, mais jamais avant, vous aurez ramené l'humanité à l'Église.

Il n'y a pas d'autre ressource aujourd'hui pour le sacerdoce.

Depuis trois siècles que la civilisation a puissamment marché en Europe, vous avez si bien éduqué le monde qu'il ne sait rien de la religion. C'est l'aveu de vos chefs (1). Aussi ce monde est-il tombé, avec la nonchalance d'un homme qui s'endort, dans cette maladie que signala l'illustre Lamennais sous le nom d'indifférence en matière de religion. En vain vous l'accablerez de vos anathèmes : il n'en a nul souci. Il y a une chose contre laquelle il sera sans force, votre amour plein de tolérance qui l'attirera à l'Église.

Hommes graves et impartiaux qu'on trouve encore dans le clergé intelligent, il est temps, bien temps ! Venez à nous, à nous transformateurs, qui voulons, avec Lacordaire, *reprendre le christianisme entre les catacombes et Constantin*, à nous qui marchons sans crainte vers un avenir dont nous sommes sûrs, et avec des principes qui sont la plus pure substance de l'idée évangélique ! Laissez-là le passé avec ses abaissements et ses hontes ! Ne divinisez plus cette idole du moyen âge qui, vue de près, est couverte d'un grossier vermillon, et des flancs de laquelle, comme jadis des statues païennes, on

---

(1) « Jamais l'ignorance de la religion ne fut plus grande qu'elle ne l'est de nos jours. » (*Lettre synodale des Pères du concile de Paris*, du 29 novembre 1849.) A qui la faute, pour ne parler que de la France? Vous avez quarante mille chaires, et vous avouez ne faire que des ignorants?

tirerait une nichée de rats, au rire fou du monde des libres penseurs!

Je dis aux hommes de l'école de l'examen et de la libre pensée :

Vous pouvez aider immensément le mouvement religieux qui s'accomplit au milieu de l'indifférence des masses, et qui doit pourtant exercer une influence capitale sur leur avenir, en prenant votre part au travail impartial de la transformation. Entre vous et nous, se dresse ce problème d'une incommensurable hauteur : Le sentiment religieux, vivant depuis le commencement du monde dans les entrailles de l'humanité, doit-il s'éteindre?

Si le christianisme est vrai, il aura son triomphe, même malgré vous et à votre honte.

S'il est faux, il tombera, après son affaissement actuel et de longues défaillances, dans sa décrépitude, que ni les fureurs de ses apologistes violents, ni leurs adulations envers les puissants de l'Église ne sauraient arrêter.

Le respect pour vous-mêmes et pour la vérité vous impose une grande et noble réserve. Nous vous tendons la main, pour que tous, piocheurs énergiques dans les sentiers de ce monde nouveau où il faut s'avancer, nous ne soyons, ni les uns ni les autres, ou de serviles complices des superstitions humaines, ou d'insolents négateurs d'une parole jetée au monde, pleine de grâce et de vérité, et destinée à être son salut jusqu'à la fin des siècles.

NOTE SUR LA LETTRE D'UN LIBRE PENSEUR A L'AUTEUR DU *CURÉ DE CAMPAGNE*

Parmi les écrivains de la libre pensée, un seul a été violent et souverainement injuste envers moi, c'est M. Alphonse Duchesne. Il m'a adressé, dans *le Figaro*, une lettre qui eût pu être signée : Louis Veuillot, et qui du reste lui a valu, de la part de l'auteur des *Odeurs de Paris*, le compliment « d'honnête libre penseur. » On est honnête avec M. Veuillot, même quand on n'est pas catholique, lorsqu'on peut appeler « tartufe ou imbécile » un écrivain dont on attaque les livres, mais dont la personne nous est complétement inconnue.

Malgré ces belles injures, par lesquelles je ne me sens atteint d'aucune façon, je vais expliquer à M. Duchesne comme quoi je ne puis accepter la leçon un peu brutale qu'il a voulu me donner.

Premier éclaircissement.

« Un prêtre voltairien, dit-il, est, dans l'ordre intellectuel et moral, un monstre. »

M. Duchesne a parfaitement raison, et je reconnais avec lui que le prêtre voltairien est un monstre. Seulement, je lui affirme que le prêtre voltairien ne peut être celui qui a foi dans la doctrine du Christ, qui croit à la divinité du Christ, qui aime l'Église fondée par le Christ, et qui se dévoue à la grande œuvre de son sacerdoce. Or, ma profession de foi bien explicite détruit radicalement l'affirmation malveillante de M. Duchesne. L'Évangile, et l'Église dépositaire de l'Évangile, telle est ma foi. Comment, après cela, faire de moi un voltairien?

Second éclaircissement.

M. Duchesne ajoute :

« Décrier l'Église et ridiculiser le sacerdoce, c'est jouer le rôle de l'officier qui insulte à son drapeau, du magistrat qui prêche la violation de la loi ; et c'est une monstrueuse inconséquence que de tourner en dérision les croyances qu'on a longtemps considérées comme saintes. »

Il ne m'est pas possible d'admettre ces similitudes. Le prêtre catholique qui cherche un remède aux maux de l'Église dans l'œuvre régénératrice d'une réforme, dans le travail puissant d'une transformation, ne *décrie* pas l'Église. Il n'est pas un ennemi qui outrage, il est un ami qui veut sauver. Dites qu'il se trompe sur le remède ; prouvez que l'Église n'a besoin ni de transformation ni de réforme, que l'idée d'une décomposition religieuse est une folie du monde contemporain, que croyants et libres penseurs se trompent sur cela, et que M. Alphonse Duchesne seul ne se trompe pas, c'est votre droit. Mais, au nom de Dieu, ne changez pas un penseur, un écrivain qui, de l'aveu de M. Louis Veuillot lui-même, « n'est pas le premier venu, » en un insulteur haineux de l'Église !

Mettre en scène des hommes du sacerdoce, ce n'est pas ridiculiser le sacerdoce. Plusieurs des héros de mes livres sont des types de vertus sacerdotales. Et, quand je signale des abus, quand j'attaque des institutions disciplinaires usées et dangereuses sous notre civilisation, je prétends rendre service au catholicisme.

C'est un vieux mot de certaines feuilles religieuses, égaré sous la plume de M. Duchesne, que de prétendre que « le prêtre met à nu les plaies de sa mère quand il révèle les secrètes misères de l'Église ». D'abord les misères de l'Église ne sont pas et ne peuvent pas être secrètes; et saint Bernard, qui n'était qu'un simple prêtre, se gêna peu pour révéler ces misères dans un livre fort connu, qui est demeuré son plus beau titre littéraire. Avant lui, en plein concile, Arnoul, un évêque d'Orléans, avait accusé Rome « de répandre sur le monde des ténèbres monstrueuses » (Concile de Reims de 991). Saint Thomas de Cantorbéry écrivait, en 1170, au cardinal Albert : « Je ne sais comment il arrive toujours qu'à la cour de Rome, Barrabas est délivré, et Jésus-Christ mis à mort. » Bossuet est allé jusqu'à rejeter sur la cour de Rome la cause première des maux de l'Église pendant des siècles (1).

(1) « La cour de Rome, d'où l'on devait attendre le remède aux maux, en était la première cause et le principe presque universel.

Ces illustres personnages de l'Église ont mis à nu les plaies de leur mère. Mais, ainsi que moi, ils signalaient le mal pour qu'on songeât à y porter remède. Et j'ose dire que j'ai mis souvent plus de retenue dans mon langage que ces saints évêques, ces saints prêtres qui, du onzième au seizième siècle, ne cessèrent pas de demander la réforme de l'Église « dans son chef et dans ses membres ».

Il ne s'agit donc pas ici d'officier insultant à son drapeau. Il faudrait pourtant voir clairement les choses. Croyez-vous que Vauban, critiquant le vieux système des forteresses féodales et proposant un système nouveau, trahissait la France ? Et le prince de Joinville faisait-il œuvre monstrueuse en dévoilant, dans une brochure célèbre, l'état déplorable de la marine française ?

Je prends les mêmes droits, ayant les mêmes désirs du bien. Pourquoi m'en faire un crime ?

Troisième éclaircissement.

Je crois M. Duchesne de complète bonne foi. Je veux le prendre pour homme d'esprit et pour homme d'honneur, tout en lui conseillant de moins emprunter au vocabulaire injurieux de *l'Univers*. Mais qu'il com-

---

L'avarice et le libertinage s'étaient répandus partout, et les papes ne s'occupaient guère de faire revivre les mœurs anciennes, s'imaginant n'être pontifes que pour attirer à eux les affaires. » (*Déf. de la déclar. du clergé de France.*)

prenne bien que vouloir, à tort ou à raison, introduire des réformes capitales, amener même une complète transformation dans une grande institution religieuse, comme l'Église catholique, c'est la croire précisément capable de subir ces réformes, c'est lui supposer une vitalité puissante, c'est avoir foi dans son avenir.

Puisse-t-il se convaincre maintenant qu'il n'était pas dans la question, et qu'il m'adressait tout simplement une malveillance, lorsqu'il me disait dans sa lettre :

« C'est oublier le respect dû à soi-même que de ne point accomplir jusqu'au bout les devoirs de la profession à laquelle on s'est voué librement. »

En quoi n'ai-je pas rempli jusqu'au bout les devoirs de ma profession? L'abbé de Clairvaux, saint Thomas de Cantorbéry, Bossuet étaient-ils de mauvais prêtres parce qu'ils censuraient la cour de Rome?

Quatrième éclaircissement.

M. Duchesne assure que je le prends « d'un peu haut » en défiant tout homme sérieux et de bonne foi de me prouver que mes livres sont une attaque à la religion et à ses dogmes; et il se fait fort de me prouver que je ne suis pas orthodoxe, et que j'attaque le dogme en signalant les dangers du célibat ecclésiastique, et en demandant que l'on recrute, à l'avenir, le sacerdoce parmi les hommes mariés. Or, dit M. Duchesne, « si l'Église hasarde le mariage des prêtres, cette concession fera tomber la confession. Nulle femme ne livrera ses secrets au prêtre marié. *Or voilà donc la confession attaquée.* »

L'argument théologique de M. Duchesne n'est pas fort. Apprenons donc à cet excellent libre penseur qu'il y a, dans l'Eglise grecque, quatre-vingt millions de chrétiens qui se confessent à des prêtres mariés. Qu'il sache que les prêtres du Liban, les prêtres grecs-unis en Pologne, etc., etc., sont en communion avec l'Église romaine, qu'ils sont tous mariés, et que les femmes ne craignent pas de leur confier leurs secrets. Et comment ce que Rome permet en Orient pourrait-il être immoral et contraire au dogme en Occident ?

Je borne là ma défense et j'espère que l'honorable libre penseur comprendra qu'il a fait fausse route, et qu'il a dépensé en pure perte beaucoup trop d'indignation. M. Veuillot n'est un bon modèle que dans son style. Que M. Duchesne n'aille pas s'égarer à son école, n'adopte pas son intolérance !

PREMIÈRE PARTIE

UN MONDE ÉTRANGE

I

LA GRANDE VILLE DES MYSTIQUES

Que la ville de Lyon ait été fondée, l'an 41 avant notre ère, par Munatius Plancus, pour y recueillir la colonie romaine de Vienne que les Allobroges avaient chassée; qu'elle ait atteint rapidement un haut degré de prospérité; qu'elle ait eu, pendant trois ans, l'honneur d'être habitée par Auguste, qui y établit un sénat, un collége de soixante magistrats pour rendre la justice, et une école de belles-lettres appelée Athénée, ce sont vieilleries historiques dont beaucoup de mes lecteurs prennent peu de souci.

Pourtant, j'aimerais à leur parler des deux tables de bronze, touchées par les antiquaires comme de saintes reliques, sur lesquelles fut conservée la harangue au sénat, prononcée par l'empereur imbécile qui avait nom Claude, le jour où ce César, né à Lyon, conférait à sa patrie le droit de cité romaine. Je voudrais leur dire que, cette ville ayant été détruite l'an 58 par un incendie, ce fut Néron, célèbre entre autres crimes pour avoir mis le feu

à Rome, qui la fit rebâtir ; que, sous les Antonins, elle fut
embellie de magnifiques monuments ; qu'elle avait la
gloire d'être le centre des quatre grandes voies militaires
qui traversaient la Gaule ; et que là s'élevait ce fameux
temple d'Auguste et de Rome, près duquel le fou Caligula avait institué des combats d'éloquence, où les vaincus avaient le choix d'effacer avec la langue leur mauvaise prose, ou d'être battus de verges et jetés dans le
Rhône.

Cette petite vanité d'érudit une fois satisfaite, et il
m'en coûte d'en dire si peu, je consens à oublier l'histoire
ancienne et profane de la cité célèbre dont le voyageur,
venant de Paris et débouchant d'un sombre tunnel qui
l'amène à Vaise ou à Perrache, sait d'avance qu'il ne
retrouvera aucun débris, pour placer quelques mots
rapides sur la ville chrétienne qui fut le berceau de la foi
dans notre Gaule celtique, et qui, recevant par le commerce les effluves de l'Orient, se trouve avoir été,
comme elle l'est encore de nos jours, la ville mystique
par excellence.

Fondée par saint Pothin, disciple de saint Polycarpe,
évêque de Smyrne, qui avait longtemps vécu avec l'apôtre
saint Jean, l'Église de Lyon commence ses annales par
un glorieux monument : c'est la lettre des martyrs de
Lyon et de Vienne qui souffrirent sous Marc-Aurèle. Elle
était en grec et adressée aux chrétiens d'Asie (1). L'é-

---

(1) C'est le plus ancien écrit d'une authenticité incontestable que
possède l'Église des Gaules. Il commence ainsi : « Les serviteurs de
Jésus-Christ qui sont à Vienne et à Lyon dans la Gaule, à nos frères
d'Asie et de Phrygie qui ont la même foi... » On y voit le caractère
démocratique de l'Église primitive. Une parfaite égalité règne entre
tous les frères, l'évêque lui-même n'étant mentionné qu'à son rang,
comme martyr. La rédaction de cette lettre est attribuée à saint
Irénée, successeur de saint Pothin.

vêque Pothin, âgé de plus de quatre-vingt-dix ans, accablé par l'âge et par la maladie, parut avec courage devant le tribunal païen. Insulté, accablé de coups, il fut
jeté dans une prison que l'on voit encore, où il expira
deux jours après.

La plupart des martyrs de Lyon appartiennent à la
Grèce : Pothin, Attale, Epagathe, Alcibiade, Apollone.
Attale, qui était de Pergame, ne répondit qu'un seul mot,
et en langue latine, quand on lui demanda son nom, son
pays, sa condition : « Je suis chrétien. »

Une jeune esclave eut les honneurs de cette lutte.

« Blandine, demeurée la dernière, entra dans l'arène
où elle devait servir de pâture aux bêtes. Après qu'elle
eut souffert les fouets, les morsures des bêtes, la chaise
de fer, on l'enferma dans un filet et on la présenta à un
taureau qui la jeta plusieurs fois en l'air; mais la sainte
martyre, occupée de l'espérance que lui donnait sa foi,
s'entretenait avec Jésus-Christ et n'était plus sensible aux
tourments. Enfin, on égorgea cette innocente victime; et
les païens mêmes avouèrent qu'on n'avait jamais vu une
femme qui eût ni tant souffert ni avec une si héroïque
constance. »

C'était un beau titre de gloire que ce baptême de sang
donné à l'Église de Lyon. La lettre dit que les martyrs
furent au nombre de quarante-huit.

Irénée, Grec comme Pothin et disciple de saint Polycarpe, succéda à Pothin (1). Comme l'illustre martyr, il
transportait au sein de la Celtique les idées, les traditions, les tendances orientales. Si la lettre des martyrs

---

(1) Grégoire de Tours écrit qu'il fut envoyé dans les Gaules par
saint Polycarpe. Le père Longueval, jésuite, contrarié de ce texte,
dit qu'il vaut mieux croire qu'il fut envoyé à Lyon par l'évêque de
Rome.

est précieuse pour nous, il nous reste un ouvrage d'Irénée
écrit en grec (1) et traduit dans un latin barbare, qui nous
donne d'importants détails sur les croyances de l'Église
au second siècle (2).

Ce qui nous intéresse aujourd'hui, ce ne sont pas les
arguments de saint Irénée contre Valentin, Marcion et les
hérétiques de son temps (3), mais ce sont les opinions
émises par lui et qui prouvent avec quelle liberté s'exprimaient, sur mille questions, les chrétiens des premiers
siècles, sans qu'une autorité inquiète et courroucée fût
là pour jeter l'anathème à toute parole émise par les
croyants.

Quelques exemples sont curieux et mon lecteur me
pardonnera de les citer.

Irénée croyait, avec saint Justin, martyr, que les âmes
des impies cesseront d'être, après avoir été longtemps
tourmentées : négation, par conséquent, de l'éternité
des peines de l'enfer.

Que les âmes, une fois séparées du corps, étaient placées dans un lieu invisible, en attendant la résurrection
glorieuse du corps.

Que les justes, après avoir régné mille ans avec Jésus-
Christ sur la terre et joui des plaisirs des sens, entreront
dans le ciel pour posséder un bonheur éternel.

Que les anges sont corporels comme l'homme.

Que Jésus-Christ a vécu plus de cinquante ans, et
qu'aux enfers il a prêché la foi aux justes tant juifs que
païens. Ce qui implique le salut de toutes les âmes

---

(1) Ce curieux livre avait pour titre dans l'original : *Cinq livres
de l'explication et de la réfutation de la prétendue Gnose.*

(2) L'original grec est perdu.

(3) Photius déclare du reste ces arguments de peu de force : *Spuriis
rationibus fulciri videtur.* (Phot. cod., 120).

justes en dehors du judaïsme, telles que celle de Socrate.

Notez que Tertullien déclare (1) Irénée un très-curieux explorateur de toutes les doctrines, et que le livre contre les hérésies a toujours été mis au rang de ceux dont la doctrine était reconnue orthodoxe par tous les Pères des premiers siècles (2).

L'illustre Irénée (3) mourut martyr comme saint Pothin.

Saluons-la donc maintenant, cette Église mère des Gaules, et étudions le mouvement qui s'opéra en elle, quand le christianisme devint dominant et n'eut plus à redouter de persécutions.

Nous savons que, par son commerce important, dès le

(1) *Irenæus omnium doctrinarum curiosissimus explorator.*

(2) Elies du Pin, docteur de Sorbonne, fait sur cela cette réflexion singulière : « Il faut pardonner ces sortes d'opinions à tous les anciens auteurs du christianisme, n'y en ayant presque pas un seul qui n'en ait eu de semblables. » O merveille ! Mais pourquoi la condition des écrivains contemporains serait-elle moins douce que dans les premiers siècles, et telle qu'au moindre mot « offensant les oreilles pies », Rome flétrisse leurs livres, et que le monde ultramontain, implacable dans son fanatisme, les poursuive de ses fureurs ?

(3) Sa querelle avec le pape Victor montre l'indépendance des Églises de ce temps. Les Orientaux célébraient la Pâque le 14 de la lune de mars, à la manière des Juifs, en quelque jour de la semaine qu'elle arrivât; les Occidentaux, le dimanche qui suivait le 14 de la lune. Le pape Victor, indigné que les évêques d'Orient soutinssent leur opinion, envoya partout des lettres par lesquelles il les déclara excommuniés. Saint Irénée lui écrivit que, quoique lui-même célébrât la Pâque à Lyon comme les Occidentaux, il ne pourrait cependant approuver que Victor voulût excommunier des Églises entières pour des coutumes qu'elles ont reçues de leurs ancêtres. Il lui dit que c'est sur beaucoup d'autres pratiques que les Églises ont des coutumes différentes. Il lui représente que ses prédécesseurs ne se sont pas brouillés pour ce sujet avec les évêques d'Asie, et que saint Polycarpe étant venu à Rome et ayant conféré touchant cette pratique avec le pape Anicet, ils avaient jugé qu'il ne fallait pas rompre la communion et la paix pour une chose de si peu d'importance. Quel cas ferait-on à Rome aujourd'hui des remontrances d'un évêque ?

haût empire, elle avait des relations si nombreuses avec l'Orient qu'elle était plutôt une colonie orientale qu'une cité de Celtes. Le sacerdoce y devint puissant. Il y eut une époque du moyen âge, qui dura plus de deux siècles, où les archevêques de Lyon, à l'exemple des papes de Rome, furent à la fois évêques et princes temporels, battant monnaie (1) et ne relevant d'aucune suzeraineté. Le génie mystique de l'Orient qui, depuis les Indes jusqu'au sommet du Carmel, a couvert le sol de contemplatifs et d'ascètes, et qui produisit, surtout vers le septième siècle, époque de la décadence byzantine, ces nombreux écrits où l'imagination des moines se donna toute carrière aux dépens de la raison et de l'histoire, trouva dans l'Église de Lyon un asile où il s'abrita contre le génie positif et rationnel de l'Occident.

Lyon, par la vallée du Rhône, touche au Midi. Il lui appartient géographiquement. La double influence de l'enthousiasme méridional et de la rêverie orientale devait conduire, à une dévotion ardente et portée à l'illuminisme, un monde qui vit beaucoup par les sens. La dévote lyonnaise a, comme la femme de l'Orient, quelque chose de vaporeux et de mou, en même temps je ne sais quoi d'ardent et de terrible, qui rappelle les contrées où l'inquisition régna en souveraine. Ce sont des natures singulièrement intolérantes.

Disons, pour terminer cette esquisse dont on voudra bien me pardonner la sécheresse, que le mysticisme chez les Lyonnais ne nuit en rien à leur esprit de combinaison et de calcul. C'est de Lyon qu'est sortie cette association

---

(1) Leurs monnaies portaient la légende : *Prima sedes Galliarum. Archiepiscopus et comes lugdunensis;* d'autres : *Prima sedes Galliarum. Moneta lugdunensis.*

du sou par semaine, qui donne annuellement à la Propagation de la Foi plusieurs millions.

Le clergé lyonnais s'engage facilement dans les missions étrangères. Il produit des hommes d'esprit, souples, ambitieux, habiles, qui ont gardé la finesse du Grec, mais chez lesquels on chercherait vainement les grands caractères, moins encore ce génie initiateur qui aide un siècle à briser avec les routines et à inaugurer un monde nouveau. Les penseurs de l'Église ne sortent pas de son sein.

Inutile de dire que les jésuites sont plus maîtres de la ville pieuse de Lyon que le clergé séculier : leur révérend Père supérieur est le véritable archevêque de Lyon.

C'est à Lyon que nous allons étudier nos mystiques modernes, copistes de l'illuminisme des derniers siècles, mais, disons-le tristement, n'ayant rien de cette simplicité et de cette grâce naïve qui plaisent tant dans les récits de sainte Thérèse, et que n'ont su retrouver, depuis, ni Marie Alacoque, ni sœur Emmerick, ni la jésuitesse Marie Lataste.

II

UN SCANDALE DANS LE MONDE DÉVOT

C'était, dans tout le monde dévot de Lyon, une bien grande nouvelle, une nouvelle éclatant tout à coup comme une espèce de bombe, au milieu du calme plat et des petitesses de la vie provinciale, que le mariage de madame veuve de Nervieux avec le comte de Lentilly.

Madame de Nervieux, âgée de trente-quatre ans, encore dans toute la fleur de sa beauté, se trouvant disposer, par la mort de son mari, d'une immense fortune, attirait à Lyon tous les regards. Depuis cinq ans que M. de Nervieux était allé de vie à trépas, avec la réputation d'un saint, rien n'avait indiqué que sa pieuse femme convolerait à de nouvelles noces. Elle était l'idéal des belles âmes, la colombe pure dont eussent été fiers tous les directeurs de conscience, le modèle de vie proposé à toutes les jeunes femmes, sollicitées, au saint tribunal, à entrer dans la voie de la perfection. Pas de confrérie, pas d'association, pas d'œuvre de charité dont elle ne fût, soit comme simple membre, soit comme présidente. Cette vie consacrée au bien, ces heures absorbées dans les exercices multiples de la plus haute spiritualité, l'estime singulière que le monde sacerdotal faisait d'elle, autant dans les paroisses que dans les couvents, tout avait jusque-là accoutumé l'opinion religieuse de la ville à la pensée que « la belle sainte, » comme la nommaient quelques vicaires mystiques de Saint-Paul et de Saint-Irénée, demeurerait dans un modeste veuvage, élevant chrétiennement ses deux fils, et, après une part raisonnable prélevée pour eux sur sa fortune, disposerait du reste en faveur de l'Église, par des legs nombreux et d'importantes fondations pieuses.

Disons donc de suite le mot, ce fut presque un scandale, dans le monde des parfaits, quand le bruit du prochain mariage de la belle sainte commença à courir la ville.

Madame de Sainte-Colombe apprit le grand événement de la bouche de son amie madame la comtesse de Ville-chenève, et s'écria presque en se pâmant :

— Cela n'est pas possible !

— Si bien possible, chère, répondit madame de Ville-chenève, que les bans ont été affichés ce matin à l'hôtel-de-ville.

— Mais c'est affreux ! Comment ? Elle a déjà oublié son mari, un si saint homme !

— Que voulez-vous ? les maris s'oublient assez vite. D'ailleurs, vous savez bien qu'elle l'avait épousé par obéissance. Puis, il y avait entre eux une grande inégalité d'âge.

— C'est vrai, mais M. de Nervieux l'a rendue très-heureuse. Et comme il a su la conduire ! Médiocrement pieuse, quand elle s'est mariée, avant peu de temps, grâce au saint homme, elle est entrée dans la voie du progrès spirituel. Il en a fait une femme d'oraison. Elle communiait tous les jours : sa vie était tout intérieure. S'être élevée si haut, et descendre si bas que de renouer des liens charnels, quand Dieu, dans ses miséricordes sur cette âme d'élite, avait rompu les premiers !

— N'exagérons pas, s'il vous plaît, chère amie ! Vous avez entrepris de me conduire à une haute dévotion, et je veux bien vous suivre. Mais encore faut-il que je vous comprenne. Franchement, vous outrez les choses. Si j'étais venue vous apprendre que madame de Nervieux a un amant, vous ne seriez pas plus effarouchée. Est-ce que son second mariage l'empêchera de faire l'oraison comme autrefois. M. de Lentilly, sans être précisément dévot, est un homme religieux.

— Ma chère, reprit, avec un léger ton d'aigreur, madame de Sainte-Colombe, il y a des positions qui obligent. Madame de Nervieux, après avoir mené, avec son mari, une vie retirée et toute consacrée à des œuvres pieuses, ne devait pas rentrer dans le monde. Elle devait réaliser l'idéal de la sainte veuve, proposé par saint Paul ; faire enfin ce que nous avons fait, vous et moi, pleurer son mari et ne jamais songer à le remplacer.

Madame de Villechenève sourit.

— Il n'y a pas, répondit-elle, de parité entre la position de madame de Nervieux et la nôtre.

— Comment cela, s'il vous plaît ? Elle est veuve et nous sommes veuves. Il me semble à moi que la parité est complète.

— Prenez garde ! Quand nous sommes devenues veuves, moi, j'avais quarante-trois ans, et vous, si je ne me trompe, cinquante-deux.

— Quarante-sept ! dit sèchement madame de Sainte-Colombe.

— Soit. Passons là-dessus ! Quatre ou cinq ans de plus ou de moins importent peu ; et à notre âge, avec notre figure, il eut été souverainement ridicule de songer à de nouvelles noces.

— Cependant, si j'avais voulu...

— Sans doute, avec de la fortune et sans enfants, nous aurions trouvé l'occasion de faire une folie; nous pourrions peut-être la trouver encore. Mais madame de Nervieux est devenue veuve à vingt-neuf ans; elle est encore très-belle. Et enfin, ce qui a bien son prix, elle était, avec M. de Nervieux, dans la noblesse de robe et non titrée, et elle devient comtesse, en épousant M. de Lentilly.

— Vanité, madame; tout cela n'est que vanité !

— Vanité, peut-être. On m'a dit pourtant que le vieux marquis de Treilhac vous avait offert de joindre, à vos cinquante mille livres de rentes, son pigeonnier démantelé dans la Dombes. Et, s'il n'était pas mort des suites d'une indigestion, vous n'auriez pas refusé, assure-t-on, de changer madame de Sainte-Colombe en marquise de Treilhac. Ne rougissez pas... Cela est-il vrai?

— J'aurais eu pour cela des raisons que n'a pas madame de Nervieux.

— Elle en a d'autres probablement; peut-être sont-elles excellentes. Toujours est-il qu'elle a suivi le conseil de saint Paul, elle n'a jamais pris l'engagement de ne pas se remarier. A son âge, c'était prudent.

— Je l'ai pris, moi, cet engagement, le jour de la mort de mon mari.

— Ce jour-là, c'est de rigueur. On jure au défunt une

fidélité éternelle. Ce sont serments comme les serments politiques : ils n'obligent pas.

— Plaisantez, plaisantez sur les choses les plus graves ! C'est assez votre habitude. Je n'en persiste pas moins à dire que, lorsqu'on a fait partie des âmes exceptionnelles qui vivent dans la haute piété, un tel mariage est une véritable apostasie. On connaît très-bien la religion de M. de Lentilly. On ne la prise pas outre mesure chez les révérends pères. D'ailleurs, si madame de Nervieux ne pouvait pas être la veuve continente dont parle saint Paul, car enfin il faut bien vous suivre sur le terrain de vos allusions charnelles, si elle est pour cela trop jeune, elle pouvait faire un mariage plus utile à l'Église.

— Vous connaissez sans doute quelqu'un qui lui aurait mieux convenu que M. de Lentilly ?

— Certainement !

— Mais qui donc ?

— Mon Dieu ! sans en chercher d'autres, M. Lartier ou M. Sermin, hommes de talent, qui écrivent pour la bonne cause, mais auxquels nous voudrions donner des femmes riches et bien posées dans le monde.

— Ah ! chère dame, votre amour pour la bonne cause vous égare. Marier la gracieuse madame de Nervieux à l'un de ces cuistres qui, comme leur grand Lama de Paris, font l'éloge de la saleté du corps humain et pratiquent sans se gêner leur doctrine, mettre une si belle main dans la main crasseuse d'un Lartier, vous n'y pensez pas !

— La sainteté de ces messieurs doit faire passer sur quelques négligences de toilette.

— Merci. Une femme qui se respecte n'épousera jamais de tels saints. D'ailleurs, il est trop tard.

— Oui, il est trop tard. Mon Dieu! comment se fait-il que son directeur n'ait pas empêché ce mariage? Enfin, c'est une leçon pour celles qui ne soupçonneraient pas leur faiblesse. Si le cèdre du Liban tombe, que feront de faibles roseaux? Nous devons tout craindre.

Madame de Villechenève s'était levée. En saluant son amie, elle lui dit malicieusement :

— Heureusement que nous sommes, toutes les deux, à l'abri de la tempête !

III

CE QUE PENSAIENT DE CELA LES MOINES

Dans les couvents d'hommes, le grand événement du jour était diversement apprécié, selon que ces couvents avaient plus ou moins part aux libéralités de la généreuse madame de Nervieux.

Les ordres religieux qui avaient été complétement évincés de la distribution de la manne tombant avec abondance des mains de la jeune veuve, supputaient, non sans quelque plaisir, ce que leurs confrères enfroqués perdraient à ce mariage, et ne trouvaient pas qu'après tout la jeune veuve commît là une très-mauvaise action.

— Elle échappe aux jésuites, qui croyaient pourtant bien la tenir, disait un moine revêtu de l'ample robe blanche de saint Dominique, cette éternelle rivale de la robe noire écourtée et étriquée de saint Ignace.

— Oh! Père Griffel, disait le supérieur des domini-

cains, les bons Pères jésuites sauront bien reprendre
madame de Nervieux. Son fils aîné est dans leur collége. Or, on dit que, si le diable nous tient seulement
par un cheveu, cela lui suffit, et... Vous comprenez, Père
Griffel?

— Oui, oui, je comprends; et je crois bien que les
bons Pères ne sont pas moins habiles que le diable. Mais,
en attendant qu'ils reprennent leur empire sur madame
de Nervieux, leur plan actuel de la jeter dans les voies
les plus avancées de la vie spirituelle, de fonder, avec
son argent, une œuvre dont les nombreuses ramifications
attireraient jusqu'à eux la portion des pieux fidèles qui a
su, jusqu'à présent, se passer de leur direction; ce beau
plan si bien conçu et que devaient appuyer les Pères
capucins, ces braves gens qu'un poëte a appelé les
commis-voyageurs des jésuites, devient inexécutable.
Ils ont tellement pressuré la bonne ville de Lyon que je
ne leur vois pas, pour le moment, de grandes fortunes
à exploiter. La montagne mystique sur le sommet de
laquelle ils devaient placer la belle, la riche madame de
Nervieux, afin d'y attirer, par son exemple, tous les
cœurs ardents et dévoués, est sapée par sa base, et la
divinité retombe dans le terre-à-terre.

— Il faut bien convenir, dit un jeune religieux très-
porté à la vie contemplative, qu'il est déplorable de voir
une âme si avancée dans les voies de la vie spirituelle
s'arrêter tout à coup, et passer d'un état supérieur à
un état inférieur. Qui sait même si madame de Nervieux n'avait pas fait vœu de chasteté, depuis son veuvage?

— Cela se pourrait bien, dit le supérieur. Les jésuites
ne négligent rien pour lier les âmes dont ils ont la direction.

— Alors, comment madame de Nervieux leur échappe-t-elle? Comment triomphe-t-elle de ses scrupules de conscience qu'elle ne peut pas leur avoir cachés?

— Que vous êtes naïf, Père ! C'est des jésuites, n'en doutez pas, que Tartufe avait appris « qu'il est avec le ciel des accommodements. » Les femmes exaltées, comme madame de Nervieux, sont dangereuses. Elles sont prêtes à planter là leur directeur avec la même facilité qu'elles ont eue à se donner à lui. Il y a des crises dans ces têtes féminines, qu'il faut toujours prévoir. Les lier par des promesses, par des vœux, est un moyen excellent ; mais il faut toujours leur préparer une porte de sortie, si l'on ne veut pas qu'à un moment donné, elles se sauvent par la fenêtre. Or, les jésuites ont, dans leur casuistique, des décisions capables de rassurer les consciences timorées, à l'endroit des engagements les plus solennels. Au besoin, pour rassurer la mystique veuve, ils ouvriraient eux-mêmes la porte de la chambre nuptiale au comte de Lentilly. Et puis, je le sais de bonne part, on se marie séparés de biens ; et la brebis chérie des bons Pères pourra laisser couper, par leurs ciseaux, une bonne part de sa riche toison. Elle leur sera si reconnaissante de lui avoir permis, en dépit de ses promesses et de ses serments, d'échapper aux ennuis d'un veuvage trop prolongé !

Dans la chambre du Provincial des jésuites, l'affaire vint sur le tapis.

— Ainsi donc, mon révérend Père, disait un jésuite au Provincial, le mariage de madame de Nervieux est bien décidé?

— Oui, Père, et c'est moi qui le bénirai.

— Cela est fâcheux, très-fâcheux.

— Fâcheux tant que vous voudrez ; mais il le fallait !

Le jésuite ne trouva rien à répondre à ce mot que son Provincial avait emprunté à Bilboquet.

Les jésuites reconnaissent la fatalité.

IV

LA NOUVELLE MARIE ALACOQUE

Dans une vaste salle du rez-de-chaussée d'une maison située à Lyon, rue Cramassas, se trouvaient réunies, un dimanche, trente et quelques femmes appartenant à la classe ouvrière.

Cette salle était, dans la semaine, un atelier de lingerie; et, les dimanches, elle servait aux réunions de l'association du Sacré-cœur de sainte Anne, qui avait pour but « de propager la dévotion au cœur de sainte Anne, comme au cœur le plus parfait après ceux de Jésus et de Marie. » De longues tables, servant aux ouvrières, avaient été enlevées et placées debout auprès de la muraille nue et blanchie à la chaux. Des bancs, des chaises de paille grossières, et, pour tout meuble de luxe, un fauteuil en paille destiné à la présidente, tel était l'ameublement de la salle.

La présidente, qui vint s'asseoir sur ce siége austère, était une fille d'à peu près trente ans. Elle paraissait

toutefois beaucoup plus âgée. Sa maigreur était excessive. Son visage avait les reflets de la cire jaune ; et sous
d'épais sourcils jaillissaient les éclairs de deux grands
yeux noirs, profondément enfoncés sous l'os frontal qui
les recouvrait. Il semblait que la vie se fut concentrée
dans ces cavités sombres. Le reste du visage était inerte.
Les lèvres minces et pâles ne souriaient jamais ; et la parole faible qui s'en échappait avait des intonations
sourdes qui semblaient ne pas appartenir à un être vivant. Les fantômes que voient en imagination les esprits
faibles et qu'ils croient entendre, doivent avoir cette
voix. L'habitude du corps avait une raideur automatique,
et les mains jaunies, sur lesquelles se détachaient, en
nœuds saillants, les articulations des phalanges, semblaient plutôt appartenir à un squelette qu'à une créature
humaine.

Cette femme, au visage spectral, pouvait, sous l'impression d'une émotion vive, sortir tout à coup de son
immobilité de cadavre. Alors la fièvre concentrée dans
son regard se répandait dans tout son être, avec la rapidité du fluide électrique. Ses joues se coloraient ; un
rictus étrange entr'ouvait ses lèvres ; la voix éclatait
claire et stridente ; le corps se redressait, et l'on voyait
la poitrine se soulever brusquement. Alors le visage de
cette femme, dont le premier aspect était repoussant,
semblait avoir une beauté qui lui était propre. Une
transfiguration s'opérait. Il y avait une fascination dans
son regard, dans sa parole ardente et passionnée ; fascination à laquelle échappaient les esprits froids et réflé-
chis, mais que subissaient les femmes, les ignorants et
les fanatiques dont se composait son entourage. La pythonisse de Delphes frémissante sur son trépied, se tor-
dant, écumante, sous l'inspiration du dieu qui la visitait,

et rendant ses oracles, n'obtenait qu'un sourire de pitié
des sages de la Grèce, qui savaient comment se produisaient ses convulsions, et que le dédain des prêtres qui
vivaient des offrandes faites au dieu ; mais la foule hé-
bétée, les apprentis sacrificateurs, tremblaient devant
ces manifestations pour eux inexpliquées. Il en était de
même de Véronique Larue. Seulement la pythonisse de
Delphes rendait ses oracles publiquement. Son nom re-
tentissait dans toute la Grèce et dans le monde asiatique
du versant méditerranéen. La gloire de Véronique était
concentrée dans un obscur faubourg de Lyon. On racontait d'elle des choses merveilleuses, mais à voix basse
afin, disait-on, de ne pas provoquer les railleries des
impies.

Il n'y a pas de ville, dans le monde catholique, qui n'ait
ou sa visionnaire, ou sa stigmatisée, ou sa prophétesse.
Tout cela remplace, peu à peu, dans notre civilisation,
les devins et les sorcières auxquels on courait jadis. Tout
cela s'agite dans l'ombre, se laisse conduire en aveugles
par des mains mystérieuses, et se prête à ces intrigues
pieuses où, sous le prétexte du bien des âmes, des œuvres
de charité à créer ou à soutenir, les habiles, ou mieux
que cela, les roués de l'Église exercent leur domination
sur le monde.

Ces illuminées sont-elles de bonne foi? Nous n'hési-
tons pas à le dire : à part quelques créatures qui se font
carrément un métier très-facile à exercer et surtout
très-lucratif, de l'extase, ces illuminées sont à peu près
de bonne foi. Je dis à peu près parce que cet état tient
à deux causes, à un tempérament maladif d'abord et à
une éducation mystique qui exalte le système nerveux et
produit des phénomènes dont ceux qui les subissent sont
les premières dupes. Mais, à présent, je ne puis affirmer

que ces saintes âmes, dans leur ignorance absolue des causes physiologiques qui amènent l'hallucination extatique et par suite l'illuminisme, se voyant choyées, adulées, devenues l'objet de l'attention particulière de ceux qui admettent comme dogme de foi catholique les états miraculeux, et il en est beaucoup, sachant qu'on a parlé à l'autorité supérieure de leurs révélations, et que quatre ou cinq docteurs en théologie discutent gravement pour savoir si cet état singulier est l'œuvre de Dieu ou celle du diable, que les révérends capucins Lubin et Raymond croient et affirment qu'il y a intervention divine, et que les pères Chamfort et Ricout soutiennent que c'est opération diabolique, lorsqu'enfin monsieur le grand-vicaire, l'autorité suprême après Sa Grandeur monseigneur l'illustrissime archevêque, déclare que la chose est grave, qu'il faut invoquer le Saint-Esprit et recommander l'affaire aux prières des âmes ferventes, je ne puis pas, dis-je, affirmer que ces saintes âmes n'arrivent à aider un peu ceux qui leur sont favorables, par un perfectionnement de crises, et ne soient à la fois et dupes et dupées.

Sans aucun doute, il en était ainsi de la présidente de l'association du Sacré-cœur de sainte Anne. C'était elle qui travaillait à introduire cette dévotion dans la classe ouvrière lyonnaise, fermement convaincue qu'une fois bien propagée, cette dévotion serait un principe de conversion et d'avancement dans la piété pour cette immense population de canuts et d'artisans. Véronique, éminemment nerveuse et passionnée, avait été élevée par les bonnes sœurs qui avaient admiré et exalté en elle son penchant à la vie contemplative. Ce penchant était venu, dès sa plus tendre enfance, de la faiblesse de sa santé, le corps ayant refusé de grandir pendant le développement rapide de l'intelligence. Elle avait trouvé, chez sa grand'mère, deux vieux livres qui eurent une influence prépondérante sur sa vie, et dont elle faisait ses délices. Quand elle n'était pas à l'école, elle se jetait sur cette lecture, et y revenait sans cesse. C'étaient « *la Vie de la bienheureuse Marie Alacoque écrite par elle-même* » et « *le Palais de l'Amour divin.* » Ce dernier livre, sans nom d'auteur, avait été imprimé à Avignon, chez Antoine Ignace Tez, imprimeur du Saint-Office, en M.DCC.LXII. La ville d'Avignon, appartenant alors aux papes, avait l'insigne bonheur d'être soumise au tribunal de l'inquisition, pendant qu'écrivaient, en France, Montesquieu et Voltaire.

Au couvent, durant les heures de récréations, ne pouvant pas prendre part aux jeux bruyants de ses compagnes, elle choisissait quelque recoin; et là, tapie en silence, pendant que ses grands yeux noirs semblaient suivre vaguement les joyeux ébats des jeunes filles, elle repassait, dans sa mémoire surexcitée, ce qu'elle avait lu. Tantôt elle errait dans le palais du divin Amour; tantôt elle se transportait par l'imagination auprès de Marie Alacoque, et, frémissant, pressant de ses mains sa petite poitrine amaigrie, elle se demandait si elle aussi n'aurait pas le courage de prendre un fer chaud, et de graver, comme cette extatique, en caractères indélébiles, sur sa chair, près du cœur, le doux nom de Jésus. Les pénitences, les tortures subies par la visitandine, parlaient plus encore à son cerveau exalté, que les fadeurs du palais de l'Amour divin.

D'après la description de ce palais, on y trouve les salles « des banquets, » celle « des spectacles » où l'on représente le martyre de saint Laurent ou celui de saint Ignace; la salle « des conquêtes, des vœux » et même celle des concerts où les Vertus chantent les louanges de l'Amour divin, où l'Humilité fait la basse, la Charité le dessus, le Zèle la haute-contre, la Patience la contre-basse et l'Amour divin bat la mesure. Les parfums, les diamants, les rubis, les lacs d'amour formant les allées des parterres, les fontaines jaillissantes, tout cela amusait Véronique un instant; mais elle revenait bientôt à sa lecture favorite, et allait se perdre dans les visions étranges de Marie Alacoque.

Quelques volumes dépareillés de la *Vie des saints* furent aussi dévorés par elle. Sa prédilection était naturellement pour les saints conduits par des voies extra-ordinaires, et célèbres par leurs macérations et leurs oraisons continuelles. Bientôt elle en vint au désir de les imiter. Elle essaya quelques macérations. La nuit, elle sortait de son lit, et, sur les pavés inégaux du sol de sa pauvre demeure, elle étendait son petit corps débile, et le meurtrissait. N'ayant à sa disposition ni cilice ni chaîne de fer, instruments obligés de la vie des pénitents, elle prenait des cordelettes minces auxquelles elle faisait des nœuds, et elle s'en servait comme d'une ceinture qu'elle serrait tous les jours davantage, trouvant une âpre et sauvage volupté à sentir croître la douleur physique, devenue bientôt pour elle un impérieux besoin (1).

Cependant la mère de Véronique avait surpris le secret des pieuses barbaries qu'exerçait sur soi la jeune

(1) Ces aberrations, qui contredisent l'instinct de la conservation personnelle, paraîtraient incroyables, si de nombreux exemples ne venaient pas en attester la possibilité. Eu dehors même du sentiment religieux, on rencontre de ces amants de la souffrance; et la médecine a constaté les faits les plus horribles de passions effrénées qui n'avaient plus trouvé d'assouvissement possible que dans le déchirement et la mutilation de la chair. Ces cas sont heureusement exceptionnels. Ils sont le résultat de la concentration permanente de la pensée sur un seul objet. Nous avons les macérés de la dépravation hideuse, comme ceux de l'ascétisme exalté.

fille. Il se trouva que le confesseur de Véronique ne manquait pas de prudence. Averti par sa mère, il lui interdit
toute espèce d'austérité; et Véronique obéit pendant
quelque temps. Mais les religieuses qui tenaient l'ouvroir
où elle se rendait tous les jours, tout en engageant leur
fille chérie à marcher dans la voie de l'obéissance, ne
surent pas cacher l'admiration qu'elle leur inspirait.
Après tout, la *Vie des saints*, les *Entretiens des Pères
spirituels* ne fournissaient-ils pas d'exemples d'âmes
conduites ainsi, dès leur plus tendre jeunesse, dans les
voies exceptionnelles de la spiritualité? Cette enfant n'é-
tait-elle pas destinée à être un jour « une amante du
Calvaire? » Dieu, qui lui avait inspiré un tel amour de la
pénitence, avait sans doute des vues sur elle; elle était
appelée à une haute sainteté; et déjà on se recommandait
aux prières de cette fillette de quatorze ans.

La pauvre créature continuait plus que jamais ses lectures favorites, et se consumait dans le désir de recommencer ses austérités.

Un moine dominicain, tout confit en mysticité, arriva
à la maison de Lyon, précédé d'une grande réputation d'habileté « à conduire les âmes dans les voies intérieures ». On ne manqua pas de le mettre au courant des
faits et gestes de l'enfant de prédilection.

Rien n'est plus commun dans nos paroisses, surtout
dans le Midi de la France, que ces petites merveilles de
la grâce céleste. La lecture de quelque livre ascétique,
faite sans discernement, suffit pour en faire éclore. S'il
ne se trouve là qu'un curé d'un âge mûr, homme d'expérience, la petite merveille reçoit peu d'encourage-
ments. Au confessionnal, on lui recommande impertur-
bablement d'être bien sage, d'obéir aux parents; et, si
l'on surprend le secret de ses petites austérités, on la

gronde bien fort. Au bout de quelque temps, la future
sainte rentre dans la vie ordinaire. L'adolescence vient
vite ; elle amène une autre passion plus impérieuse sur le
cœur ; on se marie ; et, plus tard, devenue mère de famille, on sourit au souvenir des exagérations pieuses de
son enfance.

Mais, dans les villes ornées d'un ou de plusieurs couvents, les mystiques en herbe font mieux leurs frais, et,
par la culture, elles s'élèvent à une hauteur telle que ni
elles, ni leurs directeurs et directrices ne peuvent s'y
maintenir sans vertiges.

Quand les bonnes sœurs, qui dirigeaient l'ouvroir de
la rue des Forges, avaient raconté au saint homme, qui
venait d'être nommé leur confesseur extraordinaire, les
merveilleuses faveurs que Dieu prodiguait à la petite Véronique, le moine avait d'abord secoué la tête, et l'entretien suivant avait eu lieu.

— Cela est très-grave, mes bonnes sœurs ; cela mérite
un examen sérieux.

— Sans doute, mon révérend Père, et nous suspen-
dons bien volontiers notre jugement, pour nous en rapporter à celui de nos supérieurs.

— A qui cette enfant se confesse-t-elle ?

— Comme toutes nos petites filles, au curé de
Saint-Irénée. Nous avons cru devoir lui conseiller
de changer de directeur ; mais son choix n'est pas encore
fait. Nous savons qu'elle se contente de dire ses péchés
à son confesseur, sans lui parler des grâces dont Dieu se
plaît à l'inonder. Nous vous attendions pour vous consulter sur tout cela.

— Bien, très-bien ! Quel homme est-ce que ce curé
de Saint-Irénée? Vous comprenez qu'arrivé à Lyon depuis peu de temps, je n'y connais personne, si ce n'est

nos Pères. Il faudra me dire toute votre pensée, quand je vous interrogerai.

— Mon révérend Père, nous sentons qu'il est nécessaire que vous soyez bien instruit. Le curé est, sans doute, un bon prêtre, fort charitable; il donne tout ce qu'il a aux pauvres.

— Très-bien, très-bien! « L'aumône couvre une multitude de péchés. » Donner l'aumône, c'est fort beau, mais il faut d'autres qualités dans un prêtre. Ces qualités les a-t-il? Est-ce un homme d'oraison, un homme intérieur?

— Je ne le crois pas, mon révérend Père.

— Savez-vous s'il est de ceux, hélas! il y en a bien peu, qui demandent, dans ce beau diocèse, le retour à la liturgie romaine?

— Non, assurément. Je lui ai même entendu dire à un prêtre qui se trouvait ici pour la fête de notre saint fondateur : Il me serait impossible de réciter, sans rire, certaines légendes du bréviaire romain.

— Oh! mon Dieu! quel égarement! Espérons que Dieu lui fera miséricorde, en raison de son amour pour les pauvres.

— J'ai même entendu dire au Père Ruffin que ce malheureux curé était gallican.

— Gallican! Quel malheur qu'il y ait encore des prêtres imbus de ces doctrines de liberté à l'endroit de Rome! Oh! que Bossuet a fait de mal à l'Eglise! C'est là un bien mauvais guide pour votre petite Véronique. Que pense-t-il de la dévotion de cette enfant, et de ses aspirations vers la vie pénitente et contemplative?

— Il a pris tout cela pour des illusions, et, depuis quelque temps, ne veut plus la recevoir au saint tribunal que tous les mois.

— Il croit que ce sont des illusions du démon?

— Oh! non. Nous lui avons demandé là-dessus sa pensée. Il nous a répondu, en riant, que ni les anges de lumière ni les anges de ténèbres n'étaient pour rien dans tout cela, que le cerveau de cette enfant était malade, et qu'il nous conseillait de la surveiller sur son penchant aux mortifications exagérées. Il a fini par nous dire qu'il serait bon que, de deux ou trois ans, jusqu'à ce que son tempérament fût formé, elle n'eût d'autre exercice de piété que sa prière du matin et du soir.

— Pauvre enfant! avait dit le moine en levant les yeux au ciel, dans quelles mains est-elle tombée? Les prêtres séculiers n'ont pas la moindre idée des états de la vie spirituelle; et ils nient ce qu'ils ne connaissent pas. J'examinerai cette enfant, mes sœurs; je l'examinerai avec soin. Envoyez-la moi, demain, à la chapelle.

— Oh! mon Père, que Véronique sera heureuse! Elle me disait encore ce matin : Ma bonne mère, j'ai vu, cette nuit, en rêve, la sainte Vierge et sainte Anne. Vous saurez, mon Père, que Véronique a une grande dévotion à sainte Anne.

— Belle dévotion, et qui ne peut que devenir fructueuse! Et que disaient la sainte Vierge et sainte Anne à votre chère enfant?

— Elles lui montraient, dans le chœur de notre chapelle, un religieux de votre ordre. Il était prosterné devant l'autel. Tout à coup, il s'est levé, et, marchant vers elle, il lui a présenté une croix avec les instruments de la passion, et il lui a dit : Ma chère enfant, prends la croix et souviens-toi que ta vie doit être celle d'une amante de la croix. Et Véronique s'est réveillée en disant : Oui, souffrir! toujours souffrir!

Tel est l'antagonisme naturel et fatal entre les hommes

4

du cloître, patrons logiques du mysticisme, et les hommes
du clergé qui aiment à maintenir la piété dans des limites raisonnables, que le moine, à ce moment, ne vit
qu'une chose, le prêtre séculier, le curé aux idées gallicanes, qui n'aimait pas le bréviaire romain et qui probablement aimait peu les moines. C'était un antagoniste
en matière de liturgie, donc il n'entendait rien en connaissance des âmes. Notre dominicain perdit la tête.
Dans toute autre circonstance, pour peu qu'il fût resté
de raison dans cette cervelle de moine, il eût pu juger
qu'un rêve de jeune fille, conséquence toute naturelle de
ses petites préoccupations mystiques, n'était pas une révélation d'en haut. Mais le curé avait compris la chose
autrement : le curé devait s'être trompé.

Le moine prit donc chaleureusement la parole, et,
dans une espèce de harangue virulente, telle que nous
en avons entendu débiter, jusque dans les chaires de
Paris, par d'autres énergumènes revêtus de la robe de
saint Dominique, il établit solennellement, devant les
bonnes sœurs buvant, comme une parole venue de Dieu,
toutes ces extravagances, que monsieur le curé avait eu
bien tort de défendre à l'enfant de se livrer à son attrait
pour les pénitences corporelles.

Je suis heureux de ne donner que la substance de cette
longue tirade.

— Monsieur le curé, et il appuyait sur ce mot d'une
manière significative, monsieur le curé ne comprenait
pas les voies de Dieu. Le rêve était une révélation positive. Dieu voulait, en Véronique, susciter une grande
sainte, telles que l'ont été les Brigitte, les Thérèse, les
Catherine de Sienne. Qui sait si, comme cette dernière,
Véronique ne serait pas appelée à sauver la papauté, si
cruellement menacée par les impies révolutionnaires?

Avec quel soin ne fallait-il pas cultiver cette jeune fleur que le divin époux voulait faire croître dans le jardin mystique ; et quelle imprudence de la part de ce curé de décider, sans avoir pris conseil de ceux qui sont savants en spiritualité, que Véronique n'était autre chose qu'une enfant surexcitée et malade !

O prêtres séculiers, disait le moine, en s'exaltant toujours, pourquoi faut-il que vous soyez partout chargés du gouvernement des âmes ? Combien de celles que vous faites traîner dans le terre-à-terre de la vie commune, seraient devenues comme des étoiles dans le firmament de l'Eglise ! Mais vous coupez impitoyablement les ailes à ces colombes qui aspirent à se perdre dans les rayons du saint amour.

Aussi, ajoutait-il, parmi les jeunes gens et les jeunes filles que dirigent les curés de paroisse, combien peu de vocations pour le cloître ! Ils font quelques sœurs de charité, quelques prêtres qu'ils forment à leur image. Mais ils éloignent avec soin de la voie qui conduit à une plus haute perfection ; et il faut des miracles de la grâce pour que, dans notre malheureuse France catholique, livrée au clergé séculier, il surgisse quelques-unes de ces créatures privilégiées que le monde et ces prêtres vivant dans le monde traitent de folles. Insensés qu'ils sont eux-mêmes de ne pas comprendre cette sublime folie !

Il s'arrêta enfin, non sans formuler cette pensée hardie qui résume la dernière espérance des hommes du cloître : qu'il n'y aurait de religion sérieuse dans le monde que lorsqu'il n'y aurait plus de prêtres séculiers et que la plus obscure paroisse de campagne aurait ses deux couvents, l'un de moines, tenant la cure, l'autre de pieuses sœurs.

Il résulta de ces belles réflexions que Véronique put raconter au moine toutes les excentricités de son exis-

tence, depuis l'âge de cinq à six ans, époque où elle
avait su lire, sans que le dominicain s'avisât de se dire
une seule fois : Le curé de Saint-Irénée pourrait bien
avoir raison. On défendit à cette petite fille, car enfin il
faut être prudent, certaines pratiques de pénitence; on
lui en permit quelques autres; mais on la laissa libre de
se livrer à son attrait pour la contemplation; et Véronique recommença à se donner la discipline, à serrer ses
reins et ses bras avec des cordes à nœuds. Elle éprouva
de nouveau les étranges voluptés de la souffrance; et
quelquefois on l'entendait murmurer : « Ne pourrais-je
pas souffrir plus encore? Essayons!... Oh! quelle souffrance! mais je la supporte. Allons, allons encore! L'a-
mour est fort comme la mort; comment ne serait-il pas
plus fort que la douleur? »

La mère de Véronique, pauvre veuve, gagnait péniblement sa vie, grâce à un travail incessant. Comme elle
adorait sa fille que les bonnes sœurs lui avaient dit bien
nettement être une sainte, elle la traitait presque avec
vénération, et loin de lui prescrire de l'aider dans ses
labeurs de chaque jour, elle lui laissait la liberté de passer de longues heures à l'église. Véronique aurait pu cependant être une habile ouvrière. Elle brodait assez bien,
et comme ce travail lui plaisait et ne la détournait pas de
ses contemplations, elle y consacrait quelques heures de
la journée. Sa réputation de sainte commençait à s'établir; les dames riches du monde dévot achetaient fort
cher ses broderies; elles venaient les commander elles-
mêmes, la faisaient causer spiritualité, et se retiraient
édifiées et charmées.

Véronique avait grandi en sainteté. Ce que l'on racontait de ses macérations et de ses pénitences était ef-
frayant. Elle demeurait des journées entières sans nour-

riture; et, à l'imitation de Marie Alacoque, elle voulut passer cinquante jours sans boire. Mais soit que Marie Alacoque fût d'un tempérament plus robuste, soit que la visitandine eût un peu exagéré dans le récit de cette incroyable pénitence, Véronique ne put faire comme elle. Elle tomba dangereusement malade. Ce fut alors que, le jeûne et les austérités ayant agi fortement sur son cerveau, elle eut des révélations, des visions; et, le besoin d'une nouvelle dévotion se faisant, à ce qu'il paraît, vivement sentir, elle inventa celle du Sacré-Cœur de sainte Anne. La sainte lui apparut plusieurs fois, et bientôt elles vécurent dans la plus grande intimité. Sainte Anne lui dévoilait l'avenir : Véronique se mit à prophétiser; et, bien qu'elle fût de la meilleure foi du monde, ses prophéties étaient cependant assez habilement tournées pour que leur non-réalisation fût très-facile à expliquer, et ne compromit en rien la prophétesse.

V

UNE AUTRE INSPIRÉE

Dans la salle de réunion des associées du Sacré-Cœur de Sainte-Anne, nous avons à remarquer une autre fille pieuse qui, sans atteindre la haute réputation de Véronique, commençait pourtant à attirer l'attention du monde dévot de Lyon. Si les dominicains protégeaient Véronique et propageaient partout, afin de s'en servir un jour au profit de la bonne cause, ses révélations, ses prophéties, les récits de ses macérations, Rosalie Mangon avait pour elle le curé d'une petite paroisse près de Lyon, les capucins qui se chargeaient de prôner ses vertus, et les jésuites qui, tout en parlant fort peu d'elle, et même quelquefois paraissant faire un cas médiocre de ses visions, quand ils se trouvaient avec des personnes sensées, ne la soutenaient pas moins : ils la servaient et ils s'en servaient.

Cette rivale de la protégée des dominicains n'avait pas l'aspect austère de Véronique ; et si, dans toutes les

capucinières, on parlait des austérités de Rosalie Mangon,
les partisans de Véronique, car dans le monde pieux
chacun rabaisse le saint des autres, remarquaient mali-
gnement que les jeûnes et les pénitences de Rosalie ne
la maigrissaient pas trop. Sauf un peu de pâleur, nullement maladive, Rosalie Mangon n'avait rien d'ascétique
dans sa personne. Elle était très-blanche, blonde d'un
blond pâle; elle avait des yeux bleu clair qui semblaient
errer dans le vague, quoique rien ne leur échappât :
somme toute, visage empreint de vulgarité, et qui, malgré des efforts constants pour se donner une expression
extatique, avait toujours, pour les observateurs, quelque
chose de rusé et de sournois. Les païens auraient re-
présenté la déesse de la Fausseté avec ces traits-là. Rosalie Mangon n'avait pas suivi une inspiration de piété
puisée dans les lectures de mysticité dangereuse, et développée par des directeurs imprudents, comme il était
arrivé à Véronique; elle avait pris hautement une position qui la relevait à ses yeux. Elle était fille d'un huis-
sier de Bourg en Bresse, qui s'était ruiné par le jeu et
par les femmes, et qui, en mourant, avait laissé sa
femme et sa fille dans la plus profonde misère. Madame
Mangon vint à Lyon. Elle avait de l'énergie : elle con-
sacra le peu qui lui restait à créer un atelier de couture.
Grâce à son habileté, elle réussit; et, en peu d'années, elle
se fit une bonne clientèle parmi les femmes élégantes de
l'aristocratie de Lyon.

Rosalie, sa fille, était restée chez une tante, vieille
fille dévote, qui lui fit espérer son héritage. La nièce
flatta la tante avec habileté : elle se fit dévote avec elle.
Elle lut, comme Véronique, force livres mystiques, et
essaya, devant sa tante, d'avoir des extases. Une maladie
nerveuse très-réelle lui donna cette idée; et elle obtint

des succès si satisfaisants qu'elle finit par se croire elle-même extatique.

Un Père capucin avait raconté devant elle l'histoire de la bienheureuse Marie Taïgi, alors peu connue. Comme Rosalie ne manquait pas de mémoire, elle écrivit cette belle relation pour s'en servir au besoin. La tante était ravie, elle avait chez elle une sainte. Le curé du lieu partageait cette flatteuse opinion. Tout allait dans les règles.

Au milieu de cette belle vie mystique, Rosalie Mangon songeait aux intérêts matériels de la vie. L'héritage de sa tante allait lui échoir au premier jour. Elle serait indépendante. Un peu dégoûtée du mariage par ce qu'elle avait vu dans sa famille, elle se décida à ne pas se marier. Elle voulait jouer un rôle dans le monde dévot. Elle savait que les portes les plus difficiles à forcer s'ouvraient à deux battants devant une béate. Marie Taïgi, simple femme du peuple, n'avait-elle pas été en relation avec les princes, les cardinaux, les grands seigneurs et les grandes dames de la société romaine? Et elle composait un roman d'un nouveau genre dont elle serait l'héroïne. Mais comme elle comprenait la puissance de l'argent, l'héritage de sa tante lui paraissait indispensable à la réussite de ses projets.

Cette bonne tante vint à mourir, les années aidant et plus encore quelques maladresses du médecin. Elle avait béni sa nièce en lui disant :

— Tout ce qui est ici est à toi; c'est peu de chose, mais cela suffira pour une âme qui ne tient en rien aux choses de la terre.

Ce bel héritage tant convoité se trouva réduit à un mobilier dont la vente produisit à peine trois mille francs. La bonne femme, voulant aussi être sainte, avait sain-

tement disposé de soixante mille francs environ qu'elle
possédait en obligations, actions de chemins de fer,
titres de rente, le tout au porteur. Ces feuilles, aussi
légères que celles de la sibylle, avaient disparu dans le
gouffre où tombent les fortunes que peuvent convoiter
les moines. Il fallut à la nièce pourvoir aux funérailles,
aux droits de succession, acquitter aux capucins un legs
de messes de trois cents francs, verser, en bon souvenir,
cinq cents francs aux jésuites. Si bien que, tous frais
payés, il ne resta à Rosalie Maugon d'autre ressource,
après ses dernières larmes versées sur la tombe de tante
Rose, que d'aller trouver sa mère et de se mettre humblement à coudre les robes des grandes dames, avec
lesquelles elle s'était proposé d'entretenir de si belles
relations de spiritualité.

Mais cette fille, qui était hardie, ne se tint pas pour
battue. Maria Taïgi devint son type. Elle ne se brouilla
point avec son curé, quoiqu'elle lui en voulût de l'avoir
trop vantée à sa tante, au sujet de son détachement des
biens de la terre. Elle se promit de se servir de lui à
l'occasion; et celui-ci, gagné par la flatterie, se dévoua
à elle, et crut ou fit semblant de croire à tout ce qu'elle
lui disait de ses révélations et de ses extases.

Rosalie, en arrivant à Lyon, entra de plain-pied dans
la voie de la sainteté. Elle ne manqua pas de se lier avec
Véronique. Et, comme cette dernière était plus âgée
qu'elle de quelques années, elle se mit en quelque sorte
sous sa direction.

Véronique était une mystique de bonne foi. Malgré sa
finesse naturelle, elle ne devina point la fausse mystique, et elle consentit à l'associer à sa grande œuvre de
la dévotion au Cœur de Sainte-Anne. Rosalie fut nommée
vice-présidente de la pieuse association. Les jésuites, qui

n'aiment guère les dévotions qu'ils n'ont pas inventées,
n'étaient pas fâchés d'avoir là une créature à eux, chargée de surveiller cette « contrefaçon », le mot était d'eux,
de la dévotion au *Sacré-Cœur* établie par Marie Alacoque et leur Père de la Colombière.

Telles étaient les deux femmes que nous devions présenter à nos lecteurs, au moment où nous les introduisions
dans le cénacle présidé par elles.

On chanta des cantiques en l'honneur de sainte Anne.
Ils étaient composés par Véronique et valaient un peu
mieux, sous le rapport de la poésie, que ceux de Marie
Alacoque, sa sainte de prédilection.

Ensuite on reçut quelques nouvelles associées; et la
vice-présidente Rosalie Mangon, le bel-esprit de l'assemblée, lut un rapport, assez correctement écrit, sur les progrès de l'association dans les trois mois qui venaient de
s'écouler, sur les dons reçus et les souscriptions nombreuses qui étaient arrivées pour l'érection d'une chapelle dédiée au Cœur de sainte Anne. Le rapport fut
écouté dans un religieux silence, interrompu seulement
par quelques pieuses exclamations quand on apprenait
une générosité inattendue. Rosalie avait lu son rapport
avec cette satisfaction d'un auteur qui a la conscience
d'avoir bien aligné ses phrases. De temps en temps, elle
jetait un coup d'œil sur Véronique, pour tâcher d'y surprendre une marque d'approbation. Mais Véronique gardait sa pose de statue, et, les yeux fixés sur une image
des Sacrés-Cœurs de Jésus et de Marie, au-dessous des-
quels se trouvait le Cœur de sainte Anne, elle semblait
écouter une voix surnaturelle. Cependant, le rapport fini,
elle en loua brièvement l'exactitude, et les associées
commencèrent à causer entre elles.

Les plus avancées dans la spiritualité, par conséquent

les plus familières avec les deux saintes, s'approchèrent d'elles.

— Notre œuvre va perdre son principal appui, dit l'une d'elles.

— Quel appui? dit froidement Véronique.

— Madame de Nervieux; elle se marie.

— Notre œuvre ne s'appuie pas sur un bras de chair, reprit Véronique. Tout ce qui vient de la terre est sujet à la corruption et ne mérite que le mépris. Si notre œuvre est de Dieu, Dieu la maintiendra. Qu'importe à l'armée qui doit combattre le grand combat, qu'un soldat déserte son drapeau? elle n'en remportera pas moins la victoire.

— Il est bien étonnant, dit une autre dévote, qu'une dame aussi pieuse songe à se remarier. Oh! mademoiselle Larue, pourquoi n'avez-vous pas prié sainte Anne d'éloigner cette tentation de l'esprit et du cœur de madame de Nervieux?

— J'ai connu ses projets hier seulement, répondit Véronique. Il ne m'appartient pas de la juger. Mais je puis espérer que Dieu ne la punira pas trop sévèrement de n'avoir pas su persévérer dans le chemin des âmes parfaites. Car le cœur de madame de Nervieux reste uni au Cœur de sainte Anne; et, à la fin du trimestre prochain, vous verrez que, si elle est retournée à ses mondanités, elle en sacrifie au moins une grande partie à la glorification du Cœur de sainte Anne. Prions Dieu pour elle et ne la condamnons pas.

Et, se levant, elle sortit de la salle avec Rosalie.

Quand les deux dignitaires de l'association furent parties, le pieux troupeau continua de deviser sur le futur mariage, chacune apportant son opinion, ses renseignements, ses prévisions. Ce qui ne domina pas naturellement dans ce petit conciliabule, ce fut la charité.

VI

Madame de Nervieux, on s'en doute bien, était l'une des plus grandes admiratrices de Véronique. Elle n'entreprenait rien sans la consulter. Véronique priait sainte Anne, et sainte Anne lui inspirait ce qu'elle devait répondre. Que ce soit le prophète, la pythie, la sorcière ou la sainte, il faut toujours que, dans les affaires graves de la vie, on aille frapper à une porte mystérieuse, pour chercher à deviner quelque chose de l'insondable avenir. Sur cela, la grande dame est superstitieuse comme la femme des champs la plus ignorante.

Avant de s'engager définitivement avec le comte de Lentilly, madame de Nervieux ne manqua pas d'aller consulter la visionnaire. Elle lui exposa longuement les raisons qui militaient en faveur de ce mariage. Véronique, la tête appuyée sur une de ses mains, tenant de l'autre un petit crucifix usé par le contact de ses mains brûlantes et par ses baisers, écoutait silencieusement. Une profonde tristesse assombrissait son visage, et quelquefois un amer sourire contractait ses lèvres pâles. Douée d'une grande pénétration, elle comprenait que c'était bien moins un conseil qu'on lui demandait, qu'une espèce d'absolution pour une détermination prise à l'avance.

— Madame, dit-elle à la jeune veuve, je n'ai pas mission pour m'occuper des *intérêts terrestres*. L'ange gardien de la vénérable Marie Alacoque la reprit sévèrement de ce qu'elle avait parlé du mariage d'une de ses parentes. Mon ange à moi n'est pas moins sévère. Permettez-moi de me taire là-dessus. Vous cherchez le bonheur : puissiez-vous le trouver dans la voie nouvelle où vous entrez !

Madame de Nervieux s'inclina mentalement devant cet ange si pudibond, qui ne permettait pas à Véronique de parler mariage, et elle reprit d'une voix presque tremblante :

— Sainte Anne ne vous inspire donc rien pour me consoler ?

— Sainte Anne, madame, ne l'abandonnez-vous pas ? Elle vous avait désignée comme la principale propagatrice de la dévotion à son Sacré-Cœur. Mais, absorbée dans des intérêts matériels, vous partageant entre Dieu et le monde, les dévotions des âmes privilégiées auront-elles encore quelque prix à vos yeux ?

— En doutez-vous, ma chère Véronique ? Croyez que je compte bien me mettre, en me mariant, sous la protection du Cœur de sainte Anne ; et la somme que j'avais consacrée à la chapelle en l'honneur de la bienheureuse aïeule de Notre-Seigneur sera doublée.

— Cela est bien, dit Véronique. Pour moi, pauvre fille du peuple enchaînée à Jésus par les liens de l'amour, je ne sais qu'une chose, c'est que Jésus s'est abaissé jusqu'à m'accepter pour son épouse ; et ces noces divines me font regarder avec dédain les pompes nuptiales de la terre. Que sainte Anne vous protège !

Si vous cherchez le bonheur, qu'elle vous dise ce que notre bon Sauveur disait à Marie Alacoque des jouissances de la vie spirituelle :

> C'est en vain que ton cœur soupire ;
> Pour y entrer comme tu crois, .
> Il ne faut pas qu'on y aspire
> Que par le chemin de la croix (1).

Madame de Nervieux cherchait un mot respectueux pour se dire à elle-même que cette poésie, bien qu'elle eût Jésus-Christ en personne pour auteur, ce dont on ne saurait douter puisque Marie Alacoque l'affirme, n'en était pas moins détestable au point de vue littéraire (2). Elle eut même de la peine à dissimuler un

(1) *Vie et œuvres de la bienheureuse Marguerite-Marie Alacoque*, t. I, p. 83. Cet ouvrage en 2 vol. in-8°, récemment publié, n'est pas une publication populaire; il est destiné aux classes riches. Sans doute on le donne en prix aux élèves des couvents. Je ne connais pas de livre plus dangereux pour les jeunes filles portées au mysticisme.

(2) Marguerite-Marie Alacoque, récemment passée du titre de bienheureuse à celui de sainte, à la grande joie de ce qui reste de visitandines, se mêlait aussi de faire des vers. Elle a laissé des cantiques spirituels, qualification ordinaire des petits poëmes mystiqués. Mais il n'y brille d'autre esprit que celui qui est particulier aux hallucinées. Il est bien remarquable que, depuis le fameux vers de sainte Thérèse :

> Je me meurs du regret de ne pouvoir mourir,

jusqu'à Marie Alacoque, jamais l'idée mystique n'a inspiré une seule strophe qu'on ait pu citer dans les recueils littéraires.

Voici quelques échantillons des poésies de la fondatrice de la dévotion au *Sacré-Cœur* :

> Le cœur de Jésus m'a appris
> Que l'amour est un grand mystère,

sourire. Elle commanda à la sainte fille quelques broderies, et lui promit, pour sainte Anne, une couronne enrichie de diamants. Véronique la remercia, au nom de sainte Anne, de cette générosité splendide, et elles se séparèrent satisfaites l'une de l'autre.

Quinze jours après, le mariage se faisait. Le révérend père Gribeauval, provincial des jésuites, le bénissait, en présence du curé de la paroisse qui lui avait cédé cet honneur. Mais, pendant le beau discours du jésuite sur les devoirs des époux chrétiens, le bon curé se disait : Tu maries madame de Nervieux malgré toi, et tu n'as pas même la consolation de la donner à ton ami Lartier ; et, de plus, tu n'ignores pas que j'ai conduit le comte de Lentilly au pied de cet autel. J'ai été votre maître, monsieur le jésuite.

Soit pour le corps ou pour l'esprit;
Il faut tout souffrir et tout taire.
Je bénis mille fois mon sort
Si l'amour me donne la mort.

A tout autre qu'au pur amour,
J'aurais bien disputé la gloire;
Mais je n'en veux d'autre, en ce jour,
Que de lui céder la victoire;
Car son dard était si pointu
Que mon cœur en fut abattu.

Je bénis mille fois mon sort
D'une si aimable surprise.
En aimant, je fis un effort
Pour prendre, et d'abord je fus prise
Dans les filets de mon vainqueur,
Qui, seul, possédera mon cœur.

(*Vie et œuvres de Marguerite-Marie Alacoque.*)

VII

MARIAGE DE RAISON AVEC UNE DÉVOTE

« Le comte de Lentilly au général ***

« Mon mariage est, depuis hier, un fait accompli, mon cher général.

« A quarante-huit ans, on ne se jette pas dans l'épithalame pour célébrer les douceurs et l'enivrement des premières joies de la lune de miel. Je me suis marié une fois par amour ; et, bien que ma femme ait toujours été fidèle à ses devoirs d'épouse, je n'en ai pas été plus heureux pour cela. Elle aimait passionnément les dentelles, les cachemires et les bijoux. Ce qui restait de place dans ce cœur bon, mais futile, était partagé entre moi et un fils. Cette place était petite, tout le reste absorbant sans mesure les facultés aimantes, pensantes et agissantes de cette pauvre femme.

« J'avais rêvé un intérieur paisible, égayé par les rires frais et joyeux de beaux enfants. Cette joie m'a été bien courtement mesurée : je n'ai eu qu'un fils. Les femmes épuisées par les longues veilles, se livrant aux plaisirs avec une ardeur dévorante, ne sont pas propres à la maternité. J'en ai fait l'expérience douloureuse. Quatre fois mes espérances furent déçues ; et ces accidents, qu'aggravaient une suite d'imprudences, causées par le désir de reparaître dans le monde, détruisirent la santé de ma femme, et la conduisirent au tombeau. Pauvre enfant, elle mourut de consomption, le sourire sur les lèvres, et tenant à la main une parure de turquoises qu'elle voulait mettre pour la première fête qu'elle donnerait au sortir de sa convalescence.

« J'aimais ma femme, bien que toutes les illusions que je m'étais faites sur elle se fussent rapidement envolées ; et ma douleur fut amère, quand je vis descendre dans la tombe, à l'âge de vingt-quatre ans, cette première compagne de ma vie.

« Pardonnez-moi ces souvenirs, au début d'une lettre qui vous fait part d'un nouvel hymen. En de pareils cas, ce qui est commun c'est l'oubli du passé ; ce qui est exceptionnel, c'est une pieuse mémoire de celle qui n'est plus. Je me trouve dans l'exception ; mais votre grand esprit me comprendra.

« J'ai élevé mon fils, le mieux qu'il m'a été possible. Il a voulu prendre la carrière des armes, bien que j'en eusse préféré pour lui une autre qui nous eût permis de vivre ensemble. Nouvelle déception : j'ai dû sacrifier mon bonheur à ses goûts. Je ne puis supporter l'isolement : c'est le tombeau avant l'heure. J'ai dû, naturellement, songer à un second mariage.

« Je compte, au nombre de mes meilleurs amis, le curé de Brindas. C'est une bonne nature, intelligente et droite. Ce n'est pas un de ces affreux mystiques plaçant

la perfection chrétienne sur la colonne de saint Siméon
Stylite. Nous avons été élevés ensemble; et, plus heureux que moi, il n'a jamais quitté notre cher Lyonnais.
Je lui ai écrit de me chercher là une femme. Ces honnêtes gens qui voient les familles de près, se trompent
rarement; et, sans faire trop forte concurrence à M. de
Foy, ils ont un certain plaisir à s'occuper de mariages,
distraction comme une autre à leur triste célibat.

« Je lui posai mes conditions. Je ne voulais pas une
femme trop jeune. Je la voulais cependant assez agréable
pour flatter l'amour-propre d'un homme de mon âge, et
rallumer quelques étincelles dans un cœur que les passions n'ont pas usé. Mon ami me répondit : « Je cher-
« cherai. » Un mois après il m'écrivait : « J'ai sous la
« main la femme qu'il vous faut, et à laquelle je crois
« que vous convenez. Mais il y a quelques difficultés. At-
« tendez, pour venir ici, qu'elles soient surmontées. J'en
« viendrai à bout. Je vous envoie sa photographie. Voilà
« maintenant les détails : veuve, trente mille livres de
« rentes de son bien propre; deux garçons, l'un de
« quinze ans élevé chez les jésuites, l'autre de douze,
« d'une complexion délicate, et, en raison de cela, n'ayant
« pas encore quitté la maison maternelle. Le père M. de
« Nervieux, a laissé à ses deux fils, huit cent soixante
« mille francs en portefeuille et en terres; la mère, par
« les dernières dispositions de son mari, garde, même
« en cas de second mariage, l'administration des biens
« des enfants jusqu'à leur majorité. »

« Du caractère, de la moralité de madame de Nervieux, la lettre ne m'en disait pas un mot; mais j'étais
bien sûr que, sur ce dernier article, elle devait être irré-
prochable.

« Force me fut de m'en tenir, pour le quart d'heure, à

la photographie. La femme était vraiment belle, et j'attendis, avec une impatience presque juvénile, que le bon curé me donnât l'ordre du départ.

« Il s'écoula deux grands mois. Quels étaient donc ces obstacles qu'il fallait tant de temps pour surmonter ? J'étais prêt à perdre patience et à chercher fortune ailleurs, quand une lettre arriva. Je partis, et, trois semaines après, madame de Nervieux devenait ma femme.

« J'avais dit surtout à mon ami le curé, de ne pas me marier avec ce que l'on appelle une femme du monde. Il a été bien fidèle à mon programme ; je serais presque tenté de dire, un peu trop. Ma femme n'appartient pas à ce monde bruyant et fou de plaisirs qui a détruit le bonheur de mon premier mariage ; mais elle appartient à ce monde ultra-dévot dont je me méfie presque autant que du premier.

« Au reste, mon cher curé m'en a prévenu ; et il m'a même appris que toutes les difficultés à mon mariage étaient venues de là. Les jésuites — ces hommes-là se trouveront donc partout ? — voulaient marier madame de Nervieux à un obscur gratte-papier qu'ils paient à tant la ligne, dans leur pieux journal, pour insulter un peu les libres penseurs, et beaucoup les honnêtes chrétiens qui n'ont qu'en considération très-médiocre les exaltés de l'ultramontanisme.

« Le curé, en me prévenant du danger, m'a dit tout ce qui pouvait me rassurer. M. de Nervieux, tout religieux qu'il était, n'aimait pas les jésuites ; et, tant qu'il a vécu, ces bons Pères, malgré leur adresse, n'ont pas pu prendre pied chez lui. Mais, après sa mort, tout a changé. Le Père Gribeauval, qui, par exception, avait eu quelques rapports d'intimité avec M. de Nervieux, fut nommé provincial de la maison de Lyon. Il ne tarda pas à s'em-

-parer de l'esprit de la jeune veuve ; et, dans la maison, il devint bientôt le directeur presque absolu, au temporel comme au spirituel. Naturellement le fils aîné, qui pouvait supporter le régime du collége, alla chez les bons Pères.

« Les jésuites ne furent pas les seuls à dominer madame de Nervieux. Les dominicains n'eurent pas plutôt fondé leur maison à Lyon, qu'un des leurs sut habilement exploiter l'enthousiasme de la riche veuve pour toutes les nouveautés religieuses. Une dévote, en odeur de sainteté, dans la bonne ville de Lyon, comme on le dit en langue mystique, fut mise en rapport avec elle ; et Dieu sait les sommes que la communauté naissante, au grand désespoir du directeur jésuite, se fit donner par ce canal.

« Mais il y a toujours un contrepoids dans les choses de l'ordre moral comme dans celles de l'ordre physique. Les caractères enthousiastes manquent en général de fixité ; et, s'il est facile de les entraîner, il n'est pas impossible de les retenir sur la pente où ils se sont engagés. La plus belle propriété de ma femme est à Brindas, dans la paroisse même dont mon digne ami est curé. Et celui-ci, qui a connu Sophie (c'est le nom de ma femme) dès son enfance, qui lui a fait faire sa première communion, a conservé sur elle une grande influence. M. de Nervieux estimait beaucoup cet homme de bien, et, en mourant, il dit à sa femme qu'elle n'aurait jamais un meilleur guide.

« Malheureusement, Sophie continua à recevoir chez elle le Père Gribeauval. Il lui conseilla une retraite chez les dames du Sacré-Cœur, et l'attira sans cesse à Lyon, pour de bonnes œuvres à fonder, pour des associations nouvelles à établir. Bientôt les dominicains, les capucins, les carmes, les franciscains vinrent à la rescousse. Chacun

remplissait son escarcelle, chacun avait sa petite confrérie, sa petite association. « Et, me disait le curé, je ne
« sais combien de scapulaires de différentes couleurs, de
« médailles de toutes les madones en réputation, ils ne
« lui ont pas fait prendre. Quand elle revenait à Brindas,
« continuait le curé, elle me racontait une partie de ces
« belles choses ; et, si je pouvais obtenir d'elle de rester
« quelques semaines à ses devoirs de mère, sans aller à
« Lyon, je reprenais un peu d'ascendant sur son esprit
« et je la ramenais à des idées plus sensées. Mais mon
« jésuite avait bientôt sa revanche ; et je savais qu'à Lyon,
« par toutes sortes de manœuvres, on lui arrachait des
« libéralités telles que je lui demandais quelquefois si sa
« conscience pouvait les lui permettre. Elle comprenait
« alors qu'on l'avait menée trop loin. »

« Il résulte de tout cela, mon cher général, que si ma
femme est un peu fanatisée par les moines, elle n'est pas
fanatique intraitable ; et, quand on s'adresse à son esprit
et à son cœur, surtout si l'on prend le moment où elle est
loin de ses directeurs les moines, et de sa directrice
sainte Anne, qui lui parle par le pieux truchement de
mademoiselle Véronique Larue, on la ramène facilement.

« Comment les jésuites, me direz-vous, l'ont-ils laissée
se remarier ?

« Mon cher général, ils ont été maladroits, ce qu'ils
sont souvent, malgré leur belle réputation de finesse.
Ils savaient que les amis de madame de Nervieux, et le
curé de Brindas en tête, lui conseillaient de se remarier.
Les bons Pères, craignant qu'elle ne leur échappât, lui
proposèrent, comme je vous l'ai déjà dit, un des leurs, ce
qu'on appelle un jésuite en robe courte. Sophie, je le
crois, commençait à se lasser de tous ces directeurs appartenant à divers ordres qui la tiraient en sens con-

traires; et elle se décida tout à coup à se soustraire à leur tyrannie, en acceptant un mari de la main du prêtre qui l'avait suivie avec une tendre sollicitude depuis son enfance.

« A présent, mon plan est tout tracé. Je laisserai ma femme parfaitement libre dans ses petites dévotions. Seulement, comme j'adore la campagne, je n'irai à Lyon que très-rarement; et j'espère être aux yeux de ma femme un ami assez cher pour qu'elle n'ait pas souvent la fantaisie d'y aller seule, encore moins d'y passer des semaines en retraite. Mon curé et moi nous en ferons une bonne chrétienne et une femme raisonnable.

« Maintenant une dernière confidence. Il faut bien vous dire que je suis amoureux de ma femme. Vous me traiterez de vieux fou; et pourtant cela est ainsi.

« Je finis ma lettre, mon cher général, en vous faisant part d'un petit événement bien secondaire. Vous vous rappelez le sot mariage de ma nièce. Vous lui avez pardonné, je le sais, bien plus que moi, d'avoir refusé votre main pour s'enfuir avec ce misérable Couturier, cet artiste qui lui avait tourné la tête, comment? je n'ai jamais pu le comprendre. La pauvre femme a payé cher son équipée. Elle a été bientôt réduite à la misère. Le seul événement heureux de sa vie a été son veuvage précoce. Sans consentir à la revoir, je suis venu à son secours. Elle est morte, il y a six mois. Elle m'a écrit, la veille de sa mort, pour me conjurer de prendre sous ma protection sa fille unique âgée de neuf ans. Je ne me sens pas disposé à beaucoup de sympathie pour la fille de maître Couturier. Il paraît qu'elle lui ressemble prodigieusement. Mais enfin le dernier vœu d'une mourante doit être respecté; et, après avoir raconté cette triste aventure à Sophie, je lui ai demandé son avis là-dessus. Son premier mouvement a été de me dire :

« — J'ai toujours désiré avoir une fille. Pourquoi ne me donneriez-vous pas votre petite nièce? J'aurais tant de plaisir à l'élever moi-même. Vous m'en laisseriez la direction, n'est-ce pas ?

« — Oh! chère amie, sans doute, lui ai-je dit. Faites-en même une religieuse, si vous le pouvez. Sans fortune, et avec un nom peu honorable, ce que Clémentine aurait de mieux à faire serait d'entrer au couvent.

« — Eh bien! m'a répondu Sophie, puisque Raphaël veut être prêtre, j'aurai un fils dans le sacerdoce et une fille religieuse : double bénédiction sur notre maison.

« Vous voyez, mon cher général, que nous avons des conversations, ma femme et moi, on ne peut plus édifiantes.

« Adieu. »

VIII

LES DEUX ENFANTS

Le jeune Raphaël de Nervieux n'avait pas vu, sans un chagrin très-vif, le second mariage de sa mère. Cet enfant, à peine âgé de douze ans, était une nature exceptionnelle. Son frère Charles était grand, fort, actif, d'un caractère ardent et énergique. Raphaël, très-petit pour son âge, avait une constitution d'une extrême délicatesse, et il était cependant d'une beauté remarquable. Son visage, d'une pâleur légèrement rosée, était encadré par une belle chevelure blonde. Dans ses grands yeux bleus, rayonnaient l'intelligence et la bonté. Sa bouche, d'une coupe fine et gracieuse, avait des sourires d'un charme enivrant. Il riait rarement aux éclats, comme les autres enfants : les rires bruyants semblaient être une fatigue pour lui. Le timbre de sa voix avait une sonorité harmonieuse, mais toujours un peu voilée. Raphaël n'était pas précisément un enfant malade : il se plaignait rarement. C'était un être frêle que la moindre secousse semblait devoir briser ; et il pouvait être pris, dans le milieu mystique où il vivait, pour une de ces apparitions angéliques qui visitent quelquefois la terre, mais qui ne sauraient s'y arrêter.

Chez Raphaël, les impressions étaient profondes. Il aimait avec l'ardeur de l'enfance et la constance d'un âge plus avancé. A la mort de M. de Nervieux, il avait huit ans ; et jamais le moment fatal où ce père adoré lui avait donné sa bénédiction et son dernier baiser, ne s'était effacé de son souvenir. Au bout de quelques semaines, Charles avait repris sa gaieté et ses jeux habituels. Après quatre années passées, Raphaël ne pouvait entendre parler de la mort de son père sans un frémissement douloureux de tout son être.

Son cœur fut vivement froissé, en apprenant qu'un autre homme allait prendre au château la place qu'avait occupée son père. Le bon curé de Brindas aimait beaucoup cet enfant : il connaissait cette nature de sensitive. Il ne pouvait lui expliquer toutes les raisons pour lesquelles le mariage de sa mère était indispensable, mais il l'amena à la résignation.

L'enfant promit de cacher sa tristesse, et il tint parole. Mais le jour du mariage, pendant que sa mère, resplendissante de beauté, rajeunie par un nouvel amour, reprenait ces élégantes parures, ces bijoux qu'elle avait paru abandonner pour jamais, Raphaël n'avait qu'une pensée, il se demandait comment sa mère pouvait avoir oublié celui qu'ils avaient tant pleuré ensemble.

Charles était, ce jour-là, d'une gaieté folle. Le mariage s'était fait aux vacances de Pâques, afin qu'il pût y assister.

Les regards doux et tristes de Raphaël avaient dit à M. de Lentilly ce qui se passait dans ce jeune cœur ; et ce dernier se promettait bien de gagner, à force de soin et de bienveillance, cet enfant qui lui inspirait un attrait irrésistible.

Peu de jours après le mariage, une voiture entra dans la cour du château. Elle était de piètre apparence et traînée par deux maigres haridelles. On en vit descendre une vieille femme à la mise plus que modeste. Elle tenait par la main une petite fille en habits de deuil.

M. de Lentilly et sa femme étaient sur le perron avec les enfants. La vieille femme en monta les degrés, et, présentant la petite fille au comte, elle lui dit :

— Voici Clémentine. Il est bien heureux que vous vouliez vous en charger, car il n'y a pas trop de pain à la maison pour mon mari et pour moi. Et, ma foi, si vous n'eussiez pas eu pitié d'elle, il eût fallu la mettre dans quelque maison d'orphelines où elle n'eût pas été comme chez vous. Enfin, Dieu soit loué! Bien que vous ayez méprisé son pauvre père et que vous ayez été dur pour sa mère, j'espère que vous rendrez l'enfant heureuse. Ce n'est pas la fille d'un noble, voyez-vous; mais elle a du cœur.

— Vous savez bien pourquoi je n'ai pas voulu avoir de relations avec votre neveu, madame. A quoi bon rappeler le passé devant cette enfant?

Et, faisant entrer la vieille femme et Clémentine dans un petit salon, il ajouta :

— Non-seulement, madame, mon intention est d'être bon pour ma nièce, mais je veux aussi reconnaître les soins que vous avez pris d'elle, depuis la mort de sa mère; et je vous constituerai une rente viagère sur votre tête et sur celle de votre mari, qui suffira, je pense, pour que vous ne manquiez de rien dans votre vieillesse.

Quand vous voudrez revoir Clémentine, notre maison vous sera ouverte.

La vieille tante qui, jusqu'alors, avait fait une mine assez revêche, changea tout à coup. Elle se répandit en expressions de reconnaissance, assura qu'elle avait toujours considéré M. le comte comme le plus généreux des hommes, que les Couturier donneraient leur sang pour lui et ne feraient pas encore assez; et elle ajouta, en forme de péroraison, qu'on trouvait seulement dans la noblesse de si beaux sentiments.

M. de Lentilly écouta froidement la harangue. Il fit servir à la vieille femme un excellent repas qu'elle savoura à son aise. Et, quand elle fut prête à remonter en voiture, il lui donna une somme d'argent considérable pour elle, afin de payer ses frais de voyage. Alors sa sensibilité n'eut plus de bornes. Elle adjura Clémentine de toujours regarder son oncle comme le meilleur et le plus généreux des pères. Elle lui rappela ensuite tout ce qu'elle avait fait pour elle; elle l'embrassa, en la serrant contre son cœur à l'étouffer; elle jeta des cris de désespoir, en assurant qu'elle ne pourrait pas vivre sans sa chère petite nièce; et enfin elle partit.

Clémentine avait vu cette explosion de cris et de larmes, et reçu les dernières caresses de sa tante, sans en paraître émue.

— Mon Dieu, dit la comtesse à son mari, cette enfant manquerait-elle de cœur?

— Ne la jugez pas encore, dit le comte; peut-être a-t-elle l'instinct de ce qui est faux.

Clémentine regardait la voiture qui s'éloignait; et, quand elle eut disparu, elle resta devant le comte et sa femme, avec cet air de gauche embarras qui, dans les enfants, a quelque chose de gracieux.

Charles, après avoir jeté un coup d'œil sur Clémentine, était allé rejoindre Frédéric, fils unique de M. de Lentilly, encore tout fier de ses épaulettes de sous-lieutenant. Ils devaient faire ensemble une promenade à cheval. En sortant, il dit à son frère :

— Elle est laide, cette petite.

— Moi, je la trouve belle, avait répondu Raphaël.

Et il dit à l'enfant, de sa voix la plus douce :

— Clémentine, pourquoi avez-vous pris ces vêtements noirs ?

— Maman est morte depuis six mois, dit-elle ; et elle éclata en sanglots.

Alors Raphaël s'approcha d'elle et, passant l'un de ses bras autour de son cou, il lui dit :

— Ne pleure pas, chère petite. Ma mère t'aimera, comme si tu étais sa fille, et tu seras ma sœur.

L'enfant pleurait toujours, mais avec moins d'amertume. Et s'adressant à madame de Lentilly, elle lui dit :

— Est-il vrai, madame, que vous m'aimerez un peu ? Depuis que j'ai perdu ma mère, personne ne m'a aimée.

— Pas même votre tante, Clémentine ? Pourtant elle a paru bien malheureuse de vous quitter.

— Pourquoi aurait-elle été malheureuse de me quitter, madame ? Depuis que je suis chez elle, elle m'a reproché chaque jour de lui avoir été donnée en punition de ses péchés.

— Vous le voyez, ma chère Sophie, dit M. de Lentilly, vous avez jugé un peu vite cette enfant. J'espère, moi, qu'elle ne tiendra pas trop des Couturier.

Du jour où Clémentine parut au château de Brindas, Raphaël entra dans un monde nouveau. Cette petite compagne que le ciel lui envoyait, devint pour lui l'objet d'une tendresse ineffable.

— Ma sœur, ma chère sœur! lui disait-il à chaque instant.

Bien loin d'être jaloux de l'affection de sa mère pour elle, il ne semblait craindre qu'une seule chose, que Clémentine ne fût pas assez aimée.

Madame de Lentilly, avec son exaltation habituelle, s'était passionnée pour la nièce de son mari. A part quelques défauts venant d'une mauvaise éducation, et surtout du milieu dans lequel elle avait vécu depuis la mort de sa mère, l'enfant méritait d'être aimée. Elle était habituellement douce, très-caressante, et reconnaissante à l'excès de la plus légère marque d'attention. Son caractère enjoué faisait contraste avec le caractère mélancolique de Raphaël. Ces deux natures se modifiaient l'une par l'autre. Raphaël se concentrait moins en lui-même. Il ne vivait que pour Clémentine. Il n'avait jamais aimé les jeux de l'enfance; et peut-être, à ses douze ans, commençait-il à trop poser en homme, prétention qui, avec sa petite taille et sa figure enfantine, avait quelque chose de risible. Avec Clémentine, il redevint enfant. Il fallait s'amuser, courir, jouer au cerceau, au volant, avec Clémentine. Lorsque les jeux cessaient, il fallait essuyer avec un mouchoir le visage de Clémentine inondé de sueur, et, lorsqu'on revenait de la promenade, aller chercher les petites pantoufles ouatées de Clémentine, pour remplacer les souliers humides de rosée.

Raphaël ne supportait pas qu'un autre le devançât dans ces prévenances de tous les instants. Il faisait pour sa chère petite compagne, ce que sa mère avait fait pour lui, frêle enfant qui semblait ne pouvoir vivre qu'à force de soins et de caresses.

IX

UN DIRECTEUR EST TOUJOURS UN MAITRE

Le premier instituteur des enfants de madame de
Lentilly avait été le bon curé de Brindas. Mais, après
la mort de son premier mari, M. de Nervieux, la mère,
sinon malgré les ordres, du moins malgré les conseils de
cet homme éclairé, s'était décidée à mettre son fils aîné
dans un collége de jésuites. Les révérends Pères auraient
bien voulu aussi le plus jeune ; mais l'instinct maternel
fut plus fort que leurs arguments. Elle comprit que faire
sortir de son nid bien abrité et bien chaud, cette petite
créature si débile, c'était la vouer à la mort. Les baisers
des mères font vivre les enfants. Vainement le Père
Gribeauval représenta que la faiblesse de Raphaël n'était
qu'apparente, qu'après tout l'enfant était rarement malade, et qu'une éducation molle ne pouvait que nuire au
développement de ses forces ; vainement il parla de la
merveilleuse organisation de leurs colléges, où le bien-
être matériel est donné aux enfants avec autant de

sollicitude que l'éducation morale, madame de Lentilly, encouragée il est vrai par le curé de Brindas, se montra mère avant tout, et garda son fils auprès d'elle. Raphaël lui avait dit ce mot touchant, le jour du départ de son frère pour le collége. :

— Maman, est-ce que Charles pourra vivre loin de toi? Moi je ne le pourrais pas.

A l'époque du second mariage de madame de Nervieux, le curé de Brindas, plutôt versé dans les études historiques que dans les langues anciennes, en vint à reconnaître qu'en raison de l'esprit précoce de Raphaël, sa capacité littéraire était à bout, et qu'il fallait, auprès de l'enfant, un précepteur au courant des nouvelles méthodes, pour le conduire avec succès au terme de ses études.

Toujours avec cette belle idée que son fils le plus jeune serait prêtre un jour, madame de Lentilly pensa qu'il fallait lui choisir un maître ecclésiastique qui l'encouragerait dans sa vocation. Le curé essaya de lui faire comprendre qu'un homme du monde, instruit et religieux, n'empêcherait pas l'enfant de suivre sa vocation, si elle était vraie, mais qu'un professeur prêtre, s'il manquait de prudence, pourrait peser sur ses déterminations.

— Songez, madame, lui avait-il dit, que le tempérament de votre enfant peut se développer brusquement. Une crise physique amènera des changements graves dans l'ordre des sensations et des idées, au point de vue moral. Faites en sorte que personne ne vienne apporter ses opinions personnelles dans le plateau où votre fils pèsera les motifs qui devront amener une résolution irrévocable.

Madame de Lentilly avait l'esprit juste. Malheureusement, chez elle, les impressions reçues, les préjugés traditionnels l'emportaient souvent sur les meilleures raisons. On la persuadait un instant; mais, cet instant passé, elle se disait que, lorsqu'il s'agissait des choses de Dieu, les raisonnements humains avaient peu de valeur, que les saints se faisaient une gloire de fouler aux pieds la sagesse humaine; elle se rappelait que le grand fondateur des moines d'Occident, saint Benoît, recevait des mains de leurs mères des enfants pour en faire des oblats au Seigneur et les lui consacrer pour jamais. Elle disait au curé :

— Ce grand saint se demandait-il ce que l'âge, le tempérament pouvaient apporter un jour qui dût changer et la volonté des mères et celle d'enfants incapables alors de raisonner? Non, il les revêtait de l'habit religieux; il allait d'inspiration; et nous savons que Dieu a béni la postérité de saint Benoît, en la faisant multiplier sur la terre.

Le curé de Brindas aurait pu répondre que c'était par cette brillante méthode qu'on avait, à la longue, rempli les cloîtres de malheureux qui s'y étaient consumés dans le désespoir et qui en avaient été la honte.

Madame de Lentilly n'avait pas fait d'elle-même toutes ces belle réflexions; elles lui avaient été suggérées. Quand elle parla au Père Gribeauval de donner à son fils un professeur laïque, il la regarda d'un air aussi surpris que si elle lui eût parlé, pour cette fonction, d'un mandarin du Céleste-Empire.

— Vous n'y pensez pas, madame. Vous oubliez que ce n'est pas aux laïques qu'il a été dit : Allez et enseignez! Hélas ! malheureusement, dans notre France, l'enseignement a été arraché des mains de l'Église et on l'a placé dans les mains de l'Université, sa mortelle ennemie. Une mère chrétienne confier son fils à un universitaire, mais ce serait infâme !

Madame, je vous le dis, un professeur sortant de l'Université, « cette école d'impiété qui ne vit que parce
qu'elle est gorgée de priviléges, cette alliée de toutes les
révolutions, cet agent de tous les despotismes, cette ennemie de toutes les libertés (1), » un professeur de ce
genre ne peut pas avoir de place chez vous.

Quand je vois votre curé pencher vers de tels hommes,
j'avoue que cette opinion de la part d'un prêtre me paraît
au moins étrange; et certainement, si vous continuez à
m'honorer de votre confiance, vous ne ferez jamais cette
faute.

Le mot magique devant lequel s'incline toute pénitente de ces illustres directeurs venait d'être prononcé.

— Je vous obéirai, mon Père, telle fut la réponse de la
comtesse. Le Père Gribeauval lui-même ferait le choix
du précepteur de Raphaël et d'une institutrice pour Clémentine.

Revenue à Brindas, madame de Lentilly annonça au
curé et à son mari que, toutes réflexions faites, elle
préférait avoir pour Raphaël un précepteur ecclésiastique.

— Cela nous a si bien réussi déjà, ajouta-t-elle en regardant le bon curé, qu'il me semble que c'est une raison
pour continuer.

Le curé s'inclina devant cette petite flatterie de femme.
Mais il comprit que le précepteur n'arriverait à Brindas
que passant par la main de jésuites.

Quant au mari, il ne voulut pas intervenir dans cette
question. Quelque temps après, madame de Lentilly

(1) *L'Univers*, 1868.

partait pour Lyon, appelée par une lettre du Père Gribeauval.

Le Père avait trouvé un trésor pour l'éducation de
Clémentine. C'était mademoiselle Rosalie Mangon. Il dit
à la comtesse de remercier la sainte Vierge, la protectrice
des mères chrétiennes, de lui avoir procuré une sainte
fille qui porterait la bénédiction de Dieu avec elle.

La comtesse avait déjà remarqué Rosalie, chez Véronique. Ce n'était donc pas un visage nouveau pour
elle.

— Auprès de Véronique, dont je ne nie pas l'éminente
sainteté et les états vraiment merveilleux, avait dit le
jésuite, Rosalie joue le rôle de l'humble violette. Elle ira
loin dans le chemin de la perfection. Elle est d'une parfaite obéissance. Nous lui avons commandé de cacher les
faveurs vraiment extraordinaires que Dieu lui accorde;
et elle nous obéit scrupuleusement. Cependant Dieu
rend quelquefois, malgré elle, ces manifestations éclatantes.

Quoique instruite et assez lettrée, elle ne pourrait pas
pousser bien loin mademoiselle Clémentine; mais le précepteur que je vous procure, et qui vous arrivera au premier jour, y suppléera.

Seulement, madame, je désire que mademoiselle Rosalie soit admise à votre table, c'est dans les convenances.

Madame de Lentilly se hâta de consentir à tout. Elle
acceptait aveuglément le jeune prêtre que le Père lui
proposait. Quant à Rosalie, elle se déclarait trop heureuse d'avoir auprès d'elle cette sainte personne, et comp-
tait bien en faire son amie, en prenant pour modèle sa
ferveur et son zèle.

Le jésuite ajouta :

— Je l'espère bien, ma fille; et je donnerai l'ordre à Rosalie de vous communiquer les faveurs dont Jésus-Christ et sa sainte Mère la favorisent sans cesse.

Tout était donc réglé, et la maison de madame de Lentilly serait montée selon les vœux du jésuite.

Rosalie avait compris qu'elle ne serait jamais, auprès de Véronique, qu'un personnage secondaire; et, depuis quelque temps, elle se demandait comment elle sortirait de la position effacée que lui laissait le rôle éclatant de sa rivale en mysticisme et en révélations. Aussi, quand le révérend lui avait parlé d'entrer chez madame de Lentilly, elle avait exprimé très-sincèrement sa pensée, en lui disant que la position même la plus humble serait acceptée par elle avec joie, du moment qu'elle y verrait la volonté de Dieu. Le jésuite, qui savait ce qu'il y a quelquefois d'orgueil dans certaines humilités, se hâta de la rassurer, en lui apprenant quelles conditions il se proposait de faire en sa faveur.

Dès ce moment, un monde nouveau s'ouvrit devant Rosalie. Elle ne serait plus la doublure de la mystique prônée par les dominicains. Elle allait travailler pour sa propre gloire, avec des protecteurs autrement puissants, les illustres Pères jésuites. Être maintenant admise à la table de la comtesse, à laquelle elle avait essayé des robes, quel triomphe! Dieu voulait donc que, par ses rapports avec les grandes dames, elle devînt, dans l'Église, l'instrument d'œuvres éclatantes, qu'elle avait rêvées comme toutes les visionnaires.

Rosalie, qu'on le sache bien, n'était pas absolument une hypocrite; ce n'était pas, sous l'enveloppe féminine, un Tartufe odieux, calculant tous ses faits et gestes, mais une tête exaltée, croyant possible que Dieu se servît d'elle. Elle prenait donc son rôle au sérieux,

entendant très-bien, toutefois, aider les faveurs divines.
Mais, dans ce gâchis de mysticité et d'intrigue, elle
aurait eu de la peine à démêler nettement, elle-même, en
quoi elle se faisait illusion et en quoi elle en imposait à
la crédulité.

X

COMMENT ON RÉGÉNÈRE LE MONDE

Trois mois s'étaient écoulés depuis le mariage de madame de Lentilly, trois mois pendant lesquels elle n'avait fait que de rares apparitions à Lyon, négligeant un peu ses devoirs envers les associations des Scapulaires bleus, blancs, rouges, verts, violets, et celles des Saints-Anges, du *Cœur agonisant*, du Rosaire, du Rosaire vivant, du Rosaire perpétuel, du Rosaire du très-saint nom de Jésus, de l'Archiconfrérie de Notre-Dame-des-Victoires, de l'Archiconfrérie du cordon de saint François d'Assise, du Tiers-Ordre, des Mères chrétiennes, de l'Intercession perpétuelle, et plusieurs autres associations dont elle faisait partie.

La plupart de ces associations avaient eu leurs assemblées hebdomadaires, mensuelles, trimestrielles, annuelles, décennales, sans que madame de Lentilly eût paru le moins du monde s'occuper de ces graves événements. Aussi les clameurs des dévotes de Lyon devinrent bien plus violentes qu'au moment où s'était décidé son mariage.

— J'avais bien prévu, disait douloureusement madame de Sainte-Colombe, que madame de Lentilly abandonnerait ses œuvres de piété et cesserait d'être des nôtres. Avec un mari qui se contente de sa messe du dimanche et de ses pâques, une femme aussi faible de caractère doit infailliblement se perdre. Ah ! son premier mari, quelle différence ! J'aurais mieux aimé lui voir épouser un libre penseur que cet homme soi-disant religieux.

Et, à chaque réunion pieuse dont madame de Lentilly était ou présidente, ou vice-présidente, ou trésorière, et il n'y en avait point où elle n'eût été honorée d'une distinction quelconque, ces éternelles plaintes se renouvelaient.

La réunion semestrielle du conseil de l'Association de sainte Anne était impatiemment attendue. Ce conseil se composait de Véronique, de Rosalie Mangon, de madame de Lentilly et de quatre autres personnes toutes aussi exaltées les unes que les autres. Véronique était l'âme de ce conseil, mais madame de Lentilly en était en quelque sorte le corps. Véronique, sous l'inspiration immédiate de sainte Anne, dirigeait l'œuvre ; madame de Lentilly exécutait et donnait les fonds nécessaires à son extension. Elle faisait imprimer les petits livres composés par les dominicains et les cantiques de Véronique, imités de ceux de Marie Alacoque ; elle faisait graver les images du Sacré-Cœur de sainte Anne, frapper les médailles, confectionner les scapulaires, ceux-là étaient violets ; le tout était distribué par milliers ; et Véronique envoyait dans les missions étrangères, des caisses remplies de tous ces pieux objets avec lesquels les bons missionnaires ne pouvaient manquer de convertir les anthropophages, si obstinés qu'ils fussent dans leurs habitudes culinaires.

Le jour de la réunion arriva. Madame de Lentilly était d'ordinaire, avec Véronique, la première rendue. Cette fois Véronique, parut seule. Elle était plus décharnée et plus pâle encore que d'habitude. Quand le conseil eut pris place, après les prières d'usage, Véronique dit d'une voix légèrement altérée par l'émotion :

— Mesdames, j'ai une communication à vous faire : Madame la comtesse de Lentilly m'écrit ; elle me prie de la faire remplacer comme conseillère, ses nouveaux devoirs ne lui permettant que de rester simple associée.

Des exclamations se firent entendre.

La sainte poursuivit : ,

— Madame de Lentilly a joint à sa lettre cinq mille francs en billets de banque pour les besoins de l'association. Grâce aux offrandes des bonnes âmes, nous garderons cette somme pour les dépenses imprévues; d'autant plus que madame de Lentilly veut toujours mettre à son compte tous les frais de décoration de la chapelle de sainte Anne.

— Elle n'en est pas moins perdue pour nous, dit une des conseillères.

— Hélas! dit Véronique, Marie Alacoque écrivait : « J'appréhende que par mes résistances continuelles, je ne sois un obstacle à la gloire du Sacré-Cœur. » J'ai bien plus de sujets de crainte que cette grande âme. Qui sait si mes péchés et mon indignité ne nous ont pas attiré cette épreuve? Aussi, mesdames, voudrais-je qu'il me fût permis de déposer le fardeau de la présidence, et de supplier mademoiselle Rosalie Mangon de l'accepter.

— Moi, s'écria Rosalie avec un accent de terreur, tel que l'aurait un condamné à mort, moi, présidente à votre place! Non, non, jamais! Ne suis-je pas ici la dernière de toutes en vertus? Non, chère Véronique, Dieu et sainte Anne vous veulent ici; et moi, ils me veulent à une autre tâche.

Rassurez-vous! si l'appui de madame de Lentilly nous est nécessaire, nous l'aurons plus solide que jamais; et je serai peut-être l'humble instrument qui doit la rendre à l'œuvre sainte destinée à régénérer le monde.

Et elle poussa un gros et long soupir.

Il n'y a pas d'œuvre dévotieuse qui ne soit destinée à régénérer le monde; c'est pour cela que se produisent tous les sacrés-cœurs, tous les scapulaires, toutes les médailles miraculeuses, toutes les apparitions, jusqu'aux plus récentes; et vraiment elles se multiplient de telle sorte, que le monde y mettrait de la mauvaise volonté s'il ne se régénérait pas.

Rosalie continua :

— O chère sœur, dans le cœur de sainte Anne, Dieu, à cause de vous, m'a favorisé hier, pendant mon oraison, d'un tel désir de souffrir, que j'ai passé toute la nuit à suivre ce saint attrait; et chaque souffrance me donnait une claire vision sur notre œuvre; je la voyais rayonner partout. Mais vous étiez toujours là, à Lyon, conduite par sainte Anne; et moi je me trouvais dans un lieu inconnu; et, quand ma curiosité naturelle, source de tant de fautes, me faisait demander où j'étais, une voix intérieure me disait : « Souffre, souffre encore! demain tu connaîtras la volonté de Dieu. »

— Eh bien! cette volonté, la connaissez-vous?

— Oui, chère sœur, car elle m'a été manifestée par mon supérieur spirituel; et, dans trois jours, je quitterai Lyon.

— L'obéissance est la voie la plus sûre, dit Véronique.

— Il m'en coûte beaucoup, ajouta Rosalie Mangon. Je serai privée de bien des secours spirituels ; mais je pourrai être utile à deux âmes dont l'une nous est bien chère, et je servirai, mieux qu'ici, l'œuvre sainte à laquelle nous nous sommes dévouées.

— Où allez-vous donc? dirent les conseillères qui avaient remarqué entre elles que, pour avoir passé la nuit blanche, Rosalie avait le teint bien reposé.

— Au château de Brindas, dit Rosalie.

— Vous entrez au service de madame de Lentilly? dit une de ces dévotes.

— Non pas, s'il vous plaît, dit vivement la sainte. Jamais personne de ma famille n'a été au service de n'importe qui ; et je crois qu'on doit rester dans la position où Dieu nous a placés. J'ai accepté la surveillance d'une petite fille de neuf ans, nièce de M. de Lentilly.

— Oui, bonne d'enfant, dit tout bas l'une des mystiques.

— Vous ferez son éducation? dit une seconde avec un sourire demi-paterne, demi-malin.

— Pourquoi non? dit Rosalie. Les malheurs de ma famille n'ont pas empêché qu'on ne m'ait donné de l'instruction. D'ailleurs, il va entrer aussi, au château de Brindas, un élève des bons pères, l'abbé Louis. Il continuera l'éducation de M. Raphaël de Nervieux, et il donnera en même temps des leçons à la petite Clémentine Couturier.

— Clémentine Couturier, voilà un nom qui ne sonne guère.

— Oh! c'est la fille d'un homme de rien. Sa mère, nièce de M. le comte de Lentilly, s'était mésalliée. Elle est morte, et madame de Lentilly veut bien se charger de cette enfant, qui est absolument sans fortune.

— Tout cela importe peu, dit Véronique qui, pendant
cette conversation, avait paru absorbée dans ses contemplations habituelles. Vous avez raison, ma sœur Rosalie,
Dieu vous place là pour servir le Cœur de sainte Anne; et
madame de Lentilly, quelles que soient ses défaillances,
en est toujours la fille privilégiée. Ce n'est pas son argent qu'il nous faut, c'est elle-même; et vous nous la
ramènerez. Quant à cette enfant, faites-en une sainte,
elle en saura toujours assez. « Le pain de la science
enfle, » me disait un jour un saint évêque, et « les
femmes, ajoutait-il, doivent être tenues dans une salutaire ignorance. »

XI

L'ABBÉ LOUIS

On connaît suffisamment la femme étrange que les jésuites ont placée en surveillance auprès de la bonne madame de Lentilly. Une lettre de leur second protégé, l'abbé Louis Derbin, pourra édifier sur le compte de cet autre commensal du château de Brindas.

*L'abbé Louis à Charles ***.*

« Tu me demandes, mon ami, ce que je suis devenu. Rien de ce que je voulais être. Et la Providence a deux fois conduit les événements de telle sorte qu'il m'a fallu me soumettre à ses décrets, et accepter la vie telle qu'elle m'était faite.

« Tu sais que ma mère, veuve et sans fortune, a fait tous les sacrifices possibles pour mon éducation. Elle m'avait placé chez les bons Pères, et je crois avoir répondu à son attente. Ma vocation sacerdotale fut un

grand bonheur pour elle ; seulement elle ne voulut jamais consentir à me laisser entrer aux Missions étrangères. C'était pourtant là mon rêve.

« Saint François Xavier était mon idéal. Comme lui,
je voulais pénétrer dans les régions les plus sauvages et
y porter l'Évangile ; et, sinon ressusciter les morts,
à son exemple, du moins diminuer le nombre des âmes
qui vivent à l'ombre de la mort, selon le mot de nos
livres saints.

« Je dois bien dire qu'il se mêlait un motif un peu
humain à ce beau zèle. J'ai la passion des voyages, et, si
je ne m'étais fait prêtre, à coup sûr j'eusse été marin.
Ma mère mit son *veto* à mes intentions, quand je les
lui exposai, et, en fils respectueux, je me soumis.

« On me l'a dit, j'aurais dû ne pas balancer entre ma
vocation et ma mère, et partir pour les contrées lointaines, sans même lui dire un adieu, peut-être éternel.
Mon modèle, saint François Xavier, a fait cela. Je l'admire, sans doute, mais je ne voulus pas l'imiter. Je me
déterminai à continuer mes études dans un séminaire.
Au lieu de l'espace des forêts vierges, des lacs et des
larges fleuves du Nouveau-Monde, des déserts brûlants
de l'Asie et de l'Afrique, je me mis à rêver un modeste
presbytère. Là, avec ma mère, je ferais un peu de bien.
La petite fortune qui lui reste suffirait à nos besoins. Les
revenus du prêtre seraient la part des pauvres. Et, au
lieu des tempêtes, des nuits passées sous la tente ou sous
les cabanes de feuillage, j'avais devant moi la vie buco-
lique du curé de campagne : je voyais déjà mon jardin
et mes fleurs, mon église champêtre et mes bons paysans,
dont je ferais d'honnêtes chrétiens.

« Hélas ! il ne devait pas en être ainsi. Parce que
nous demandons peu à la Providence, elle n'est pas te-

nue à nous donner ce peu. Je venais d'être ordonné
prêtre, lorsque j'appris que le notaire, chez lequel ma
mère avait placé sa peitte fortune, venait de faire
banqueroute. Ma mère se trouva ruinée. Ce fut pour
moi une bien vive douleur. Au lieu de secourir les pauvres avec les modiques ressources du presbytère, nous
serions pauvres nous-mêmes. Ma mère, habituée à une
aisance relative, serait réduite à être la ménagère de son
fils. Cet avenir me désespéra.

« L'un de mes anciens maîtres que je vis à Lyon et à
qui je racontai mes anxiétés et mon chagrin, s'intéressa
vivement à moi. Il me reprocha amicalement d'avoir résisté à Dieu qui me voulait dans les missions de la sainte
compagnie.

« Je ne pouvais me repentir de n'avoir pas abandonné
ma pauvre mère, au risque de paraître moins parfait. Le
Père devina ma pensée.

« — Vous avez bien fait, ajouta-t-il, de venir me
trouver, car si Dieu punit une faute contre votre vocation,
il veut aussi récompenser votre amour filial. »

« Et alors il me proposa d'entrer comme précepteur
dans une sainte famille. Il me nomma le château de Brindas, d'où je t'écris. La châtelaine, madame la comtesse
de Lentilly, à un fils de son premier mariage, Raphaël
de Nervieux, qui me sera confié. Cet enfant a douze
ans; il est très-avancé sous le rapport intellectuel; sa
mère le maintient dans la pieuse idée d'être prêtre un
jour.

« En me donnant ces détails, le Père Gribeauval
ajouta :

« — Voyez-vous, mon cher enfant, Dieu vous veut
dans notre sainte compagnie; et, quand on lui échappe

par une porte, il sait bien en ouvrir une autre pour nous rappeler. »

« — Eh bien! mon père, soit, lui répondis-je, ce sera peut-être par le château de Brindas que je viendrai à vous. J'accepte de grand cœur cette éventualité.

« Voilà, mon cher ami, comment je suis aujourd'hui le précepteur d'un charmant enfant, et le chapelain d'une grande maison. M. de Lentilly est bon chrétien, sa femme est une sainte, et une aimable sainte, qui veut bien tolérer mes gaietés d'enfant. Elle assure que je suis moins raisonnable que Raphaël, et j'en conviens sans peine.

« Adieu, mon ami.

« *P. S.* J'oubliais de te dire que je cumule, avec mes fonctions officielles, le soin de donner quelques leçons à mademoiselle Clémentine, nièce de M. de Lentilly. L'enfant, âgée de neuf ans, est aussi très-intelligente. Elle est confiée à une sainte fille nommée Rosalie Mangon. Si je ne deviens pas ici un saint comme tous les autres, ce sera ma faute. Adieu de nouveau. »

XII

LE PROMENOIR SPIRITUEL

Ce n'était pas une ancienne construction féodale, avec des tours massives et des créneaux menaçants, que la vaste et riche habitation, connue dans le pays sous le nom de château de Brindas. Encore moins était-ce l'une des créations gracieuses de la Renaissance, dont les châteaux de Blois et de Chambord sont devenus les plus parfaits modèles.

Les châteaux du Lyonnais sont dus, pour la plupart, aux mêmes architectes qui ont élevé l'hôtel-de-ville de Lyon, le somptueux couvent des dames de Saint-Pierre, devenu aujourd'hui le musée, et les grandioses, mais pesantes maisons qui décorent les places des Terreaux et de Bellecour. Dans les deux derniers siècles, l'art de bâtir des châteaux s'était perdu, ou mieux les besoins de la vie vulgaire d'une société peu soucieuse de l'art indigène, tel qu'on le comprenait au moyen âge et au seizième siècle, ne demandaient que des maisons confortables. Les architectes servaient ces époques folles de plaisir, selon leur goût. Ils prenaient les vastes hôtels des villes, et les transportaient au centre des grandes terres du pays. Quelque large terrasse, selon le site plus ou moins montueux, de vastes perrons, des balcons dont l'idée était venue d'Italie avec les artistes amenés en France par les Médicis, et un vaste corps de logis flanqué de deux pavillons, c'était tout le luxe extérieur de ces habitations.

Tel était le château de Brindas. Par amour pour la ligne droite, qui régnait alors en souveraine, un jardin à allées bien alignées s'étendait au-dessous de la grande terrasse. Plus loin, de belles allées encadraient une prairie immense, qui suivait l'inclinaison du terrain dans la direction du Rhône, dont on voyait du haut de la terrasse la ligne rapide descendant du lac de Genève.

Mais, si les artistes du dix-huitième siècle n'avaient pas fait un chef-d'œuvre de la riche habitation des Nervieux, la nature, plus féconde et plus constante dans les formes qu'elle donne au beau, avait entouré Brindas de tout ce qui est fait pour charmer les regards de l'homme. Cette rive occidentale du Rhône et de la Saône, s'élevant lentement en collines richement boisées et couvertes d'un humus admirablement propre à la végétation, a été appelée le mont Dore du Lyonnais.

Situé à dix kilomètres du grand fleuve du Midi, au-dessous de sa jonction avec la Saône, Brindas occupe la région moyenne de la partie montagneuse, où l'on n'a pas à redouter les rudes hivers, mais où l'on n'est pas perdu sans horizon, comme au fond des vallées où s'encaissent les fleuves. De la terrasse du château, l'œil enivré peut contempler, sur des plans harmoniques, Lyon,

si pittoresque au confluent de ses deux fleuves et s'éta-
geant sur ses hautes collines. Cet immense amas de
maisons, aperçu à cette distance, semble une vision'orientale de quelque cité merveilleuse perdue au milieu d'une
oasis de verdure. Mais ce qui est là unique, comme perspective, c'est l'immense vallée du Rhône, qui, se cour-
bant à angle presque aigu, au sortir de Lyon, se trouve,
par cette déviation, s'étendre aux regards dans tout son
axe à une distance immense, et montre le fleuve majes-
tueusement entouré des deux vastes amphithéâtres de ses
deux rives, à une distance où l'œil ne peut plus apercevoir, aux derniers plans, que les masses adoucies des collines se perdant, par une transition douce, dans les vapeurs
légères de l'horizon.

A gauche, les premiers contre-forts du Jura se mon-
trent dans leurs lignes onduleuses. Mais c'est à droite
que la vue est surtout admirable par les développements.
Là le versant septentrional des Alpes se dresse sur une
étendue de près de cent kilomètres, et présente, à l'extrême horizon, non plus cette dentelure de pics qui
forme la silhouette aiguë de la crête des Pyrénées, mais
des masses dont l'œil devine les proportions colossales,
et que le mont Blanc, le roi des montagnes euro-
péennes, couronne avec orgueil.

Tels étaient le paysage de Brindas et ses vues enchan-
tées.

Arrivée au château, Rosalie, curieuse comme tous les
esprits inquiets et hors de leur voie, avait parcouru les
corridors, les servitudes, les greniers, ne laissant pas
un recoin qu'elle ne voulût connaître. On s'était aperçu,
dès les premiers jours, qu'elle était un peu singulière; et
c'était au compte de ses singularités qu'on portait très-
charitablement toutes les bizarreries qui pouvaient lui

échapper. La chambre que madame de Lentilly lui avait
assignée était petite, mais bien décorée : elle joignait
celle de Clémentine, que madame de Lentilly avait voulue
près d'elle, afin de lui donner tous les soins d'une mère.
Mais Rosalie, toute contente de sa jolie chambre, y
étouffait. Cette fille, assez grasse, était fatiguée par le
sang. L'air, beaucoup d'air, le mouvement, un travail du
corps étaient impérieusement exigés par sa constitution
physique. Tout cela était contraire à sa vocation de mystique et d'inspirée. Son grand chagrin, sa douleur profonde,
quand elle se regardait au miroir, était de ne pas se
trouver un visage allongé et pâle, tout ce *facies* amaigri
des ascètes, qui fait tant ressortir l'étrangeté de leur
regard, tour à tour concentré et sombre, ou rayonnant
des joies de l'extase, tel que l'avait son amie Véronique.

Le physique de l'emploi lui manquait donc. Elle essaya,
pendant quelques mois, d'un procédé pour maigrir, procédé grossier que de sottes filles emploient souvent, et qui
peut faire à l'organisme des lésions irrémédiables. Elle
se mit à boire beaucoup de vinaigre. En la pâlissant un
peu, le remède n'enleva pas cette graisse pesante qui
chargeait ses joues et qu'entretenait la table succulente
du château, à laquelle la sainte faisait assez d'honneur.
Il produisit son effet immanquable, il provoqua des dé-
sordres gastriques violents. Il fallut recourir au médecin.

Celui-ci fut prévenu par madame de Lentilly, qui jetait
sur le compte des mortifications l'excès de vinaigre qu'elle
voyait Rosalie mettre dans ses aliments.

— Vous vous empoisonnez, lui dit sévèrement l'homme
de l'art. Vous ne vivrez pas longtemps avec ce régime :
l'acide acétique est, tout bonnement, un poison.

Ce mot fit trembler notre mystique : elle tenait beaucoup à la vie. Grâce à une médication donnée à temps,
elle reprit sa santé florissante ; et il ne fut plus question
pour elle, à son grand désespoir, d'atteindre ces formes
de sylphide qu'elle avait jugées devoir lui aller si
bien.

Il fallut recourir à un autre moyen, que le médecin
avait suggéré, prendre beaucoup d'exercice.

Madame de Lentilly, la meilleure des femmes, donnait,
chez elle, une grande liberté. Sincèrement pieuse, sauf
les quelques écarts de son mysticisme qui la noyait pour
des semaines dans ses contemplations, elle savait rendre
tout le monde heureux autour d'elle.

Rosalie avait dépisté, à l'extrémité orientale du château, une longue mansarde, éclairée par de nombreuses
lucarnes, qui couvrait l'aile de la maison où se trouvaient
la chapelle et quelques servitudes. Comme cette mansarde était peu à la portée des gens de service, pour y
arriver, il fallait monter un escalier de bois fort étroit et
fort rapide, en façon d'échelle ; on ne se servait jamais
de cette mansarde. Seulement, lors des réparations que
madame de Nervieux avait faites à la chapelle, à l'époque
de son premier mariage, on avait déposé là un vieux
tabernacle de bois, dédoré, tout vermoulu et tout fra-
cassé, quelques statuettes dont les nez, les mains et les
oreilles avaient été mutilées à coups de sabre, lors du
pillage du château de Brindas, sous la Révolution, et
enfin la défroque d'une chapelle dans le mauvais goût
qui domina pendant tout le dix-huitième siècle.

Rosalie s'empara de ce grenier : elle y prenait ses
ébats, les jours où, dans ce climat souvent brumeux, il
lui était difficile de courir les champs. On l'avait entendue, quelquefois, se plaindre qu'il n'y eût pas dans les

châteaux, de ces beaux cloîtres, comme dans les anciens couvents, où l'on peut si bien se promener sous de riches arcades, et méditer, en prenant l'air et en regardant l'azur du ciel. Elle avait des velléités de poésie, cette grosse mystique ; et il n'eût pas fallu trop la prier pour qu'elle eût fait des vers comme Véronique et Marie Alacoque. A défaut d'un beau cloître, elle se contenta de contempler le bleu du ciel par les larges lucarnes de sa mansarde. Elle en fit ce qu'elle appela son promenoir spirituel. Mais nul autre qu'elle ne pénétrait là. Elle avait toujours sur elle la clef de la porte. Avec des mousses, du lierre, des branches d'if et de buis, que l'aide-jardinier lui avait fournis, elle avait tapissé la charpente et en avait fait une voûte de verdure. Puis, prenant le vieux tabernacle, sur la porte duquel se voyait un calice en bas-relief, elle l'avait placé au fond de la mansarde, pour faire là une espèce de sanctuaire. Deux statues un peu mutilées, l'une de la Vierge-Mère, l'autre de la belle sainte Thérèse, furent mises sur cette espèce d'autel. Deux anges adorateurs eurent leur place naturelle à droite et à gauche; d'autres statues plus mutilées leur servirent d'entourage. Un vieux prie-dieu, lourd et grossier, était en avant. Puis, pour clore ce sanctuaire de goût fort étrange, elle avait mis en travers du grenier une petite grille en fer forgé, assez maltraitée aussi par le vandalisme et qui avait servi de table de communion. Cela n'était d'aucun style, sinon que les deux branches verticales de la grille, qui soutenaient autrefois la porte, étaient surmontées de deux grosses pommes de fer taillées en facettes et portant quelques petits dessins gravés en creux, au burin, très-peu profondément. Outre ces dessins, dont quelques-uns étaient de pure fantaisie, on y voyait le millésime de la confection de la grille et des initiales, probablement celles de l'artiste de Lyon qui avait fait ce travail.

Là, notre sainte humait l'air, envoyait à « l'Amour divin » ses oraisons jaculatoires par les lucarnes, chantait des cantiques de spiritualité langoureuse, ou, prosternée sur le prie-Dieu, se soulageait, par des larmes, du trop-plein de son cœur que les flèches de l'époux céleste avaient blessé.

Rappelons que le Père Gribeauval avait fait la leçon à Rosalie et à l'abbé. Il avait dit à la petite sainte :

—Chère enfant, songez que vous êtes dans cette maison, pour tout voir et me tenir au courant de tout, bien entendu, ma fille, dans l'intérêt du bien des âmes, car que nous importent à nous les affaires du monde ? Mais il y a là une femme pieuse terriblement inconstante, qui est tantôt à la piété la plus haute, à l'esprit intérieur, au progrès spirituel, quand nous pouvons la tenir quelque temps, et qui bientôt retombe dans le terre-à-terre, dès que cesse cette influence et qu'elle va reprendre pour guide un pauvre curé, bonhomme au fond, mais complétement étranger aux voies élevées de la spiritualité.

Rosalie était assez habile pour comprendre que, devenue l'espion du révérend Père, elle avait pour toujours en lui un protecteur puissant. L'ardeur de ses regards et la chaleur de sa réponse avaient fait voir au Père que sa confiance était bien placée.

Il avait dit à l'abbé Louis :

—Je vous ai demandé à Sa Grandeur pour ce poste de confiance. Les années que vous passerez à Brindas vous seront comptées. J'aurai soin de maintenir l'administration archiépiscopale dans de bonnes dispositions pour vous.

Maintenant, cher abbé, vous avez là-bas une triple mission. Ménager deux vocations naissantes, surtout celle de l'enfant, qui veut être prêtre. Nous aimons à voir les jeunes gens des grandes familles entrer chez nous. Nous serions heureux de devoir un jour à votre influence un Père de Nervieux. Nous vous aimons assez pour que vous nous prépariez ce cadeau. La petite Clémentine, par la volonté de son oncle, doit être aussi dirigée vers la vie religieuse. On lui fera une dot passable. On la dit très-intelligente. Nous la voudrions pour le Sacré-Cœur.

Troisième point, qui n'est pas sans importance : nous craignons que madame la comtesse, trop confinée à Brindas par l'amour de son mari pour la campagne, ne finisse, par échapper à une direction spirituelle éclairée, qu'elle ne devienne indifférente à une foule de bonnes œuvres dont elle est l'âme, et dont notre bonne ville de Lyon a tant de besoin, et qu'en raison d'une certaine faiblesse de caractère, elle ne se livre entièrement à la direction fort vulgaire du curé de son village. Vous aurez, doucement, sans qu'elle se doute que nous nous entendons sur cela, à la prémunir, mais avec mille précautions dont vous êtes fort capable, contre cette pauvre direction. Je compte beaucoup sur vous. Du reste, voyez ce curé. Vous saurez mieux ce qui se passe, pour m'en informer à l'occasion. Mais tenez-vous en garde contre son influence. Ces vieillards sont imbus de l'esprit gallican qui dominait sous la Restauration, et sont par là même nos ennemis secrets.

Telles furent les instructions de l'habile jésuite. L'abbé Louis avait eu très-peu le temps de s'occuper de gallicanisme ou d'ultramontanisme. Cela, dans les paroles du

Père, ne l'intéressa guère. Mais avec sa nature droite, il comprit qu'on voulait faire de lui un espion.

— Merci, se dit-il, de la fonction honorable.

Et, de ce moment, il en rabattit beaucoup sur son jésuite.

XIII

LE PREMIER MIRACLE DE ROSALIE

Les semaines se passaient, à Brindas, comme des semaines de l'âge d'or. Le chapelain disait la messe chaque matin, à neuf heures. Toute la famille y assistait, même le comte, au fond assez religieux. Déjà Rosalie qui, selon le mot employé par elle dans une lettre secrète au Père Gribeauval, avait complétement empaumé la comtesse, était parvenue à persuader aux domestique de venir à cette messe, ce qui était un grand succès de propagande que le chapelain n'avait pas osé entreprendre.

Les deux enfants, natures tendres et très-portées au mysticisme, se sentaient heureux de cette vie d'adoration et de prière. Raphaël servait la messe, comme un petit ange. Clémentine avait voulu absolument la charge d'apporter le vin et l'eau, d'allumer les cierges, de nettoyer la lampe qui brûlait nuit et jour devant l'autel ; ses petites mains pures préparaient le linge sacré, le tout sous la surveillance de mademoiselle Rosalie. On était en plein paradis terrestre.

Peu de temps avait suffi pour établir, dans le château et dans les habitations du voisinage, la réputation de sainteté qui avait précédé Rosalie à Brindas. L'inconnu religieux a une grande puissance de fascination sur l'âme humaine. Avoir près de soi une sainte, on n'analyse pas cela, mais on s'en impressionne involontairement. Pour peu que son attitude sorte de l'attitude vulgaire, pour peu que la voix, le geste, les intonations aient quelque chose qui ne se trouve pas dans le commun des mortels, autant de gagné pour la mystique. Les saints sont ainsi; ils parlent ainsi, ils lèvent ainsi les yeux; on dirait presque : ils mangent et dorment ainsi.

La vénération était donc arrivée rapidement à Rosalie, par la logique même de la réputation qu'on lui avait faite.

Un samedi, vers les deux heures, au moment où les enfants jouaient dans la cour du château, Rosalie, ayant descendu le grand escalier, s'était rendue à la chapelle, pour son examen de conscience. Une ou deux fois, Raphaël, en saisissant le cerceau de Clémentine, qui allait frapper la porte de la chapelle et troubler mademoiselle Rosalie dans sa dévotion, entendit comme des sanglots, des cris étouffés. Il eut peur; il appela M. l'abbé, qui récitait ses vêpres, sous un vieux ormeau placé dans la cour, à l'opposite de la chapelle.

Il lui raconta, un peu ému, ce qu'il venait d'entendre. L'abbé craignit quelque accident. Il ferma le bréviaire et se précipita. Les enfants, curieux, le suivirent.

Les bruits singuliers prenaient plus d'intensité. Par la porte, qu'il avait doucement entr'ouverte, l'abbé vit Rosalie prosternée sur le marche-pied de l'autel et s'écriant dans ses transports :

— O Seigneur, envoyez-moi les croix que vous voudrez, mais pas de ces croix visibles sur mon corps qui m'attireraient l'estime des hommes! Si vous ne me les ôtez pas, je vais m'enfuir d'ici, pour que nul ne me voie (1).

Et elle disait cela, tout en sanglots et en larmes.

L'abbé ne comprenait pas. Cependant l'attitude de la sainte fille, ses soupirs étouffés, sa position devant l'autel, l'idée qu'il s'était faite lui-même, d'après les admirations multipliées de la châtelaine, des rapports secrets de Rosalie avec le monde surnaturel, lui firent soupçonner qu'elle venait de recevoir quelque grâce extraordinaire. Il se précipita alors, dans son enthousiasme, et se mit à la relever.

— Mademoiselle! mademoiselle!

— Ah! le Seigneur est trop bon, il m'accable!

— Quoi! mademoiselle?

— Ah! monsieur l'abbé, une insigne pécheresse...

(1) « Il arriva qu'un vendredi, elle (la mère Agnès) sentit que sa douleur aux pieds et aux mains augmentait de violence extraordinairement. Elle jeta les yeux sur sa main, et vit qu'il s'y était formé des croix rouges qui perçaient de part en part et avaient une fleur de lis au bout de chaque branche. Elle fut surprise de se voir marquée de croix si honorables, et prosternée dans sa cellule, elle dit à Notre-Seigneur : « Tant de croix, ô mon Dieu, « qu'il vous plaira! mais de ces croix en peinture, je n'en veux pas. « Si vous ne me les ôtez, je ne veux plus rester dans ce monastère; « je m'en vais tout maintenant sauter les murailles et m'enfuir « parmi les bois et les rochers. » Elle tenait déjà une perche pour monter sur la muraille quand un ange lui apparut. Elle lui dit : « Je « ne veux pas de ces marques visibles, je veux endurer de vraies « croix. » L'ange lui dit : « Eh bien! on vous les ôtera. » L'ange lui effaça les croix incontinent, l'aida à se relever. Elle regarda alors ses mains : rien n'y paraissait. » (*Vie de la vénérable mère Agnès de Jésus, religieuse de l'Ordre de Saint-Dominique*, Paris, 1863. — L'abbé Davin, *Monde* du 25 juillet 1864, 2ᵉ article.)

Et elle essayait de retirer une de ses mains, que l'abbé avait saisie.

— Si Dieu est bon pour vous, pourquoi craindre de divulguer ses bontés? « Il faut garder les secrets des rois, dit l'Écriture, mais il faut révéler la gloire et les œuvres de Dieu. »

— Je n'oserai jamais montrer...

Et dans le mouvement qu'elle fit pour se redresser, elle laissa voir, dans le creux de sa main droite, blanche et potelée, l'impression d'une grande croix aux branches égales, ayant entre chaque branche une autre croix plus petite, mais exactement de la même forme que la grande croix, ce qui donnait, dans le langage du blason, une croix grecque, cantonnée de quatre croix grecques, telles qu'étaient les armes des rois latins de Jérusalem. L'impression était si visible que l'extrémité de l'une des croix, comme si un véritable fer rugueux et acéré eût porté fortement sur cette main délicate, avait légèrement égratigné l'épiderme et montrait le tissu rosé de la chair sur une longueur de deux ou trois millimètres. Telle était physiquement l'image imprimée, que l'abbé vit rapidement, mais qu'il vit très-bien.

— Monsieur l'abbé, je vous demande à deux genoux, je vous conjure au nom de notre doux Sauveur, et devant son autel, où vous avez eu le bonheur de célébrer ce matin, et où moi, tout indigne, j'ai osé communier, de me garder le secret de cette faveur.

O Seigneur, ô doux Jésus, ô saint époux de mon âme, ne comblez pas ainsi votre pauvre servante! Et vous, prêtre de notre bon Seigneur, épargnez-moi, sauvez-moi en gardant mon secret!

Les enfants s'étaient approchés. Ils avaient entendu les paroles, sans rien comprendre à la manifestation surnaturelle que Rosalie, par une humilité profonde, tenait tant à jeter dans un oubli éternel. Raphaël, d'un regard rapide, avait aperçu le stigmate étrange.

— Une croix ! une croix !

Et, prenant la main de Clémentine, il courut vers le salon, où se trouvaient sa mère et M. de Lentilly.

— Maman ! maman ! Une croix dans la main de mademoiselle Mangon !

— Que dis-tu, mon ange ?

Et il raconta, debout, devant la mère étonnée, tout ce qui venait de se passer dans la chapelle, le secret demandé par la demoiselle, l'abbé laissé avec elle.

Il ne vint à personne, au château, la pensée de scruter un peu cette étrange affaire.

Il semblait d'ailleurs impossible de suspecter cette sainte fille de supercherie. N'était-ce pas bien malgré elle que l'abbé et les enfants avaient découvert, sur elle, la faveur insigne qui n'est accordée qu'à de très-grands saints, celle des stigmates ? N'avait-elle pas demandé à Dieu avec larmes de ne pas laisser apparaître, dans ses mains, les marques de cette manifestation extraordinaire ? Celles qui veulent faire des dupes prennent toutes leurs précautions pour que leurs stratagèmes se produisent devant beaucoup de témoins, et que leurs prétendus miracles volent de bouche en bouche. Ici, c'était l'humilité elle-même, dans son désespoir des faveurs reçues de Dieu.

Madame de Lentilly, pas plus que l'abbé Louis qui était naturellement le grand casuiste du château, n'hésita à reconnaître, comme venant de Dieu, ces stigmates que Rosalie ne montra qu'en tremblant et en rougissant, comme une vierge pudique dont on soulèverait le voile.

Rosalie était toujours dans ses pieuses terreurs.

— Mon Dieu, effacez cela ! disait-elle.

En effet, sous l'œil de toute la famille réunie dans le salon, — le comte admirait le prodige et en était ému presque autant que sa femme, — on vit lentement l'impression disparaître sur l'épiderme. Les lignes rougies, environ une heure après, ne laissèrent que le vestige insaisissable d'un corps dur qui a longtemps pressé la main.

— Merci, ô mon Sauveur! dit alors Rosalie.

Le soir, au dîner, madame de Lentilly voulut examiner la main. Il ne restait plus rien de l'impression des cinq croix, si ce n'est la toute petite égratignure de l'épiderme dont nous avons parlé, laquelle n'avait aucune profondeur et disparaîtrait bientôt.

Ce fait extraordinaire, vu et bien vu par une famille si respectable, étudié minutieusement par un jeune prêtre, théologien instruit, avait tous les caractères de crédibilité qui s'attachent aux événements dont la véracité est incontestable. Il eût fallu douter de sa propre existence plutôt que de douter des glorieux stigmates des cinq croix; les témoins n'étaient ni trompés ni trompeurs.

Madame de Lentilly se précipita vers Lyon, et alla raconter le prodige à Véronique la sainte, et au très-révérend jésuite, son directeur. Elle portait une lettre de Rosalie, qui racontait au Père, avec tous les détails, la glorieuse marque d'amour qu'elle venait de recevoir.

Dans cette lettre, elle s'humiliait beaucoup, se reconnaissant toujours, ce qui est d'usage dans le style mystique, une indigne pécheresse, remerciant Dieu d'avoir exaucé sa prière en enlevant, par sa toute-puissance, jusqu'aux moindres traces des stigmates, et elle suppliait à deux genoux son directeur, celui, disait-elle, à qui elle voulait en tout obéir comme à Dieu même, de ne pas l'obliger de dévoiler la glorieuse manifestation.

Le jésuite réfléchit un peu, et dit à la comtesse :

— Oui, elle a raison. Il est plus beau pour elle d'avoir reçu ces faveurs de Dieu, et de les ensevelir dans un profond silence, que d'en recueillir l'honneur aux yeux du monde, même aux yeux des âmes pieuses. Je lui écrirai. En attendant, dites-lui que j'entre dans les saintes pensées que son humilité lui suggère. Que ni vous, ni M. l'abbé, ni personne autour de vous ne divulgue ce grave événement. Il faut respecter la modestie des saints.

Il était trop tard. Les domestiques du château avaient su le miracle, et l'avaient ébruité dans le village. Définitivement, Brindas, comme tant d'autres localités heureuses du monde catholique, avait sa miraculée.

Le curé de Brindas ne s'était pas beaucoup impressionné de cette affaire, qu'on lui avait racontée de plusieurs façons. On n'avait pas manqué d'embellir les circonstances du prodige. Selon les bruits populaires, le sang avait coulé des stigmates jusqu'à imbiber plusieurs linges. On eût été si heureux, dans le petit monde des crédules du village, d'avoir des fragments de ces linges, comme autant de précieuses reliques.

Le curé prit des renseignements auprès de l'abbé Louis, qui, voyant la chose divulguée, donna, avec beaucoup d'enthousiasme, tous les détails de la manifestation divine.

— Et vous croyez à cela, monsieur l'abbé?

— Oui, certes, comme à mon existence. J'ai vu, touché...

— Très-bien. Je ne discute pas l'existence des cinq croix. C'est le fait matériel. Je n'ai pas à le nier. Mais est-ce un fait miraculeux? Pour un théologien, vous allez vite en besogne.

— Mais, monsieur le curé, quand un fait est attesté par des témoins ni trompés ni trompeurs...

— Eh bien! cela rend-il le fait miraculeux, divin?

— Mais d'où viendraient ces cinq croix symétriques?

— Je n'en sais rien.

— Elles viennent ou de Dieu ou du diable.

— Oui, c'est le dilemme de la théologie ignorante du moyen âge. Il faudrait l'élargir et mettre un troisième terme, et dire : Cela vient de Dieu, du diable ou des hommes.

— Comment voulez-vous que quelqu'un ait imprimé ces croix sur la main de mademoiselle Rosalie?

— Par elle ou par d'autres, ces croix ont été imprimées : cela est pour moi d'une évidence mathématique.

— La pauvre fille sait-elle seulement ce que c'est que la croix de Jérusalem?

— Elle doit l'ignorer. Sa science héraldique ne va pas jusque-là. Mais quelque ancien sceau peut porter cette empreinte.

— Un sceau n'a pas cette largeur; l'empreinte occupait toute la paume de la main.

— Mon cher abbé, retenez bien ceci : qu'un fait n'est pas miraculeux parce qu'on n'en a pas, au moment même, l'explication naturelle. Cette explication peut bien ne pas être celle que je soupçonne. Comment un sceau de ce genre serait-il à Brindas? Cependant il y a eu des chevaliers du Saint-Sépulcre dans l'ancienne famille de Nervieux. Mais je ne m'inquiète pas de l'explication. Elle aura lieu tôt ou tard, peut-être par vous le premier. Tout se sait dans ce monde.

— Vous ne croyez donc pas aux stigmates?

— Nullement, mon cher abbé.

— Moi, j'y crois.

— Libre à vous. Mais songez à ceci. Dieu voulût-il abaisser sa majesté infinie et sa suprême dignité à sillonner de contusions sanglantes la chair de quelques pauvres filles, ce ne serait pas mademoiselle Mangon qui serait choisie pour cela. Vous êtes bon et naïf, cher abbé. Je vous le dis pour votre gouverne, et croyez bien que j'ai des raisons graves qu'il me serait trop long de vous donner aujourd'hui, je me tromperais bien si cette fille n'est pas une rouée, une fausse mystique, comme il s'en produit tant à notre époque, et si, de plus, elle n'est pas votre espion.

— Vous m'effrayez.

— Vous le saurez plus tard.

XIV

CONVERSION D'UN MYSTIQUE

Une intimité douce n'avait pas tardé à s'établir entre le jeune abbé et le vieux curé de Brindas, malgré l'incrédulité de celui-ci au sujet des stigmates de mademoiselle Rosalie. Bientôt ils n'eurent plus de secrets l'un pour l'autre. Le vieillard tenait beaucoup à madame de Lentilly : c'était sa création ; du moins il le croyait. Depuis le mariage qu'il lui avait fait faire avec le comte, il avait vu baisser prodigieusement l'influence des jésuites sur son enfant, comme il l'appelait quelquefois. Le digne homme était demeuré chaste, malgré bien des luttes longtemps et douloureusement soutenues, quand était arrivée la crise inévitable où l'homme souvent terrasse le prêtre. Ses instincts de paternité s'étaient portés sur Sophie, la seule femme attrayante et honnête, parmi le vulgaire de ses pénitentes, qu'il eût jugée digne d'un sentiment plus exclusif et plus doux.

Rien donc de ce qui pouvait tenir à madame de Lentilly ne lui était indifférent. Et, si les jésuites avaient, dans le château de Brindas, une pieuse intrigante qui leur servait d'espion, et avait pour instruction secrète de leur ménager une reprise d'influence sur l'une des maisons les plus honorables et les plus riches du Lyonnais, le curé de Brindas n'était pas fâché de trouver dans le jeune précepteur un aide délicat et honorable qui le soutînt dans la tâche qu'il avait entreprise de combattre ce qu'il appelait, avec le saint évêque Camus, « les industries des moines ».

Il lui avait fallu ramener de bien loin ce pauvre abbé, tout enseveli dans les mille fadaises de l'éducation claustrale du collége des Pères jésuites et des séminaires, tout imbu des préjugés séculaires qui forment le fond d'idées d'une corporation autrefois si puissante matériellement et, par une brusque révolution, tombée des hauteurs de son rôle politique, comme premier corps. de l'État, dans l'humble obscurité de sa glorieuse mission évangélique. Ce qui était le plus tenace dans cette jeune âme bien droite mais ardente, c'était un penchant terrible au mysticisme, que les âmes pieuses, autant que le clergé en général, confondent si facilement avec la piété elle-même.

Le vieillard, qui avait la patience de son âge et la finesse des lyonnais, comprit qu'il fallait y mettre beaucoup de mesure, mais que c'était le point par lequel il fallait attaquer fortement son jeune ami, s'il ne voulait pas le voir lui échapper, au premier moment où quelque bouffée mystique le jetterait loin des régions calmes dans lesquelles il voulait le retenir. La tâche était difficile. On ramène une âme égarée, parce qu'on a prise sur les dernières délicatesses restées dans la conscience; mais faire entendre raison à une intelligence qui s'est abandonnée une fois aux mirages trompeurs du mysticisme, ce miracle se fait-il souvent?

Le curé de Brindas voulut essayer. Heureusement, pour le succès de cette expérience, que l'abbé Louis était l'argumentateur le moins obstiné du monde. Durant ses études cléricales, il avait si souvent surpris la théologie en flagrant délit de subtilité et de sophisme, il l'avait vue jouer si fréquemment à l'équivoque, donner des mots et des métaphores pour des preuves, que sa conscience droite l'avait mis pour toujours en suspicion des procédés théologiques. Il ne voulait se rendre qu'au vrai démontré. C'était donc de ce côté que le curé de Brindas entreprendrait son siége.

Depuis quelque temps, l'abbé avait remarqué, dans la châtelaine de Brindas, dont il élevait le fils, un de ces retours que craignait tant le guide de son âme. Soit qu'elle eût reçu des lettres de spiritualité du fameux Père Gribeauval, soit un voyage récent à Lyon et ses consultations habituelles à l'oracle, c'est-à-dire ses entretiens avec Véronique, soit enfin l'action incessante des lectures mystiques, et presque tous les livres de piété que lisent les femmes exaltent l'imagination aux dépens de la raison, ses paroles, ses rapports avec le mari, l'enfant, le précepteur, la domesticité, accusaient quelque fatale influence.

L'abbé avait remarqué que la dame, chaque fois qu'elle était revenue du confessionnal du vieux curé, avait eu une bonne quinzaine de sérénité, de vie douce et calme. Son sourire était vrai; son regard bien ouvert disait une âme en paix, un cœur d'une bienveillance souveraine. Le mari la trouvait plus aimante; les enfants recevaient plus de caresses; le précepteur devenait presque un ami, et les serviteurs des frères. Elle lisait moins ses livres de mysticité, méditait moins longuement et agissait davantage. C'était le temps où les malades étaient visités, les pauvres familles du voisinage soulagées, les ignorants instruits, les misérables d'esprit et de corps accueillis avec une sympathie chaude et une courageuse abnégation. La contemplative du Thabor, enlevée dans les airs par les chaudes paroles des mystiques, et oubliant la terre, reprenait l'office du bon Samaritain, en ne s'épargnant pas, et en réalisant sa foi par des œuvres.

Mais il avait été frappé de ce qu'au retour de ses pieux voyages à Lyon, quand elle rentrait au logis, tout imprégnée de parfums mystiques, que les paroles de sainte Anne, tombant du paradis mais passant par Véronique, bourdonnaient encore à son oreille, qu'elle avait entendu les cantiques de Marie Alacoque, qu'elle s'était chauffée au soleil âcre de l'éloquence de quelque carme ou de quelque jésuite, et qu'on avait fortement puisé dans sa bourse pour la statue de saint un tel, pour la couronne de telle madone, pour les fleurs artificielles de l'autel de l'Immaculée dans telle chapelle, cette femme n'était plus reconnaissable. On la voyait triste, préoccupée, cherchant à voiler un vide de cœur, une sécheresse d'âme par ce sourire de commande que vous surprendrez sur les lèvres de la plupart des femmes qui mènent la vie stérile du cloître ; l'époux la trouvait contrainte ou froide ; les enfants pouvaient s'attendre à des gronderies plus ou moins méritées ; le bon baiser maternel avait disparu ; on ne voyait plus dans l'abbé qu'un étranger à gages, et, dans les serviteurs, que des gens de travail qu'on renvoie pour peu qu'ils ne plaisent pas. Les lectures alors, les méditations, de longues heures de solitude dans un petit boudoir converti en chapelle, des entretiens plus fréquents avec Rosalie, le serpent que les jésuites avaient fait glisser dans cet honnête intérieur, remplissaient les journées. On remontait sur le Thabor, on reprenait le vol avec la vie contemplative. C'est à peine si l'on s'inquiétait, comme à l'ordinaire, qu'il y eût, dans le gros bourg de Brindas, quelque malade abandonné ; on n'avait pas le temps de songer qu'il se trouvait au monde des malheureux, frères du Christ, dont les opulents charitables doivent adoucir les souffrances et le délaissement. Madame cessait presque d'être visible ; et c'était le pauvre comte qui, durant ces jours de ferveur de madame, devenait le bon Samaritain.

Un dimanche que l'abbé était au presbytère et devait y dîner, les conversations habituelles entre le vieillard et lui recommencèrent. Le dîner, qui n'avait rien du luxe cérémonieux de la table du château, avait, pour l'abbé, ce gros et bon confortable assaisonné par la liberté, qui lui faisait trouver délicieuses les soirées du presbytère de Brindas. Une très-vieille bouteille de vin des côteaux voisins de l'Hermitage, non moins chaleureux, non moins chargé d'un doux arome, mais d'un prix plus modéré que celui du crû officiel, avait mis en verve nos deux convives. L'abbé avait rejeté cette fois définitivement les philactères du séminariste. On en était à ce moment heureux des confidences intellectuelles, où deux esprits qui se comprennent, deux âmes qui se vouent l'une à l'autre se disent tout, comme on ouvre, devant Dieu même, la pensée la plus secrète, le repli dernier du cœur.

L'abbé n'avait pas manqué de raconter, en termes assez incisifs, les deux phases par lesquelles il voyait passer celle qu'il appelait madame la châtelaine. Le terrain était préparé pour le vieillard ; l'abbé lui-même était entré, de quelques pas, dans le camp des défenseurs de la piété rationnelle, et venait, sans trop s'en rendre compte, de prononcer le réquisitoire contre la piété mystique.

Le curé, continuant l'entretien, lui demanda :

— Quelle est celle de ces deux vies qui vous paraît le plus conforme à l'Évangile?

— Cher curé, vous m'offensez; vous savez bien ma réponse.

— L'une est donc la religion dans sa pure substance, la foi active, les aspirations les plus nobles de l'âme appliquées au bien, à des œuvres réelles, tangibles, qui sont le terme de la grande loi du Christ, son accomplissement à la face de Dieu et des hommes?

— Sans aucun doute.

— L'autre est donc la négation même de cette loi de dévouement, d'abnégation, d'indulgence, d'amour des siens, d'amour de tous?

— Oh! assurément.

— Une âme passerait ses plus longues heures dans des contemplations séraphiques, parlerait aux anges et croirait que les anges lui parlent, lirait deux cents pages par jour de Marie Alacoque, en connaîtrait tous les traits fins, en chanterait tous les cantiques spirituels, son cœur se fondrait d'amour dans des épanchements extatiques et se mourrait du regret de ne pouvoir mourir, que tout cela, contemplation, vision, extases, pâmoisons d'amour spirituel, ne vaut pas quelques miettes de pain ramassées sur la table et portées à une pauvre femme mourant de faim sur un grabat?

— Mille fois non.

— Eh bien! cher abbé, voilà la solution en quelque sorte palpable de la question du mysticisme. Vous m'avez dit quelquefois : — Mais le mysticisme, c'est la religion elle-même; c'est la piété; c'est l'aspiration douce de

l'âme vers Dieu; c'est trouver Dieu aimable, bon, le reconnaître le bien suprême; lui dire avec saint Augustin :
« Beauté si ancienne et toujours nouvelle, que faisais-je
quand je ne vous aimais pas? » C'est l'aspiration incessante
de l'exilé vers la patrie, l'union de l'être faible et fini
avec l'être tout-puissant et infini; c'est le cœur franchis-
sant l'espace et prenant par avance possession du bonheur qui ne sera jamais ravi. — Vous m'avez dit ces belles
choses et d'autres aussi belles. Je vous répondais que
tout cela tenait bien, par quelque côté à la religion, mais
que ce n'était pas la religion elle-même. Vous ne compreniez pas. Il y avait un nuage entre la réalité que je
saisissais si nettement, mais qui était encore obscure
pour vous, et l'image idéale que vous vous faisiez d'une
religion dont la valeur intrinsèque est précisément la
négation du procédé contemplatif que tant d'âmes four-
voyées prennent pour la perfection dernière. Je vois que
le nuage commence à se déchirer pour vous, et je vous
en félicite.

Vous venez de poser la question, de manière à
montrer le jour au plus aveugle. Avez-vous remarqué que vous avez défini comme définissait le divin
Maître lui-même? Cela vaut bien la façon scolastique,
n'est-ce pas? On lui demande : Qui est notre prochain? Il ne répond pas, comme le Docteur angélique,
par une abstraction selon les procédés d'Aristote, qui ne
resterait pas dans l'esprit, mais par une image qui porte
avec elle une éternelle leçon. — Un prêtre, un lévite, passent auprès d'un homme que des voleurs ont meurtri et
dépouillé, et suivent leur chemin : un hérétique, un samaritain passe à son tour : il soulève le mourant, verse de
l'huile et du vin sur ses plaies, le conduit à l'hôtellerie
la plus proche; il paie la dépense que pourra faire cet

homme. — Voilà l'unique définition. Comprenez maintenant ce que c'est que le prochain.

Vous, mon cher abbé, vous avez fait de même. La vie chrétienne avec le mysticisme, c'est-à-dire toutes les folies, toutes les illusions, d'une piété mal comprise, vous me l'avez montrée en action tout à l'heure. Une femme mécontente d'elle-même, se sentant le cœur sec après l'alimentation mal saine d'une fausse spiritualité, froide pour tous et réduite à ne plus rien aimer pour tendre à mieux aimer Dieu, quelle amère censure de ce mysticisme misérable qui, depuis tant de siècles, étouffe dans le monde le véritable esprit chrétien ! Une femme douce, dévouée, se dépensant cœur et âme pour que toute souffrance soit soulagée, toute larme séchée, toute joie possible répandue autour d'elle, quel éloge touchant de la vie chrétienne, sans le mysticisme, dans la pratique auguste et sévère des mille devoirs que la providence a imposés ici-bas à l'homme au milieu des siens !

Vous voilà bien converti, j'espère. Et cette fois, le convertisseur ce n'est pas moi, aimable abbé, c'est vousmême.

Voyons, puisque nous sommes sur ce chapitre, tirons les choses au clair. Nous sommes amis, n'est-ce pas ? Eh bien ! pour mieux nous aimer, qu'il n'y ait pas une doctrine sans autre base qu'une puérile équivoque, qui puisse se dresser entre nous. Je ne suis pas mystique, pas le moins du monde. Quand on parle de moi chez les dévotes, on dit, en levant les yeux au ciel avec une componction touchante : Malheureusement, ce n'est pas un homme intérieur. Ah ! tant mieux, mon Dieu ! tant mieux mille fois ! Mais je veux que vous compreniez définitivement comment je ne suis pas, à la façon vulgaire, un homme intérieur.

— Oui, cher bon curé, dites-moi comment vous pouvez être ce que je vois, un homme de Dieu, chaste, dévoué, généreux, pensant à tous, sans être un homme intérieur.

— Eh! mon ami, c'est bien simple. Ici, on joue sur les mots. Si être l'homme intérieur, c'est sentir au-dedans de soi la sainte flamme de l'amour de Dieu pour lui plaire par ses pensées, par ses paroles, par toute sa vie, et de l'amour de nos frères en se consacrant à leur faire du bien, si c'est là l'homme intérieur, je crois tendre de toutes mes forces à être cet homme-là. Mais je n'ai pas besoin qu'on me fabrique une locution stupide, j'en ai une autre bien plus précise, je suis chrétien; et si je n'étais pas chrétien, je répondrais même : je suis homme, c'est-à-dire je sers Dieu selon les lumières naturelles de ma conscience.

— Vous élargissez bien le programme.

— Et certainement, mon fils. Il ne faut pas scinder misérablement l'humanité. C'est au cœur que Dieu nous regarde; et il voit bien, soit aux glaces des pôles, soit sous les bambous indiens, quels sont les cœurs qui le cherchent.

Revenons à notre sujet.

Mais si l'homme intérieur est celui qui se parque dans un règlement monacal, qui fractionne ses journées, tant pour l'oraison, tant pour les lectures ascétiques, tant pour les litanies et pour les chapelets, tant pour les examens de conscience, tant pour sainte Anne, tant pour le Sacré-Cœur, tant pour les pèlerinages à la sainte tunique ou aux saints clous, ou au sang de saint Janvier, ou au lait de la Vierge, je ne suis pas né d'aujourd'hui, on m'accorde un peu de bon sens, eh bien! au nom de mon front blanchi et de ce bon sens qu'on veut bien ne pas me refuser, je

déclare que je ne suis pas l'homme intérieur, par cette raison mathématique que je ne puis pas courir mes villages,
les maisons de mes pauvres, celles des riches qui sont
pauvres aussi du côté de l'âme et auxquels ma parole peut
faire du bien, quand tout entier à mes exercices contemplatifs, je me renfermerai dans le cercle inflexible d'une
dévotion absorbante.

Croyez-vous, abbé, que l'âme humaine puisse faire simultanément le pour et le contre, être au développement
de l'âme active, aller, venir, chercher les souffrances
pour leur porter un allégement, arracher à leur fatale
ignorance des pauvres que l'enseignement public n'a pas
pu atteindre, prendre le bâton apostolique, se rendre
dans les ateliers pour que l'esclave moderne sache qu'il
y a une patrie où le servage ne le saisira pas de sa main
de fer, et qu'en attendant il ne doit pas s'abrutir dans
l'œuvre monotone et mille fois répétée du métier, voir
les vieillards pour qu'ils songent à l'heure du réveil qui
est prochaine, l'enfance pour qu'elle ne souille pas sa
robe blanche, la mère pour qu'elle soit vigilante, l'homme
de travail pour qu'il s'élève par quelque bonne aspiration
au-dessus d'une condition humble et méprisée, croyez-
vous qu'on puisse faire tout cela, le faire fructueusement,
et en même temps se donner les paresseux loisirs de la vie
contemplative, les pieux colloques avec les anges, et les
lectures énervantes de la littérature ascétique? Franchement, ces deux choses peuvent-elles s'associer? Dites-moi
votre pensée.

— Quelques âmes essaient d'associer cela ; mais je
crois, comme vous, qu'il est difficile de jouer simultanément les deux rôles.

— A la bonne heure, vous êtes franc.

— Ce n'est pas tout. Vous m'avouerez que les âmes

pieuses noyées dans leurs illusions et n'ayant d'une vraie
piété que l'apparence, sont fort nombreuses. Dans notre
ministère, nous ne voyons que cela. Et vous ne trouverez
pas de prêtre, arrivé au bout d'une longue carrière
sacerdotale, qui ne vous dise que, sur dix dévotes de la
dévotion mystique, telle qu'elle se pratique dans notre
sainte ville de Lyon, sous la direction des moines et des
prêtres singes des moines, il y en a neuf qui ont pris
l'ombre pour la proie, et qui sont de petits monstres
d'orgueil, de jalousie, de médisance, de rancunes, sans
parler de ce cruel fanatisme des âges passés qu'on nous
ramène de plus belle, et qui, avant un demi-siècle, ferait
dresser encore des bûchers contre tous mécréants, s'il
était possible que la direction du monde retombât dans
les mains des moines.

Maintenant, je reconnais avec vous qu'il y a, exceptionnellement, des âmes exaltées par le mysticisme et visionnaires de bonne foi, qui sont bonnes et dévouées,
qui cherchent avec ardeur à pratiquer le bien. Je rends
hommage à leurs bons désirs; je reconnais que quelques-unes sont compatissantes pour les pauvres et
qu'elles joignent, autant qu'elles peuvent se joindre, la vie
de Marthe et celle de Marie. Certainement, la sainte folle
de Lyon, qu'on appelle Véronique, est de ce nombre.
Elle s'est toquée de sainte Anne. Cette idée, venant à
coups redoublés, a tellement frappé son cerveau depuis
son enfance, que l'illuminisme et l'extase, provoqués du
reste par des macérations et des austérités qu'une constitution faible ne supporte pas en vain, se sont emparés
d'elle. Quoique plongée plus qu'aucune autre dans ces
aberrations qui, d'ordinaire, conduisent aux maisons de
fous et ne sont en réalité qu'une des espèces de la folie
religieuse, la pauvre Véronique est une belle âme, une âme

saintement avide de réaliser sa foi ardente par de bonnes
œuvres; mais on n'en rencontre que bien peu comme
elle.

Je suis convaincu qu'on canonisera un jour cette folle,
comme on va le faire de quelques autres mystiques; c'est
le courant qui l'emporte, pour le quart d'heure, à Rome.
Mais, si celle-là a perdu sa très-faible intelligence dans
la lecture de la vie et des écrits de Marie Alacoque, du
moins elle a heureusement gardé un noble cœur.

Mais, de ce qu'elle aime à faire le bien, il faut en
conclure, cher abbé, que ce n'est pas en vertu de son
mysticisme, mais en vertu de son cœur aimant. Véronique, élevée dans un autre milieu, fût tombée dans
les égarements de la vie mondaine, qu'elle eût partagé avec les souffrants, les délaissés de la terre, le
prix de ses libertinages. Il y a des courtisanes dont le
cœur est plein de charité pour les pauvres : vous n'allez
pas conclure de là à l'honorabilité de leur métier. Il y a
des mystiques qui se dévouent aux bonnes œuvres; n'allez pas en conclure qu'elles sont charitables en raison de
leur mysticisme.

— Il y a beaucoup de vrai dans ces considérations, je
ne veux pas le contester; pourtant une chose m'arrête,
et la voici, monsieur le curé. Ce n'est guère que dans ce
petit nombre d'âmes mystiques que l'Église compte aujourd'hui les amis des pauvres. Qui va visiter les malades dans leurs mansardes ou leurs tavernes humides?
Qui s'occupe des jeunes filles prêtes à s'abandonner au
vice? Qui porte aux vieillards délaissés des vêtements,
du pain? Qui aide l'ouvrier dans la gêne à payer son
loyer? Qui organise les quêtes, les loteries, les sociétés
charitables? Des femmes mystiques. Voilà ce que j'ai à

vous opposer. Si les fruits sont bons, l'arbre est bon. Si nous détruisons l'arbre, il ne nous restera rien.

— Mais, cher abbé, vous ne voyez pas que vous êtes toujours dans une équivoque. Deux choses qui ont lieu simultanément ne sont pas la conséquence l'une de l'autre. Tout au plus prouveriez-vous que la plupart des âmes portées à la charité tombent dans le mysticisme; cela est possible, et raison de plus pour combattre cette tendance dangereuse. Mais alors reconnaissez logiquement que toute mon argumentation subsiste et que votre objection ne l'entame pas.

Vous me laissez le droit de dire que ce n'est pas en raison de leur mysticisme que les âmes chrétiennes font le bien, mais en raison de leur attrait intime et personnel vers les bonnes œuvres, soutenu, je le reconnais, par le principe de foi que nous ne confondons pas, j'espère, avec le mysticisme; et je ne crains pas d'assurer qu'elles feraient plus de bien encore ou qu'elles le feraient mieux, si elles n'étaient pas mystiques.

Êtes-vous battu?

— Oui, je comprends à cette heure.

— Et puis, pour dernier aperçu, je nie formellement que, dans nos villes de France, où il se fait tant de bien, toutes les âmes qui l'accomplissent soient des mystiques. Beaucoup, pour suivre la mode du monde religieux, paraissent faire luxe de mysticité, parce que, selon une expression reçue, cela est bien porté. Heureusement qu'elles valent mieux que l'écorce religieuse dont elles s'enveloppent. Ce sont des mystiques en apparence, qui, dans le fond, sont de bonnes chrétiennes.

L'abbé semblait sortir d'un rêve. Des clartés qu'il n'avait pas soupçonnées, se faisaient dans sa raison et dans sa conscience, droites l'une comme l'autre.

— Mais comment arrive-t-il que tout le clergé favorise, avec tant d'ardeur, le mysticisme que vous me montrez si fatal?

— Mon ami, cela se fait à cette heure par la puissance insaisissable et fascinante de l'imitation. Et, si vous voulez m'accorder un moment de plus, je vous donnerai la raison philosophique de la réaction étrange à laquelle il nous est donné d'assister, et que vous, plus jeune que moi, vous verrez se produire de plus en plus énergique, jusqu'à ce qu'elle ait provoqué une autre réaction qui la combatte et qui la détruise.

Il y a deux grands courants dans le mouvement des idées. Toute intelligence ici-bas se laisse entraîner par l'un ou par l'autre de ces deux courants. Pas de grandes familles humaines appelées peuples qui n'entrent, avec la force impétueuse résultante des forces individuelles accumulées, dans le courant où les pousse leur nature, leur constitution intellectuelle et ces mille causes accessoires de climat, de sang, de rapports sociaux qui déterminent les civilisations. L'un est le courant rationnel, l'autre le courant poétique.

La grandeur et le bien pour l'homme comme pour les sociétés, serait un équilibre où les deux éléments de raison et de sentiment auraient une puissance égale. Cet équilibre a fait les grands hommes et les grands peuples exceptionnels. Quand il vient à manquer, hommes et peuples, ou se jettent dans le sillon d'un froid positivisme qui les matérialise, ou se livrent aux extravagances rêveuses de l'enthousiasme.

Cette grande misère de l'humanité qui ne lui a pas permis de se placer constamment dans ses conditions de vie harmonique, qui a fait des peuples sans nobles aspirations, absorbés par les besoins et les intérêts extérieurs de l'existence sociale, et des peuples rêveurs, toujours perdus dans l'idéalisme et prolongeant sans profit les ignorances et les illusions de l'individu adolescent, s'est concentrée, d'une manière plus visible et plus douloureuse, dans l'un des besoins vitaux de l'âme humaine, dans le sentiment religieux.

Là, les deux courants se sont violemment séparés, et ils ont produit ces deux phénomènes, qui frappent tant dans l'étude religieuse de l'humanité, d'hommes et de peuples poussant la raison jusqu'aux négations de la vie spirituelle, et d'hommes et de peuples poussant la croyance jusqu'au mysticisme. La négation et l'indifférence sont un abus de la raison, comme le mysticisme est une extravagance de la foi. Le noble équilibre serait une foi rationnelle, ou, si l'on veut, une raison croyante. C'est là l'éternel *desideratum* dans la vie religieuse de l'humanité. Selon les temps, les influences, les lumières sociales, les erreurs ou la prudence des sacerdoces, le monde, au point de vue des croyances, se scinde en sceptiques qui ne retiennent que de vagues impressions du sentiment religieux étouffé dans leurs âmes, et en mystiques qui ne gardent rien de l'instinct de raison, qu'ils ont immolé devant les emportements de l'intuition idéale et fantastique.

César, en plein sénat, déclarant une fable la croyance à une autre vie, et sainte Thérèse se mourant de ne pouvoir mourir, sont les deux expressions vivantes des deux extravagances en sens inverse, le sentiment perdu dans le doute, la raison noyée dans le mysticisme.

Jamais cette scission profonde ne s'est montrée d'une manière plus éclatante et en deux courants plus opposés, qu'à l'époque contemporaine. Nos pères finissaient le siècle dernier par des saturnales impies. Nous sommes

menacés de voir finir le nôtre par des saturnales dévotes.
On brûlait en 1793 « le ci-devant bon Dieu » ; en plein
Paris, au dix-neuvième siècle, on attache des médailles
au cou des mourants pour que la conversion s'ensuive,
lorsque la tendresse de la famille.et la parole du prêtre
ont échoué. Nous sommes envahis par les illuminées,
comme l'extatique des Vosges, comme les stigmatisées
du Tyrol. On ne voit que miracles ; tout fait miracles.

Où allons-nous ? A la grande folie mystique dans laquelle se perdront les natures sentimentales et enthousiastes ; à la grande folie sceptique où se jetteront les
natures froides et raisonneuses.

Voyez ces horribles incrédules ! diront les mystiques.

Voyez ces stupides mystiques ! diront les incrédules.

Quand je suis entré dans la vie, mon cher enfant, sur
la fin de ce dix-huitième siècle qui entassait autour de moi
tant de ruines, j'étais loin de prévoir la réaction religieuse des dernières années du siècle présent. Je rends
même cet hommage au sacerdoce des trente premières
années du dix-neuvième siècle, qu'il n'était d'aucune sorte
fanatique en religion. La question politique l'avait ab-
sorbé. Il revenait de l'exil : il se retrouvait joyeux dans
ses sanctuaires restaurés ; mais, instruit par l'expérience,
il ne fit pas la faute, en relevant l'autel, de ramasser les
superstitions qui déshonorent l'autel. On savait quel amas
de reliques plus ou moins suspectes on avait entassées
pendant des siècles : tout cela gisait pêle-mêle dans les
arrière-sacristies des églises ; et pendant mes voyages,
curieux et fureteur, j'ai retrouvé cela encore sous la
poussière, dans ces paisibles catacombes, jusque vers la
fin du règne de Louis-Philippe. Le clergé respectait ces
vieilleries pieuses, comme on respecte les vêtements des
grand'mères, qu'on garde en souvenir et qu'on ne porte

plus. Nulle question de pèlerinage ni à la sainte tunique,
ni au saint suaire. M. de Quélen, M. de Cheverus
eussent ri au nez d'un moine qui leur eût parlé de *dévotion au pape;* et M. Affre, avec sa bonhomie rouergate,
eût prié un prêtre s'occupant de liturgie romaine, de
mieux employer son temps.

Vous voyez que tout cela est changé. Le courant mystique, grâce à l'éducation crédule et superstitieuse reçue
par les femmes dans les couvents, est devenu tout à coup
d'une force irrésistible. Et, peut-être, je ne me trompe
pas, en disant que le clergé, tout en paraissant le favori-
ser beaucoup, est plutôt entraîné par lui.

Eh bien ! mon ami, ne l'oubliez jamais : le jour où le
clergé, par un entraînement irréfléchi, s'est jeté dans le
mysticisme, ce jour-là il a signé sa propre abdication.
Le clergé séculier a beau faire, les âmes pieuses le voient
de trop près ; il manque, pour elles, de cette auréole dont
s'enveloppent les moines. Ceux-là, toujours vus à distance, font adorer le nuage par lequel ils sont séparés
du reste des hommes. Ils ont très-bien compris qu'ils
n'auraient de prise sur les femmes, dont la nature intime
est toute de sentiment, qu'en favorisant leur penchant
aux croyances merveilleuses. En faire des mystiques,
c'est en faire des séïdes enthousiastes et ardents.

Avec la méthode opposée, la méthode de raison, on
n'entraîne rien, on ne fascine rien. Parler du devoir,
de vie paisible dans la tâche obscure et journalière de la
famille, quel terre-à-terre ! Et que ces pauvres prêtres
de paroisse ont bien peu de spiritualité, quand ils s'en
tiennent à ces simples vertus ! Ils font l'effet de Cornélie
mère des Gracques. Que c'est vulgaire, que c'est petit !
Mais le moine qui parle des ardeurs du divin amour, oh !
celui-là, l'habile, il a tout compris. Ce pauvre cœur

inassouvi, ce pauvre cœur auquel nul amour bien chaud,
bien poétique n'a encore répondu, boit avidement ce nec-
tar qu'un homme, en relations constantes avec le ciel,
lui offre d'une voix angélique.

Ce jour-là, la question est tranchée. Le mysticisme
est entré dans l'Eglise par toutes les portes. Que l'épiscopat le veuille ou non, les mystiques règneront sur les
âmes. Pour échapper à la contagion, il faudrait fermer
le confessionnal aux moines. L'épiscopat aura-t-il jamais
ce courage ?

Comprenez-vous, maintenant, qu'on nous repousse
dans le monde pieux ? Comprenez-vous qu'on aille aux
jésuites ? Cette question du mysticisme, si indifférente en
apparence, vous apparait-elle à cette heure avec ses
conséquences effrayantes ?

Mon ami, maintenant vous savez tout.

SECONDE PARTIE

LE CHATEAU AUX MIRACLES

I

LE LIEUTENANT DE DRAGONS CHEZ LES MYSTIQUES

Au château de Brindas.... 1855.

Frédéric de Leniilly à Prosper de Lanfeld.

« Que peut faire un lieutenant de dragons, conduit dans une espèce de couvent par sa mauvaise étoile, si ce n'est d'écrire à son meilleur ami ? Ne t'étonne donc pas si tu reçois de moi des lettres interminables. Tu es ma seule distraction du quart d'heure. Que diable ! Il faut bien que je m'épanche avec quelqu'un, que je parle, que je secoue un peu cette poussière épaisse de dévotisme, devenue l'atmosphère où je vis, et qui ne va pas du tout à mes poumons.

« Quand je pense que j'ai un congé de trois mois, et que mon père ne me permettra pas de lui voler un seul jour. O sainte tendresse paternelle, il faut bien se soumettre à vos exigences !

« J'aime beaucoup mon père ; et je le lui ai prouvé en ne lui gardant pas rancune d'un second mariage qui pouvait me donner un ou plusieurs frères, ce qui diminuerait considérablement ma valeur, au point de vue matrimonial, le jour où je m'aviserai de devenir un homme sérieux et de me marier.

« Heureusement, trois ans se sont écoulés, et ma jolie marâtre, madame de Lentilly, n'a point augmenté notre famille. Elle est, je crois, trop éthérée pour cela. Je ne comprends pas, du reste, les saintes qui se remarient.

« Tu sais que j'ai assisté à ce mariage. J'étais alors tout fier de mes épaulettes de sous-lieutenant, et je ne pensais guère à l'avenir. Il n'y avait pas assez longtemps que j'avais quitté le collège de nos bons Pères jésuites pour avoir perdu tout souvenir de la langue dévote ; et la haute piété de madame de Lentilly ne me parut pas exagérée. D'ailleurs une noce, même dans la bonne compagnie où l'on croirait déroger si l'on s'amusait franchement, met toujours un peu de gaieté dans une maison. Les plus prudes se déridnet.

« On dansa donc quelques contredanses, sans que madame de Lentilly se scandalisât. Il fallut me contenter de cela. Cependant, prévoyant bien que, si Brindas pouvait être le sanctuaire de toutes les vertus, son séjour devait être fort ennuyeux pour un officier de cavalerie, déterminé à jeter au plus tôt les entraves dans lesquelles l'avaient enserré les bons Pères, je me promis bien de ne revenir que le moins possible dans ce séjour de sainteté. Il me fut facile, trois ou quatre fois, de m'excuser, auprès de mon père, de ne pas aller à Brindas, surtout ayant pu l'hiver dernier passer avec lui un mois à Paris.

« Pour cette année, je n'avais pas un prétexte; je me suis donc exécuté de bonne grâce, et me voilà ici pour trois mois. Je me prends déjà à compter les jours, comme l'écolier avant les vacances.

« Mais, pour qu'ils coulent plus rapides, je me mets à faire des études sur les mœurs des mystiques; cela entre peu dans le programme des études de la cavalerie. Mon Dieu ! il y a peut-être, en ce moment, des théologiens qui s'occupent de l'art militaire. Nous sommes dans un si drôle de siècle.

« Je commence, et voilà mes personnages.

« Mon très-excellent père d'abord; tu le connais et tu l'apprécies.

« Madame la comtesse de Lentilly: trente-sept ans; encore de la beauté; le parangon de toutes les vertus religieuses et morales; avec cela, passant quelques bonnes heures de la journée dans sa chapelle.

« Raphaël de Nervieux, fils de la comtesse : quinze ans; un nom d'ange, une tête d'ange, un cœur d'ange, une âme d'ange, une intelligence d'ange, tout ce qu'il y a de plus angélique dans ce monde terrestre; petit et mince, on lui donnerait à peine douze ans. Il veut se faire prêtre; et en attendant il étudie, il prie, il se promène avec Clémentine Couturier, ma cousine.

« Je t'ai compté la triste histoire de la mère de cette enfant. Mon père ne pouvait rien faire de mieux que de confier l'orpheline à madame de Lentilly. Clémentine est brune; elle a de beaux yeux : il y a de l'esprit et même déjà de la passion dans ces yeux-là. Elle est plutôt laide que jolie; mais, à douze ans, rien n'est décidé. Elle étudie le latin avec l'archange Raphaël, et reste presque autant d'heures à la chapelle que madame de Lentilly. Clémentine veut se faire religieuse : sa petite mine friponne ne

semble pas indiquer un penchant naturel pour le cloître.
Mais je crois qu'ici tout le monde la pousse dans cette
voie. Mon père ne peut pas s'habituer à l'idée de présenter, dans le monde, mademoiselle Couturier comme sa
nièce. Madame de Lentilly, ne fût-elle pas dévote, par-
tagerait là-dessus les idées de son mari. Cela fait, je le
crains beaucoup, les trois quarts de la vocation de ma
petite cousine. Raphaël veut aussi que son amie prenne,
ce qu'on nomme en langue mystique, la meilleure part.
Comment Clémentine voudrait-elle autre chose que ce
que veut Raphaël ?

« Je t'assure que ces enfants sont fort amusants. Ils
ont l'un pour l'autre une véritable passion ; et personne
ici n'a encore deviné ce qui fermente dans le cœur de ces
deux amoureux en miniature. Est-ce qu'on peut croire, au
château de Brindas, que Raphaël a quinze ans ? Les gens
graves ne s'aperçoivent jamais que les enfants grandis-
sent. Et sont-ils assez précoces, les enfants, dans ce cher
dix-neuvième siècle ? Pour moi, je suis encore assez près
de mon adolescence pour me souvenir qu'aux vacances,
élève de rhétorique et de philosophie, j'étais fort sensible
à la beauté ; je n'étais pas mal embarrassé de dire en
confesse, quand je rentrais chez les révérends, tout ce
que les petites cousines et leurs compagnes, et même,
hélas ! les jolies femmes de chambre avaient jeté de per-
turbations dans mon cœur et dans mes sens, pendant ces
deux mois de liberté. Il est vrai que j'avais une constitution moins diaphane que celle de Raphaël.

« Je trouve quelquefois du charme à lire quelques
pages dans ce livre où nul ici ne sait lire. Tout est si naïf
dans un premier amour.

« — De quoi parlez-vous donc, Raphaël et vous, pendant vos longues promenades dans le parc? disais-je hier à ma petite cousine.

« — De notre vocation, me répondit-elle gravement.

« — Vous aimez bien Raphaël?

« — Si je l'aime! répondit-elle; et ses grands yeux noirs étincelèrent, comment ne l'aimerais-je pas? N'est-il pas mon frère, puisque sa mère a bien voulu m'adopter pour sa fille?

« Ajoutons aux principaux personnages du château le précepteur de Raphaël, l'abbé Louis, aimable et bonne nature, très-gai, d'une simplicité et d'une candeur d'enfant, joignant à cela une intelligence supérieure. Pas plus que les grands parents, il ne devine le secret de ses élèves. Plus enfant lui-même que les enfants; je croirais qu'il en a les ignorances, s'il n'avait pas été dans les séminaires où l'on est renseigné, dit-on, sur d'étranges choses. Mais il paraît qu'on n'y apprend rien des mystères du cœur.

« L'abbé seul met un peu d'animation dans ce triste séjour. Sa voix est charmante : et, comme les enfants ont un professeur de musique qui vient de Lyon trois fois par semaine, l'abbé chante avec Clémentine et Raphaël des cantiques et quelques romances d'où le mot « amour » est forcément proscrit. O ciel! chanter l'amoureux martyre et l'amoureux délire de Tyrcis et de Sylvie, tout serait perdu! Un lieutenant de dragons n'est pas aussi prude qu'une provinciale dévote, mais j'avoue que j'ai éprouvé quelquefois un sentiment pénible, en entendant de toutes jeunes filles chanter certaines romances passionnées, et, sans vouloir, comme dans les couvents, remplacer dans les romances le mot « amour » par celui de « tambour, » — pour respecter à la fois la pudeur et la rime, — je voudrais que cet amour eût en passant sur des lèvres vir-

ginales des accents moins brûlants. Tu vois que le corps
des dragons possède en moi un champion des bonnes
mœurs. Mais je vais peut-être te surprendre en te disant
que j'entends chanter au salon et à la chapelle des cantiques qui me scandalisent presque autant que les romances les plus échevelées. Juges-en par ces strophes
dont j'ai gardé le souvenir :

> Je suis une biche harassée
> Qui cherche la source d'amour.
> La main du chasseur m'a blessée;
> Son dard me brûle nuit et jour.

> L'amour m'a fait un épithème
> Qui me blesse et me fait languir;
> Bien que ma douleur soit extrême,
> Je ne voudrais pas en guérir (1).

« Comment trouves-tu cet épithème, Prosper? La
pieuse fille qui a composé ce cantique était souvent malade. Elle a emprunté un terme au vocabulaire de son
médecin. Écoute encore un couplet :

> J'ai perdu mon cœur en aimant :
> On me l'a dérobé sans crime;
> Le plus beau de tous les amants
> Me fait ce larcin légitime.
> J'aurai le sien ou le trépas,
> Puisque sans cœur on ne vit pas (2).

« Il y a encore au château un autre personnage par lui-
même insignifiant et qui cependant jouit d'une certaine

---

(1) Cantiques composés par la bienheureuse Marguerite-Marie
Alacoque. (Voir le t. II de *Sa vie et de ses œuvres*, p. 507 et 513. —
Publication du monastère de la Visitation de Paray-le-Monial, 1867.)
(2) Personne, dans le monde mystique, n'ignore que Jésus prit le
cœur de Marie Alacoque et mit le sien à sa place. La bienheureuse
atteste cet échange. Comment serait-il possible d'en douter?

influence. C'est mademoiselle Rosalie Mangon. Sa position est assez équivoque. Ce n'est pas une bonne, car elle mange avec nous ; ce n'est pas une institutrice, car elle est, je le crois, très-ignorante. Elle tient un peu de tout cela. La comtesse a de grandes conférences avec elle, et je sais qu'elle lui témoigne une confiance absolue. C'est la sœur Patrocinio de Brindas ; seulement elle ne fait ni ne défait des ministères. Les domestiques la détestent et la craignent : ils sentent en elle un espion ; et, tout en la détestant, ils ont pour elle une espèce de vénération. Le peuple a de ces contrastes. Mon brave Jacques qui m'a suivi ici, bien que dragon depuis dix ans, est resté superstitieux, comme un breton qu'il est, et il me raconte ce que l'on dit tout bas à l'office. Mademoiselle Rosalie est une sainte. Elle a des visions : la sainte Vierge vient causer familièrement avec elle. Le diable veut quelquefois l'enlever ; mais, avec un peu d'eau bénite, elle le chasse ; et ses anges gardiens, car il paraît qu'elle en a deux, la protégent.

« Voilà ce qui se dit.

« Pourquoi Rosalie a-t-elle deux anges gardiens, mon ami Prosper, tandis que nous, officiers de dragons, nous n'en avons qu'un ? Nous aurions pourtant grand besoin d'en avoir un à droite et un à gauche, pour nous protéger contre les petits diables aux yeux bleus et aux yeux noirs, qui se rencontrent journellement sur nos pas.

« Je voudrais qu'on m'expliquât cette préférence des anges pour une fille joufflue, plutôt que pour d'honnêtes dragons dont la vertu est si exposée.

« Je ne vois cette Rosalie qu'au moment des repas, et le dimanche à l'église. Quand son élève est au salon, elle va à la chapelle où on l'entend, comme dit Molière de son Tartufe, pousser des soupirs, de grands élancements.

Partout, mon cher, dans ce château enchanté par la fée du dévotisme, je trouve à m'édifier, surtout à m'ennuyer.

« Rosalie est, comme la plupart des lyonnaises, une fraîche et forte fille. Elle a des cheveux couleur de chanvre, et elle est assez laide pour que personne, si ce n'est Jacques peut-être, ne la dispute à l'amour divin. Je crois qu'elle met de la poudre de riz, non par coquetterie certainement, mais pour se pâlir. Le fait est que, pour une sainte, elle se porte trop bien, en apparence du moins, car elle se prétend toujours malade. Il est possible, en effet, que le sang la fatigue beaucoup ; et je la crois hystérique au plus haut degré. La belle vocation manquée pour être la femme d'un de nos soldats et une cantinière !

« Adieu, mon cher Prosper ; en me priant de t'écrire, tu ne te doutais guère de ce que serait ma correspondance.

« J'oubliais de te dire que nous avons ici du monde à dîner, trois fois la semaine. Ce sont des dames de la place Belle-Cour et du quartier d'Ainay : madame de Sainte-Colombe, madame de Villechenêve, madame de ***, etc., toutes jetées dans la plus haute dévotion, puis des chanoines, des Pères de tous les ordres, de pieux marguilliers, tout un monde qui en dit et du curieux. Parmi les femmes, pas une figure passable. C'est à croire que ma sainte belle-mère est un peu coquette, et qu'elle invite ces pieux laiderons pour faire ressortir sa beauté.

« Mon père trouve tout ce monde charmant ; mais moi, grand Dieu ! que suis-je venu faire, je ne dirai pas dans cette galère, mais dans ce couvent ? Encore si Rosalie était passable, je saurais bien me ménager quelque causerie avec elle, et je m'amuserais à lui faire la cour ; cela tuerait le temps. Je lui vois des regards plus ou moins extatiques qui promettent ; et Jacques, en en parlant, a parfois des airs de fatuité qui diraient bien des choses. Mais que Jacques soit heureux ou non, peu m'importe, je ne serai point son rival.

« Adieu, à une autre fois. »

II

UN AMOUR D'ANGES

Frédéric de Lentilly ne s'était pas trompé. A vingt-cinq ans, il avait mieux su lire dans le cœur de Clémentine et de Raphaël que les graves personnages dont ils étaient entourés. Le développement physique de Clémentine avait été précoce. Cette enfant de treize ans était une femme, femme insciente encore, toute surprise, ne comprenant que par un vague instinct la gravité du changement qui s'était opéré en elle. Parfois gaie et rieuse, comme aux beaux jours de l'enfance, elle tombait sans transition dans une rêverie pleine de mélancolie, de tristesse sans motifs qui provoquait chez elle des flots de larmes, comme si elle eût eu le pressentiment de la destinée de souffrance réservée à la femme. Elle éprouvait aussi des exubérances de tendresse dont son âme était inondée. Elle reportait cette tendresse sur tout ce qui vivait autour d'elle, jusque sur la nature, si grandiose et si attrayante dans la splendide vallée du Rhône ; car si la femme doit souffrir beaucoup, elle doit aimer aussi beaucoup. C'est parce qu'elle aime plus que l'homme, qu'elle a une force qui manque à l'homme. L'amour est le dernier terme de la perfection dans la religion et dans la vie sociale, au sein de l'humanité.

Ni madame de Lentilly, qui dans sa carrière maternelle n'avait pensé qu'à ses fils, ni Rosalie Mangon ne pouvaient diriger Clémentine dans cette phase si délicate, et malheureusement si peu étudiée, de l'existence d'une jeune fille. Les mères, par instinct, suppléent souvent à ce qui leur manque du côté des études physiologiques. Chose singulière, la femme, destinée à être la nourrice, la gardienne de l'enfant, sa première éducatrice, pour ses fils jusqu'à l'âge de dix à douze ans, pour ses filles jusqu'au moment où elle les mettra dans la maison d'un époux, la mère, chargée de la fonction la plus grave, la plus essentielle au perfectionnement de l'humanité, reste ignorante de tout ce qu'elle devrait savoir pour être à la hauteur de cette tâche. Il y a une science qui n'est pas formulée, que personne ne songe à apprendre ni à enseigner, celle de la maternité. Le cœur des femmes fait des miracles sans doute; il devine souvent ce qu'il lui est nécessaire de savoir. Toutefois le miracle n'est pas l'état normal. Et la jeune fille à laquelle il n'a jamais été dit, par une pruderie stupide, dans le couvent autant que dans le pensionnat du monde : Vous serez mère un jour, arrive à cette grande tâche, avec les ignorances d'un artiste chargé de sculpter un chef-d'œuvre, et qui viendrait à manier le ciseau pour la première fois.

Madame de Lentilly et Rosalie vivaient trop dans leurs contemplations, pour rien comprendre à ce qui se passait dans le cœur des deux adolescents; car l'heure est venue de ne plus les appeler des enfants. L'abbé le premier n'y voyait goutte. Il trouvait que Clémentine devenait capricieuse et exigeante ; elle avait des ardeurs pour l'étude telles qu'il fallait que Raphaël consacrât à travailler avec elle, le temps prescrit par le médecin en promenades à cheval et autres exercices appropriés à sa faible constitution. Puis, arrivaient des crises de paresse, pendant lesquelles Raphaël devait abandonner toute étude et passer son temps en promenades sous les beaux arbres du parc, ou en méditations à la chapelle. Car, ne vivant que de mysticité, Clémentine se jetait parfois avec frénésie dans la multiplicité des exercices spirituels. Les âmes qui entrent dans la vie éprouvent une surabondance de sensations qui se répand sur tout, qui accepte tout. Il faut que le torrent se précipite, n'importe comment, jusqu'à ce qu'il ait trouvé la plaine embaumée, ou le lit des rochers aux aspérités sauvages dans lesquels il devra couler.

Mais qu'il s'agit d'études, de jeux, de promenades à pied ou à cheval, de méditations, de lectures pieuses, il fallait pour Clémentine que Raphaël fût là, toujours là près d'elle : elle ne comprenait pas une heure de la vie sans Raphaël. Et Raphaël, âme tendre s'il en fût jamais, ne croyait pas non plus possible que son existence pût être séparée de celle de Clémentine. Et ils se jetaient alors dans un monde idéal, plein de beaux rêves qu'ils créaient pour eux seuls.

Quel avenir splendide, quel monde surhumain allait sortir des conceptions ardentes de ces deux petits saints ! Clémentine, aux yeux de qui la dot promise par M. de Lentilly était un trésor inépuisable, un trésor à acheter des royaumes, fonderait un vaste couvent. Raphaël serait le père spirituel de la ruche nouvelle de belles âmes qu'on y attirerait de toutes parts. Que ferait-on dans ce couvent? Quel en serait le but? Le but, pouvait-il y en avoir un autre, plus parfait, plus digne de ce que le monde renferme de natures exceptionnelles et prédestinées, que celui de vivre ici-bas de la vie des anges, de la vie contemplative, où tous s'abimeraient ensemble dans les profondeurs de l'amour divin?

Le mysticisme a des séductions toutes-puissantes sur les jeunes âmes. Il avait de plus, dans ces deux enfants, le charme dont ils ne se doutaient pas, de servir de voile à l'amour qui s'éveillait dans leur cœur.

Quelquefois, l'idée de fuir à jamais le monde, d'aller, comme les Pères du désert, chercher des solitudes inaccessibles à tous, mais où leurs anges gardiens sauraient bien les conduire, leur venait tout à coup, comme ces aspirations de colombes captives qui essaient leur vol pour reprendre leur liberté. Oh! qu'il serait beau le désert! Il y aurait des palmiers, ces palmiers qui donnent l'abri sous les zones brûlantes, le vêtement avec les filaments textiles de leurs longues branches, la nourriture avec leurs dattes savoureuses. Puis Raphaël serait homme, il travaillerait; cette terre si puissante en végétation, ne la cultiverait-il pas avec délices pour qu'elle fournît à Clémentine une alimentation assurée? Et enfin, si dattes et produits des champs venaient à manquer, le corbeau envoyé par Dieu à saint Paul, le premier ermite, ne reprendrait-il pas sa miraculeuse fonction auprès d'eux, en leur apportant, chaque jour, le pain qui devrait les rassasier? Craindre le contraire eût été un péché horrible contre la Providence, qui donne aux petits oiseaux leur pâture.

Céleste innocence de ces chères créatures, dont les anges qu'ils invoquaient devaient sourire, qui ne leur

permettait pas de voir ce que de tels projets avaient
d'insensé ! Il ne leur venait pas à l'esprit qu'ils pussent
être heureux l'un avec l'autre dans la vie commune et
par une douce et légitime union. C'était trop du terre-à-
terre; les aspirations mystiques, sans rien détruire de
l'indestructible puissance qui attire les êtres, la com-
priment dans l'âme comme une attraction basse.

Raphaël rêvait de plus en plus, au milieu-de cette vie
d'extases enivrantes, le bonheur d'être prêtre un jour. Il
lui semblait que cette vocation était née avec lui ; et
quelquefois, consultant cette mémoire des premières
années qui rappelle de si fraîches sensations, il ne pouvait surprendre lè souvenir d'un seul jour où il ne s'était
pas senti ce penchant, en quelque sorte irrésistible, à la
vie de l'autel.

La vocation de Clémentine avait sans aucun doute
quelque chose de plus récent; elle n'en était pas moins
ardente. Elle était la conséquence inaperçue et insciente
de celle de Raphaël. De telles âmes, quand elles en
viennent là, s'inoculent leurs goûts, fondent les uns dans
les autres leurs penchants, et ne vivent plus que d'une
seule vie.

En grandissant, Clémentine avait embelli. Son teint
s'était éclairci, son visage avait pris des contours plus
harmoniques. Enfin, malgré sa mysticité, elle cédait à
cette coquetterie naturelle chez la femme, qui lui fait
donner à la mise la plus simple, un cachet d'élégance
rehaussant la grâce dont.Dieu l'a douée. Cette grâce qui
a plus de séduction que la beauté elle-même, Clémentine
la possédait. Ses traits n'avaient pas, comme ceux de son
jeune ami, la perfection idéale : en la voyant, on n'était
pas surpris d'admiration, comme on l'était en aperce-

vant pour la première fois Raphaël ; mais plus on la regardait, plus on se surprenait à la trouver jolie.

Raphaël s'apercevait-il de cette transfiguration de
Clémentine ? Non. Elle avait toujours été pour lui ce qu'il
avait vu de plus charmant. Quand on aime ainsi, l'œil ne
compare plus l'être aimé avec d'autres êtres, ce serait
peine superflue. On ne court pas deux fois vers l'idéal.
Dans leurs promenades, Raphaël prenait des fleurs, les
tressait en couronne, et, les plaçant sur les beaux cheveux noirs de Clémentine : — Tu ressembles comme cela
à sainte Rose, — lui disait-il. D'autres fois c'était le voile
de Clémentine qu'il arrangeait de façon à lui donner l'air
d'une religieuse. Et alors c'était le souvenir de la brune
et belle espagnole d'Avila qui était évoqué. Et Clémentine de donner à son regard quelque chose d'extatique et
d'inspiré. Et Raphaël de dire : — Oh ! que c'est bien
ainsi que sainte Thérèse devait regarder le ciel ! — Mais
Raphaël ne se disait pas que sainte Thérèse n'avait pas
des yeux aussi beaux que ceux de Clémentine, ces yeux
dont le regard était si profond et d'où jaillissait tout à
coup une flamme ardente.

Dans ces jeux d'enfants, les mains se touchaient, les
joues effleuraient les joues, les boucles des cheveux noirs
se mêlaient aux boucles blondes, les souffles se confondaient. Mais rien ne troublait les naïves créatures ; et les
expressions du langage mystique, les ardeurs, les transports, les flammes qui consument, les délires et les délices servaient de voile aux impressions des sens prêts à
s'éveiller. L'amour était en eux saint et chaste, tel que le
rêvent les cœurs purs, mais ils ne le reconnaissaient pas.
Et si, dans le cœur de Clémentine, une voix chantait
le cantique de la Sulamite : « Soutiens-moi, ô mon
bien-aimé, car je languis d'amour, » elle se croyait

transportée dans la région mystique où se trouve l'éternel bien-aimé, et ses yeux ardents ne cherchaient, dans le regard doux et limpide de Raphaël, que le reflet de ses pensées toutes célestes.

Ce paradis mystique dans lequel avait pénétré le lieutenant de dragons, Frédéric de Lentilly, était généralement fermé aux regards profanes. M. de Lentilly, heureux de mener la vie casanière qu'il avait toujours préférée, laissait sa femme libre d'entr'ouvrir à qui bon lui semblait les portes de leur Éden. Madame de Lentilly, tout en se reprochant de donner trop aux affections terrestres, aimait son mari absolument comme le commun des mortelles. Le comte était donc heureux; et, sous ce rapport, il n'avait pas à se plaindre que la dévotion éloignât sa femme de lui. La comtesse avait évité heureusement cet écueil ordinaire des femmes livrées à la mysticité.

Une lettre de Frédéric de Lentilly nous a donné quelques détails intimes sur la sainte oasis, tout imprégnée des senteurs de l'encens. Voici une lettre de Rosalie Mangon qui diffère un peu, on s'en doute bien, d'idées et de style.

La grande mystique de Brindas avait fait son chemin. Elle avait, autour d'elle, assez d'âmes innocentes et crédules pour tout oser et pour tout faire croire.

Rosalie Mangon au révérend Père Gribeauval.

« Mon révérend père,

« Vous me rassurez en me disant, d'une manière aussi positive, que les dernières visions et révélations dont j'ai été honorée, ne sont point une illusion du mauvais es-

prit, mais viennent de Notre-Seigneur et de sa sainte
Mère. Je suis une si grande pécheresse que j'avais bien
tout lieu de craindre d'être abandonnée de Dieu et livrée
à Satan, avec la permission non-seulement de me tenter,
mais encore de me tromper, en prenant devant moi la
forme d'un ange de lumière. Mon indignité devait m'exposer à ce terrible châtiment.

« Mais non, c'était bien le doux Sauveur et sa très-
sainte Mère qui avaient voulu entrer dans mon cœur, s'y
placer sur un trône brillant d'or et de pierreries, et me
convier, moi misérable ver de terre, à venir m'asseoir à
leurs pieds et écouter ce qu'ils avaient à me commander.
Aussi étais-je transportée d'amour, et il me semblait que
rien ne m'eût été plus doux que de m'immoler dans les
plus cruels supplices pour leur témoigner cet amour.

« Ainsi donc, mon révérend Père, cette communauté,
destinée à honorer d'une manière plus particulière la vie
cachée de Jésus et de Marie, sera fondée sous le nom de
l'ordre des *Solitaires*, selon que Jésus et Marie me l'ont
révélé, la dernière fois qu'ils se sont manifestés à moi,
c'est-à-dire il y a huit jours. J'ai été encore plus effrayée
de cette vision que de celle dont je vous ai parlé dans
ma dernière lettre. Mais, du moment que vous me donnez
la certitude que la première est de Dieu, je ne puis plus
avoir de doute sur la seconde; et je comprends que je
manquerais à la sainte obéissance si je m'arrêtais davantage à des craintes suggérées sans doute par l'éternel
ennemi du salut des hommes. Il sait bien que l'ordre des
Solitaires est appelé à attirer tant de bénédictions sur
les âmes que la société sera comme renouvelée et en
quelque sorte purifiée malgré elle.

« Mais voyez, mon révérend Père, comment Dieu se
plaît à manifester ses merveilleux desseins par toutes les

voies. Vous connaissez l'attrait de mon élève, Clémentine,
pour la vie cachée, et par conséquent pour la vie religieuse. Eh bien ! hier Raphaël lui lisait un livre où il
était question de l'ordre des chartreux.

« — Oh ! s'écria Clémentine, que j'aimerais une communauté de femmes ainsi comprise, la vie solitaire et la
vie en commun fondues ensemble !

« Et développant cette idée, ou plutôt cette divine inspiration, elle s'écria :

« — Tu le sais bien, Raphaël, j'ai toujours rêvé d'être
un jour solitaire. Eh bien ! cette communauté sera celle
des *Solitaires*, et avec les bienfaits de mon oncle, je la
fonderai.

« En entendant parler ainsi cette enfant, je fus saisie
d'une telle surprise que j'en tremblai comme d'effroi. Un
nuage passa devant mes yeux, puis je vis cette grande
lumière qui ne me quitte presque pas, plus resplendissante que jamais ; et, dans cette lumière, j'aperçus Clémentine vêtue d'un habit religieux de couleur bleue, et
derrière elle une foule de femmes vêtues comme elle. Je
perdis connaissance. On envoya chercher le médecin. Il
me saigna aux deux bras, et je revins à moi. Quand on
m'eut laissée seule, je montai à mon cher oratoire, et, là,
Jésus-Christ et sa sainte Mère entrèrent dans mon cœur,
et, m'y ayant fait entrer après eux, ils me dirent :

« — Tu as vu la communauté des *Solitaires*, espère
et crois !

« D'après vos ordres, mon digne Père, j'ai fait part
de ces merveilles à madame la comtesse. Je crains qu'elle
n'en ait parlé à Clémentine, car celle-ci me semble plus
rêveuse que jamais. Elle parle d'abandonner ce qu'elle
appelle des études profanes. Elle veut aussi les faire
abandonner à Raphaël. Elle y réussirait, car elle a un

grand ascendant sur lui. Mais M. l'abbé Louis ne veut
pas le permettre; et, depuis deux jours, il se moque de
ce qu'il appelle les romans dévots de Clémentine.

« Vous voulez savoir toute ma pensée sur l'abbé Louis.
Je vous l'ai fait bien des fois pressentir. Je n'aurais pas
voulu manquer à la charité, ni me permettre de juger un
prêtre; mais du moment que vous me commandez au
nom de la sainte obéissance, je n'ai qu'à me soumettre et
à parler.

« L'abbé Louis était un saint, quand il est venu
ici. Et à présent... hélas! combien il a changé! Depuis quatre ans j'ai vu sa piété s'affaiblir d'un jour à
l'autre. La raison, je crois la connaître. Il est inti-
mement lié avec le curé de Brindas, ce misérable prêtre
qui se croit sans reproche parce qu'on ne peut l'attaquer
sous le rapport des mœurs et qu'il est aimé de ses pauvres. Certes la chasteté et la charité sont les grandes
vertus du prêtre, mais ce ne sont pas les seules; le monde
peut les admirer; mais, sans l'esprit intérieur, quels sont
les fruits qu'elles peuvent produire? Aucun. Oh! le clergé
séculier, quel mal il fait à l'Église de Dieu! Il ne sait
qu'entraver les progrès de la vie spirituelle dans les
âmes qui lui sont confiées. Autrefois, M. l'abbé Louis
allait, toutes les semaines, à Lyon se faire diriger par l'un
des Pères de votre sainte compagnie. A présent, il a pour
guide spirituel le curé de Brindas, pauvre aveugle qui
conduit un autre aveugle. Enfin il en est arrivé, je crois,
à ne plus faire l'oraison. Il est bien pressé maintenant
dans sa préparation et son action de grâces. Il dit son
bréviaire chaque jour, mais comment? Je l'entendais encore hier, avec le curé de Brindas, rire des légendes du
bréviaire romain, et se féliciter d'en être encore au bréviaire lyonnais. — Grâce aux intrigues des jésuites, a

dit le curé de Brindas, nous ne le conserverons pas longtemps. — Ils ne réussiront pas à nous le faire ôter, a
répondu M. Louis. Tout le clergé lyonnais protesterait.
— On nous laissera protester, a repris le curé, et l'on
passera outre, en nous traitant de rebelles. Les moines
sont nos maîtres du quart d'heure : évêques et prêtres
doivent les suivre. Ils ont dans ce moment l'oreille et le
cœur de Pie IX (1).

« Ces paroles vous disent tout, mon cher Père. J'en ai
entendu bien d'autres et de plus graves contre ce qu'ils
veulent appeler le *Marianisme*, contre le dévotisme ;
et, sans mon influence sur Clémentine et, par contre,
sur Raphaël, ces enfants, prédestinés à de si grandes
choses, n'auraient pas certainement la rare piété qui fait
d'eux plutôt deux anges que des créatures terrestres.
Mais je veille sur eux, et Dieu me met sur les lèvres les
paroles qui doivent les persuader. Car il veut que Raphaël et Clémentine arrivent au plus haut degré de sainteté. Dans toutes les révélations qu'il lui a plu de faire
à sa misérable et indigne servante, il me les a toujours
montrés avec un nimbe d'or autour de la tête ; et il m'a
dit : « Vous êtes, tous les trois, mes enfants de prédilec-
« tion. »

« Quand Raphaël aura dix-neuf ans accomplis, il
entrera au séminaire. Madame de Lentilly, en raison de
la faiblesse de la santé de son fils, ne veut pas qu'il s'engage dans le clergé régulier. J'ai tout fait, ainsi que vous
me l'aviez recommandé fortement, pour la faire revenir
sur cette détermination ; j'ai échoué, comme vous avez
échoué vous-même. Quand sa tendresse de mère est en

(1) Le curé de Brindas avait raison. Malgré les protestations du
clergé lyonnais, on lui a imposé le bréviaire romain, et il lui a bien
fallu abandonner son antique liturgie.

jeu, madame la comtesse n'est plus gouvernable. Tant il est vrai que les affections terrestres, même les plus permises, sont un obstacle à notre perfection ! »

Suivaient quelques lignes de confidences intimes et personnelles d'un moindre intérêt pour nous ; et le tout se terminait par les mots sacramentels d'union dans les sacrés cœurs de Jésus et de Marie.

III

COMMENT ON PEUT AVOIR DES STIGMATES

Le respectable curé de Brindas vint à mourir. Il appartenait à cette génération sacerdotale, sur le point de disparaître à cette heure, qui avait tiré profit des leçons les plus dures du passé, et qui avait conservé, de l'ancien régime clérical, un sage esprit de tolérance et de raison. Le successeur du vieillard fut un jeune prêtre, particulièrement fanatique de tout ce qui tenait à la mysticité. L'abbé Louis n'avait avec un confrère de cette sorte que des relations nécessaires, et il n'en acceptait d'invitations que dans des occasions exceptionnelles. Obligé alors aux uniques ménagements de la politesse, il prenait naturellement, vis à vis du nouveau pasteur, les allures de l'homme indépendant qui n'aime à froisser personne, mais qui n'aime pas à être froissé.

Un jour que les curés du voisinage étaient réunis à Brindas, pour l'une de ces solennités gastronomiques que ne dédaignent pas même les plus saints parmi ces honnêtes personnages, on ne manqua pas de parler du château et des merveilles surnaturelles dont il était, depuis quelques années, le théâtre. Les curés, de leur nature très-curieux, pressaient de questions l'abbé Louis. Celui-ci avait des réticences qui intriguaient ; le doute s'échappait de chacune de ses paroles. Il avait vu sa miraculée de trop près pour avoir gardé longtemps ses illusions, et une visite rapide mais concluante dans le sanctuaire de Rosalie, sous les toits, — la sainte avait par hasard oublié la clef, — lui avait donné l'explication des fameux stigmates sitôt guéris.

Devant les incrédulités peu déguisées du précepteur de Raphaël, le curé de Brindas s'était échauffé. Tout entier aux révélations dont il était le dépositaire, bien convaincu de leur origine surnaturelle, n'ayant pas l'ombre d'un doute sur un merveilleux soleil que nous ferons bientôt connaître, où Rosalie voyait toutes choses, ayant lui-même, à plusieurs reprises, prôné auprès de ses confrères la grande mystique du château, il se trouvait, en quelque sorte, recevoir, devant eux, un démenti de la part d'un témoin que l'on devait croire mieux renseigné que personne. La situation était pénible pour le curé de Brindas ; et quelques-uns de ses plus intimes, — cette intimité entre prêtres va jusqu'au tutoiement, — ne se gênaient pas pour lui dire :

— Curé de Brindas, tu nous en a trop conté sur ta dévote. Monsieur l'abbé nous paraît moins chaud que toi, à propos de ces beaux miracles.

Soit irritabilité naturelle, soit puissance de quelques petits verres de vin du Rhône, la tête du curé se monta, et, après beaucoup de divagations à demi-insidieuses à demi-malveillantes, auxquelles répondait assez vivement l'abbé Louis pour avoir les rieurs de son côté, il en vint jusqu'à dire :

— Après tout, je défie monsieur l'abbé de donner la moindre preuve des calomnies qu'il avance contre une sainte.

— Je relève le mot calomnie, monsieur le curé, avait dit l'abbé Louis. J'ai émis librement, devant ces messieurs, des doutes et rien de plus. Maintenant, puisque vous me poussez à bout, je vous dirai que je puis aller plus loin ; et je vous prouverai, quand vous le voudrez, que mes doutes sont des certitudes, ce que je ne vous avais pas dit encore.

— Que prouverez-vous?

— Mon Dieu! que les fameux stigmates, dont vous parliez il y a un moment avec tant de chaleur, étaient de faux stigmates.

— Vous prouveriez cela?

— Oui, monsieur le curé.

— Allons donc? Ce serait curieux, vos preuves!

— Curieux, oui! et probablement inattaquable pour tout homme de bonne foi.

L'intérêt était arrivé à son degré le plus haut.

— Eh bien! donnez-les ces preuves. Quelque bel argument tiré des incrédules!

— Pas du tout : des preuves, de vraies preuves, des preuves matérielles.

— Allons! nous attendons.

— Je vais me rendre au château. Monsieur le curé et vous, messieurs, vous viendrez me faire visite. Monsieur le curé demandera à sa fille spirituelle, à sa philotée, la clef du grenier où elle a établi une espèce d'oratoire, loin des yeux de tous ; et je me charge du reste.

La proposition fut acceptée du groupe sacerdotal.

— Que peut-il nous faire voir? disait le curé de Brindas. Il s'agit de stigmates et non pas d'oratoire.

Les confrères mirent de l'insistance à entraîner le
curé, et ils suivirent, à un quart d'heure d'intervalle à
peu près, l'abbé Louis qui alla paisiblement les attendre.

Rosalie ne fut pas mal intriguée de la demande que lui
fit le curé de Brindas. Quelque chose qui avertit, quand
vient à pâlir notre étoile, et qui monte comme une sueur
au front, lui fit pressentir un échec. Sa première pensée
fut de refuser. Mais que ne dirait-on pas? Et pourquoi
faire un mystère du fameux promenoir spirituel? Un
grenier au fond duquel étaient entassés des débris de
sculpture et de grille sculptée, n'avait rien qu'on ne pût
montrer à tous les regards. Devait-elle se rendre ridicule?
Ce qui était plus puissant, et ce qui la détermina, après
une première hésitation, à donner la clef, ce fut la crainte
de mécontenter un protecteur dont elle était sûre.

Le curé entra le premier, fit descendre l'un après
l'autre ses chers collègues, referma la porte à double tour
et prenant un ton solennel.

— Messieurs, je ne pénètre ici qu'avec un sentiment
de profonde vénération. J'écris la vie de cette sainte fille.
Que monsieur l'abbé prenne garde! Je raconterai cette
visite dans cette pauvre mansarde que Dieu a si souvent
visitée, où la Vierge s'est manifestée d'une manière
visible, et où le Saint-Esprit est venu inspirer tant de
révélations. J'espère qu'on ne dira rien ici d'indigne d'un
lieu saint.

— Oh! non, monsieur le curé, répondit l'abbé. Messieurs suivez-moi.

Et, ayant fait placer ses visiteurs devant la balustrade
redressée et formant le petit sanctuaire de bric-à-brac
que nous avons déjà décrit :

— Vous vous rappelez, messieurs, que M. le curé nous a donné pour preuve de la vérité du miracle des stigmates de mademoiselle Rosalie que la sainte fille ne pouvait pas même avoir idée d'une croix de Jérusalem, c'est-à-dire d'une grande croix grecque cantonnée de quatre petites croix, que nul sceau, nulle empreinte ne pouvait se trouver au château de Brindas qui pût faire, dans la paume de la main, l'impression de ces merveilleux stigmates. Eh bien, messieurs, voyez!

Et, au même moment, appuyant fortement la main sur le pommeau de fer du montant de la vieille grille de communion qui était taillé à facettes, et dont la facette principale représentait, gravée en creux, la croix de Jérusalem, il dit :

— Les voici, messieurs, ces fameux stigmates!

Et, étalant sa main aux regards ébabis du groupe des prêtres, il fit remarquer à chacun d'eux l'empreinte de sa main ayant exactement la forme des stigmates telle que le curé lui-même l'avait décrite au presbytère.

— Maintenant, messieurs, vos doutes sont-ils éclaircis? Ai-je donné des preuves inattaquables, des preuves matérielles?

Le curé de Brindas, confus, tout rouge de honte, balbutiait.

— Mais la blessure à la main?

— Je vous attendais là, monsieur le curé. Eh bien! regardez maintenant le pommeau parallèle, également taillé à facettes, ayant la même croix gravée en creux, et remarquez l'un des angles qui a reçu un coup de fer tranchant, hache ou sabre, qui a éraillé le fer. Appuyez votre main fortement sur ce pommeau, et vous verrez que l'épiderme en ressentira une égratignure. C'est sur celui-ci, messieurs, que mademoiselle Rosalie a appuyé sa fine main ; c'est cette bavure du fer qui lui a sillonné la peau, et a pu faire couler une toute petite goutte de sang.

Voilà le miracle maintenant, le voilà !

Il faut renoncer à décrire l'impression que fit cette scène sur les bons voisins du curé de Brindas. Ceux qui avaient du penchant vers le mysticisme étaient atterrés. Le curé de Brindas se sentait trembler ; mais sa théologie lui faisait froncer les sourcils, pour trouver quelque échappatoire devant cette révélation cruelle. D'autres déguisaient mal leur joie de l'humiliation du fanatique.

— Messieurs, j'ai répondu victorieusement à monsieur le curé de Brindas, n'est-ce pas ? Mais je ne dois pas oublier le respect que je porte à cette maison. Je ne voudrais pas affliger la respectable madame de Lentilly. Vous êtes, messieurs, accoutumés au secret. Je confie celui-ci à votre honneur de prêtres. Mais jugez à votre tour, et dites si j'ai calomnié.

Une fois hors du château, ayant eu le temps de réfléchir un peu, le curé de Brindas dit à ses confrères.

— Ceci ne change rien à mon opinion sur mademoiselle Rosalie. Dieu a pu se servir de ce fer pour marquer la sainte fille du signe glorieux de la croix.

— En voilà une belle explication ! dit le curé de Francheville.

— Vous êtes battu, cher confrère, dit un autre.

Le curé de Brindas reprit :

— Après tout, les saints peuvent se tromper ; mais ce sont toujours des saints.

IV

LE SOLEIL DE SAINTE ROSALIE MANGON

Nous sommes, à cette heure, au mois d'octobre 1857. Frédéric de Lentilly est revenu à Brindas qu'il avait cru fuir pour l'éternité, bien que son père fût là. Comment le retrouvons-nous dans notre petit paradis angélique? Sa lettre à Prosper de Lanfeld va nous le dire.

Château de Brindas, octobre 1857.

« Tu dois t'étonner que je t'écrive des bords pittoresques du Rhône, mon cher Prosper. J'avais juré de ne jamais faire un séjour de plus d'une semaine, dans ces lieux bénis où je me suis mortellement ennuyé, il y a deux ans. L'année dernière, je passai deux mois à Paris avec mon père; et cette année il devait encore m'y rejoindre. Je crois qu'il n'était pas fâché de prendre lui-même aussi ses vacances. Il se plaignait autrefois que

ma pauvre mère aimait trop la vie de Paris, le bruit, le
mouvement, les fêtes, les voyages ; et, à présent, il est
fatigué de cette félicité paisible et placide que sa seconde
femme a organisée autour de lui. Il est entouré des soins
les plus délicats, des prévenances les plus gracieuses ; il a
une table excellente, et il tient à cela ; la comtesse a
appris le tric-trac et les échecs, pour faire chaque soir sa
partie ; pourvu qu'il ait soin de cacher aux enfants certains livres pervers, tels que Molière, Victor Hugo, Cousin,
Michelet, Lamartine, etc., elle lui permet de les lire
dans sa chambre. Je suppose qu'au préalable, elle les
asperge d'eau bénite ; eh bien ! malgré tout cela, mon
père s'ennuie de son bonheur ; et la lettre qu'il m'écrivit
pour m'annoncer qu'un accès de goutte le forçait de
renoncer à son voyage de Paris, me le disait assez. Il
me suppliait de demander un congé. Ma présence lui
était nécessaire pour le distraire un peu au milieu de ses
cruelles souffrances.

« Je sens, me disait-il, qu'un peu de gaieté autour de
« moi me ferait du bien, et ici personnne n'est gai. Ma
« femme me soigne avec un dévouement admirable :
« c'est une sœur de charité ; elle me prêche la résigna-
« tion dans la souffrance. C'est très-beau et très-bon sans
« doute ; seulement je voudrais autre chose. L'abbé Louis
« seul me comprend. C'est une excellente nature : avec
« lui je puis causer ; mais il a si peu de temps à me
« donner. Il faut qu'il surveille les enfants. Sans cela,
« mademoiselle Mangon les rendrait fous tout à fait. Elle
« n'a que trop d'ascendant sur eux. Ma petite Clémen-
« tine, autrefois si vive et si gaie, est tout à fait chan-
« gée. Plus que Raphaël peut-être, elle semble ne tenir
« à la terre que par les pieds ; et je tremble de la voir
« s'envoler un jour, avec lui, vers les régions éthérées.

« Enfin, mon bon curé de Brindas est remplacé par un
« fanatique qui vient fréquemment ici, et tient de longues
« conférences avec ma femme et mademoiselle Rosalie.
« Je t'en prie, mon cher Frédéric, arrive. J'ai besoin
« de toi. »

« Que pouvais-je faire, mon cher ami, sinon demander
un congé et partir ?

« J'ai trouvé mon pauvre père bien affaissé. Quant au
reste des habitants du château, ils marchent toujours
à grands pas dans la voie de la sainteté. La Mangon est
décidément passée à l'état de prophétesse. Elle ne parle
plus que par sentences, et en roulant ses yeux de telle
sorte qu'on n'en voit que le blanc. Cela achève de la
rendre affreuse. Mon fidèle Jacques n'est pas de cet avis ;
et il l'a priée de le convertir. Je ne plaisante pas. C'est
dangereux, non pour Jacques, mais pour Rosalie.

« Raphaël a dix-huit ans, il a très-peu grandi ; mais
son tempérament, toujours délicat, m'a paru s'être fortifié.
J'ai trouvé son frère à Brindas. Il sert dans l'artillerie.
Peste ! ce garçon fait contraste avec Raphaël. Il n'a rien
d'angélique, je t'assure ; et les bons Pères ont là un
élève qui leur fait médiocrement honneur. J'ai mis un
temps raisonnable à me dépouiller de ma robe d'écolier
toute chargée d'amulettes, et j'ai conservé, sinon l'inté-
grité de mes croyances, du moins le respect de la religion. Mais ce garçon-là a sauté d'un seul bond, des con-
fessionnaux des révérends Pères, dans le camp de la libre
pensée la plus radicale. Il n'est resté ici que huit jours,
et il a mis le désespoir dans le cœur de sa pauvre mère,
autant que l'effroi dans celui de l'angélique Raphaël.
Heureusement que Rosalie Mangon a vu, dans son soleil,
la conversion de Charles de Nervieux. Le soleil de Rosalie ? me diras-tu. Quel est ce nouvel astre dont M. Ba-

binet n'a pas signalé l'apparition? Et comment se trouve-
t-il la propriété exclusive d'une dévote?

« Tu comprends, mon cher, que cette question a
pour moi des obscurités. On parle de tout cela à voix
basse. Mademoiselle Rosalie, la fine mouche, ne veut
pas avouer à tout le monde qu'elle est en si bons termes
avec le ciel, qu'un de ses anges probablement a décro-
ché quelque étoile pour servir de lanterne à la sainte fille.
Elle laisse deviner cela. Elle dit un mot à l'un, un mot
à l'autre. Madame de Lentilly commet aussi quelques
indiscrétions volontaires. Quand on a le bonheur d'avoir
une sainte dans sa maison, et une sainte favorisée de
dons extraordinaires, il est bien difficile de garder le silence sur ces merveilles.

« Jacques assure que Rosalie pleure beaucoup, quand
elle apprend que les dons célestes, qui lui sont si libérale-
ment départis, viennent à être divulgués. Je ne sais pas si
le drôle essuie les larmes de la sainte; il n'aime pas
qu'on le plaisante là-dessus, et j'en suis encore à me demander s'il est fanatisé ou amoureux, l'un et l'autre
peut-être. Figure-toi qu'hier j'avais perdu mon porte-
monnaie. Il ne contenait que quelques petites pièces
d'argent; mais il était fort joli, un véritable objet d'art;
et puis c'était un souvenir. Jacques et moi, nous cherchons inutilement. Tout à coup mon homme se ravise.

« — Attendez, me dit-il; dans dix minutes je saurai
où il se trouve; et il disparaît.

« Un instant après, il entre triomphant. Mon porte-
monnaie était dans la bibliothèque de mon père, à un
endroit qu'il me désigna. J'avais la clef dans ma poche;
je la lui donnai. Il me rapporta aussitôt mon porte-
monnaie. Cela me parut assez singulier. J'interrogeai
Jacques, et je ne pus en tirer autre chose sinon que

mademoiselle Rosalie avait vu mon porte-monnaie dans son soleil.

« — Comment, dans son soleil? lui demandai-je.

« — Ou dans une grande lumière qui ne la quitte jamais, reprit Jacques. Mais comme cette lumière est plus grande et plus brillante que le soleil, on peut bien l'appeler un soleil.

« — Et elle a vu mon porte-monnaie dans ce soleil?

« — Sans doute. Il paraît qu'elle y voit tout ce qu'elle désire y voir; seulement elle ne veut pas en convenir. J'ai eu bien de la peine à lui faire dire où était votre porte-monnaie. Mais elle a regardé, et aussitôt elle m'a dit : « Il est dans la bibliothèque, sur le bureau en laque de chine. »

« — Et tu as vu cette lumière?

« — Non, elle n'est visible que pour elle.

« — Eh bien! pour moi, il est visible que Rosalie a une clé de la bibliothèque, qu'elle y est allée après moi, et qu'elle y a vu mon porte-monnaie.

« — Mon lieutenant est incrédule. Et pourtant, il y a bien d'autres choses qui se sont retrouvées ainsi.

« — Et encore bien plus qui ne se sont pas retrouvées.

« — Je le crois bien, quand elle ne veut pas regarder dans sa lumière.

« — Ah! elle refuse donc quelquefois?

« — Oui, mon lieutenant.

« — Cela me suffit. Va, mon garçon, Rosalie me paraît excellente pour te faire voir une infinité d'étoiles en plein midi.

« Jacques me quitta très-scandalisé (1).

(1) On travaille en ce moment à faire canoniser une romaine, Anna-Maria Taïgi. Cette illuminée est morte en 1836. Les Jésuites la protégeaient, et cette fois ils n'eurent pas un fiasco comme celui

« Tu me diras, mon cher ami, que je te parle bien
longuement de ces niaiseries. Que veux-tu ? Ici, le mysticisme déborde tellement que, malgré soi, on s'en occupe. C'est une maladie à étudier. Seulement, comme le
médecin expose sa vie en traitant certaines affections con-
tagieuses, moi j'expose ma foi, beaucoup plus sérieuse
que je ne le crois peut-être, à sombrer complétement.

« L'abbé Louis n'a nulle confiance dans les visions de
mademoiselle Mangon. Il a voulu s'expliquer là-dessus
avec madame de Lentilly. Il avait des preuves palpables,
prétendait-il, de la fausseté de cette fille, au sujet de certains stigmates dont lui-même avait été dupe. Il a été
fort mal reçu, et l'on n'a pas voulu l'écouter. Depuis ce
temps-là, il est suspect et traité comme tel. Madame de
Lentilly assiste à toutes les leçons qu'il donne aux enfants. Le nouveau curé s'est chargé de la partie religieuse
de leur éducation. Bref, le pauvre abbé est presque un
paria. Cherchez donc à soutenir la vérité dans ce monde !

« — Depuis six mois, m'a-t-il dit, je me demande si,
dans l'intérêt de ma dignité, je ne devrais pas m'en
aller d'ici ; mais j'aime ces enfants, j'aime votre excellent père ; je crois leur être utile à tous les trois, et je

qu'ils eurent depuis avec Pie IX, au commencement de son règne,
à propos de la Catarinella Leur illuminée réussit à merveille. Elle
avait le don de prophétie ; elle connaissait le passé, le présent et
l'avenir. Pendant quarante-sept ans, elle vit constamment une
lumière plus brillante que le soleil ; et quand on la consultait, elle
regardait dans ce soleil ; et Dieu lui montrait ce qu'elle désirait
connaître. « A l'aide de ce don, assurent les auteurs de sa vie, elle
pouvait éclaircir en un moment quelque point que ce fût de l'histoire
profane. » Quel malheur que nos savants historiens n'aient pas eu
connaissance de ce moyen si simple de fixer tant de doutes sur des
faits importants ! Maria Taïgi aurait regardé dans son soleil, et nous
aurions eu la vérité historique. Le mysticisme nous a menés là que
des hommes graves semblent croire possibles des sottises de ce
genre.

reste. Je m'efface autant que je le puis, afin de ne donner aucune prise sur moi à mes deux ennemis mortels, sainte Rosalie Mangon et le pieux curé de Brindas. Bientôt Raphaël entrera au séminaire. Alors notre séparation se fera naturellement, et je resterai son ami.

« Je lui ai demandé :

« — Et ma petite cousine?

« — Votre petite cousine, m'a-t-il répondu, fondera un couvent dont mademoiselle Mangon sera la supérieure. C'est chose arrêtée. Les trente mille francs de dot donnés par votre père seront doublés par madame de Lentilly. De plus, une maison qu'elle possède à Lyon sera donnée aux futures religieuses. Argent et immeubles seront pris sur la portion de l'héritage qui doit revenir à Raphaël. Pour Charles, il n'entend nullement participer à ces pieuses largesses.

« — Ainsi donc, dans un an, cette folle de Rosalie et une enfant de seize ans enrichiront le monde catholique d'un nouvel ordre religieux?

« — Dont le besoin ne se fait nullement sentir, reprit l'abbé.

« Toutefois les choses ne marcheront pas aussi vite; votre père a déclaré qu'il ne voulait pas que Clémentine entrât en religion avant l'âge de vingt-cinq ans; sinon, point de dot.

« Ce mot d'un homme qu'on sait fort résolu a causé beaucoup de douleur; mais on ne désespère pas, la Vierge fera quelque miracle.

« Je sais vraiment gré à mon père de cette bonne pensée, mon cher Prosper. Clémentine a quinze ans; et, dans dix ans, quelles modifications ses idées n'auront-elles pas subies? Ou je me trompe fort, ou cette enfant n'est pas

plus faite que moi pour la vie claustrale. Elle embellit
tous les jours; et ses yeux noirs ont une flamme qui dénote une nature ardente et passionnée. Je te disais, il y
a deux ans, qu'elle aimait Raphaël sans s'en douter; mais
à mesure que l'adolescente se fait femme, elle lit plus
clairement dans son cœur; et si Clémentine ignore encore l'amour, elle en a l'instinct. Je l'étudie beaucoup.
Je la vois souvent rougir et pâlir, en regardant son jeune
ami, ou quand leurs mains se rencontrent. Elle me semble,
d'un jour à l'autre, plus réservée avec lui : c'est un indice
qui m'a frappé. Cependant on leur laisse toujours la
même liberté. Personne ne s'avise ici de croire que ces
enfants ne sont plus des enfants. J'ai fait part de mes remarques à l'abbé. Il en a ri, comme un enfant qu'il est
lui-même.

« Je ne vois pas pourquoi je me préoccuperais de tout
cela. Après tout, je ne partage pas l'opinion de mon père
sur la nécessité du célibat pour la petite Couturier; et
si Raphaël veut en faire un jour madame de Nervieux, je
trouverai cela très-bien. Je sais que l'orgueil de madame de Lentilly souffrirait de cette union disproportion-
née et pour le rang et pour la fortune; mais ce serait,
pour une dévote, une excellente occasion de faire un acte
d'humilité.

« J'allais fermer cette trop longue lettre, lorsque
Jacques est entré dans ma chambre tout effaré. Rosalie
vient d'être prise d'un mal aussi violent que subit : ce
sont des convulsions, des évanouissements, etc. Bref, il
m'a demandé la permission de prendre Flox, pour aller
chercher à Lyon M. Bérard, la célébrité médicale du
pays. Tous les chevaux de Brindas sont pacifiques et ont
les allures solennelles convenables à des quadrupèdes
destinés au service de maîtres pieux; aussi j'ai permis à

Jacques de prendre Flox. Pourvu qu'il ne me le ramène pas fourbu! Il a eu de la peine à écouter ma recommandation. Décidément ce garçon est fou.

« Dans quelques moments, je reprendrai la plume. Il faut bien que nous sachions où en est cette précieuse santé. »

V

DE PLUS FORT EN PLUS FORT

Frédéric de Lentilly à son ami.

« 10 heures du soir.

« Si tu veux, mon cher Prosper, donner quelques larmes à sainte Rosalie, morte en odeur de sainteté avant d'avoir pu fonder l'ordre des Solitaires, tu peux te livrer à toute ta sensibilité. Tous les secours de l'art ont été impuissants. Les reliques, les médailles, l'eau de la Salette n'ont pas eu plus de vertu que les prescriptions du docteur Bérard. Celui-ci a quitté Rosalie, en nous déclarant qu'il n'y avait rien à faire. Rosalie, du reste, avait dit plusieurs fois :

« — Tous les secours sont inutiles, je dois mourir.

« La dévotion est au moins bonne à rendre les gens résignés, car ce passage de vie à trépas n'avait pas l'air de l'impressionner beaucoup. Une heure après, une nouvelle crise s'est déclarée. Le médecin du village a été appelé. Quand il est arrivé, il n'a eu qu'à constater le décès.

« Tu peux juger de l'émoi de toute la maison. Ma belle-mère, les enfants, le curé de Brindas et Jacques sont auprès de la bienheureuse, c'est ainsi qu'ils l'appellent, et tu ne saurais t'imaginer la légende fantastique qui se raconte déjà. On a vu une grande lumière (évidemment le soleil de la défunte, qui se retirait paisiblement dans le ciel), et un parfum exquis a embaumé la chambre. Je n'ai pas été curieux d'aller m'en assurer. Je reste avec mon père fort abandonné depuis ce matin. Précisément l'abbé Louis est à Lyon pour deux jours.

« Adieu, mon cher ami. Je ne m'attendais pas à assister à l'enterrement d'une sainte. Mon pauvre Jacques est au désespoir ; il parle de se convertir tout à fait et de se faire chartreux, dès qu'il sera libéré du service.

« Je t'embrasse. Adieu.

« Probablement tu auras demain une lettre de moi. Ces pauvres enfants sont terriblement impressionnés : C'est pour la première fois qu'ils voient la mort. »

Le même au même.

Octobre 1857.

« Ma foi, mon cher Prosper, je suis enchanté d'être à Brindas. On y voit des choses qui ne sauraient se voir ailleurs.

Quel château fut jamais plus fertile en miracles !

« Familiarisé maintenant avec le merveilleux, je m'attendais bien à quelque prodige opéré par l'intercession de sainte Mangon. Mon fidèle Jacques, de plus en plus fanatisé, s'était empressé de lui demander, à genoux, la guérison de sa mère paralytique, et il s'attendait à une lettre qui lui annoncerait que la bonne femme a recouvré l'usage de ses membres. Évidemment la défunte lui devait cela. Jacques a contribué plus que personne à établir la réputation de sainteté de cette singulière créature. Comment aurait-on refusé de croire ce qu'acceptait sans broncher un soldat de dragons? Je doute que le soleil de Rosalie eût jamais fait fortune sans lui. Les esprits forts de Brindas se permettaient d'en rire; la foi robuste de Jacques a vaincu les convictions récalcitrantes.

« Mais si je m'attendais à un prodige, je dois bien l'avouer, ce n'est certes pas à celui qui vient de s'accomplir.

« Rosalie, mon cher Prosper, a fait bien mieux que de guérir une paralytique, bien mieux que de ressusciter un mort. — Quoi donc? diras-tu. — Elle s'est ressuscitée elle-même, et, à l'heure qu'il est, elle se porte aussi bien que toi et moi. Tu me diras : — Une léthargie! — Non, mon ami, la léthargie est une chose naturelle, et ses phénomènes sont connus. Le vulgaire des mortels peut tomber en léthargie, et revenir à la vie sans miracle. Les saintes comme Rosalie ressuscitent; et, si j'osais me permettre un doute, ma belle-mère me bannirait de sa présence, et Jacques quitterait mon service. Aussi je ne doute pas, et j'écoute avec le plus profond sérieux le récit du grand événement.

« Rosalie est morte hier, à huit heures du soir, et ce matin, à deux heures, elle a tout à coup ouvert les yeux en disant d'une voix très-distincte :

« — Me voilà donc enfin revenue sur cette terre! ô mon divin époux, ce n'est pas là ce que vous m'aviez promis hier.

« Clémentine a été tellement impressionnée, en entendant parler une personne qu'elle croyait morte, qu'elle est tombée sans connaissance.

« — Nous vous avons crue morte, chère mademoiselle, dit le curé de Brindas.

« — J'ai été morte, en effet, j'ai vu le ciel, j'ai vu la place que tous ceux qui sont ici doivent y occuper un jour — Jacques était là. — Mais vous avez tant prié depuis que je suis malade, que mon Jésus n'a pas voulu me garder, et il m'a renvoyée parmi vous. Que sa sainte volonté soit faite (1)!

---

(1) Je suis obligé de prévenir mon lecteur que cette étrange scène n'est pas une stupide et bizarre invention de romancier. Les vies de nos mystiques contiennent des faits identiques. La vénérable mère Agnès de Jésus, née en 1602, est morte et ressuscitée de la sorte trois ou quatre fois. Cela n'a pas fait l'ombre d'un doute pour son confesseur, le père Panassière jésuite, pas plus que, de notre temps, pour l'un des grands excentriques de l'ultramontanisme, M. l'abbé Davin, qui a reproduit ces scènes dans le *Monde* sans manifester le moindre étonnement, en disant toutefois, à notre éloge, que *notre siècle sensuel et épais* comprendra difficilement ces choses.

Voici comment il raconte la première mort d'Agnès :

« Cependant, depuis que sœur Agnès était religieuse professe, c'est-à-dire épouse titulaire de Jésus-Christ, le feu de l'amour divin la dévorait. Elle ne pouvait plus tenir dans la vie. Son estomac ne gardait plus aucun aliment. Le sommeil ne visitait plus ses yeux. La terre était devenue pour elle un sujet de dégoût. Elle avait un désir inexplicable d'aller à Dieu, son amour. N'en avait-elle pas, ce me semble, le droit? Sa perfection n'était-elle pas achevée? Tous les coups de marteau n'avaient-ils pas été donnés à cette pierre d'élite de la céleste Jérusalem? Son ange lui dit, un jour, qu'elle eut encore un peu seulement de patience; et la Reine des anges lui apparut incontinent après, ajoutant : « Tiens-toi prête, mon fils te tirera « bientôt à lui. »

« Un samedi, en effet, au *Salve Regina* des complies, elle tomba en défaillance par terre. On l'emporta. Elle fut vingt-quatre heures

« Juge des ébahissements.

« On a offert, avec quelque hésitation, je suppose, des aliments à la sainte. Elle a prouvé qu'elle n'était pas un

dans de mortelles douleurs. Il lui semblait qu'on lui coupait le cœur avec un rasoir. On lui administra le saint viatique et l'extrême-onction. Le père confesseur qui demeurait auprès d'elle pour l'as-sister dans son agonie fut inspiré de lui commander de faire signe si la sainte Vierge venait la visiter à son départ de ce monde. Un demi quart d'heure après, elle fit le signe. Son visage était radieux. Toutes les sœurs se prosternèrent avec le père pour recevoir la béné-diction de la sainte Vierge. Le père s'étant relevé vit alors la mori-bonde faire un mouvement de dédain. Il jugea qu'elle repoussait le démon et jugea bien. Après quoi se retournant de côté, Agnès se reposa. La bouche était ouverte; le visage pâle et froid. Le père dit : Elle est morte. A ces mots, toutes les religieuses jettèrent des cris. Le père approcha le cierge béni de la bouche et des narines; la flamme immobile témoigna qu'il n'y avait plus de souffle. Le pouls avait cessé. On pria, on pleura, on songeait aux devoirs funèbres. Au bout d'un quart d'heure, la morte jeta tout à coup un grand soupir, et dit : « Je suis retournée. » Et elle guérit de sa maladie.

« On ne peut guère douter de la réalité de cette résurrection. Le père Panassière et le père Boyre la tiennent pour indubitable. Agnès y a cru. Obligée par son confesseur de s'expliquer sur ce point, elle lui dit : Qu'étant près d'expirer, elle avait vu la très-sainte Vierge qui lui était apparue avec plusieurs saints; que la Reine du ciel, ayant béni le père confesseur et puis toutes les religieuses, son âme sortit de son corps et fut reçue entre les mains sacrées de la Mère de Dieu qui la présenta à son divin fils; qu'elle fut quelque temps dans le ciel, et qu'après y avoir demeuré fort peu de temps à son gré, son ange s'approcha d'elle et lui dit qu'il fallait s'en retourner. A quoi ayant fait, dit-elle, toute la résistance que je pouvais, je me suis pourtant enfin retrouvée dans mon misérable corps. J'étais morte véritablement, ajouta-t-elle, mon époux ayant voulu satis-faire à la promesse qu'il m'avait faite, par mon bon ange et par la sainte Vierge, que je mourrais bientôt. » (*Vie de la mère Agnès de Jésus.*)

Sainte Catherine de Sienne mourut aussi de la sorte deux ou trois fois. Il y a dans le récit qu'on vient de lire un mot très-naïf de M. l'abbé Davin : « On ne peut *guère* douter de la réalité de cette résurrection. Le père Panassière et le père Boyre la tiennent pour indubitable. » Je crois que la vénérable Agnès était comme les trois quarts de ses pareilles, une hallucinée de bonne foi, qu'elle a eu des attaques de catalepsie, pendant lesquelles son imagination lui faisait

corps glorieux, en déjeunant de fort bon appétit. Elle n'avait pas mangé depuis vingt-quatre heures, et, dans ce moment, sa santé est parfaite. Ce que c'est que de ressusciter.

« Pour la pauvre Clémentine, ces impressions terribles l'ont trop fortement atteinte ; c'est elle qui est malade, peut-être très-malade. Jacques prend encore Flox pour aller chercher le docteur Bérard. Pauvre Flox ! cette fois je ne me plaindrai pas, si Jacques le surmène un peu ; car je m'intéresse autrement à ma petite cousine qu'à cette misérable intrigante.

« Adieu, mon ami ; je t'écrirai pour te donner des nouvelles de Clémentine. »

Le même au même.

« Clémentine est beaucoup mieux. Le docteur a administré des potions calmantes et recommandé le repos.

faire des rêves paradisiaques ; voilà tout. Je crois aussi qu'une fausse mystique peut donner le change à des esprits prévenus et simuler des états merveilleux. Et je professe pour les trépas répétés, pour les extases, les visions, les stigmates, l'incrédulité la plus complète. Je ne suis pas le seul des théologiens instruits qui repoussent ces merveilles et les attribuent souvent à la fourberie. Le père Debreyne qui vient de mourir à la Trappe, écrivait ceci : « Disons quelques mots des secrètes ruses et fallacieuses menées de certaines filles. Un ecclésiastique instruit et expérimenté m'a fait part dernièrement du fait d'une fille qui simulait parfaitement l'état d'une personne mourante ou à l'agonie ; et même, au besoin, elle se constituait dans un état de mort apparente, sans respiration, sans pouls et sans sentiment. » (*Essai sur la théologie morale*, p. 342.) Il ajoute que, « pour ressusciter ces mortes pleines de vie et de santé, il faudrait leur appliquer des fers rouges. » Il dit encore : « Si les prêtres avaient quelques connaissances physiologiques, ils seraient moins souvent dupes de ces créatures artificieuses et hypocrites. »

Nous en sommes quittes pour la peur. Il voudrait qu'on ne parlât plus, devant elle, du miracle de la résurrection de Rosalie. Cette dernière prescription sera bien difficilement observée.

« L'abbé et moi, nous avons causé avec le docteur. C'est une de nos sommités médicales de province ; il m'a paru fort distingué.

« — Mademoiselle Mangon a eu tout bonnement une léthargie ? ai-je demandé au docteur.

« — Nullement, m'a-t-il répondu.

« — Alors une catalepsie ?

« — Pas davantage. Mademoiselle Mangon n'a pas été malade.

« — Comment, monsieur le docteur, ces convulsions, ces crampes, ces vomissements ?...

« — Étaient très-réels. Seulement j'ai reconnu les médicaments qu'elle avait pris pour les provoquer. Elle avait un peu trop forcé la dose. De là sa faiblesse, sa sueur froide. Un évanouissement, rien de plus. Le reste est un roman composé par cette illuminée. Elle finira par y croire elle-même. Nous avons des exemples de ces aberrations. Toutes ces femmes visionnaires en arrivent là.

« — Alors, dit l'abbé Louis, comment n'avez-vous pas démasqué l'imposture ?

« — Monsieur l'abbé, je fais de la médecine, et non pas de la surveillance sur les mœurs religieuses du département du Rhône. D'ailleurs, sachez que cette fille est une créature des jésuites ; et je n'ai pas envie de mettre contre moi les trop puissants Pères. Tout ce que je pourrais dire ici ne dessillerait pas les yeux de la châtelaine, et me serait à coup sûr nuisible.

« — Vous avez une réputation si bien établie.

« — On trouve toujours les moyens de nuire, monsieur l'abbé. Depuis que les jésuites sont à Lyon, j'ai évité avec soin de les avoir pour adversaires. Je n'ai pas voulu non plus, et Dieu sait ce qu'ils ont fait pour cela, devenir leur créature. On peut être médecin spiritualiste et même catholique, et ne pas aimer cet ordre. Je sais trop le mal qu'ils font et le bien qu'ils empêchent. Par cela seul que je n'ai pas voulu me mettre à leur remorque, ils me tiennent en suspicion ; et j'ai perdu, grâce à eux, un dixième de ma clientèle aristocratique. Ils ont fait alors une réputation à mon collègue F. D'après cela, jugez de leur puissance.

« Tel a été l'entretien. Maintenant les jésuites sont-ils pour quelque chose dans les manéges de la mystique de Brindas? Vont-ils en profiter? Je l'ignore. Seulement je te devais le récit de ces événements bizarres.

« Rosalie Mangon a déjà son historiographe. Le curé de Brindas a trouvé là matière à faire un petit bruit et à jouer un petit rôle. Il va écrire la relation véridique des événements surnaturels qui se sont passés au château.

« Le docteur Bérard, que j'ai revu encore, un moment avant son départ, m'a dit qu'il connaissait à Lyon vingt illuminées de la force de Rosalie Mangon.

« — Leurs directeurs, m'a-t-il dit, les prônent à qui mieux mieux. Il y a même au sein de ce monde de croyants, en état perpétuel de rapports avec le monde surnaturel, des luttes intestines auxquelles la partie active et intelligente de la ville reste complétement étrangère. Mais les médecins savent beaucoup de choses, et ils ne sont pas médiocrement surpris d'apprendre que telle maladie nerveuse, pour laquelle on a réclamé leurs soins, s'est transformée en extases et en dons merveilleux. Presque toujours ce sont des femmes du peuple qui jouent ce rôle. Le métier est bon et n'est pas difficile à apprendre.

« Il a ajouté :

« — Je sais que, parmi ces illuminées, il y en a de bonne foi. Mais, parmi celles que je connais, je ne répondrais que de la seule Véronique. Celle-là est vraiment une belle âme. Les visions de Marie Alacoque lui ont malheureusement tourné la tête. Elle s'est exterminée par les austérités les plus étranges. Elle veut surpasser son modèle. Mais, là, il y a la foi, il y a aussi la charité. C'est une bonne nature détournée des voies raisonnables par des lectures mystiques infiniment dangereuses; je la respecte; mais je méprise souverainement ceux qui l'exploitent.

« Si je ne te savais pas un esprit sérieux, et investigateur, je ne t'aurais pas donné tous ces détails; mais je les ai recueillis pour toi, comme matériaux à l'un des chapitres de tes études de moraliste; tu pourras l'intituler : *Des aberrations du mysticisme.*

« Sur ce, adieu. »

VI

POUR LES JÉSUITES, IL Y A MIRACLE ET MIRACLE

Le monde religieux gagna à la mort de Rosalie, mort suivie d'une si prompte résurrection, un traité complet de théologie mystique. Le jeune curé de Brindas, aussi exalté que son prédécesseur avait été prudent, commença à écrire la vie et les révélations de Rosalie, et il assurait à tous ceux qu'il jugeait dignes de recevoir ses confidences, que Rosalie Mangon, en matière théologique, égalait saint Augustin et saint Thomas (1).

(1) Les lecteurs peu familiarisés avec les idées mystiques m'accuseront de forger des prêtres crédules, prêts à l'enthousiasme pour toutes les aberrations pieuses que peuvent leur débiter des créatures folles ou hypocrites. Je suis cependant continuellement dans le vrai. Outre les œuvres de Marie Alacoque qui se répandent maintenant, et qui se lisent dans le monde croyant, les Jésuites viennent depuis peu d'années de mettre en vogue les faits et gestes d'une illuminée moderne, Marie Lataste, religieuse coadjutrice du Sacré-Cœur.

Marie Lataste était une fille du peuple, née à Maimbaste, près de Dax, en 1822. Elle était sans fortune, et, d'après ses écrits, on voit clairement que sa pensée dominante fut d'arriver à être religieuse

Madame de Lentilly ne douta pas un instant de la mort et de la résurrection de Rosalie ; et, Frédéric s'étant avisé d'en plaisanter devant elle, elle lui répondit sèchement qu'elle n'avait pas la prétention de le convertir,

du Sacré-Cœur. C'était là son idéal, comme le plus grand honneur auquel pût prétendre une fille de sa classe. A force de persévérance et d'habileté, elle arriva à son but.

Voici comment elle s'y prit :

En 1839, d'après ses lettres intimes, elle vit Notre-Seigneur sur l'autel ; et, pendant trois ans, il lui permit, chaque fois qu'elle assistait à la messe, de contempler sa sainte humanité. Il arrive même à Marie Lataste sur cela une idée fort singulière. Elle raconte dans une de ses lettres, qu'elle avait dit au Sauveur : « Mon amour pour vous, pour votre humanité qui se manifeste à moi, n'a-t-il pas été trop sensible et trop naturel ? » Voilà certes une crainte bien pudique.

Déjà nous voyons là une visionnaire. Pour qu'une femme fasse une remarque si mal séante, il faut un dérangement cérébral. Comment un amour pour l'humanité de Jésus peut-il être trop sensible?

Ensuite Jésus se mit à l'instruire des vérités de la religion. Elle racontait ces belles choses au curé de Maimbaste, son naïf confesseur, qui d'abord en éprouva quelque étonnement, mais finit par y donner pleinement créance. Il lui ordonna d'écrire ses visions et ses révélations. Ce qu'elle se hâta de faire dans un grand nombre de lettres que les Jésuites viennent de faire imprimer.

Quoique crédule, après avoir reçu toutes ces longues lettres, le curé de Maimbaste finit par s'étonner de la prodigieuse mémoire de Marie Lataste pour se rappeler avec tant de détails ce que le Sauveur a pu lui révéler. Il lui fait part de son inquiétude sur cela. Marie Lataste n'est pas embarrassée. Aussi lui écrit-elle :

« Je n'ai jamais pensé à vous expliquer comment, après un si long temps, ma mémoire se rappelle les discours du Sauveur Jésus. »

Or voici son explication. C'est du plus joli qu'on puisse inventer.

Jésus, deux ans auparavant, lui avait donné un livre et une boîte. Ce livre contenait tous les enseignements qu'elle avait reçus de lui ; la boîte contenait les plus belles fleurs qu'elle eût jamais vues. D'après l'ordre de Jésus, elle renferma livre et boîte dans son cœur. Or quand elle voulait écrire ses révélations, elle ouvrait son livre ; elle lisait et après elle écrivait. Ou bien elle respirait le parfum des fleurs, et alors elle écrivait ce qui lui venait à l'esprit. Or le livre renfermait les leçons qui devaient servir à tout le monde ; les fleurs lui inspiraient ce qui la concernait seule.

mais qu'elle avait le droit d'exiger que, devant elle et devant ses enfants, on ne manquât pas de respect à la religion.

Le jeune officier se le tint pour dit, et se promit d'être

Le curé de Maimbaste et les Jésuites ont accepté cette belle explication. Qu'est-ce qu'un livre qui se renferme dans un cœur? qu'est-ce qu'une boîte pleine de fleurs dont on peut respirer le parfum, aussi renfermée dans le cœur de Marie Lataste? Des hommes à demi sérieux peuvent-ils ne pas renvoyer comme folle ou comme fourbe, une fille qui écrit de telles billevesées?

Ce n'est rien encore de mettre au net ses révélations; mais que deviendront-elles? Tout cela ira-t-il se perdre dans un coin du bureau d'un brave curé? Marie Lataste y a songé. Elle écrit à son confesseur qu'elle a demandé au Sauveur Jésus, ce que devaient devenir ses écrits. Le Sauveur lui répond:

« Votre directeur sait bien déjà que ce que je vous ai appris n'est pas pour vous. Il a appris lui-même beaucoup de choses qu'il ne savait pas et d'autres feront comme lui, même des hommes très-savants, s'ils ont vos cahiers entre les mains, parce qu'ils renferment mes instructions... Je veux qu'on garde fidèlement vos écrits. On imprimera séparément vos cahiers et vos lettres, et on y inscrira votre nom. Votre directeur fournira aussi les documents nécessaires pour qu'on écrive votre vie; et celui qui l'écrira devra s'aider en même temps de vos cahiers et de vos lettres, qui seront gardés précieusement. »

Tels sont les ordres.

Y eut-il jamais piége plus grossier tendu à la simplicité d'un pauvre prêtre? On lui dit qu'il a appris quelque chose dans ces cahiers. Peut-être bien, le digne homme. On lui dit que d'autres feront comme lui, même des hommes très-savants. Oh non! mille fois non! les hommes, même les moins savants, n'apprendront rien dans les cahiers de Marie Lataste. Ces cahiers sont imprimés, revus et corrigés par les Jésuites. Lisez-les, et vous n'y trouverez rien à apprendre, rien qui ne soit dans les lieux communs de tous les livres de piété. Et cette petite paysanne appelle ces belles choses les instructions mêmes de Jésus-Christ! Cela touche à la plaisanterie ou en blasphème. Au blasphème, si elle a la prétention d'émettre de la part du révélateur une seule idée que nous ne connaissions pas déjà; à la plaisanterie, si la bergère des Landes songe à nous donner ses pensées pour des pensées divines. Cette lettre dénote une frénésie de vadité et d'ambition qui aurait dû dessiller les yeux de son curé, et plus tard des Jésuites ses éditeurs.

On ne s'étonnera pas de l'orgueil immense qui se dévoile dans

plus circonspect à l'avenir. Il n'en continua pas moins d'écrire à son ami les événements merveilleux de Brindas. Jacques, de plus en plus dans les bonnes grâces de Rosalie, ne le laissait pas manquer de matériaux. Il avait

cette lettre, quand on saura que Marie Lataste, dans sa première jeunesse, éprouvait du dépit d'être condamnée à l'obscurité, qu'elle était désolée de la pauvreté de sa famille, parce que cette pauvreté l'obligeait à vivre dans la solitude, privée des plaisirs et des jouissances qu'elle croyait attachées aux richesses ; tout, jusqu'à l'humble village qu'elle habitait, lui déplaisait et irritait son orgueil. Plus tard, la lecture de quelques livres ascétiques détermina sans doute sa vocation. Elle se fit inspirée. Elle avait de l'esprit, de l'imagination. Elle s'assimila ses lectures. Elle ne trouva pas d'autre issue pour sortir de son obscurité. Mais il faut convenir qu'elle sut parfaitement se servir des éléments qu'elle avait à sa diposition ; et jusqu'à un certain point, elle a pu se faire illusion à elle-même. Je ne sais si les Jésuites ont été dupes de leur illuminée : je ne le pense pas. Mais la petite paysanne de Maimbaste était assez extraordinaire pour qu'il fût possible d'en tirer parti ; et ils ont publié ses révélations en assurant que « leur lecture ne peut faire que le plus grand bien ».

Un chanoine théologal de Rennes a approuvé le livre, en déclarant « qu'il ne voyait rien qui puisse empêcher de croire à ces communications, ni l'importance que Marie Lataste attache à ses écrits, ni l'éloge qu'elle fait de votre société (celle des Jésuites), ni le cadre, souvent étrange, de ces visions ».

Il n'y a d'étrange que le cadre !! Voyons l'une de ces visions.

« Monsieur le curé,

« Je veux vous rapporter des choses bien étranges dont j'ai le souvenir en ce moment. Vous en penserez ce que vous voudrez.

« Un dimanche, au commencement de la messe, le Sauveur Jésus me fit réciter le : « Je me confesse » et l'acte de contrition. Après cela, il me donna l'absolution de tous mes péchés. Il dit ensuite : Qu'on apporte une robe teinte dans le vase d'or de mon sang, *un voile trempé dans l'eau de la divinité*, une couronne *faite des mains* du Saint-Esprit ; je veux qu'elle soit vêtue aujourd'hui *selon la condition des princesses du ciel*. On obéit à sa parole. On apporta une robe rouge, un voile d'une éblouissante clarté et une couronne de fleurs blanches, telles que je n'en avais jamais vues de pareilles. Quand on m'en eut revêtue, ma figure, mes mains et mes pieds devinrent aussi tout blancs, et Jésus me fit asseoir sur un petit siège

encore un mois de congé; et, malgré tout son attachement pour son père, il n'attendait pas sans un peu d'impatience ce qu'il appelait la fin de son exil.

Les révérends Pères jésuites s'étaient montrés assez
près de lui. J'avais une *ceinture dorée* autour des reins. J'étais on ne
peut plus contente.

« Après la communion, j'ouvris la petite porte de mon cœur, qui
était comme une petite chambre fort belle et fort agréable. Jésus
y entra, prit place sur son trône dont j'ai déjà parlé. Je demeurai
là, près de Jésus, avec mon ange gardien et la sainte Vierge qui était
entrée avec nous.

« Je restai ainsi parée toute la journée, vivant dans l'intérieur de
mon cœur. » (*La Vie et les œuvres de Marie Lataste*, t. 1, p. 219).

Monsieur le théologal, mes révérends pères, dites-nous ce que c'est
que l'*eau de la divinité*? Et cette femme, toute contente de sa ceinture
dorée, qui entre dans son propre cœur, où elle demeure près de
Jésus, comprenez-vous ce galimatias? Et c'est ainsi que vous enseignez que le Dieu trois fois saint se révèle aux grandes âmes? Allez!
vous feriez croire de vous d'étranges choses !

On comprend que Marie Lataste, comme toutes les visionnaires,
se donne le plaisir d'être prophétesse.

Jésus-Christ lui prédit qu'elle serait comme *renfermée dans un
cachot pendant un an*, et qu'on lui ferait subir mille interrogatoires
avec des menaces et des promesses pour l'ébranler. Voici, de plus,
ce qu'elle raconte :

« Enfin, un jour, à la méditation, je vis Jésus tout transporté de
joie pendant qu'il me parlait; j'en parus surprise : — Ah! si vous
saviez ce qui m'occupe en ce moment! — Qu'est-ce donc, Seigneur?
lui dis-je. — Ma fille, c'est votre martyre. Vous mêlerez votre sang
au mien. Qu'il me tarde, ma fille, de contracter avec vous cette
alliance ! » (*La Vie et les œuvres de Marie Lataste*, t. 1, p. 221.)

Eh bien ! est-elle fausse prophétesse, cette fille à visions? Elle n'a
jamais été *comme enfermée dans un cachot*. Elle n'a jamais été exposée
aux interrogatoires, aux menaces et aux promesses. Et elle a fait
mentir le Sauveur lui-même sur un martyre dont l'idée devait fortement impressionner l'innocent curé de Maimbaste, mais qui n'a
été qu'une mystification.

On comprend l'embarras des Jésuites devant ces niaiseries et ces
ruses de paysanne qui abuse de la crédulité de son pasteur. Ils ergo-
tent. Ils font ce triste aveu « que, dans les visions surtout, l'imagination de la personne éclairée d'en haut peut ajouter, *ajoute même
presque toujours*, sa part à ce qui vient de Dieu. » Ils citent Benoît XIV, affirmant « que les sainte peuvent avoir de fausses révé-

froids à l'endroit de la résurrection de leur protégée.
Dans ce moment, ils s'occupaient de préparer l'entrée, sur
la scène dévote, d'une autre illuminée, morte il y avait
quelques années, et ils connaissaient trop leur public

lations et les croire véritables. » Ce qui prouve que Benoît XIV
avait du bon sens. Et enfin ils conviennent « que *le thème* que Marie
Lataste avait *préparé pour se présenter au Sacré-Cœur* renferme des
restrictions mentales qui ne semblent pas pouvoir s'accorder avec
l'esprit de vérité. Malgré cela, les Jésuites, dupes ou complices, ne
veulent pas suspecter ses intentions, « encore moins supposer que
l'orgueil ait dicté ce qu'elle dit à son avantage ».

Voilà pourtant un passage de ses lettres, et il y en a trente de la
même force, où il est bien difficile de ne pas reconnaître l'immense
orgueil de cette créature :

« — Seigneur Jésus, lui ai-je dit, votre volonté est-elle absolue, et
m'appelez-vous réellement à devenir religieuse du Sacré-Cœur ? Le
Sauveur Jésus m'a répondu : — Ma fille, écoutez mes paroles avec
attention. Je vais les adresser à votre pasteur. Rapportez-les lui avec
exactitude.

« Mon fils, l'intérêt que vous portez à Marie me plaît. J'aime la
manière dont vous agissez vis-à-vis d'elle. Donnez tous vos soins à
Marie. Vous ne savez point à qui vous les donnez. Marie sera un jour
la mère spirituelle des pauvres pécheurs, Marie sera la consola-
trice des affligés et la lumière des ignorants. *La voix de Marie reten-
tira comme la voix d'un grand docteur*, et sa voix *combattra* les ennemis
de ma religion sainte. Marie, *comme une étoile brillante*, sortira de
dessous les nuages qui la couvrent et *sera donnée en spectacle à sa
patrie et aux contrées lointaines*. Les habitants du ciel la regarderont
et *seront éblouis de sa beauté*. (Quelle modestie !) Marie deviendra la
terreur des démons, et un objet de haine et de confusion pour les
ennemis de ma doctrine. Marie sera persécutée (prédiction qui s'est
trouvée fausse); elle éprouvera toutes sortes de déboires, mais tout
tournera à sa sanctification. Elle est à la veille d'entrer dans la retraite profonde que je lui destine. Permettez-lui de parler, et vous
me serez agréable.

« Voilà, monsieur le curé, en toute simplicité ce que m'a dit le
Sauveur Jésus. Vous en penserez ce que vous jugerez convenable.

« Maimbaste, 29 mars 1843. » (*Vie et œuvres de Marie Lataste*, p. 268.)

Je demande au lecteur de bonne foi s'il est possible de pousser
l'orgueil à de plus grandes limites. Éblouir les habitants du ciel
de sa beauté! être la terreur des démons ! être donnée en spectacle

pour s'exposer à abuser de sa patience. Rien ne ressemble à une mystique comme une mystique. Elles se copient toutes. Les jésuites savaient cela ; et Rosalie aurait fait double emploi avec leur protégée du quart d'heure (1).

Leur thème fut bientôt fait pour la manifestation miraculeuse de Brindas. Ils insinuèrent à la ressuscitée, à laquelle ils prodiguèrent beaucoup d'éloges, qu'il serait bien de se montrer très-réservée sur les grâces singulières qu'elle recevait, et de ne pas s'occuper d'autre chose que de la jeune fille confiée à ses soins. Rosalie fut piquée au vif de cette réserve de ses patrons; elle en conçut un amer chagrin. Allaient-ils l'abandonner à cette heure? Sans eux, elle sentait bien que son rôle était fini.

Sur l'avis de la comtesse de Lentilly, le jeune curé de Brindas vint mettre sous les yeux du P. Gribeauval, un manuscrit de la main de Rosalie elle-même et contenant ses révélations. Le provincial répondit qu'il tenait mademoiselle Mangon en grande estime, puisqu'il l'avait placée auprès de la nièce de M. le comte de Lentilly; mais qu'il jugeait que, pour le moment, il fallait éviter de donner de la publicité à des faits trop incertains encore

---

à sa patrie ! l'étoile brillante des Jésuites avait toutes ces prétentions. L'événement ne les a pas justifiées. Marie Lataste a fini bien humblement sa carrière obscure dans cet ordre du Sacré-Cœur qu'elle avait tant convoité.

Il est plus que probable que cette fille spirituelle et rusée, qui avait pris le procédé de Numa Pompilius pour arriver, une fois entrée au Sacré-Cœur, se repentit de sa fourberie pieuse, car elle n'eut plus l'air de se souvenir des fameux cahiers où les savants devaient tant apprendre. Le livre et la boîte aux fleurs que le Seigneur Jésus lui avait donnés se trouvèrent inutiles : le stratagème avait réussi. Elle n'était pas assez maladroite pour se dévoiler elle-même. Les Jésuites auraient dû suivre son exemple, et jeter au feu les preuves de la supercherie.

(1) Marie Lataste.

et dont les impies ne manqueraient pas de se servir pour décrier des révélations ayant un plus haut degré de certitude. Il lui insinua que Rosalie aurait son heure, mais qu'il ne fallait rien précipiter. Toutefois, il promit d'examiner les écrits de Rosalie, mais à ses heures perdues. Il prescrivit, jusqu'à nouvel ordre, un silence absolu.

Après ces deux leçons, Rosalie, qui n'ignorait pas qu'elle n'était quelque chose que par les jésuites, cacha soigneusement, même à madame de Lentilly, ses faveurs célestes. Il n'y eut d'exception que pour son cher directeur, le nouveau curé de Brindas, qu'elle parvint à fasciner complétement.

Cependant le comte de Lentilly avait souffert de toutes ces extravagances, que sa pénétration d'homme du monde, autant que les malicieux entretiens de son fils, lui avaient dévoilées dans leur trame grossière. Mais il n'avait pas entrepris de les combattre. Nature apathique et égoïste, il voulait, avant tout, la paix intérieure et le bien-être. Il avait tout cela; et, de peur de compromettre quelque chose de ces biens tant appréciés quand on avance dans la vie, il avait laissé sa femme libre de suivre toutes ses inspirations, et d'élever Clémentine et Raphaël comme elle l'entendrait.

Quelquefois, en voyant la beauté et l'intelligence de la jeune fille se développer merveilleusement, il se repentait presque de l'avoir condamnée, par calcul, à l'obscurité du cloître. Il sentait bien qu'on lui soufflait artificiellement une vocation qu'elle n'aurait pas eue, probablement, si elle eût été élevée dans un autre milieu. Puis il était trop clairvoyant pour ne pas soupçonner le lien secret, mais puissant qui unissait ces jeunes êtres, qui étaient tout le monde l'un pour l'autre, et quelque chose lui disait que la raison, l'expérience, l'honnêteté même faisaient un devoir à des parents éclairés de prendre cet amour si enfantin et si pudique comme une preuve d'une attraction providentielle, qui assurerait par un mariage, quand l'âge serait venu, le bonheur de l'un et de l'autre.

En face de ces pensées, qui le préoccupèrent long-temps, le comte, pour en finir avec des incertitudes dont son repos était troublé, s'était décidé à déclarer que, si Clémentine se faisait religieuse avant l'âge de vingt-cinq ans, elle perdrait son droit à la dot qu'il lui avait pro-mise. Décision maladroite, qui ne pouvait, comme tous les obstacles de ce genre, qu'enflammer davantage l'enthou-siasme de Clémentine. Les vocations sont comme l'amour : la moindre contrariété les excite et les raffermit.

Après qu'il eut manifesté cette disposition, il se trouva la conscience plus tranquille. Il se sentait encore dans la force de l'âge, et il espérait bien vivre assez pour com-battre les influences que Clémentine avait subies, quand elle arriverait à cette époque de la vie où le monde se présente à l'imagination de la jeune fille avec tous ses enivrements. Quelquefois, il lui vint la pensée de la conduire dans quelque grand pensionnat, où elle pût perdre un peu de cet esprit exclusivement religieux et mystique qui avait dominé à Brindas. Mais il trouva qu'il serait injuste de priver sa femme d'une enfant qu'elle aimait avec autant de tendresse que si elle eût été sa fille. Puis, Clémentine était si heureuse dans ce cher intérieur qu'elle ne le quitterait pas sans un amer regret. Il fallait attendre encore.

Le fait est que le comte obéissait à un sentiment tout personnel. Clémentine lui était surtout nécessaire. Elle faisait bien l'oraison avec Rosalie et avec la comtesse ; elle récitait bien l'office de la Vierge avec Raphaël ; elle lisait des livres ascétiques, et, de loin en loin essayait, sur la recommandation de son père spirituel, des pratiques de pénitence auxquelles elle renonçait bientôt, parce qu'au fond elle aimait assez sa petite personne; Clémentine enfin était un ange; mais les anges de la terre, quand ils sont encore dans la fraîche éclosion de leur jeunesse, ont souvent le rire sur les lèvres. Clémentine était naturellement gaie. Sa gaieté, elle la communiquait au doux et mélancolique Raphaël. Le comte comprenait que les joyeux éclats de rire de ces deux enfants mettaient, seuls, un peu de vie dans ce triste château. Clémentine partie, toute joie disparaîtrait avec elle; et Clémentine ne partait pas.

Le congé de Frédéric de Lentilly touchait à sa fin. La santé du père paraissait raffermie, lorsqu'une nouvelle attaque de goutte l'emporta. Ce fut une affaire de vingt-quatre heures.

Au milieu de souffrances aiguës, il avait voulu voir Clémentine seule; et il lui avait dit, de cette voix solennelle des mourants dont l'impression est si profonde :

— Ma fille, je meurs avec le regret de n'avoir pas rempli envers toi les devoirs d'un père. Des questions de vanité, de convenances sociales, qui me paraissent bien misérables en ce moment, ont exercé une influence fatale sur ma conduite. J'ai eu tort. Il y a un désir en toi que je n'ai pas combattu, et maintenant je me le reproche. Si je le croyais vrai et sincère, je serais heureux de t'y encourager. Il s'agit de la vie religieuse. Retiens bien ma parole, ce sera la dernière que tu entendras de mes lèvres : Je vois en toi beaucoup d'enthousiasme, ce n'est pas de la vocation.

Après avoir rendu les derniers devoirs à son père, Frédéric eut hâte de quitter Brindas. Il n'y regrettait que l'abbé Louis et les enfants. La comtesse, au moment de son départ, lui témoigna pourtant une véritable affection. Le coup qui venait de la frapper inopinément avait amolli son cœur. Frédéric, le fils de cet époux qu'elle avait beaucoup aimé, lui devint plus cher qu'il ne l'avait été jusqu'à ce moment. Elle lui dit d'une voix émue :

— N'est-ce pas, Frédéric, que le lien formé entre nous, par mon mariage avec votre père, ne saurait être rompu ? M. de Lentilly a aimé mes fils, et surtout Raphaël, avec une tendresse de père. Vous serez toujours un frère pour eux. Je sais que vous regardez Clémentine comme une sœur. Quant à moi, mon ami, il me serait douloureux de supposer que nous pourrions devenir, pour vous, des étrangers. C'est donc toujours ici la maison paternelle. Je sais bien que Brindas n'est pas un séjour bien attrayant pour un jeune homme trop attaché peut-être aux joies de ce monde ; mais vous voyez ce qu'elles deviennent. Frédéric, promettez-moi de revenir ici prier avec nous sur la tombe de votre père. Adieu, mon fils ; je ne savais pas encore combien vous m'étiez cher. Puisse aussi votre cœur vous attirer à nous !

Cet élan de sensibilité toucha Frédéric. Il comprit mieux qu'il ne l'avait fait jusqu'alors, ce qu'il y avait de bon dans le cœur de cette femme, et il promit de revenir à Brindas.

VII

SÉPARATION

Elle devait sonner l'heure fatale où prendraient fin les longues et enivrantes joies de la vie fraternelle, pour nos deux anges du château de Brindas. Raphaël avait accompli ses dix-neuf ans, et allait entrer au séminaire. L'abbé Louis, impatient d'élargir le champ de ses investigations et de ses études, dégoûté de l'esprit d'intrigue et d'orgueil des communautés religieuses, peu soucieux, — sa mère n'existant plus, — de se jeter dans les tristesses et l'oubli d'un presbytère, se préparait à partir pour l'extrême Orient comme missionnaire.

C'était un monde nouveau à explorer pour lui. Ces religions exaltant l'âme jusqu'aux macérations farouches, aux extases délirantes où la notion du moi vient à se perdre et emporte l'être dans l'immensité de l'anihilation, étaient une énigme terrible qu'il voulait s'expliquer, au sein même des peuples qui se courbent sous de si étranges doctrines.

L'abbé Louis était un esprit logique qui avait marché dans l'idée de la transformation religieuse. Les exagérations dont il avait été le témoin, les réflexions qu'elles lui avaient suggérées, ses sages entretiens avec le vieux curé de Brindas trop tôt enlevé à sa vénération, l'étude minutieuse des différents siècles de l'Eglise et la lecture des Pères des premiers âges, avaient provoqué en lui une réaction complète contre le mysticisme et le formalisme dominant l'Eglise contemporaine. Le côté divin du christianisme n'avait rien perdu pour lui de sa splendeur; sa foi était restée intacte. Mais quelle épaisse forêt de préjugés religieux, d'idées préconçues, de superfétations misérables recouvrant l'idée chrétienne, il lui avait fallu impitoyablement abattre! Cette hécatombe du faux en religion, il l'avait faite avec courage, devant l'autel d'une raison éclairée qui voulait Dieu, mais qui ne voulait plus l'homme sous le manteau de Dieu.

Nous connaissons déjà la vocation de Raphaël : elle était toute d'instinct et de sentiment. Il avait vécu jusqu'alors dans un monde idéal qui ne tenait aucun compte des réalités de la vie. Jamais il n'avait examiné un seul des motifs qui déterminaient cette vocation. A quoi bon, du reste? Un attrait irrésistible ne l'entraînait-il pas à l'autel? Le bonheur pouvait-il être ailleurs pour lui? Mille fois non. La passion religieuse a toutes les ardeurs, toutes les illusions des passions humaines. La délicatesse de son tempérament, son éducation presque claustrale avaient retardé en lui le réveil terrible auquel n'échappe aucun adolescent. Et à la place de ce mouvement de crise, avaient gonflé en lui des ardeurs tout aussi passionnées pour Dieu, pour l'Eglise, pour sa mère, pour Clémentine. Tous ces amours se confondaient : il ne distinguait pas encore entre eux. Il savait, par ses études religieuses, que l'homme peut subir des entraînements funestes; mais ces entraînements, il ne les comprenait pas; il n'en avait qu'une notion confuse, et sa pensée ne s'y arrêtait jamais.

C'était bien la situation d'âme innocente qui paraît si heureuse à tant d'esprits dans le sacerdoce, pour fournir de bons prêtres à l'Eglise. Est-ce bien celle qui assure des vocations durables? Avoir choisi sans comprendre, quel étrange procédé d'éviter une cruelle erreur! Ce fut pourtant ainsi que le malheureux enfant devait arriver au séminaire.

Cependant son départ avait à subir un temps d'arrêt. Après la mort du comte de Lentilly qui avait été un père pour lui, quand sa mère était si profondément attristée, quand sa chère Clémentine était encore sous l'impression de cette mort si peu prévue, pouvait-il laisser si brusquement et la mère affligée et la sœur, la tendre sœur dont il était l'unique affection? L'abbé Louis ne trouva rien que de légitime dans ce retard.

Mademoiselle Mangon et le curé de Brindas blâmèrent cette résolution.

« — Laissez les morts ensevelir leurs morts, » dit sévèrement le curé à Raphaël.

Ces paroles impressionnèrent peu l'ami de Clémentine, qui, dans le fond, était tout heureux d'un bon prétexte pour prolonger, quelque temps encore, son séjour à Brindas.

Pendant ces derniers mois, l'intimité entre les deux anges, se resserra, s'il est possible, davantage. Mademoiselle Mangon était presque toujours malade, depuis qu'on l'avait priée de mettre une sourdine à ses révélations. Madame de Lentilly se renfermait dans son oratoire, ou était en conférence avec des révérends Pères, capucins ou jésuites, seuls visiteurs reçus au château depuis la mort du comte.

Clémentine et Raphaël, heureux de se trouver plus seuls que jamais, faisaient, en se promenant sous les beaux ombrages de Brindas, de la poésie mystique, réminiscence de leurs lectures. Un petit livre surtout, que le curé fanatique leur avait donné, avait un charme particulier pour eux. C'étaient les *Exercices de sainte Gertrude* (1). Ils le lisaient ensemble, ils en apprenaient de mémoire des passages, se promettant, lorsqu'ils seraient séparés, de les redire au pied de l'autel, à une même heure, pour unir leurs cœurs dans l'abîme du divin amour.

Et ces enfants, aussi chastes qu'ils étaient beaux, amollis par ces accents passionnés, ne savaient pas que, dans leurs cœurs, il y avait tout un poëme d'amour qui

---

(1) C'est le révérend père dom Guéranger, abbé de Solesmes, qui a fait cette publication.

Sainte Gertrude a été certainement l'une des femmes illustres du treizième siècle. Placée à l'âge de cinq ans dans l'abbaye de Rodersdoff, elle y fut instruite dans les divines lettres et dans les arts libéraux. Ame ardente et passionnée, elle trouva dans la poésie biblique un aliment à son imagination. Le mysticisme la conduisit bientôt aux visions et aux révélations. Elle composa alors le cinquième livre des *Insinuations de la divine bonté*, les quatre autres ayant été écrits sur des documents fournis par elle. Elle écrivit les *Exercices* à l'usage des religieuses de son monastère. On y reconnaît une âme nourrie de la lecture du *Cantique des Cantiques*. Comme curiosité littéraire, on doit remercier M. Guéranger de nous avoir fait connaître une œuvre assurément fort remarquable du moyen âge; mais c'est moins au point de vue littéraire que dans la pensée de son influence mystique que le bénédictin a fait cette publication. Le livre est aussi extravagant que les œuvres de Marie Alacoque et celles de Marie Lataste. Mais quelle différence pour la forme! Seulement c'est cette forme qui rend le livre très-mauvais pour les jeunes filles et pour les femmes enfermées dans un couvent. A ce point de vue, dom Guéranger en offrant les *Exercices* aux âmes pieuses, ne pouvait leur faire un présent plus dangereux.

s'y chantait, et dont celui qui les enivrait n'était que
l'écho (1).

Dans l'ascétisme, il y a deux côtés bien distincts : l'un
qui porte aux macérations, aux jeûnes, aux veilles, c'est
là le côté austère ; l'autre, c'est le côté tendre, le côté
des ardeurs passionnées qui jette dans l'extase. Celui-là
surtout captivait le cœur de Clémentine. Aussi insciente
que son ami des mystères du cœur humain, de ses besoins, de ses aspirations, elle en avait plus que lui, en
raison de son organisation si riche, les puissants instincts.
Elle s'aperçut la première que, dans son cœur, une autre
voix parlait aussi d'amour, mais d'un amour qu'elle n'avait
pas entrevu jusqu'alors. Elle fut, dès ce moment, plus rêveuse, plus timide avec Raphaël ; elle commença à se
demander ce qu'elle deviendrait, quand il ne serait
plus là.

N'emporterait-il pas avec lui toute la poésie de Brindas ? Avec qui chanterait-elle ces beaux cantiques qui

(1) Voici quelques passages de ces *Exercices* : ils feront comprendre
les inconvénients du langage érotique transporté dans la spiritualité,
pour les imaginations ardentes, et pour les femmes nerveuses et his-
tériques :

« O Jésus, unique amour de mon cœur, amant rempli de tendresse, aimé, aimé, aimé au-dessus de tout ce qui jamais fut aimé,
c'est vers vous que soupire et languit l'ardent désir de mon cœur
(p. 59). »

« O vous qui êtes mes chères délices, que je succombe dans vos
embrassements, et que le mystique baiser de votre amour soit pour
moi un tombeau ! » (p. 143.)

« O amour ! amour ! quand viendras-tu séparer si efficacement
mon âme de mon corps, que mon esprit n'habite plus désormais
qu'en toi ? Vos fugitifs embrassements, ô Jésus ! ont pour moi tant
de douceurs que, si j'avais mille cœurs, ils se fondraient en moi à
l'instant. Vos baisers divins font passer ma vie en vous-même, et
mon âme ose vous prodiguer ses amoureuses étreintes. O bonheur !
si dans ces instants je tombais sans vie pour me perdre dans les ondes
de votre divinité. » (p. 250.)

parlaient des félicités du ciel et la faisaient rêver à celles de la terre? Les fleurs, dont ils ornaient ensemble l'autel . de la Vierge, auraient-elles les mêmes parfums? et les plus beaux discours de Rosalie sur les charmes de l'amour divin vaudraient-ils jamais ces si vraies et si simples paroles de Raphaël : « On aime bien mieux Dieu, quand on est deux à l'aimer. » Oh ! Raphaël parti, quel vide et quel froid dans son âme, et comment pourrait-elle prier et aimer sans lui?

Plus le moment du départ approchait, plus la pauvre enfant devenait triste et anxieuse. Elle comprenait enfin que la présence de Raphaël lui était nécessaire, comme l'air qu'elle respirait.

VIII

Frédéric de Lentilly à Prosper Lanfeld.

Château de Brindas, mars 1859.

« Ma belle-mère s'est montrée si affectueuse pour moi, après la mort de mon pauvre père, ses lettres ont été si bonnes que je n'ai pas eu la pensée de manquer à ma promesse de revenir à Brindas. Un triste anniversaire m'y a naturellement rappelé. J'y ai trouvé le fils aîné de madame de Lentilly, Charles de Nervieux. Il est plus que jamais libre penseur. Je le suis aussi; mais au moins je sais respecter les croyances de sa mère. Il a quitté hier le château. La comtesse se désespère de l'incrédulité de son fils; elle ne comprend pas comment il se fait qu'élèves des jésuites, nous fassions si peu honneur à l'enseignement de nos maîtres.

« — Sans doute, lui dis-je, ils n'ont pas le talent de
nous donner une instruction religieuse assez solide pour
qu'elle puisse franchir sans danger le seuil de leurs maisons. Dans leurs colléges, nous sommes tous, ou à .peu
près, de petits saints bien croyants, bien sincères; et en
disant que, sur cent élèves sortis des mains des jésuites,
dix au plus conservent intégralement leurs principes religieux, je crois flatter encore les bons Pères (1).

« Raphaël va entrer au séminaire de Saint-Sulpice; je
partirai avec lui et madame de Lentilly, pour Paris. La
comtesse, avant de laisser entrer son fils au séminaire,
veut, d'après le conseil du docteur Bérard, consulter les
sommités médicales. Raphaël n'est pas malade, il ne se
plaint jamais; pas un organe, assure le docteur Bérard,
n'est sérieusement attaqué; mais il y a une faiblesse générale qui peut devenir inquiétante.

« Quant à Clémentine, je n'aurais pas cru, même il y
a un an, qu'elle deviendrait aussi belle. Jamais je n'ai vu
des yeux comme les siens. Son teint, trop bistré il y a
quelques années, s'est éclairci; il n'est plus que chaude-
ment coloré. Sa bouche est un peu grande, mais les dents
sont superbes et le sourire ravissant. La taille un peu au-
dessus de la moyenne, les pieds, les mains, tout est admirable. Sa chevelure noire est splendide. Puis l'amour
rayonne sur cette délicieuse créature : il est en elle, il

---

(1) Lamennais, dans un temps où il ne pouvait être suspecté d'un
sentiment hostile aux ordres religieux, écrivait sur Saint-Acheul les
lignes suivantes :

« Combien pensez-vous, par exemple, que, parmi les jeunes gens qui
sortent de Saint-Acheul, il y en ait qui persévèrent, c'est-à-dire qui
fassent leurs pâques la première année? Un sur trente. Les vingt-
neuf autres deviennent pires que tout ce qui sort des autres colléges. » (*Correspondance de Lamennais.*) La dernière remarque est
évidemment une exagération. Mais le fait principal est constaté.

est autour d'elle, il est dans sa voix, il est dans son sourire ; et je crois qu'elle commence à ne plus se faire d'illusions sur son affection pour Raphaël. Quant à celui-ci,
je ne le comprends pas ; il aime ma cousine avec une
tendresse infinie, qu'il ne cherche pas du tout à cacher ;
il est bien plus expansif que Clémentine et il persiste à
dire qu'il ne peut y avoir de bonheur pour lui que dans
le sacerdoce. Hier au soir, après une conversation sur
ce sujet, il prit entre ses mains la tête de Clémentine et
me dit : Votre cousine et moi nous sommes des êtres prédestinés ; dans quelques mois, je recevrai la tonsure, et
quand Clémentine aura vingt-cinq ans, on coupera ses
beaux cheveux, — et la main blanche et délicate de Raphaël passait et repassait dans les boucles soyeuses de la
chevelure de Clémentine, — on mettra un grand voile
sur sa tête, et alors le bonheur de l'un et de l'autre sera
complet. Vous ne comprenez pas cela, Frédéric, et pourtant cela est vrai. Dieu nous a donné l'un à l'autre, pour
nous fortifier mutuellement dans notre vocation ; et
voilà pourquoi nous nous aimons, comme si nous
avions la même mère. N'est-ce pas que tu es ma sœur
chérie ?

« — Oui, Raphaël, je suis ta sœur, répondit Clémentine d'une voix un peu émue.

« Je l'observais : elle avait frissonné au contact de la
main de Raphaël ; et la pensée d'une mère abbesse quelconque faisant tomber sa belle chevelure sur les dalles
du sanctuaire, ne me parut pas lui sourire. Et pourtant,
si la vocation de Raphaël n'était pas un obstacle au mariage de ces enfants, il y en aurait un autre presque aussi
grave. Jamais la comtesse de Lentilly ne permettrait à
son fils de donner son nom à Clémentine Couturier. Serait-il donc à désirer que la folie mystique de ma pauvre

petite cousine fut aussi fortement enracinée que celle de
Raphaël?

« Je ne te dirai rien de mademoiselle Rosalie Mangon.
On ne la voit pas ; elle est malade. Le dimanche, on la
porte dans la chapelle sur une chaise longue. Sa maladie
est due, à ce qu'il paraît, à une foule de visions et de
prophéties rentrées. Ses supérieurs lui ont imposé silence
sur ces belles choses. En attendant qu'on lève la con-
signe, elle regarde mélancoliquement dans son soleil :
elle y voit le passé, le présent et l'avenir. Je sais ces
détails par Jacques, qui est toujours l'admirateur enthou-
siaste de Rosalie. »

Le même au même.

« Avril 1859.

« Nous partons demain pour Paris. Un tout petit incident m'a donné la preuve que je ne m'étais pas trompé
sur les sentiments intimes de ma cousine.

« Avant-hier, j'ai trouvé, dans la bibliothèque, le
chef-d'œuvre de Bernardin de Saint-Pierre, *Paul et
Virginie*. Comment ce livre a-t-il échappé aux razzias
successives opérées ici par des révérends Pères, plus ou
moins barbares? Je me l'explique seulement par l'exi-
guité du format. Je pris le livre et j'allai dans le parc
en relire quelques belles pages. Je l'y oubliai. Hier matin, je me rappelai mon étourderie. Il avait plu pendant
la nuit ; et je fus assez contrarié de la pensée que ce petit
livre, très-richement relié, serait gâté par la pluie.

« En arrivant près de l'endroit où je l'avais laissé,

j'aperçus Clémentine; elle lisait... *Paul et Virginie*, et elle était tellement absorbée par sa lecture qu'elle n'entendit pas le bruit de mes pas sur le sable. Je restai là immobile à la contempler. Je la voyais à chaque instant porter son mouchoir à ses yeux. Bientôt elle se mit à lire à demi-voix; c'était la scène si touchante des adieux de Paul et de Virginie. Les pleurs suffoquèrent la pauvre enfant. Elle se leva brusquement et elle m'aperçut.

« — Oh! mon cousin, me dit-elle, ce livre est-il à vous? Comment l'ai-je trouvé là? Vous ne direz pas à ma tante que je l'ai lu; elle me gronderait. Je suis pourtant bien sûre que cela n'est pas un roman. Dans un roman, tout est faux, dit-on, et cette histoire est bien vraie, n'est-ce pas? Ces deux enfants élevés ensemble et forcés de se séparer, ils ont existé? Au nom du ciel, Frédéric, ne dites à personne que j'ai lu ce livre et que j'ai pleuré en le lisant.

« — Je vous le promets, ma chère Clémentine.

« — Merci, merci; je suis bien malheureuse, Frédéric!

« Et elle disparut, emportant avec elle le petit volume.

« Qu'elle était belle en m'implorant ainsi! Ah! si c'était moi qu'elle aimât, que les convenances de fortune et de naissance me paraîtraient misérables! Mais c'est Raphaël qu'elle aime, et Raphaël ne voit ni ne comprend son bonheur. »

IX

PREMIÈRE LETTRE D'AMOUR D'UN MYSTIQUE

Au moment du départ de Raphaël, Clémentine se montra courageuse; et personne, excepté Frédéric, ne s'aperçut de ses angoises. Mais, quand la voiture qui emportait son ami eut disparu, elle éclata en sanglots.

— Parti! parti! disait-elle, et moi je reste seule!

Les voyageurs arrivèrent à Lyon, quelques heures avant le départ du chemin de fer pour Paris. Raphaël devait aller, avec la comtesse, faire une visite au Père Gribeauval et à l'extatique; mais en descendant de voiture il dit à sa mère qu'il ne l'accompagnerait pas. Il voulait aller prier à Notre-Dame de Fourvières. A la grande surprise de la comtesse, il parut se soucier assez peu d'aller demander des prières à Véronique et des conseils au jésuite, son directeur.

Raphaël sentait un impérieux besoin de se trouver seul pendant quelques instants; il voulait écrire à Clémentine. Il alla, pour l'acquit de sa conscience, à Four-

vières; et après une très-fervente mais très-courte oraison, il sortit de la chapelle, chercha dans les massifs de
verdure de la colline, un endroit bien solitaire, et là il
écrivit à Clémentine :

« Non, ma Clémentine, non je n'attendrai pas d'être à
« Paris pour t'écrire. Que n'aurais-je pas donné, hier,
« après notre dernier entretien, pour retarder de quel-
« ques jours mon départ de Brindas! Un instant, la pen-
« sée m'est venue de feindre une indisposition légère.
« J'ai bien vite repoussé cette pensée, elle était indigne
« de moi. Oh! ma sœur bien-aimée, la vérité, la vérité,
« voilà ce que nous devons chercher toujours, évitant
« autant de nous tromper nous-mêmes que de tromper
« les autres. Si des ombres passent devant notre esprit,
« si nous ne savons plus lire dans notre conscience, in-
« voquons l'éternelle lumière : elle nous éclairera, elle
« nous rassurera; mais sondons hardiment les mystères
« de notre âme, avec la volonté de ne nous laisser ni
« effrayer ni abattre par ce que nous pourrons y rencon-
« trer. Surtout, mon ange, ne nous forgeons pas des chi-
« mères pour avoir le mérite de les combattre.

« J'ai réfléchi toute la nuit à tes dernières paroles, je-
« tées vers moi comme un cri d'effroi de ton pauvre
« cœur. — « Serait-ce donc de l'amour que nous avons
« l'un pour l'autre? » — Et, après cette question, tu t'es
« enfuie; et ce matin tu as évité de te trouver seule avec
« moi. En vain mon regard a cherché le tien; et quand,
« au moment du départ, je t'ai donné le baiser d'adieu,
« je t'ai sentie trembler comme une pauvre petite co-
« lombe effarouchée, et tu es devenue si pâle, si pâle, que
« j'ai failli m'écrier : Je ne veux pas partir.

« Mon amie, j'ai réfléchi sur tes étranges paroles.
« Avant de te rassurer, j'ai voulu me rassurer moi-même;

« car vois-tu, mon ange, nous sommes deux enfants
« pour lesquels, jusqu'à présent, la vie a été douce et fa-
« cile. Nous avons marché appuyés l'un sur l'autre, sous
« l'œil de Dieu et sous celui de ma mère. Notre ciel a
« toujours été pur, jusqu'au moment d'une séparation
« voulue par tous les deux. Ce mot séparation, Clémen-
« tine, nous n'en comprenions pas le sens, nous ne sa-
« vions pas ce qu'il pouvait contenir de troubles et d'an-
« goisses. Notre ciel est devenu plein d'ombres, et, dans
« ces ombres, tu as vu un fantôme. Palpitante d'effroi, tu
« me l'as montré, et j'en ai été un instant effrayé comme
« toi-même. A présent je ne crains plus rien : j'ai inter-
« rogé mon cœur : c'était interroger le tien. — Puis-je
« avoir une pensée qui ne soit pas la pensée de ma sœur?
« — L'ombre est devenue lumière.

« J'ai trois ans de plus que toi; et tu m'as souvent
« dit que, seul, j'avais été ton véritable maître. Made-
« moiselle Rosalie et même l'abbé Louis mettaient des
« mots dans ta tête, mais je t'en donnais l'intelligence.
« Eh bien ! chère et aimable écolière, je vais reprendre
« avec toi ce rôle de maître. Je dois t'expliquer ce mot
« *amour* que tu ne comprends pas, dont je ne compre-
« nais pas, hier encore, toute la profondeur; car je n'y
« avais arrêté ma pensée que pour l'appliquer à Dieu.
« Quant à toi, ma Clémentine, je t'aimais comme j'exis-
« tais, sans plus sonder le doux mystère de mon affec-
« tion pour toi que celui de mon existence.

« Permets-moi d'aborder mon grave sujet, en te rap-
« pelant quelques-unes des heures bénies de notre ado-
« lescence. Te souviens-tu de nos courses vagabondes en
« cherchant les papillons et les fleurs? Bientôt épuisés
« de fatigue, nous allions nous asseoir à l'ombre d'un
« vieux hêtre pour lequel nous avions une affection

« particulière. De cette place, nous dominions notre
« belle vallée du Rhône. J'étanchais, avec mon mouchoir,
« la sueur qui ruisselait sur ton front ; et presque toujours
« tu t'endormais, pendant quelques minutes, la tête ap-
« puyée sur mon épaule. A ton réveil, devenus plus
« calmes, nous sentions cette riche nature parler à nos
« cœurs. Tout nous rappelait la pensée de Dieu ; et nos
« conversations devenaient graves et solennelles. Je fai-
« sais alors pour cette chère enfant, devenue sérieuse,
« ce que j'espérais faire plus tard pour un grand nombre
« d'âmes ; je lui parlais de Dieu et du lien qui unit l'être
« au créateur. Je te le disais, Clémentine, ce lien c'est
« l'amour. Dieu nous aime, il veut être aimé de nous. Le
« lien qui doit unir les hommes entre eux, ce n'est pas
« celui de l'intérêt réciproque, c'est encore l'amour. Le
« Christ n'est venu sur la terre que pour apporter l'a-
« mour, la fraternité universelle. Des premiers chrétiens,
« les païens disaient : Voyez comme ils s'aiment ! L'a-
« mour, c'est un soufle de Dieu sur les âmes ; il veut
« qu'il remonte à lui comme à sa source, et redescende
« pour se répandre sur nos frères. Toute affection pas-
« sionnée est un amour. On dit : l'amour de la patrie, l'a-
« mour filial, l'amour fraternel.

« Je le sais, il y a aussi l'amour qui unit ensemble
« deux cœurs, soit qu'ils soient engagés dans les liens
« du mariage, soit qu'ils aspirent à s'y engager. J'en ai
« trouvé les séduisantes peintures dans les poëtes de
« l'antiquité ; et c'est un amour de ce genre que tu crains
« pour nous. Pourquoi le craindre, mon amie ? Tous les
« deux, nous avons un but que nous poursuivons avec
« ardeur ; tous les deux, nous aspirons à une vie plus
« parfaite que celle du vulgaire ; tous les deux, nous
« voulons, avant tout, être à Dieu. Moi, consacré au ser-

« vice des autels; toi, dans l'ombre du cloître, livrée
« aux sublimes délices de la contemplation. Si le senti-
« ment que nous avons l'un pour l'autre nous éloignait
« de notre vocation, sans doute il serait un piége tendu
« par l'ennemi de nos âmes; mais il n'en est pas ainsi.
« Depuis hier, j'ai pesé toutes mes affections; mon tendre
« amour filial pour ma mère, mon amour fraternel pour
« mon frère, mon amitié si vive pour l'abbé Louis. Dieu,
« ma Clémentine, a fait mon cœur tout amour : si je n'ai-
« mais pas, je mourrais. Mais que sont ces tendresses
« réunies auprès de celle que j'ai pour toi et que je ne
« saurais avoir pour d'autres que pour toi? J'ai voulu en
« sonder toute la profondeur et j'ai trouvé un amour im-
« mense. Pourquoi craindrions-nous de donner ce doux
« nom d'amour à notre sainte affection? Il n'y en a pas
« d'autre qui puisse lui convenir. Mon cœur n'en est point
« troublé : pourquoi le tien le serait-il? Crois-moi, plus
« nous éléverons nos cœurs vers Dieu, plus l'amour y
« arrivera à son plus haut degré de puissance. Chère,
« bien chère enfant, en t'écrivant je me sens inondé de
« bonheur. Tu es, tu seras toujours ma sœur bien-aimée.
« Si tu n'étais pas la fiancée du Christ, comme je suis le
« fiancé de l'Église, jamais aucune autre femme que toi
« ne porterait mon nom; mais nous avons choisi la
« meilleure part, elle ne nous sera point ôtée. Ni l'un ni
« l'autre ne veut d'un amour de la terre; le nôtre sera
« céleste et pur; ce sera le chaste hymen des âmes.

    « A l'autel, j'offrirai mon cœur avec le tien; et, dans
« ta douce cellule, livrée à la contemplation de la beauté
« éternelle, mon souvenir sera avec toi. A l'abri des
« orages, tu prieras pour le prêtre qui doit se mêler aux
« fanges de ce monde, sans en être souillé. Aimons-nous,
« ma Clémentine! Pourquoi briserions-nous notre cœur?

« Pourquoi y éteindrions-nous la flamme que Dieu lui-
« même y a allumée? Mon amie, tout est vanité dans le
« monde, hors Dieu, qui nous donne toutes choses, la na-
« ture qui est son œuvre gracieuse, et l'amour à quelque
« degré qu'il soit dans les âmes.

« Ne troublons donc pas, par de vaines craintes, les
« joies de deux cœurs également ardents et purs, et ne
« rougis plus de l'amour, car l'amour est saint.

« Adieu! Adieu! J'ai toujours aimé ce mot : il re-
« commande à Dieu, que j'aime, les êtres qu'il m'a donnés
« à aimer. Je les abandonne, par ces deux mots, à cette
« puissance créatrice, à cette providence si douce, si
« pleine de tendresse pour ses créatures. Recommander
« à Dieu l'être qu'on aime, c'est faire mieux que de le
« porter soi-même dans ses bras, c'est le jeter dans les
« bras de la providence, pour qu'elle nous le garde. »

Après avoir écrit cette lettre, Raphaël revint à la chapelle; et là, à genoux, il resta quelque temps en contemplation : il offrit à Marie et l'amour de Clémentine et le
sien. Mêlant les rêves du mysticisme aux réalités de la
vie, il se plongea dans une de ces extases ineffables qui
ne se racontent pas : les anges seuls pourraient les comprendre.

Raphaël alla rejoindre à la gare sa mère et Frédéric.
Devant eux, il donna la lettre qu'il avait écrite à Clémentine au valet de chambre qui était venu surveiller les ba-
gages, et il le chargea de remettre cette lettre à mademoiselle Couturier. La pensée de dissimuler une action
si simple ne lui vint même pas. Madame de Lentilly dit à
demi-voix à Frédéric :

— L'attachement de ces deux enfants l'un pour l'autre
est vraiment touchant. Vous le voyez, mon ami, la piété

ne dessèche pas le cœur, comme on le dit si souvent dans le monde.

— Je ne l'ai jamais dit, madame, répondit le jeune homme, ne pouvant s'empêcher de sourire à la pensée qu'un de ces deux enfants avait dix-neuf ans et l'autre seize.

X

L'ORAGE DANS UN JEUNE CŒUR

Rosalie Mangon avait été plus clairvoyante que la
comtesse de Lentilly. Bien qu'elle eût le droit de parler
de sa vertu, sans que sa conscience lui donnât un trop
éclatant démenti, sa jeunesse avait eu des aspirations
d'un ordre peu séraphique. Elle avait aimé un jeune
homme pauvre comme elle. Des serrements de main,
quelques baisers peut-être avaient été échangés; mais
Rosalie, après la mort de sa tante, avait réfléchi. Elle se
souvenait du triste intérieur de ses parents, de leur misère; et l'union qu'elle rêvait ne lui offrait pas une meilleure perspective; elle étouffa son amour. Faire vœu de
pauvreté dans le mariage était un acte de vertu dont elle
ne se sentait pas la force; il lui paraissait plus facile de
faire ce vœu dans un couvent. Celui-là assurait le
nécessaire et même le superflu. Quand elle entrait dans
l'intérieur d'une maison religieuse, propre, aérée,
ayant des appartements bien clos, de vastes jardins et de

beaux ombrages, et qu'elle comparait le grand édifice
avec la petite pièce basse, froide et humide, sans air et
sans soleil, à la fois chambre, cuisine, salon où elle végé-
tait avec sa mère, le couvent avait pour elle un attrait irrésistible. C'était, pour elle, passer de la chaumière dans
un palais. Si des instincts sensuels la portaient vers le
mariage, son égoïsme, son amour du bien-être, de la vie
facile, l'en éloignaient. De ce qui n'était au fond qu'un
calcul, elle fit un acte de vertu.

Rosalie Mangon n'était donc pas insciente des choses
de la vie ; elle avait beaucoup lu, beaucoup compris,
beaucoup deviné. Pas un des mouvements du cœur de
Clémentine n'avait échappé à sa pénétration. Elle avait
lu là comme dans un livre ouvert, attendrie quelquefois en y retrouvant les réminiscences de son passé.
Le plus souvent, irritée en pensant que, si la vocation
de ces deux enfants changeait d'objet, il n'y avait pas
d'impossibilités matérielles à leur union. Le rêve de la
fondatrice de l'ordre des *Solitaires* ne serait donc plus
qu'un rêve. La fille de l'obscur Couturier serait une
grande dame, et elle, Rosalie Mangon, reviendrait à sa
position première. On croirait être très-généreux en lui
donnant une petite dot pour entrer dans un couvent, où
son rôle serait celui d'une subalterne, tandis que ses visions lui en présentaient un bien plus élevé, celui de fondatrice d'un ordre nouveau dans l'Église.

Rosalie se demandait si elle devait avertir la comtesse
du danger des relations continuelles de ses enfants. Mais
qu'arriverait-il alors ? La comtesse effrayée ne manquerait
pas de mettre la jeune fille au couvent, et Rosalie perdrait
sa position au château. Y rester après le départ de Clémentine était chose difficile. La comtesse avait pour Rosalie une grande vénération ; elle acceptait, les yeux fer-

més, ses miracles, ses prophéties, ses visions, même sa résurrection; elle la consultait sans cesse; et, malgré cela, la pénétrante créature savait très-bien que, si elle avait subjugué la comtesse, elle n'avait pu s'en faire aimer. On la gardait parce qu'on la croyait nécessaire, et, surtout parce qu'elle avait été imposée par le Père Gribeauval; mais, qu'une occasion se présentât de secouer le joug, madame de Lentilly, quelque flattée qu'elle fût d'avoir une sainte dans sa maison, ne la laisserait pas échapper.

Raphaël avait grandement simplifié la tâche de Rosalie, chargée d'insinuer à la jeune fille le goût de la vie religieuse; il faisait de Clémentine une sainte. Le même courant les emportait donc tous les trois. Rosalie avait cherché à s'attacher Clémentine par la flatterie et la condescendance la plus entière. Clémentine, persuadée comme sa tante, et surtout comme Raphaël, que Rosalie était une créature conduite par Dieu lui-même dans les voies les plus extraordinaires, s'était trouvée attiré vers elle par l'attrait si puissant du merveilleux. Rosalie la prenait quelquefois pour confidente de ses révélations. Clémentine était flattée de cette confiance, et cela, joint à la liberté qu'on lui laissait, à la patience avec laquelle on supportait ses petits défauts de jeune fille, lui fit aimer une institutrice à la fois si parfaite et si indulgente.

Clémentine donna donc facilement un peu de son cœur à Rosalie. Elle écoutait avec une âpre curiosité les révélations de la sainte, mais elle ne lui parlait jamais de tout un monde de pensées nouvelles qui troublaient son imagination sans l'éclairer. La lecture de *Paul et Virginie* jeta la lumière à flots dans son cœur. Effrayée de ce qu'elle y apercevait, il ne lui vint pas dans la pensée de s'ouvrir à Rosalie. Que dirait-elle, grand Dieu! à cette sainte en-

trée une fois déjà dans les tabernacles éternels et revenue
à la vie tout exprès pour fonder l'ordre des *Solitaires?*
Comment lui avouer qu'on rêvait un autre bonheur que
celui du cloître? Cela n'était pas possible. Mais autre sujet
d'effroi. Ce soleil qui ne quittait pas Rosalie et sur lequel
elle n'avait qu'à jeter un regard pour y découvrir les
choses les plus secrètes, ce soleil ne lui dirait-il pas
tout?

Clémentine tremblait devant son institutrice, et celle-
ci notait toutes les impressions de son élève. Elle avait
vu le joli livre à tranches dorées qui racontait les amours
des jeunes créoles de l'Ile-de-France; il était ouvert à la
scène des adieux, et elle y avait trouvé la trace des
larmes de Clémentine. Elle avait vu tout cela, non dans
son soleil, mais tout vulgairement dans la chambre de la
jeune fille, qui communiquait avec la sienne. Elle y était
entrée, avant le réveil de Clémentine, pour y chercher un
livre de mysticité, et elle y avait trouvé un roman! Ce
roman, elle aussi l'avait lu dans sa jeunesse, elle aussi
avait pleuré! elle aussi avait aimé!

La sainte replaça le livre sur la table de Clémentine, et
sortit doucement de la chambre, en se disant :

— Raphaël part aujourd'hui, gardons le silence et attendons; après tout, ce livre, ces larmes ne m'apprennent
rien de nouveau.

Le lendemain, elle fut plus affectueuse que jamais avec
Clémentine. La conversation tomba sur la vocation religieuse.

— A votre âge, dit Rosalie, une vocation peut encore
être douteuse.

— Et à l'âge de Raphaël? dit Clémentine, non sans
rougir beaucoup.

— Raphaël a trois ans de plus que vous.

— Alors, sa vocation n'est pas douteuse?

— Non, assurément.

— Eh bien! la mienne ne l'est pas non plus; je serai religieuse, chère Rosalie.

Et la jeune fille sortit pour cacher ses larmes, en se disant :

— Elle n'a rien deviné, elle n'a rien vu.

Et elle trouva que le soleil de son institutrice savait être quelquefois d'une grande discrétion.

Clémentine se rendit à la chapelle; elle voulait prier.

Que dire maintenant à Dieu? Depuis les clartés que le roman révélateur avait jetées dans sa conscience, en lui donnant la notion sérieuse d'un amour humain qui avait pris toute son âme, pour un être tendre et charmant qui s'appelait Raphaël; depuis qu'elle savait par Bernardin de Saint-Pierre comment se rendent les sentiments passionnés du cœur; comment, sous les inspirations de la nature, se prononce ce grand mot : Je t'aime, un trouble inconcevable l'avait saisie. On avait mis sur ses lèvres, pendant son éducation mystique, toutes ces expressions sensuelles et brûlantes qui scandalisent dans les poésies érotiques, et qu'un sacerdoce imprudent croit pouvoir sanctifier, en les appliquant à Dieu et à l'amour immatériel; elle avait chanté avec Raphaël :

> Je nage au sein des plus pures délices;
> Un Dieu puissant irrite mes désirs;
> Il me consume, et je sens que je l'aime,
> Et cependant je m'exhale en soupirs!

Elle avait soupiré, avec lui, après *les baisers divins, les amoureuses étreintes;* et, tout à coup, quand elle trouvait dans son cœur un amour autre que l'amour divin, pur et chaste, sans doute, mais ardent, mais pro-

fond, qui avait pour objet une créature, quand cette révélation subite s'était faite en elle, était-il possible qu'elle
trouvât une langue, pour parler à Dieu, qui ne lui rappelât pas cet amour terrestre, suave comme la fleur éclose
sous les premiers soleils, mais qu'elle sentait, à cette
heure, bien distinct dans sa conscience de l'amour supra-
humain qu'elle savait dû à Dieu? Quelques mots de la
tendresse de Paul et Virginie montaient de son cœur à
ses lèvres, parce que le souvenir de Raphaël était là tout
ardent, même au pied de l'autel. Et, s'il arrivait que
sa mémoire lui rappelât les accents passionnés des Gertrude et des Angèle, un instinct puissant amenait la rou-
geur sur son front et faisait passer dans ses veines des
frissons étranges qui la troublaient; le double sens de ces
expressions brûlantes, dont elle se servait naguère si naïvement, l'effrayait; il lui semblait qu'il y avait profanation
et sacrilége à s'en servir. Elle en vint, dans son angoisse,
à ne plus distinguer nettement l'objet auquel elles s'adres-
saient : si c'était Dieu, l'hommage lui semblait étrange ;
si c'était Raphaël, elle n'avait qu'à rougir.

Il lui fallut sortir de la chapelle, plus agitée qu'elle n'y
était entrée, ne se comprenant plus dans ce chaos où la
plongeait son éducation mystique, trop chaste pour
s'abandonner aux seuls délires de l'amour terrestre, trop
éprise par le cœur, pour épancher par de bonnes paroles,
d'une piété bien filiale, dans le sein de Dieu, ce sentiment
qu'il a si doucement déposé en nous, comme la première
et la plus pure notion de l'amour prédominant auquel il a
droit et auquel il nous invite.

L'éducation de Clémentine ne lui avait rien enseigné
sur cela.

Pauvre cœur des vierges ! Elles passent d'ordinaire, de
la poésie mystique dont on les sature, aux réalités gros-

sières des affections sensuelles : nos cantiques leur ont appris le vocabulaire qu'elles dépensent dans leurs abandons. Et, quand Dieu vient demander sa grande part, il n'est plus rien resté au fond de ces âmes de la langue profanée par l'amour vulgaire, pour rappeler un peu ce qui est dû à Dieu d'amour souverain et impérissable.

Lorsqu'on remit à Clémentine la lettre de Raphaël, elle était dans le salon avec Rosalie. Celle-ci eut la discrétion de se retirer pour laisser toute liberté à son élève; mais elle trouva le moyen de l'observer pendant cette lecture.

La lettre de Raphaël ramena un peu de calme dans l'âme de Clémentine. Il acceptait son amour; il le partageait : que pouvait-elle espérer de plus? Habituée à se laisser dominer par Raphaël, elle revint facilement à la donnée mystique contre laquelle sa passion, plus ardente que celle de son jeune ami, avait réagi un instant. Elle lut et relut la lettre, chercha le sens de chaque mot. Elle se dit que Raphaël n'aimait pas autant qu'il était aimé, puisque la pensée de lui sacrifier sa vocation ne lui était pas même venue; mais enfin elle était aimée, bien tendrement aimée, aimée d'amour! A cette pensée, une joie immense dilata son cœur, l'espérance y rentrait. Raphaël ne pouvait pas s'engager dans les ordres avant deux ou trois ans; il reviendrait à Brindas passer ses vacances, et alors!...

Et Clémentine, se levant, s'approcha de la grande glace du salon. Elle se regarda avec attention ; elle se dit qu'elle était belle, bien belle. Un orgueil de femme, qu'elle ne connaissait pas encore, illumina ses traits; elle pressentit que la beauté est une force.

Rosalie avait vu couler les larmes, entendu les soupirs,

saisi quelques exclamations; elle avait vu l'examen fait devant la glace, et le sourire de triomphe.

— Bien! dit-elle, j'en sais assez. Ces larmes sont des larmes de joie; elle se regarde comme le font les mondaines; elle s'admire, donc elle espère. Ce sera plaisant de voir mademoiselle Couturier devenir madame de Nervieux. Mais qu'elle sera justement punie d'avoir manqué à sa vocation!

Et Rosalie, comme tant d'autres femmes de son espèce, alla faire l'oraison, le cœur dévoré de jalousie et de haine, sentiments misérables qu'elle mettait sur le compte de son zèle pour les intérêts de Dieu.

Le même soir, Rosalie vit Clémentine serrer avec soin sa lettre dans un charmant petit bureau, présent de Raphaël. Précaution fort inutile, Rosalie avait une double clef, non-seulement de ce bureau, mais de bien d'autres meubles de la maison.

Aide-toi, le ciel t'aidera. Rosalie connaissait ce proverbe, et, pour ses prophéties, elle ne négligeait pas les procédés humains.

XI

LE TÉLÉGRAPHE A L'USAGE DE LA PROPHÉTESSE

Madame de Lentilly devait trouver à Paris son fils
aîné ; il était au moment de partir pour l'Italie. La
grande campagne qui a amené l'indépendance de la Pé-
ninsule et qui sera la plus belle page de l'histoire du second Empire allait commencer. Le jeune Nervieux s'était
épris d'idées de gloire ; il ne rêvait qu'avancement, croix
d'honneur, position brillante un jour dans le monde,
grâce à sa fortune, à son nom, à ses épaulettes. Tout
jeune officier est, en expectative, un général.

Pendant ces beaux rêves, le cœur de la mère était déchiré. Outre les dangers des batailles, *bella matribus
detestata*, sa piété exaltée ne voyait qu'avec un profond
désespoir la vie mondaine de ce fils. Comment le ramener à la pratique religieuse à présent qu'il s'était jeté
dans le courant de la libre pensée, qui entraîne la jeune
génération ? Cet enfant si pieux chez les jésuites, le *che-
valier de Marie*, était devenu un athée. Charles de Ner-

vieux n'acceptait pas cette qualification ; mais combien de fois elle avait entendu dire aux révérends Pères que les spiritualistes, en dehors de l'Église, n'étaient autre chose que des athées déguisés ? Et son fils était un de ces hommes ! Quelques reproches bien tendres glissèrent sur l'âme du jeune officier, qui crut faire beaucoup en gardant tout le respect possible dans le refus formel qu'il fit à sa mère d'aller, avant son départ, se confesser aux jésuites de la rue de Sèvres.

Les jésuites avaient dit à la comtesse :

— Il faut absolument qu'il se confesse ! qu'il se confesse seulement ; n'ayez pas peur !

— Mais il n'a pas la foi ? avait hasardé madame de Nervieux, à laquelle son mysticisme n'avait pas enlevé un reste de raison.

— La foi ! allons donc ! Tombé aux genoux du prêtre, après l'aveu de ses égarements, la foi se réveillera.

La mère n'avait pas été absolument convaincue. Pourtant les jésuites croyaient à l'efficacité immanquable du procédé. Le difficile, c'était d'amener le pénitent à leurs pieds.

Charles de Nervieux avait eu une explication avec sa mère, au sujet de Raphaël. Une fois en dehors du monde mystique, il lui avait été impossible de ne pas remarquer l'imprudence de l'éducation claustrale donnée à son frère. Il fit sur cela, avec beaucoup de douceur et de sens, des représentations à sa mère.

— Raphaël, lui avait-il dit, est encore un enfant, un enfant profondément sensible, ayant besoin d'affections vives ; et, quand les passions qui dorment à présent s'éveilleront en lui, qui vous dit qu'il ne se trouvera pas malheureux, qu'il ne regrettera pas les joies du foyer domestique ? Raphaël, dans un presbytère ou dans une cellule, me semblerait un de ces oiseaux charmants des tropiques transporté sous une zone glacée. Ma mère, pourquoi vous hâter de le jeter hors du nid où il a été réchauffé par votre tendresse maternelle? Pourquoi ne pas attendre que l'équilibre des forces physiques et des forces intellectuelles soit établi. J'aime tellement Raphaël que je n'ai jamais été jaloux, vous le savez, de votre préférence bien marquée pour lui. L'affection qu'il inspire ne peut ressembler à aucune autre. Dans la mienne, il y a un sentiment d'orgueil en face de sa belle intelligence, et il y a quelque chose d'attendri devant sa délicatesse physique. J'aimerais, je crois, à le porter dans mes bras, comme je le faisais il y a quinze ans.

La comtesse de Lentilly fut émue par cette expression d'amour fraternel.

— Il y a du vrai dans ce que vous me dites-là, mon cher enfant, dit-elle à son fils, et, avant de laisser entrer Raphaël au séminaire, je consulterai quelques célébrités médicales. Je saurai si cette vie nouvelle n'offre aucun danger pour lui. Vous voyez que, depuis un an, il s'est beaucoup fortifié ; et j'espère qu'il pourra suivre l'attrait irrésistible qui l'entraîne vers le sacerdoce. Quant à vos autres appréciations, mon fils, elles sont tout humaines : vous ne comprenez plus les dons de Dieu ; son amour jette sa chaleur dans le plus pauvre presbytère et dans la cellule la plus austère. Si le démon attend que le jeune lévite soit engagé par des vœux éternels pour soulever en lui l'orage des passions, il y a la grâce plus forte que le démon, et avec elle le combat est toujours suivi de la victoire. Vous avez su ces choses autrefois, mon fils, et vous les avez oubliées.

— Je l'avoue, chère mère, j'ai oublié complétement et volontairement la langue mystique ; et, du moment où, dans une question toute physiologique, vous faites intervenir le diable, je n'ai plus qu'à me taire, nous ne nous comprenons pas.

— Je ne le sais que trop, mon fils, et c'est pour moi une grande douleur; malgré tout, j'espère et j'attends.

Toujours sous le poids de ses amertumes, madame de Lentilly écrivit à Rosalie Mangon le récit détaillé de ce qui s'était passé entre son fils et elle. Dans sa lettre, la chère sainte, c'est ainsi qu'elle l'appelait, était priée instamment de redoubler d'ardeur pour demander à Dieu la conversion de l'égaré. Elle ajoutait :

— J'écris, par ce même courrier, au Père Gribeauval, et je le prie de vous autoriser à me dire ce que vous voyez, pour l'avenir de mes fils, dans ce brillant soleil que Dieu a placé près de vous. Ce bon Père pourrait-il refuser à une mère affligée de chercher une consolation dans sa douleur, ou bien, hélas! de vouloir connaître l'étendue de la croix qui peut lui être imposée, afin de se préparer à la résignation?

Rosalie Mangon sourit en lisant cette lettre.

— Eh bien! dit-elle, si le père Gribeauval m'y autorise, je parlerai. Il sait mieux que moi peut-être si mes extases sont un don de Dieu ou une illusion. Quand mon sang se porte violemment à la tête ou au cœur, je me trouve dans une disposition étrange. Je vois cette lueur rouge que j'ai nommée mon soleil? Alors est-ce un rêve? est-ce une réalité? Ma mémoire me semble acquérir un développement extraordinaire; ce que j'ai vu, ce que j'ai lu, ce que l'on m'a raconté, tout me devient présent; je crois même voir l'avenir. Le jeûne, les macérations dont je suis obligée d'user pour mâter une nature trop rebelle, exaltent, j'en ai fait souvent l'épreuve, cette singulière faculté extatique. Ce que j'éprouve ressemble

trop à ce que j'ai vu de ces états singuliers, à tout ce que
j'ai lu sur ce sujet, pour que je puisse douter que Dieu
ne m'ait accordé les mêmes dons qu'à la bienheureuse
Marie Alacoque et à Véronique. Si je me sers de ces dons
merveilleux pour obtenir le respect des hommes, c'est
que, pour faire de grandes choses, il faut être consi-
dérée et respectée. Je travaille pour Dieu : il faut que sa
servante soit honorée, non pour elle-même, mais pour
lui; et, puisqu'il veut faire de moi, pécheresse, un instrument de sa gloire, qu'il soit donc glorifié en moi.

Et, satisfaite de se trouver tant d'humilité, ayant si bien
fait la part de Dieu et celle de l'orgueil, s'étant si bien
confirmée elle-même dans la vérité de ses extases et de
ses révélations, Rosalie écrivit au Père Gribauval et lui
envoya la lettre de la comtesse.

L'abbé Louis avait revu son élève avec bonheur.

— Je redoutais, lui dit-il, l'indécision de votre chère
mère, et j'aurais été malheureux de partir sans vous
avoir vu.

— Quand ce départ aura-t-il lieu?

— Dans quinze jours, je quitterai Paris, pour aller en
Orient, le pays de mes rêves.

— Mon Dieu! dit Raphaël, je dois donc me séparer à
la fois de tout ce que j'aime! Mon frère et Frédéric
partent pour l'Italie, vous pour l'Orient; aussitôt que je
serai entré au séminaire, ma mère retournera à Brindas;
et il me semble qu'un lambeau de mon pauvre cœur s'at-
tachera à chacun de vous. Savez-vous qu'à présent j'aimerais mieux vous suivre dans ces contrées où la nature
est si splendide et si enivrante, que de me renfermer
dans un séminaire? Je n'en ai encore vu que les murailles;
il m'a semblé qu'on devait avoir plus froid là qu'ailleurs.
Comment me passerai-je du soleil de notre beau Midi?

— Eh bien ! suivez-moi en Orient. Vous aurez là un soleil encore plus chaud que celui du Lyonnais.

— Si c'était la volonté de Dieu, je vous suivrais bien volontiers. Nous parlerions ensemble de ma mère, de Brindas et de Clémentine, ajouta Raphaël, non sans un léger tremblement dans la voix, que l'abbé Louis ne remarquá pas.

Le jour même de cette causerie, la comtesse de Lentilly appela en consultation deux célébrités médicales. Après avoir beaucoup examiné Raphaël, l'avoir soigneusement ausculté, les médecins declarèrent que, pour Raphaël, l'air de Paris serait détestable. Le jeune homme était dans une crise de développement physique, pendant laquelle il fallait laisser reposer son intelligence et donner à son corps une grande activité. Des voyages dans les pays chauds lui seraient surtout salutaires.

— Eh bien ! dit alors Raphaël à l'abbé Louis, qui était présent à cette conversation, la volonté de Dieu se manifeste. Demandez aux pieux missionnaires, avec lesquels vous partez, de me permettre de les suivre.

— Cela n'est pas possible, s'écria la comtesse. Toi, mon cher enfant, affronter de telles fatigues et de tels dangers ! Jamais je n'y consentirai.

— Alors, ma mère, je ne partirai pas. Votre volonté est pour moi sacrée. Je n'ai rien de plus à cœur que de rester fidèle à ma vocation ; et pourtant, si vous m'en demandiez un jour le sacrifice, je vous le ferais sans hésiter.

— Merci, mon cher fils. Du reste, ces voyages qui te sont nécessaires, nous les ferons ensemble; nous irons à Rome, à Naples, en Sicile.

— Voulez-vous toute ma pensée, madame? dit brusquement l'un des hommes de l'art.

— Sans doute, monsieur.

— Eh bien! il ne faut pas voir longtemps monsieur votre fils pour s'apercevoir qu'il a reçu deux éducations : l'une virile donnée par M. l'abbé, l'autre féminine donnée par vous. Il y a, dans ce jeune homme si frêle, du penseur dont le cerveau dépense une grande somme de forces, et de la petite fille qu'on empêche de courir au soleil, parce que le soleil brunit le teint. Voyager avec vous, madame, avec toutes les recherches du luxe, serait continuer cette éducation molle, que je reconnais avoir été jusqu'à présent une nécessité; si elle était continuée, elle empêcherait l'équilibre entre la force physique et la force intellectuelle de s'établir. Il faut à votre fils des fatigues, des privations; et quelques dangers ne gâteront rien.

— Quant aux dangers, reprit l'abbé Louis, je n'en prévois pas dans notre expédition. Nous n'allons pas chez les anthropophages. Nous ne serons pas obligés de nous frayer des chemins dans les forêts vierges ; nous ne rencontrerons ni serpents à sonnettes, ni boas constrictors, ni tigres, ni lions, ni panthères. La presqu'île indienne est déjà à moitié civilisée. De courageux missionnaires nous ont ouvert la route; nous allons récolter ce qu'ils ont semé. Sans doute, parmi les jeunes gens qui se préparent à partir, il y en a qui brûlent du désir d'aller planter la croix et porter la civilisation là où nos prédécesseurs n'ont pas encore pénétré; mais Raphaël ne les suivra pas, et mon affection pour lui vous répond de ma sollicitude.

La comtesse, après quelques jours d'hésitations, donna son consentement.

Elle ne se décida pas à une résolution aussi extrême, sans qu'il en coûtat beaucoup à son cœur maternel. Elle écrivit une seconde lettre à Rosalie ; elle lui confiait toutes ses angoisses. Ses deux fils allaient quitter la France ; elle aurait à trembler à la fois pour la vie de tous les deux, et pour le salut de l'aîné ; c'était trop pour une mère !

Le lendemain, elle reçut une réponse de Rosalie à sa première lettre ; la seconde n'était pas encore arrivée à Brindas. Et voici ce que Rosalie écrivait :

« Madame,

« Le Père Gribeauval m'ordonne de vous communiquer ce que le Seigneur veut bien me révéler sur l'avenir des derniers rejetons de l'illustre maison de Nervieux. Le silence qu'on m'avait imposé était pour moi plutôt une grâce qu'une épreuve. Ne pouvant plus parler des dons de Dieu aux créatures, il me semblait que mes communications avec le divin Maître étaient devenues plus intimes. Nous étions plus seul à seule : l'amour aime la solitude et le silence.

« On me tire à présent, pour ainsi dire, de cette chère solitude de mon cœur : on m'ordonne de parler des dons de Dieu, j'obéis, mais je souffre ; car l'ombre des choses créées va passer sur la vue claire et précise que le Sauveur me donnait des choses incréées, et il me faut rendre dans le langage des hommes le langage divin.

« Rassurez-vous, mère chrétienne, Dieu a sur votre fils aîné des vues de miséricorde. Je vois, dans la lumière qui m'est donnée, le frère de Raphaël au milieu des champs de bataille. Votre enfant est en grand danger, et j'ai dit : Seigneur, sauvez-le ! sauvez surtout son âme ! Et il m'a été répondu : Le nouvel Augustin ne doit pas périr pour la vie éternelle. Les prières d'une autre Monique et les tiennes seront exaucées. Je dis alors au Sauveur : — Vous sauverez son âme, mais préserverez-vous aussi son corps de ces glaives étincelants que je vois levés sur lui, de ces projectiles enflammés qui tombent à ses côtés ? Voyez sa mère ! Seigneur, elle pleure : ne la rassurerez-vous pas ? — Les larmes de la mère, me dit le Sauveur, lavent les iniquités du fils. Qu'elle continue à prier et à espérer ! Et toi, apprends à son exemple combien les joies de la terre amènent d'amertumes après elles, et combien il est bon de n'avoir pas d'attaches ici-bas.

« Je suis tombée alors dans un de ces états d'extase que, par une permission de Dieu, on prend ici pour du sommeil (1). Vous savez ce qui se passe en moi. Cette fois, il m'a été communiqué des vues générales sur les tribulations de l'Eglise ; mais, tout à coup, j'ai vu Raphaël et M. l'abbé Louis sur un vaisseau ; il y avait avec eux plusieurs jeunes prêtres, et tous chantaient l'*Ave maris stella*. J'ai vu ensuite ces mêmes hommes dans un pays qui ne ressemble en rien au nôtre ; et Raphaël cueillait des fleurs aux couleurs merveilleuses et aux parfums exquis. Je voyais toujours aussi l'abbé Louis et les jeunes prêtres, et tous avaient, auprès d'eux, leurs anges gardiens. Je n'ai rien compris à cette vision ; et le Seigneur Jésus m'a dit : — Encore quelques jours, et la vision sera une réalité. »

_____

(1) Les historiens de Marie Taïgi racontent qu'en se livrant aux travaux de son ménage, à table même, pendant le repas, elle tombait subitement dans un état d'extase que son mari et ses enfants prenaient pour du sommeil. Le mari la grondait même à ce sujet. Quand, après la mort de cette femme, on commença à faire grand bruit, dans le monde pieux, à Rome, de sa sainteté, de son soleil et de ses sommeils extatiques, le mari dit très-naïvement « qu'il ne s'était jamais douté de toutes ces belles choses. »

Madame de Lentilly avait une croyance si aveugle
tous les rêves des mystiques, que rien dans ce genre ne
devait l'étonner. La première partie de la vision de Rosalie lui causa une grande joie : son fils aîné se conver-
tirait. Mais, à côté de la joie de la chrétienne, se plaçaient
les inquiétudes de la mère. Charles échapperait-il aux
dangers auxquels il allait être exposé? Là-dessus la prophétie était des plus obscures; elle laissait tout craindre,
et elle disait d'espérer. Les oracles des extatiques, comme
ceux des anciennes pythonisses, ont toujours un double
sens, et, quel que soit l'événement, la prophétesse ne se
trouve pas plus en défaut que les almanachs qui annon-
cent la naissance, la mort ou le mariage d'un grand
prince, une guerre et des tempêtes.

Quant à la seconde partie de la prédiction, elle jeta la
comtesse dans une admiration profonde. Cette fois, elle
ne pouvait en douter, Dieu révélait à Rosalie les choses
cachées. Le jour même où le départ de Raphaël se décidait à Paris, Rosalie, à Brindas, le voyait traverser les
mers en compagnie de l'abbé Louis, dès missionnaires et
de leurs anges gardiens.

Madame de Lentilly n'était pas une femme inintelli-
gente, destinée par les faiblesses de son esprit à adopter
les croyances les plus stupides. Il lui avait fallu lutter
avec elle-même, pour en arriver à repousser sa raison
comme un guide toujours trompeur. Il avait fallu que ses
directeurs argumentassent beaucoup avec elle, pour lui
apprendre à déraisonner. Il avait fallu la saturer de
livres mystiques, et lui répéter souvent que l'Église, sans
nous imposer une croyance absolue aux prodiges de ces
états extraordinaires dont quelques âmes ont le privilége,
a cependant témoigné qu'elle les regardait comme vrais,
puisqu'elle offre à notre vénération ces grands mystiques.

La victoire remportée par les jésuites sur le bon sens de la comtesse avait été complète. Mais il n'y a pas de nuit si profonde qu'il ne s'y produise quelque lueur. L'éclair peut tout à coup déchirer le nuage sombre. Ce qui avait survécu à la raison de madame de Lentilly, c'était un esprit droit, un puissant instinct du vrai, et bien souvent elle s'était prise à trouver Rosalie en défaut. Dans les inflexions de voix de cette fille, dans son regard, dans son attitude, dans sa manière de présenter et d'envisager les choses, il y avait je ne sais quoi de faux qui la blessait. Malgré elle, elle avait douté de Rosalie. Ses doutes reposaient sur de légers indices, et bientôt elle se les reprochait. Le démon, pensait-elle, ennemi de toute sainteté, pouvait lui suggérer ces impressions fâcheuses. Mais à présent elle était vaincue. Rosalie était bien la voyante inspirée de Dieu. Cette manière de se faire dire ce que les gens simples appellent la bonne aventure, lui parut plus que jamais rationnelle; et il ne lui sembla pas que l'idée de Dieu pût être amoindrie par une telle croyance. Le jour même où le départ de Raphaël pour l'Orient se décidait, Rosalie en était instruite. C'était un fait; il n'y a rien à objecter contre un fait.

La comtesse de Lentilly ne se doutait pas que sa femme de chambre, toute dévouée à Rosalie, avait promis à cette dernière de lui faire savoir, à l'instant même où ils se produiraient, les faits importants qui pourraient concerner ses maîtres. La rusée soubrette pratiquait avec une grande perfection l'art de savoir écouter aux portes; et un télégramme ainsi conçu avait été expédié à Brindas :

Pas de séminaire. Part avec l'abbé Louis. Quatre missionnaires. Orient.

Un de nos grands fanatiques déblatère, dans ses livres, contre l'électricité et contre les inventions modernes. Il a grand tort : rien de plus favorable que l'électricité aux faits miraculeux ; et, dans notre siècle impie, on ne saurait trop se féliciter d'avoir un agent qui vous permet de jeter de la poudre aux yeux des gens qui ne demandent pas mieux que d'être aveuglés.

Clémentine reçut une lettre de Raphaël. Il lui apprenait son départ. Elle pleura beaucoup en la lisant ; et pourtant, il lui semblait qu'ils seraient moins séparés par l'immensité des mers que par les murailles du séminaire de Saint-Sulpice. Leurs pensées se communiqueraient mieux à travers l'espace qu'à travers ces froides pierres. Enfin l'engagement irrévocable de Raphaël était retardé pour plusieurs années, et l'espérance rentra dans le cœur de Clémentine.

Rosalie ne revenait pas de sa surprise, en voyant Clémentine calme et presque joyeuse.

— Cet amour, se disait-elle, ne serait-il donc qu'une sensation, le rêve d'un instant ? La vocation religieuse l'emporterait-elle ?

Le soleil ne répondait pas à ces questions. Rosalie remarqua que Clémentine dévorait tous les livres de voyages qui pouvaient lui faire connaître les contrées que Raphaël allait parcourir.

TROISIÈME PARTIE

AMOUR ET MYSTICISME

I

L'ORGUEIL DU NOM

Trois ans se sont écoulés. Le château de Brindas est, de nouveau, plongé dans un deuil profond. Le fils ainé de madame de Lentilly a succombé aux suites d'une blessure reçue à Puebla. Rosalie assure, en termes plus ou moins ambigus, à la mère désolée, que son fils est mort en chrétien. Une lettre de Frédéric vient en donner la certitude; et l'influence de Rosalie sur la comtesse acquiert une nouvelle force.

Comment se fit-il qu'en présence de cette douleur, la plus grande et la plus sainte qu'il soit donné à l'âme humaine d'éprouver, la douleur maternelle, il se trouvât place dans le cœur de la comtesse de Lentilly pour un regret de vanité? Le nom de Nervieux allait descendre avec Charles, dans la tombe. Ce nom devait-il donc disparaitre après avoir jeté un vif éclat dans la noblesse de robe du Lyonnais? Raphaël, le dernier héritier de ce nom, n'était pas encore prêtre, et la comtesse se rappelait les

paroles que son fils lui avait dites à Paris : « Je n'ai rien
de plus à cœur que de rester fidèle à ma vocation; et
pourtant, si vous m'en demandiez un jour le sacrifice, je
vous le ferais sans hésiter. » Dans ces paroles n'y avait-
il pas comme un pressentiment de l'avenir? Mais dispu-
terait-elle à Dieu même le cœur de son fils, de ce fils
qu'elle et M. de Nervieux avaient, presque dès son berceau, voué au Seigneur, pour le service de ses autels?

Madame de Lentilly lisait et relisait les lettres de son
cher Raphaël : elle y trouvait toujours le même enthousiasme pour sa vocation. Sa santé s'était merveilleusement fortifiée ; et il parlait dans toutes ses lettres de son
désir de revenir en France.

Ce n'était pas assez pour la comtesse que son fils revînt
en France, il fallait encore qu'il renonçât à embrasser
l'état ecclésiastique. Malgré ses idées religieuses si ab-
solues, madame de Lentilly en arriva à faire un compro-
mis avec sa conscience. Regardant comme un malheur
l'extinction du nom des Nervieux dans le monde, elle se
crut autorisée à peser sur la décision de son fils et à retirer à Dieu ce qu'elle lui avait donné trop imprudemment
peut-être.

Le résultat des réflexions de la comtesse, des combats
entre sa religion et sa vanité, fut que, sans prendre conseil ni du Père Gribeauval, ni du curé de Brindas, ni de
Véronique, et sans même avoir demandé à Rosalie de
jeter un regard dans son soleil, elle écrivit à son fils pour
lui apprendre la mort de son frère et le supplier de revenir incessamment en France. Elle lui rappelait qu'au
moment de son départ, il lui avait promis de renoncer au
sacerdoce, si elle lui en demandait un jour le sacrifice.
Ce sacrifice, elle le demandait, non pas en faisant valoir

des intérêts trop mondains, mais au nom de sa tendresse
pour lui.

« — Je n'ai plus que toi, lui disait-elle, jamais je ne
quitterai Brindas : il y a là des tombeaux que je ne puis
abandonner. Clémentine entrera au couvent le jour où
elle accomplira sa vingt-cinquième année; mon fils unique
pourrait-il me laisser sans appui et sans consolation dans
ma tristesse? »

Après deux mois d'une attente anxieuse, une lettre
datée de Marseille annonçait l'arrivée de Raphaël en
France. Rosalie n'avait pas vu cela dans son soleil.

Clémentine, en apprenant le retour de Raphaël, ne
pensa pas à dissimuler sa joie. Une absence de près de
trois ans n'avait pas affaibli l'affection de la jeune fille.

La comtesse avait lu toute la correspondance de ces
deux enfants, elle y avait trouvé de beaux élans mystiques qui l'avaient fort édifiée; elle n'y avait rien vu de
plus. Raphaël, bien qu'il ne pensât pas avoir quelque
chose à cacher, ne mettait pas dans ses lettres à Clémentine ces effusions de cœur qui avaient dicté celle qu'il
avait écrite sur la colline sainte de Fourvières. L'amour
le plus pur, le plus inscient de lui-même, a sa pudeur
instinctive; il se couvre d'un voile quand il doit rencontrer des yeux profanes. La comtesse avait aimé ses deux
maris plutôt d'un amour des sens que d'un amour de
cœur. Certaines délicatesses des âmes aimantes lui échappaient, et d'ailleurs elle était si loin de soupçonner un
amour possible entre son fils et mademoiselle Couturier!

Clémentine ne montrait à son institutrice ni les lettres
qu'elle écrivait ni celles qu'elle recevait; mais, grâce à la
double clef, Rosalie voyait au moins ces dernières. Rien
de plus chaste et de plus pur : Raphaël y parlait toujours
de sa vocation et de celle de Clémentine. Mais Rosalie,

plus pénétrante que la comtesse, lisait entre les lignes
les pensées intimes de Raphaël. Et, quelquefois, elle se
demandait si ce jeune homme ne commençait pas à voir
clair dans son cœur. Trois ans de séparation avaient
rompu la chaine des amitiés enfantines. Rentré en France
après cette longue absence, il allait retrouver Clémentine
dans tout l'épanouissement de sa beauté : il était devenu
un homme. Tout allait conspirer contre sa vocation.

Enfin Raphaël arriva à Brindas. Il avait grandi ; il
s'était fortifié ; ses traits, toujours d'une perfection sans
égale, avaient pris de la virilité. Le soleil des tropiques
avait bruni la blancheur de son teint et l'or de sa chevelure. Son ensemble avait peut-être quelque chose de
moins angélique qu'autrefois ; mais Clémentine le trouva
bien plus beau ; et quand le jeune voyageur s'approcha
d'elle, prit sa main, et posa ses lèvres sur son front pour
lui donner le baiser fraternel, elle devint si pâle et elle
se sentit tellement trembler, qu'elle fût obligée de s'appuyer sur le bras de Rosalie.

La comtesse, tout au bonheur de revoir son fils, ne
s'aperçut pas du trouble de Clémentine.

Le soir même, madame de Lentilly eut avec son fils
une longue conversation.

— Mère chérie, lui dit Raphaël, vous voulez que je
renonce à la vie sacerdotale, j'y renoncerai. Je dois
même vous l'avouer, lorsque votre lettre m'est arrivée,
je me trouvais dans une disposition d'esprit des plus douloureuses : je doutais de ma vocation, je sentais qu'elle
s'était développée dans un milieu où m'avait manqué
l'épreuve, cette condition essentielle de la connaissance
intime de soi-même. Je n'ai pas à vous raconter les
causes de la révolution qui s'est faite en moi ; il y en a
de trop intimes pour les dire à une femme, même quand

cette femme est une mère. Les hommes d'expérience
auxquels je les ai fait connaître, les ont trouvées puériles.
—Pas un homme, m'ont-ils dit, ne s'engagerait dans le sacerdoce, s'il donnait de l'importance à des motifs semblables. —Mes autres scrupules leur ont paru plus futiles
encore.— C'est l'épreuve, c'est la tentation, me disaient-
ils.—L'abbé Louis était parti pour une expédition de quelques semaines; je luttais seul avec moi-même : car on
est seul, quand on n'a pas une main amie pour vous soutenir. C'est au moment de mes plus grandes perplexités
que votre lettre arriva. Elle fut pour moi la voix de Dieu
même, le moyen dont il se servait pour fixer mes irré-
solutions. Vous réclamiez l'exécution de la promesse que
je vous avais faite. Je devais vous obéir. Je partis, après
avoir quitté cet habit ecclésiastique que vous m'aviez vu
revêtir à Paris avec tant de joie. En le prenant, je croyais
faire le premier pas dans la voie que la Providence m'appelait à suivre. Cette voie me paraissait si belle alors !
Pauvre voyageur, mes pieds se sont meurtris aux premières aspérités de la route, et je suis retourné en arrière. Je me croyais fort, et je me suis trouvé faible. En
quittant cet habit, j'ai dépouillé aussi quelque chose de
l'estime de moi-même.

— Oh! mon cher enfant, dit la comtesse, qui avait
toujours un lieu commun pour répondre à tout, tu sais
bien qu'on peut se sauver dans le monde comme dans le
cloître.

— Sans doute, ma chère mère; mais enfin j'avais rêvé
quelque chose de grand, soupçonné, dans la mission du
prêtre, d'autres points de vue que ceux que nous indi-
quent nos livres. Que de beaux projets conçus avec
l'abbé Louis! Que d'horizons nouveaux entrevus! On ne
descend pas sans douleur des sommets de l'idéal. Je puis

me sauver dans le monde : je l'espère ; mais ce monde, après l'avoir considéré au point de vue de mes ardentes aspirations, après avoir cherché non ce que je pouvais en attendre, mais ce que je pouvais lui apporter, ce monde ne me paraît plus devoir fixer mon attention. Je ne pourrai jamais rien pour lui, et il ne peut rien pour moi. Je ne serai pas ce que je voulais être, le père, l'ami, l'éducateur des petits et des opprimés. Mon action se bornera à soulager quelques individus, et, renfermé dans dans ce cercle étroit, je regretterai le bien que j'aurais pu faire sur un autre théâtre. Je me suis trop séparé du monde pour y rentrer. Entre lui et moi, il y a un abîme.

— Ton imagination t'égare, mon cher Raphaël : les regrets que tu donnes au passé t'empêchent de juger le présent. Dans le monde, il y a des tâches saintes à accomplir. Le père de famille a son apostolat comme le prêtre.

Raphaël, à cette allusion aux espérances de sa mère, rougit et pâlit. Il garda quelque temps le silence.

— Écoutez-moi avec attention, ma mère, dit-il enfin d'une voix émue, il est nécessaire de bien nous entendre. Je vous ai promis de renoncer à l'autel : je tiendrai ma promesse. Ne croyez pas cependant que le changement qui s'est fait dans les idées qui m'ont dominé depuis mon enfance, soit l'indice d'un caractère inconstant et faible. Il n'en est pas ainsi : il y a en moi une volonté bien arrêtée, celle de vous consacrer ma vie, de ne jamais la séparer de la vôtre, de vous tenir lieu de tout ce que vous avez perdu, de vivre pour les affections calmes mais puissantes qui seules peuvent me convenir. Je veux me livrer à l'étude, reprendre les travaux de mon père, je veux chercher dans la science la force et la consolation.

— Mon cher enfant, il faut beaucoup prier. Nous

ferons ensemble une neuvaine au cœur de sainte Anne
et une autre autre à saint Joachim ; ce sont les patrons
des familles chrétiennes.

Madame de Lentilly ne trouva rien de mieux à dire à
cette âme d'une nature exceptionnelle, qui lui découvrait
à demi ses blessures. Trop pressée d'obtenir de son fils
ce qu'elle désirait, elle crut très-adroit d'ajouter :

— Nous invoquerons aussi saint Joseph et, puisque
enfin tu renonces à être prêtre, c'est à lui surtout qu'il
faut s'adresser pour obtenir la grâce de rencontrer une
femme chrétienne. C'est là...

Raphaël interrompit sa mère, et lui dit avec beaucoup
de fermeté :

— Je croyais m'être suffisammment expliqué, ma
mère. J'ai tenu ma promesse, je suis revenu auprès de
vous ; ne demandez rien de plus, vous ne l'obtiendriez
jamais.

— Oh ! mon cher enfant, tu reviendras sur cette décision. Tu es le dernier des Nervieux ; il y a des noms
qu'on ne doit pas laisser s'éteindre.

— Croyez-moi, ma mère, l'humanité ne sera pas en-
travée dans sa marche, quand moi, le dernier des Nervieux, j'aurai quitté ce monde. Des noms illustres dans
les sciences, dans les arts, dans les lettres, dans la magistrature, dans l'armée, surgissent tous les jours. Eux
aussi lègueront à leurs descendants de glorieux souvenirs ;
eux aussi disparaîtront ; mais d'autres noms, aussi glorieux, les auront remplacés : car l'honneur, le dévouement, le génie ne meurent pas. Heureuses les races
qui s'éteignent, avant de n'avoir plus d'autres titres de
gloire que ceux du passé ! Mon frère est mort pour son
pays, après une action d'éclat ; notre nom s'est éteint en

lui glórieusement, je ne suis pas appelé à le faire revivre.

La comtesse de Lentilly n'osa pas essayer, pour le moment, de vaincre une résistance aussi nettement formulée.
Elle avait gagné le point essentiel : son fils renonçait au
sacerdoce. Le reste serait, pensait-elle, une affaire de
temps.

II

LES LANGUES DÉVOTES

On se doute bien du scandale que produisit Raphaël, arrivant à Lyon et à Brindas avec le costume d'un homme du monde. Dans la pieuse paroisse et dans la ville mystique, il y eût un *tolle* général sur la conduite de ce jeune ecclésiastique quittant l'Église pour reprendre la vie du monde.

— N'était-ce pas une apostasie? Ces misérables qui, devant les gloires des martyrs, brûlaient de l'encens aux idoles, ou saluaient les aigles des enseignes des légions impériales, faisaient-ils autrement?

Disons le mot, le monde pieux fut impitoyable pour Raphaël.

C'était partout le même thème, dont la forme seule variait selon le degré d'instruction des groupes qui s'entretenaient de ce grave événement. Pour passer des congrégations aux salons dévots, la critique de ces belles âmes n'en était ni moins lâche ni moins odieuse. On se

demande toujours si les haines dévotes sont une conséquence de la vie religieuse; et, si elles n'en sont pas évidemment la conséquence, comment se trouvent-elles
dans l'immense généralité attachées, comme l'ombre au
corps, à toutes ces existences qui croient fermement
qu'on ne se sauve pas sans charité, et qui arrangent si
subtilement leurs haines avec leurs actes d'amour de
Dieu et du prochain, qu'elles peuvent se faire illusion,
toute leur vie, sur une si effrayante négation des premiers
éléments du christianisme, pour ne pas dire de la simple
morale naturelle?

Quand on veut regarder au fond de cet abîme, on ne
tarde pas à se convaincre que la cause première, peut-
être unique, de cette scandaleuse habitude du monde
pieux, est le procédé mystique, procédé artificiel qui,
n'atteignant l'âme qu'à la surface, permet cette contra-
diction effrayante d'amour pour Dieu que l'on croit se
sentir dans le cœur, et de haines pour certains hommes,
haines qui n'ont d'autre motif que le fanatisme, et que
l'on garde sans scrupule au fond de l'âme.

— L'abbé défroqué! disait-on dans le monde dévot
de bas étage, en parlant de Raphaël.

— L'apostat de Brindas! disait-on dans les salons de
la place Bellecour.

— Mes chères compagnes, disaient certaines directrices de congrégations, nous avons bien à gémir sur le
scandale donné par le fils de la sainte madame de Lentilly. Un homme qui quitte la soutane, ce saint habit,
pour rentrer dans le monde, quelle horrible chose!

— Nous plaignons bien notre amie, madame de Lentilly, disaient mesdames de Sainte-Colombe et d'autres
dévotes du grand monde. Si encore son fils, en reprenant
la vie des laïques, avait cet extérieur humble et mortifié,

ce costume modeste qui seul conviendrait à un ancien ecclésiastique, ou ne dirait rien ; il se rendrait justice, et demanderait ainsi publiquement notre indulgence pour sa faiblesse. Mais il ne paraît pas se douter de sa position.

Le curé de sa paroisse, qui est un saint prêtre, est venu chez moi il y a deux jours, et il m'a dit que M. Raphaël de Nervieux était fier comme tout autre qui n'aurait jamais joué ce vilain rôle.

—Vilain rôle est bien le mot, chère madame, ajoutait la comtesse de ***. Un homme qui, entré dans l'Église, renonce au sacerdoce, c'est toujours une monstruosité. Quand on a écouté une fois la parole de Satan qui attire au mal, on ne tarde pas à lui donner l'empire dans son âme, et bientôt on roule, entraîné par lui, dans l'abime.

C'est bien regrettable pour madame de Lentilly ; mais elle aura beau faire, son fils s'est jeté dans la boue. Dans le monde comme il faut, on n'aime pas les défroqués.

Telles furent quelques-unes des aménités par lesquelles les parfaits de Lyon et de Brindas exprimaient leurs répulsions pour l'acte de généreux dévouement de Raphaël. Pourtant, dans le grand monde, l'hostilité contre Raphaël fut moins générale, et se calma plus vite que parmi le reste de la gent dévote. Madame de Sainte-Colombe, la comtesse de *** n'avaient ni filles ni nièces à marier. La pensée que Raphaël était riche et fils unique, contribua beaucoup à calmer la pieuse indignation des autres femmes de l'aristocratie lyonnaise.

Les jésuites, toujours prudents, ne manifestèrent pas leur mécontentement, bien qu'il fût très-vif. Ils comprenaient que, si le jeune de Nervieux se mariait, leurs espérances sur la fortune de sa mère se trouveraient fort diminuées. Ils avaient déjà à lutter contre la concurrence des autres ordres religieux. Madame de Lentilly, surtout depuis son second veuvage, mettait partout un peu de son cœur et de son argent. Elle avait résolûment accepté son rôle de vieille femme, — et les dévotes ne s'y résignent pas plus facilement que les mondaines, — elle dépensait l'activité de son caractère dans les dévotions anciennes et nouvelles, toutes fort besogneuses de leur nature. Le Père Gribeauval combattait avec peu de succès le zèle de sa pénitente. Toute soumise qu'elle était, elle ne comprenait pas toujours que la Compagnie de Jésus, ayant le privilége de faire le bien d'une manière plus parfaite que tout le reste du clergé régulier et séculier, — tellement que le bien qui n'est pas opéré par les jésuites peut à peine s'appeler un bien, — il était donc au moins inutile de porter ailleurs des ressources dont la société savait faire un si bon usage.

Raphaël prêtre, madame de Lentilly appartenait aux révérends Pères; mais, si par son fils elle rentrait dans la vie de la famille, elle leur échappait sans retour. La famille est l'ennemi naturel des moines.

Madame de Lentilly se courbait sous l'orage qu'elle avait soulevé. Elle se gardait bien de dire aux intimes que c'était pour lui plaire que son fils renonçait à sa vocation. Son confesseur et Véronique savaient seuls ce terrible secret. Véronique, tout en lui promettant le silence, se montra si indignée et lui fit de tels reproches que la comtesse se promit bien de ne plus s'exposer à de semblables mercuriales. Elle voulut calmer le courroux de la sainte par une riche offrande à la chapelle de sainte Anne.

— Madame, lui répondit Véronique, vous avez déjà fait beaucoup pour ce sanctuaire vénéré; pensez-vous

donc racheter par là l'oblation sainte que vous aviez faite
à Dieu dans la personne de votre fils?

Madame de Lentilly se décida à attendre un moment
plus favorable pour calmer le courroux de la sainte.

Le Père Gribeauval, en apparence, avait été plus clé-
ment; et lui-même lui avait avait recommandé de ne
confier à personne que Raphaël rentrait dans le siècle
par obéissance pour elle.

— Le monde, lui dit-il, doit ignorer toujours que vous
avez cédé à une faiblesse maternelle et à une pensée
d'orgueil.

Le curé de Brindas, les pieuses congréganistes se per-
dirent en conjectures sur les motifs qui avaient déterminé
Raphaël. La comtesse, quand on lui en parlait, trouvait,
dans sa finesse de femme, le moyen de répondre sans se
compromettre. Quant à Raphaël, il ne permettait à personnne de scruter ce qui se passait dans le plus intime
de son cœur.

Rosalie devinait tout, et gardait le silence sur ses découvertes.

III

LA PAROISSE MYSTIQUE

Si le château de Brindas avait vu les scènes du mysticisme le plus étrange, le village, si pacifique sous l'ancien curé, était devenu, grâce au zèle ardent de son successeur, une ruche militante où les exercices multipliés de la dévotion ne laissaient aux habitants malheureux ni paix ni trève. Le mysticisme, comme toutes les déviations passionnées de l'âme, s'inocule par le contact et la parole humaine. Et le mysticisme est l'une des passions les plus impétueuses et les plus envahissantes. Il s'agit de procurer la gloire de Dieu. Peut-on regretter de se dévouer corps et bien à la cause même de Dieu?

C'est sur ce beau paradoxe que la partie exaltée et mystique de l'Église s'appuie fièrement, pour procéder à sa méthode de propagation religieuse et de conduite des âmes. C'est avec ces tendances vers l'idéal, qu'elle est parvenue à dénaturer l'esprit élevé et simple de l'Évangile, pour y substituer la théorie dangereuse et compli-

quée de la perfection mystique appliquée au hasard à
toute créature. La grande conséquence du système a été
une leçon faite au Christ, et de l'esprit donné à l'Évangile.

Le nouveau curé de Brindas était le type de ces esprits
ardents qui confondent la vie chrétienne, à laquelle toutes
les âmes sont appelées dans l'Église, c'est-à-dire la vie
pratique des devoirs, avec la vie ascétique, à laquelle
s'attachent exceptionnellement certaines natures contem-
platives. La grande doctrine du Galiléen a surtout son
immense valeur, parce qu'elle est une application nouvelle
de l'idée croyante faisant de tous les hommes des adorateurs en esprit et en vérité, écartant ainsi à jamais toutes
les théories mystiques si chères aux sacerdoces qui se
placent médiateurs entre l'homme et Dieu. C'est par là
que le Christ a été surtout révélateur, et qu'il faut dire
que la révélation chrétienne a été la grande révolution de
l'humanité.

Le sacerdoce juif et le sacerdoce païen se trouvèrent
les vaincus de cette révolution étonnante ; ils durent
tomber, malgré tout ce qu'ils purent fulminer d'anathèmes contre les Galiléens contempteurs du culte établi
par Moïse, et des superstitions idolatriques, devant une
notion nouvelle qui mettait le royaume de Dieu au fond
de chaque conscience humaine : *Regnum Dei intrà vos
est.*

Les vieilles idées, détruites par l'apostolat primitif,
reposaient sur ce principe : Tremblez devant mon sanctuaire. *Pavete ad sanctuarium meum.* Elles renfermaient
Dieu dans un édifice ; il était là dans sa toute puissance
mystérieuse, imprimant la terreur. Le sanctuaire était
interdit à tout profane, sous peine de mort. Le sacerdoce
seul s'approchait de ce lieu redoutable. Et c'était par

lui, par des offrandes, par des sacrifices de bêtes, par des libations d'eau, par l'hommage de pains consacrés, de lumière entretenue, de parfums d'encens, répandus au moment de la prière, que le croyant entrait en communication avec Dieu. Juifs et païens ne comprenaient pas autrement l'adoration. Quelques natures d'élite avaient eu le pressentiment que cette religion de l'enfance de l'humanité prendrait fin. Les philosophes, chez les païens, s'étaient détachés de la foule sur cette question grave, et avaient été l'objet de la répulsion du sacerdoce, intéressé aux bénéfices des cérémonies religieuses. Les prophètes, chez les Juifs, avaient annoncé que partout, un jour, serait offerte une « oblation pure »; et David, l'un des plus illustres, était allé jusqu'à devancer l'Évangile, quand il avait dit à Dieu dans l'un de ses plus beaux poëmes : « Vous ne prenez aucun plaisir aux holocaustes; le sacrifice digne de Dieu est un cœur contrit et humilié d'avoir fait mal. »

La première parole que saint Paul adresse aux grecs de l'Aréopage est que « rien ne manque à Dieu, qu'il n'a pas besoin de culte par la main des hommes, *nec manibus hominum colitur indigens aliquo;* qu'il n'habite point dans des temples, *non in manufactis templis habitat;* et qu'il est facile d'aller à lui, de le toucher, de le trouver, puisqu'il est près de chacun de nous, et que nous avons, en lui, la vie,. le mouvement. et l'être (*Act.* xvii, xxiv et suiv.)

C'était une révolution radicale; et nul dans le monde ne s'y trompa. Saint Paul acheva la théorie nouvelle :

« C'est vous qui êtes le temple de Dieu, la construction de Dieu, *Templum Dei estis.* »

L'Eglise primitive se fonda sur ces données si précises

et si claires. Elle repousse toute idée de temple et
sanctuaire à la façon juive et païenne. Tout croyant
étant un temple vivant de Dieu, son vrai sanctuaire, plus
n'est besoin des vieilles formes du culte. Il lui faut des
lieux d'assemblée, qui sont des cénacles, de grandes
salles publiques, des basiliques. Là, pas d'autel, mais
une table pour l'Eucharistie et les agapes; au lieu de
sanctuaire, des siéges en ordre circulaire pour l'évêque,
les prêtres et les diacres.

Le culte judaïque, le culte païen sont formellement
repoussés. Un ordre nouveau d'adoration, de prière,
d'enseignement est inauguré, et il dure plusieurs siècles,
en se maintenant dans une simplicité admirable.

Mais les tendances judaïques et païennes n'en subsis-
taient pas moins dans le monde antique, quoique converti
au christianisme. Leurs lentes invasions commencent
dans l'Église, avec le luxe et l'éclat que se donne le sacerdoce, dès que la religion nouvelle est devenue dominante.
Et, quand arrivent les Barbares, grossiers et sensuels,
la digue opposée par la raison chrétienne aux anciens
errements fut brusquement renversée; et, soit impuissance du clergé, qui appartenait encore à la civilisation,
soit entraînement du clergé pris parmi les Barbares, les
idées comprimées et vaincues, au soleil de la diffusion
de l'Évangile, reparurent triomphantes. Le paganisme
rentra dans l'Église par mille fissures : l'esprit qui vivifie
fut étouffé sous la lettre qui tue; les formes qui saisissent
le regard dominèrent l'idée accessible seule à la raison,
et ce grand débordement de races qui broya, pendant tout
un long siècle, la civilisation gréco-romaine, emporta,
dans le mouvement du même orage, le christianisme que
j'appellerai apostolique et rationnel, pour lui substituer,
par voie d'infiltration fatale et irrésistible, le christianisme

matérialisé, formaliste et mystique, qui s'appelle le catholicisme du moyen âge.

Or, malgré tous les efforts des hommes illustres de l'Église qui, au seizième et au dix-septième siècle, comprirent l'urgence d'une réforme, c'est-à-dire logiquement d'un retour au christianisme apostolique et rationnel, nous sommes encore en pleine religion du moyen âge.

La parole de Lacordaire, qu'il faut reprendre l'Eglise entre les catacombes et Constantin, trois longs siècles des impuissances de ce christianisme à l'usage des barbares, démontrent la nécessité de ramener le christianisme galiléen qui allait à un âge civilisé de l'humanité et qui doit aller au nôtre.

Dans le courant où dominent les intelligences qui se sont éprises du moyen âge et qui le regardent comme le bel idéal de toute civilisation, ce christianisme formaliste et mystique est l'expression la plus nette et la plus belle de l'idée évangélique. Toucher à quoi que ce soit de cette œuvre nouvelle des siècles, c'est ne plus être catholique.

Ces hommes l'emportent à cette heure, et nous assistons à leur triomphe. Pendant que le dix-neuvième siècle, par les procédés rationnels de la philosophie et des sciences, rompait avec toutes les traditions et toutes les ignorances du moyen âge, la petite portion de l'humanité occidentale, qui était demeurée fidèle au catholicisme, se jetait dans une réaction violente, et repoussait, comme une apostasie, toutes ces idées sages de retour à une religion plus dégagée des formes et du mysticisme.

Telle est la grande lutte religieuse du siècle, lutte qui va occuper plusieurs des siècles succédant au nôtre, et qui devra aboutir à une transformation glorieuse du catholicisme étouffé dans les traditions de l'époque barbare, ou à l'affaissement progressif de ce même catholicisme obstiné dans ses formes immobiles et étouffe par elles.

Depuis le Vatican, où Pie IX est l'incarnation la plus honorable du système formaliste et mystique qui constitue le catholicisme du moyen âge, jusqu'au plus obscur des presbytères où vivent et se désolent de bons prêtres devant les répulsions intraitables de l'humanité pour une religion qui ne lui va plus, il n'y a qu'une idée fixe, plus que cela, une passion ardente, allant quelquefois jusqu'au fanatisme, courber le siècle récalcitrant sous ce joug abhorré du moyen âge. Tout travaille pour cette pensée, tout en prépare la réalisation : prédication, catéchismes, enseignement dans la théologie, dans les études classiques des colléges ecclésiastiques, vie religieuse dans les couvents, direction spirituelle des jeunes filles par les communautés, livres, journaux de toute sorte, restauration minutieuse et passionnée de formes et d'usages que l'esprit plus large du dix-septième siècle avait fait abandonner. L'araignée du moyen âge a repris son travail patient et opiniâtre, au linteau du temple de la civilisation contemporaine. Chaque matin, la civilisation emporte d'un souffle la toile si péniblement travaillée pendant la nuit; mais l'insecte, que rien ne rebute, que rien n'éclaire sur son obstination et sur son impuissance, revient à l'œuvre, toujours avec la pensée que cette toile restera definitivement, et que, par elle, elle prendra un plus grand nombre d'âmes pour le ciel.

Le village de Brindas était une image rapetissée de ce qui se fait plus en grand dans le catholicisme.

Le nouveau curé avait commencé sa belle œuvre par flétrir son modeste et sage prédécesseur. Il ne lui avait pas été difficile d'égarer ces honnêtes paysans.

— Le malheureux prêtre était gallican, il n'aimait pas les jésuites, ces grands serviteurs de Dieu; il n'aimait pas la liturgie romaine. Il ne poussait pas à la confession fréquente. Il ne donnait aucun éclat aux fêtes supprimées. C'était un homme à idées libérales, par conséquent un révolutionnaire. Ce n'était pas un prêtre intérieur, un homme d'oraison. Il était incapable de conduire les âmes dans les voies parfaites. Il avait perdu et gangrené cette paroisse.

Les femmes furent fanatisées.

— Ne nous parlez pas de cet homme, dirent-elles bientôt du prêtre vénérable qui les avait formées à la vie simple et pratique.

— Après tout, c'était un homme de bien, disaient les hommes qui ne comprenaient rien aux tirades violentes du nouveau pasteur, sinon que, dans leur bon sens, ils devinaient très-bien une jalousie coupable et puérile, et la vanité prétentieuse de rabaisser le vieux prêtre dans l'estime de tous, afin de paraître avoir mieux fait que lui.

Ceci promettait.

Le premier soin du curé mystique fut de réunir un noyau de femmes pieuses, composé surtout de jeunes filles et des plus jeunes femmes, qu'il s'occupa de conduire dans les voies intérieures. Un règlement spirituel fut donné à chacune d'elles. Il leur apprit à faire l'oraison. Elles eurent à venir entendre la messe chaque jour, et avant peu, le plus grand nombre d'entr'elles furent amenées à communier chaque matin. Les moins avancées en spiritualité ne communiaient que deux ou trois fois la semaine.

Toute la langue mystique des saintes du château devint bientôt familière aux paysannes de Brindas; ce n'était pas en vain que le curé, malgré une belle vocation pour ne jamais écrire, s'était fait l'historiographe de Rosalie.

Avec ses entretiens familiers et une petite bibliothèque
de livres mystiques, il était devenu habile dans ce jar-
gon, qui s'apprend comme tous les autres et qui va aux
cervelles exaltées, parce qu'il marque admirablement
l'absence de jugement et de raison.

Ce ne fut bientôt plus que retraites spirituelles, neu-
vaines, mois de tel saint, mois de tel autre. Il n'y eut
que le mois de Dieu qui n'arriva jamais.

Le curé, après avoir lu un petit livre du mystique Père
Faber, institua dans sa paroisse, avec une solennité plus
éclatante que pour ses autres œuvres, la *dévotion au
pape*. Les journaux pieux de Lyon célébrèrent unanime-
ment le zèle du curé de Brindas ; et quelques mois s'é-
taient à peine écoulés de ce ministère si tapageur et si
fructueux en perfection mystique pour le troupeau fémi-
nin, que les brebis, si saintement éduquées, allaient col-
portant partout ce mot de passe : — Notre curé est un
saint. — Bientôt on ajouta avec une componction douloureuse : — Nous ne garderons pas notre curé ; une paroisse
de campagne est trop peu pour son grand zèle ; il ne tar-
dera pas à être nommé curé de l'une des paroisses de
Lyon. — Quelques paroles habiles de la prophétesse Mangon avaient donné lieu à ce bruit qui prit consistance et
qui devait arriver à l'archevêché de Lyon, comme une
voix de l'opinion pieuse dont M. le cardinal devait tenir
compte.

On aurait pu écrire sur la porte du presbytère de Brindas, où il se faisait une si grande dépense de mysticisme,
ces deux mots : *Ambition et orgueil*. On ne s'exalte
pas dans la théorie de l'avancement en spiritualité, sans
faire sur soi des retours dangereux, et sans se dire le mot
du pharisaïsme : Je ne suis pas comme le reste des
hommes. D'un autre côté, un instinct puissant pousse

les hommes qui ont une position officielle à monter à de plus hauts postes. Pour arriver, il faut se mettre en évidence ; et quel moyen plus pratique que de faire des saintes, à communier chaque matin, de la plupart de ses paroissiennes ! Pour arriver encore, il faut servir ; et pour servir, il faut devenir le surveillant officieux de ses confrères, ce que rend un mot plus trivial, mais plus vrai, se faire espion.

Le curé remplit ce rôle facile. Quand on est parfait, ce qu'on voit le mieux dans autrui ce sont des imperfections vraies ou imaginaires. On recueille les cancans ; on exagère les fautes et les imprudences. Et, si le confrère a pu nous manquer par esprit d'indépendance naturelle ou de mépris pour le métier de curé mystique, l'on devient hardiment persécuteur ; il faut prendre en main la cause de Dieu qui ne sait pas se défendre. On venge Dieu en se vengeant.

Notre saint ne tarda pas à être en horreur dans tout son voisinage ; ses confrères ne le voyaient pas.

Comme il avait de grandes prétentions à l'éloquence, tout mystique est nécessairement un grand orateur, notre homme se mit à réfuter du haut de sa chaire ce qu'on appelle « les erreurs modernes. » Les Brindasiens n'y comprirent rien d'abord ; mais comme il ne tarda pas à tomber dans les allusions et les personalités, qu'il signala les membres de la franc-maçonnerie à la haine et à la malédiction de Dieu et des hommes, vrais suppôts de l'enfer, disait-il, puisqu'ils étaient les ennemis du pouvoir temporel du pape, les mécontentements commencèrent.

La paroisse se divisa en deux camps. Cette population, autrefois si unie sous la direction patriarcale du vieux curé, connut les plus atroces des haines, les haines religieuses. Les esprits brouillons, et il s'en trouve partout, exploitèrent ces occasions d'antagonisme.

Les hommes regrettaient le vieux curé; les femmes soutenaient le nouveau.

Les scènes dans les familles étaient fréquentes. Avec la maxime : Il vaut mieux obéir à Dieu qu'aux hommes, mal interprêtée par le curé, mal appliquée par des ignorantes, le trouble était dans beaucoup de ménages autrefois bien paisibles. Communier tous les matins demande une vie angélique; et, si ceux avec qui nous vivons ne nous aident pas dans notre vol aux régions éthérées, s'ils nous ramènent à toute heure à la vie du terre-à-terre, aux intérêts, aux préoccupations matérielles, si la paix du cœur est perdue, si l'on s'est oubliée à des paroles d'aigreur, si l'on a mal rempli des devoirs d'obligation qui doivent primer des exercices purement dévotieux, quel combat perpétuel au sein de la famille, et comment supporter et aimer des êtres si charnels, si humains, qui gênent notre avancement dans la perfection?

Telles étaient, en réalité, les conséquences du système mystique appliqué à la population besogneuse et ignorante d'un village. Peu de bien sérieux était résulté de cette application de la vie du couvent à la vie domestique; beaucoup de mal, et le plus grand de tous, les divisions religieuses, se trouvait au bilan de ce régime insensé. On en venait quelquefois jusqu'au scandale. Quand le curé montait en chaire pour fulminer contre les mécréants, contre les ennemis du pape, ou prêcher la perfection à l'usage de ses saintes filles, beaucoup d'hommes tournaient le dos et s'en allaient causer à la porte de l'église, et ne rentraient que pour assister à la messe. Le curé menaçait ces hommes, les prévenait qu'il les attendait à la pâque, et que là il ferait sentir ce que c'est que de mépriser la parole de Dieu. On riait de ces belles apostrophes, et la pire des incrédulités, celle qui laisse Dieu par haine du prêtre, gagnait peu à peu la population virile de Brindas.

Tout pieux que fût Raphaël, il avait été frappé, à son retour à Brindas, du changement rapide qui s'était opéré dans le village, depuis la mort de son ancien maître. Il avait su les paroles malveillantes du mystique sur cet homme de bien ; il lui avait fallu toute sa charité pour pardonner ce manque de tact et de justice. Mais sa raison lui fit trouver dans ces faits regrettables une leçon, qui ne fut pas perdue, sur les inconvénients du mysticisme.

IV

RÉMINISCENCES DE LA VIE MONDAINE

Quand Raphaël apprit à Clémentine que son intention était de ne jamais se marier, elle n'éprouva pas une déception très-pénible. Sans doute, en voyant son ami arriver à Brindas, revêtu de l'habit laïque, l'idée d'un mariage avec lui se présenta naturellement à son esprit ; mais elle se répéta, ce qu'elle s'était déjà dit bien des fois, qu'une union entre Raphaël et une jeune fille sans nom, sans fortune, était, dans les idées de la comtesse, une chose impossible. Clémentine connaissait l'horreur de madame de Lentilly pour les mésalliances. La détermination de Raphaël lui parut devoir arranger tout pour le mieux. Raphaël gardait sa liberté, il ne la blâmerait donc pas de ne plus vouloir enchaîner la sienne. Il voulait vivre pour Dieu, pour sa mère, pour sa sœur bien aimée, et ne jamais connaître d'autres affections : cela suffisait à Clémentine, et cela devait, croyait-elle, lui suffire toujours. Rester à Brindas avec Raphaël, reprendre avec

lui leurs chères études, le bonheur était là pour elle.
Dans sa chaste ignorance des mystères de la vie, elle ne
demandait rien de plus.

La résolution de Raphaël n'avait pas été prise au sérieux par la comtesse. Son fils lui avait déjà cédé sur un
point si important, qu'elle devait espérer qu'il céderait
sur celui du mariage. Le Père Gribeauval lui-même disait que, renonçant au sacerdoce, Raphaël devait se marier. En attendant, madame de Lentilly s'absorbait dans
des pratiques de piété encore plus multipliées qu'auparavant. Elle croyait devoir dédommager Dieu pour avoir
éloigné son fils du sanctuaire ; et, deux ou trois autres
confréries s'étant formées, elle se hâta d'en faire partie.
A force de *pater*, d'*ave*, de litanies, madame de Lentilly se trouva à peu près en règle, et ses scrupules de
conscience se calmèrent. Toutes ces dévotions nouvelles
l'attiraient souvent à Lyon ; il fallait assister aux réunions, nommer des zélatrices, des secrétaires, des tré-
sorières, accepter des présidences. Ces pieux devoirs
accomplis, la comtesse s'occupait de choses moins célestes ; elle renouait avec quelques anciennes connaissances, et en faisait de nouvelles.

Depuis son veuvage, elle avait resserré de plus en
plus le cercle de ses relations et fait le vide autour d'elle.
Elle avait rompu avec madame de T..., parce que celle-ci
avait parlé légèrement de la nécessité du pouvoir temporel ; avec la baronne de..., parce que, tout en réci-
tant avec foi le symbole catholique, la baronne ne croyait
pas que la sainte Vierge fût descendue du ciel pour venir
parler *patois* à deux enfants, sur la montagne de la Salette ; et avec madame de..., parce que cette dernière refusait positivement de croire que Notre-Seigneur eût donné
son cœur à Marie Alacoque et à Véronique en échange

du leur. Pour des motifs tout aussi graves, elle avait cessé de voir, même avant la mort de son second mari, plusieurs autres de ses connaissances. Mais, tout entière à ses nouveaux plans, elle se rappela que si ses anciennes amies ne voguaient pas en pleines eaux du mysticisme, elles étaient bonnes chrétiennes, et qu'il y avait; dans leurs salons, des filles, des nièces, presque toutes élèves du Sacré-Cœur, par conséquent des brus en herbe, telles qu'elle pouvait les convoiter.

A l'époque de son veuvage et à celle de la mort de son fils aîné, elle avait reçu des visites de convenance de toute l'aristocratie de Lyon; elle se décida à rendre ces visites. Elle ne manquait pas de cette grâce qui sied si bien aux femmes, quand elle vient d'un cœur bienveillant; elle voulut plaire, et elle y réussit. Les anciennes sympathies se réveillèrent; et, quand elle annonça le projet de venir, avec son fils, passer l'hiver à Lyon, on lui témoigna une satisfaction qui lui fut d'un bon augure pour le succès de ses espérances.

A Lyon, on avait à peine entrevu Raphaël, mais on savait qu'il était beau, distingué, intelligent, que ses velléités de vocation s'étaient dissipées. Les mères, toujours à la recherche d'un mari pour leurs filles, ont un flair incroyable pour pressentir ce mari tant désiré. Probablement, la pensée que le jeune de Nervieux était, sous le rapport de la naissance et de la fortune, un excellent parti, ne contribua pas peu à fondre la glace qui recouvrait toutes ces amitiés de femmes.

Madame de Lentilly passait donc des pieuses conférences et des saints exercices des confréries, aux salons de la société lyonnaise. Il y en avait quelques-uns où l'esprit du monde primait beaucoup, je ne dirai pas l'esprit chrétien, mais le dévotisme. La comtesse se trouvait

en veine d'indulgence; elle entendait parler littérature,
courses, théâtres, sans se scandaliser trop. Dailleurs,
elle n'ignorait pas, bien que cela fût resté pour elle à
l'état de théorie, qu'il est reçu que les hommes et les
femmes des classes riches et élevées ont droit à une certaine somme de plaisirs mondains qu'on n'accorde point
aux classes inférieures.

Un révérend Père capucin déblatère contre la danse
dans les faubourgs de Vaise, de la Croix-Rousse ou de
Saint-Clair. Il la représente à toutes les jeunes congréganistes, comme une œuvre de Satan et une occasion prochaine de damnation. Il termine son sermon, d'ordinaire,
en déclarant que toute fille qui se permettra de danser
avec des jeunes gens ne fera plus partie ni du rosaire vivant, ni des confréries; de plus, on lui refusera l'absolution, jusqu'à ce qu'elle ait renoncé à la danse et à tous
les plaisirs mondains.

Pendant que le capucin débite ces anathèmes contre la
danse, en roulant de gros yeux et en grossissant sa voix,
dans d'autres associations, celle des *Mères chrétiennes*,
par exemple, composée des femmes de l'aristocratie no-
biliaire et financière, un Père jésuite apprend aux pieuses
associées comment on peut arriver à la perfection, en
usant des plaisirs convenables à son rang et à sa fortune.
On engage les mères à ajouter quelques millimètres au
corsage des robes de leurs filles et à leur interdire a
valse et la polka. Ces deux points, surtout le dernier, accordés, ce qui est péché mortel pour les filles des ouvriers
de Vaise et de Saint-Clair, n'est pour celles des nobles
dames de la place Bellecour qu'une distraction innocente.
Les jeunes filles du peuple sont damnées par les capucins pour des danses qui ne sont pas taxées de péché
véniel par les directeurs des classes aristocratiques.

Véronique entendait autrement les choses. Elle jetait l'anathème sur les plaisirs des grands comme sur ceux des petits. Elle voyait le diable, avec ses cornes, sa queue et ses pieds fourchus, diriger les danses sous les lambris dorés comme dans les salles enfumées et obscures où se réunit la plèbe. Mais Véronique, la sainte, la stigmatisée, Véronique, avec laquelle le Sauveur avait fait l'échange de son cœur, ce qu'il n'a jamais fait pour les marquises ni pour les banquières, Véronique était une fille du peuple; et, si madame de Lentilly la consultait encore sur la manière de faire l'oraison, elle trouvait que, lorsqu'il s'agissait de la vie du monde, un Père jésuite était un meilleur guide pour elle.

Pendant que la comtesse, toujours sur la route de Brindas à Lyon et de Lyon à Brindas, partageait son temps entre Dieu et le monde, et toute à ses nouveaux projets, louait un appartement, sur la place Bellecour, pour y passer l'hiver, Raphaël, fidèle à son programme, recommençait ses chères études. Comme autrefois, son plus grand bonheur était de développer l'intelligence de Clémentine, en la faisant étudier avec lui. Elle le comprenait si bien! Elle était si fière et si heureuse d'être appelée par lui au travail d'élucidation d'une pensée philosophique! Raphaël projetait la lumière, et Clémentine la reflétait avec une telle puissance que le jeune maître, émerveillé des aptitudes de sa gracieuse élève, ébloui des inspirations qu'il en recevait, se demandait si quelquefois il ne devenait pas le disciple de cette adorable créature, qu'il comparait souvent à la belle et malheureuse Hypatia, si chère au saint évêque Synésius et si cruellement mise à mort par des fanatiques.

L'emploi des heures était exactement réglé. On n'a pas rêvé la vie claustrale pendant de longues années sans en prendre les habitudes. Comme autrefois, les exercices religieux des deux jeunes gens occupaient plusieurs heures de la journée. Seulement, on donnait quelque chose de moins à la mysticité. Raphaël avait là-dessus rapporté de ses voyages des idées plus saines. Gertrude, Marie Alacoque, Marie d'Agréda étaient un peu négligées ; on les remplaçait par une littérature chrétienne plus relevée et plus religieuse.

Mais on ne fait pas, à toutes les heures, de la littérature et de la philosophie ; les longues promenades furent reprises ; on redevint enfants, ce qui avait été si enivrant autrefois ; on courut de nouveau après les papillons et les fleurs que Raphaël comparait maintenant avec celles de la flore indienne. C'était tout le passé revenu avec le bonheur qu'on avait cru perdu pour toujours ; et, le soir, le cœur inondé des joies de cette amitié si tendre, ou plutôt de cet amour si chaste, on remerciait Dieu dans la plus douce et la plus fervente des prières.

Le mot d'amour était quelquefois prononcé. Pourquoi pas ? Raphaël n'avait-il pas écrit à Clémentine, trois ans auparavant, qu'il n'y avait pas d'autre mot pour rendre le sentiment qui les unissait, et que l'amour était une chose sainte. Sans doute ces doux épanchements n'étaient pas sans dangers. Clémentine était bien une fille du Midi, au sang vif et ardent, aux impressions spontanées ; chez elle, la passion, encore à l'état latent, n'attendait qu'une étincelle pour se développer. Raphaël, au contraire, semblait être un enfant de certaines races du Nord, avides surtout de poésie et d'idéal.

Pour garantir ces deux beaux enfants des dangers de leur position, il y avait la pureté de leur cœur et leur saint amour de la vertu.

Que devenait Rosalie Mangon?

Rosalie Mangon surveillait Raphaël et Clémentine, sans qu'ils s'en aperçussent. Elle n'était jamais une gêne pour eux; elle voyait tout, entendait tout, interprétait tout, se demandait et se donnait la raison de tout. Elle s'étonnait peu, s'indignait beaucoup, enviait encore plus. Le couvent des *Solitaires* lui paraissait passer de plus en plus dans l'ordre des choses impossibles. Clémentine n'en parlait jamais; elle ne semblait vivre que pour prier le matin avec Raphaël, étudier et lire avec Raphaël, se promener avec Raphaël, chanter avec Raphaël, terminer sa journée par une prière avec Raphaël, et ne paraissait pas s'imaginer qu'il pût y avoir une vie plus parfaite que celle-là.

Et Rosalie Mangon se posait, au point de vue de son intérêt personnel, bon nombre de questions dont elle ne trouvait pas de solution satisfaisante.

— Quel sera le sort de Clémentine, se disait-elle, quand elle reconnaîtra la vanité de ses rêves d'amour? La comtesse jusqu'à présent ne voit rien, ne devine rien. Un mariage entre Raphaël de Nervieux et Clémentine Couturier, serait pour elle un fait si étrange qu'elle ne peut même en concevoir la pensée. Le jour même où la lumière se fera, Clémentine devra quitter Brindas.

Reviendra-t-elle alors à sa vocation première? Non. Un désespoir d'amour peut conduire une femme dans le cloître; mais, quand on a remplacé les aspirations de la vie cachée et mortifiée des épouses du Christ par les aspirations vers la vie du monde et les joies de l'épouse, on ne saurait revenir sur ses pas. On a méprisé la grâce, et Dieu vous abandonne.

Il en sera ainsi de Clémentine; et l'ordre des *Solitaires* ne sera jamais fondé.

Que deviendrai-je alors? Depuis le retour de son fils, madame de Lentilly me témoigne de la froideur; elle ne me consulte sur rien. Je suis habituée depuis longtemps à ses caprices d'affection; mais, je ne puis me le dissimuler, elle me rendra responsable des déceptions de son orgueil; je suis venue ici avec Clémentine, je serai bannie avec elle.

Ma seule ressource sera de me faire religieuse; mais, avec mes aspirations sur un nouvel ordre à fonder, je serai toujours malheureuse. Le bien que j'étais appelée à faire, je le verrai sans pouvoir l'accomplir. Il me faudra obéir à une règle imparfaite et à des religieuses aussi imparfaites que leur règle. Il faudra me courber longtemps devant elles, avant de pouvoir me relever et leur dire : 'Voilà la direction qu'il faut suivre.

Que faire pour conjurer ce sombre avenir?

Rosalie ne se posait peut-être pas ces questions avec autant de netteté, mais c'était là le fond de sa pensée. Le sentiment religieux, on le voit, y tenait peu de place.

Comme Rosalie ne craignait rien tant que de quitter Brindas, elle se promit de ne point ouvrir les yeux de la comtesse sur la dangereuse intimité des deux adolescents, et de continuer son rôle d'espion, se réservant d'agir suivant les circonstances.

V

UN BAL DANS UNE MAISON DÉVOTE

L'été et l'automne s'étaient passés, pour Raphaël et
pour Clémentine, dans tous les enchantements d'un amour
qui s'ignore à demi. La comtesse continuait à faire trois
ou quatre voyages par semaine à Lyon. Elle partait, le
matin, après avoir embrassé son fils et sa nièce ; .elle revenait presque toujours, le soir, à l'heure du diner. Alors,
elle racontait l'emploi de sa journée, ce qu'elle avait appris à Lyon. Véronique avait eu des révélations très-im-
portantes sur l'avenir du pouvoir temporel ; la santé du
cher Père Ruffin laissait de plus en plus à désirer ; on
commençait une neuvaine pour lui à Notre-Dame-de-
Lourdes ; puis mille menus détails de sacristie et de par-
loirs de couvent ; on parlait beaucoup dans ces derniers
des difficultés qu'on avait à faire accepter le bréviaire romain ; tel mot inconvenant, à l'endroit du susdit bréviaire,
avait été dit par le curé de telle paroisse ; les bons Pères
étaient bien affligés de l'opposition du clergé lyonnais

danns cette affaire; mesdames telles et telles avaient donné des sommes considérables pour le denier de Saint-Pierre, et l'éloge de la piété de ces dames servait de transition à madame de Lentilly pour arriver à dire qu'elles avaient qui une fille, qui une nièce sortant du Sacré-Cœur, admirablement bien élevée, jolie, spirituelle, aimant les études sérieuses, — ceci devait attirer l'attention de Raphaël, — mais sans prétention aucune, et alliant une piété solide avec la gaieté qui va si bien à la jeunesse.

Madame de Lentilly, se répandant en éloges sur les grâces, les vertus, les talents de Louise, de Marie ou de Gabrielle, n'était écoutée sérieusement que par Rosalie et par Clémentine. Celle-ci commençait à entrevoir les vues de la comtesse; et, bien que fixée sur les déterminations de Raphaël, elle ne pouvait se défendre d'un sentiment pénible; elle voyait poindre des nuages à l'horizon.

La comtesse, pendant l'été, donna quelques dîners, à Brindas, à l'élite de la société lyonnaise. Raphaël, placé adroitement, à table, par sa mère, auprès de quelques riches héritières, était, avec ses voisines, poli, gracieux, spirituel. Mais ces poupées élégantes, avec leur langage de convention, leur modestie affectée, leur ignorance masquée par des mots dont elles savaient à peine le sens, ne pouvaient d'aucune manière être mises en comparaison avec sa chère Clémentine, et il se disait :

— Quel malheur pour des hommes sérieux de vivre avec des femmes semblables! Que peut-on leur dire pendant les longues heures de l'intimité? Si encore elles comprenaient leur nullité! Mais toutes celles que je vois ici sont persuadées qu'elles ont reçu l'éducation la plus complète qu'une femme puisse recevoir. Quelques-unes mêmes tournent au pédantisme. Clémentine est cent fois plus instruite que pas une d'elles, et elle n'est ni pédante ni orgueilleuse. Tous les deux nous ne savons que trop combien sont bornées nos connaissances, et, par de là, nous apercevons, dans le domaine de l'art, de la philosophie, de la science, des horizons immenses auxquels nous n'atteindrons jamais, pendant que ces petites niaises sont bien persuadées que les colonnes d'Hercule de la science sont plantées dans l'enceinte des couvents du Sacré-Cœur.

Ces jours de grandes réunions à Brindas étaient, pour Clémentine, des jours de tristesse. Présentée par sa tante comme mademoiselle Couturier, nièce de M. le comte de Lentilly, elle comprenait que son nom paraissait vulgaire. La comtesse ajoutait à demi-voix quelques paroles pour expliquer la présence de la jeune fille au château. Clémentine entendait murmurer :

— Très-bien ! très-bien !... Une œuvre de charité !... Elle n'est pas mal cette enfant-là... Elle a des yeux superbes... C'est vraiment dommage...

Les regards compatissants ou dédaigneux, jetés sur la jeune fille, lui complétaient le sens des demi-mots entendus.

Ce n'était pas seulement sa fierté blessée qui rendait les visiteurs à Brindas insupportables à Clémentine, c'était surtout de voir Raphaël s'occuper de ces jeunes filles riches, nobles, belles. Elle savait bien dans quel but sa tante les attirait au château ; c'étaient des rivales. Bien que Raphaël n'eût pas vécu dans le monde, il n'était ni gauche ni timide. Ses voyages lui avaient donné cet aplomb d'un homme de bonne compagnie, qui a le sentiment de sa valeur. Il eut donc un succès complet.

A la fin d'octobre, la comtesse avait invité au château de nombreux convives ; ce devait être sa dernière réunion; elle tenait à ce qu'elle fût brillante. Après le dîner, se trouvant dans une disposition d'esprit de plus en plus mondaine, elle parla d'organiser une petite *sauterie* pour amuser les jeunes gens qui se trouvaient là. Elle intima l'ordre à Clémentine de se mettre au piano. Clémentine obéit. Alors la comtesse s'approcha de son fils et lui dit :

— Je crois que tu ferais bien d'inviter Louise de T... ou bien Gabrielle de B...

Raphaël se mit à rire et lui dit :

— Ma chère mère, je n'inviterai ni Louise ni personne; je ne danserai pas.

— Pourquoi donc? Serait-ce un scrupule?

— Peut-être bien.

— Il n'est pas fondé, je te l'assure; tu en parleras au Père Gribeauval.

— Chère mère, le Père Gribeauval ne pourrait en rien changer ni modifier mes résolutions. Je vous supplie de ne pas insister davantage : il me serait pénible de vous contrarier.

— Tu me refuserais ce plaisir?

— Assurément.

Clémentine, tout en cherchant dans les cahiers de musique quelques vieux quadrilles joués par la comtesse, quand elle était jeune, voyait la mère et le fils dans une glace, et devinait le sujet de leur conversation. Le cœur de la jeune fille battait bien fort. Ces faibles lueurs de la vie mondaine, en dehors de laquelle elle avait jusque-là toujours vécu, lui causaient des éblouissements. Obligée de servir en quelque sorte d'instrument aux plaisirs des autres, sans pouvoir y prendre part, elle se sentait humiliée. Son rôle dans ce château devenu brillant et animé, du moins relativement, était bien celui d'une enfant élevée

par la charité de la comtesse. Et Raphaël danserait-il?
Dans la glace, Clémentine voyait les jeunes filles jeter
sur lui des regards furtifs; elle y lisait leurs espérances.
Elles étaient là arrangeant, par un geste gracieux, les
plis de leurs fraîches toilettes. Leurs robes de mousseline
blanche, bien que d'une forme pudique, laissaient voir
leurs bras et la naissance de leurs épaules; et la jalousie
donnait à Clémentine de terribles intuitions sur l'attrait
sensuel que ces beautés à demi-voilées pouvaient exercer
sur un jeune homme de vingt-trois ans.

Mais Raphaël, après avoir parlé quelques instants avec
sa mère, vint s'asseoir auprès du piano. Clémentine releva avec orgueil sa belle tête; c'était elle qui triomphait;
et, attaquant les premières mesures du quadrille, elle dit
à Raphaël :

— Tu ne danses pas?

— Non, certainement, est-ce que nous savons danser?

— Cela ne doit pas être bien difficile, il n'y a qu'à
marcher en mesure.

— Peut-être bien n'est-ce que cela; mais, à toutes les
danses possibles, je préfère le plaisir d'être là, et de
t'écouter.

— Cette musique n'est pas celle que tu aimes.

— Tu te trompes, toute mélodie parle au cœur ou à
l'esprit de celui qui sait ou la produire ou l'écouter. Elle
rend toujours un sentiment. Celle-ci c'est la joie; eh
bien! n'avons-nous pas nos joies, notre jeunesse, notre
long avenir, la fête éternelle de la nature? Combien
n'avons-nous pas joui de cet automne toujours si splendide dans notre Midi? Bientôt nous aurons les glaces de
l'hiver, mais avec les longues veillées et les pétillements
du feu dans l'âtre; ensuite le printemps, qui nous ramènera, à Brindas; les oiseaux, les fleurs et toujours l'amitié,

ou plutôt l'amour entre nous deux avec son charme enivrant. Oui, mon cœur bat plus vite aux sons de cette
musique vive et animée. Elle évoque devant moi le souvenir des rires joyeux de notre enfance et de notre jeunesse; elle me raconte mille choses naïves et puériles,
mais charmantes. Ces vieux airs me plaisent; et tu les
joues si bien! Cette musique par elle-même est peut-être
médiocre, mais, en l'exécutant, tu y mets de ton âme.
N'est-ce pas que, comme moi, elle te jette dans un ordre
d'idées tout autre que, peut-être, celui de ces petites fil-
lettes, qui ne songent qu'à marcher avec grâce et à ne
pas perdre la mesure? Je suis sûr que chaque phrase mu-
sicale rend une pensée que nous saisissons l'un comme
l'autre.

Comment Clémentine eût-elle éprouvé le regret de ne
pas figurer dans une *pastourelle* ou dans une *poule*, en
écoutant toutes ces douces effusions de cœur de Raphaël?

Quant à la comtesse, elle était fort mécontente du refus de son fils. Pour la première fois, elle remarqua qu'il
regardait Clémentine avec des yeux bien doux et bien
tendres. La pensée d'un amour entre lui et Clémentine
lui vint à l'esprit, mais cela lui parut tellement absurde
qu'elle ne voulut pas s'y arrêter.

VI

LES JEUNES SAINTS CALOMNIÉS

Cependant la médisance et la calomnie qui forment le plus souvent le courant des opinions dans le monde, ne pouvait pas laisser dans l'oubli les amours si pures de nos adolescents. L'idylle éveilla de toutes parts des soupçons.

Rosalie qui sortait peu, tout entière à son rôle de sainte, mais qui avait pour confidente la femme de chambre de la comtesse, apprit qu'on parlait, dans le village de Brindas et dans les environs, de Clémentine et de Raphaël. On se moquait de la comtesse qui, presque toujours absente de chez elle, laissait en tête-à-tête un beau jeune homme de vingt-trois ans et une belle jeune fille de vingt ans. Les familles bourgeoises, qui n'avaient ni leurs grandes ni leurs petites entrées au château, s'en vengeaient par des remarques malignes. Les faits les plus innocents étaient incriminés. Les jardins de Brindas étaient entourés d'une grille qui, malgré les massifs

d'arbustes, n'en dissimulait pas la vue au public. On avait
aperçu Clémentine et Raphaël se promener au clair de
lune, pendant l'été ; et l'on disait qu'il serait tout à fait
plaisant de voir dans une maison si dévote, une maison à
miracles, à visions, une maison où les saintes ressusci-
taient, une intrigue d'amour finir comme chez le commun des mortels, par un mariage devenu nécessaire.
Bien certainement ce beau Raphaël ne se contenterait pas
d'avoir jeté le froc aux orties ; il prouverait qu'un homme
n'est pas un ange ; et ce serait un spectacle des plus curieux que celui de voir le fils de l'orgueilleuse comtesse
de Lentilly obligé de donner son nom à la fille de Couturier, musicien ambulant et saltimbanque, ou quelque
chose de semblable.

Rosalie, malgré l'envie secrète qu'elle portait à tout ce
qui était beau, riche, heureux, fut révoltée de l'impudeur
de ces attaques. Elle se repentit alors de n'avoir pas ouvert
les yeux à la comtesse. Elle comprit que, si celle-ci venait,
tout-à-coup, n'importe par quelle voie, à être informée
des malveillances du public, ce serait elle, Rosalie, qui
serait accusée de n'avoir rien deviné, de n'avoir rien
prévu ; et la comtesse ne lui pardonnerait pas sa propre
imprudence. Le moment était venu, il fallait parler. Dans
quelques jours, toute la famille devait quitter Brindas,
pour aller à Lyon passer la saison d'hiver.

Mais comment parler ? N'y avait-il pas à redouter, de
la part de madame de Lentilly, une de ces mesures violentes dont Rosalie pouvait être victime, aussi bien que
Clémentine ? La sainte eut recours à l'une de ses ruses :
elle écrivit au Père Gribeauval, bien moins pour avoir son
avis, que pour lui suggérer le conseil qu'elle désirait recevoir, et pouvoir ensuite s'abriter de cette lettre contre
les colères prévues de madame de Lentilly.

« Tout en prévenant madame la comtesse, écrivait
Rosalie au jésuite, ne devrais-je pas lui insinuer de me
laisser avec Clémentine à Brindas? Donnez-moi sur cela
votre avis. On pourrait empêcher toute correspondance
entre les jeunes gens, ou du moins la surveiller. Seule
avec Clémentine, je reprendrais sur elle ma légitime influence, et je rendrais cette pauvre enfant à Jésus-Christ.
Ce serait un milieu entre la rigueur et une tolérance impossible. Si Clémentine était mise au couvent, les calomnies d'un monde pervers n'en prendraient que plus de
force. Pesez toutes ces considérations, mon révérend
Père; et, si vous m'ordonnez d'éclairer madame de Lentilly, veuillez m'écrire une lettre que je puisse lui
montrer. Je crois qu'il serait bon que vous missiez,
dans cette lettre, quelques mots d'approbation pour ma
conduite dans cette occasion. J'ai cru agir selon les règles
de la prudence et d'après les ordres de Dieu même, en
gardant le silence jusqu'à présent; mais la comtesse
pourrait, dans le premier moment, me faire un crime de
ne l'avoir pas avertie. Ce n'est pas, grâce à Dieu, que je
recule devant les humiliations, je ne demande pas autre
chose; mais, vous le comprenez, pour agir sur Clémentine, j'ai besoin de me savoir soutenue. »

Le surlendemain, la réponse du Père Gribeauval arrivait à Brindas. Un mariage entre Raphaël et Clémentine
ne lui paraissait pas moins extravagant et impossible
qu'à la comtesse. Il tenait beaucoup à marier lui-même
le jeune Nervieux. Les affiliés laïques de la société
de Jésus la servent aussi efficacement que ses religieux
eux-mêmes. C'est par les laïques, qu'ils établissent dans
le monde les courants d'idées favorables à leurs vues. Ce
sont les laïques, bien plus encore que les moines, qui
ont ressuscité l'ultramontanisme, en France, et fait accep-

ter, presque comme un dogme, la nécessité du pouvoir
temporel. Il faut donc partout aux jésuites des groupes
de familles dévouées à leurs intérêts; de là, leur immixtion
dans les mariages entre les jeunes filles élevées dans
les couvents du Sacré-Cœur et les jeunes gens qui
sortent de leurs maisons.

La lettre qu'il écrivit à Rosalie était telle qu'elle pouvait
la désirer. Il louait la prudence de sa conduite : elle lui
avait été inspirée par Dieu lui-même ; il ne doutait pas
plus qu'elle de la vocation de mademoiselle Couturier.
La pauvre enfant avait été séduite par l'esprit du mal ;
Satan avait jeté dans son cerveau des rêves d'avenir, de
fortune et d'ambition ; autant d'illusions irréalisables. Il
fallait séparer ces deux jeunes gens, mais avec beaucoup
de ménagements. Peut-être ne s'étaient-ils pas avoués à
eux-même l'amour qu'ils éprouvaient ; il ne fallait pas
porter la lumière dans ces ombres. Madame la comtesse
de Lentilly pouvait trouver quelque moyen de laisser la
nièce de son mari à Brindas sous la direction de mademoiselle
Mangon. « C'est à vous, je n'en doute pas,
ajoutait le jésuite, en terminant sa lettre, qu'est réservée
la gloire de guérir les blessures de l'âme de cette pauvre
enfant. »

Dans un petit billet que contenait la lettre destinée à
être montrée à la comtesse, le Père tançait vertement
Rosalie de ne pas lui avoir communiqué plus tôt ses observations ;
il la traitait d'insoumise, d'orgueilleuse, et la
menaçait de l'abandonner, si à l'avenir elle faisait plus de
cas de ses révélations, vraies ou fausses, que des ordres
de ses supérieurs.

Il serait difficile de se figurer la stupéfaction de la
comtesse, en apprenant de Rosalie que cette petite Couturier,
recueillie par la charité du comte de Lentilly, avait

un amour insensé pour son fils, et que, selon toutes les apparences, cet amour était partagé.

De toutes les passions, l'orgueil est celle sur laquelle la religion a le moins d'empire. La religion dompte la colère, elle domine la volupté, elle desserre les doigts de l'avare et lui arrache une obole pour le pauvre ; elle peut extirper la haine et tout désir de vengeance du cœur de l'homme ; mais l'orgueil est une plante vivace ; il étend partout ses racines ; si on en détruit quelques-unes, les autres n'en prennent que plus de force. L'orgueil se cache surtout sous le masque de l'humilité. La carmélite qui a dit la première : « Les haires, les cilices, les disciplines sont les bijoux des carmélites, » exprimait une pensée d'orgueil. Le démon de l'orgueil peut revendiquer la plus grande partie des macérations extraordinaires de certaines âmes livrées à la mysticité. Il a pu se cacher sous les haillons de Benoît Labre, à l'insu de ce pieux insensé ; et, de tous les déguisements qu'il sait employer, il n'en est pas qu'il affectionne davantage que le froc du moine, la robe du jésuite, la bure de la carmélite ; il inspire ceux qui proclament, d'un côté, leur amour pour la vie cachée, la passion de l'abaissement, et de l'autre déclarent qu'ils sont les régénérateurs des sociétés, les victimes expiatoires pour les péchés des hommes ; ils ont quitté le monde, et ils ne lui demandent rien, sinon de se laisser diriger par eux, sous peine de périr. L'orgueil des dévots est le pire de tous les orgueils, et le plus indestructible.

Madame de Lentilly n'était pas, il faut en convenir, trop orgueilleuse de la perfection à laquelle elle était arrivée ; elle n'avait de l'orgueil dévot qu'une dose moyenne ; mais elle en avait un autre, celui de la naissance. Les confesseurs ne combattent jamais celui-là, et les jésuites moins que les autres : il est, pour eux, un levier ; ils cherchent plutôt à l'accroître, *ad majorem Dei gloriam ;* ils ont leur manière de commenter au confessionnal la maxime : *Noblesse oblige ;* car, plus leurs pénitentes attachent de prix aux distinctions de la naissance, plus elles se croiront tenues à servir, avant tout, la cause des jésuites, qui est celle de Dieu : *Noblesse oblige.*

La comtesse écouta Rosalie avec une véritable stupeur. Enfin elle éclata en reproches. Pourquoi ne l'avoir pas avertie plus tôt ? Quoi ! ce qui avait été apprécié, commenté par un public malveillant avait échappé à la pénétration d'une personne comme Rosalie ? cela était-il possible ? A quoi lui servait ce don de scruter les cœurs qu'elle avait reçu, comme Maria Taïgi et tant d'autres saintes ? Fallait-il donc douter de ses révélations ?

Mademoiselle Mangon laissa passer les reproches ; elle n'était pas fâchée de voir la comtesse dépasser les bornes et aller presque jusqu'aux invectives. On ne s'abandonne pas à de tels emportements avec une sainte, sans que le repentir suive de près le péché. Il faut réparer sa faute ; et la sainte reprend son empire.

Rosalie, les yeux baissés, écoutait en silence. Quand elle vit que l'on commençait à se calmer, elle prit la parole :

— Sans doute, madame, dit-elle, je suis coupable. Dieu, pour me punir de mes fautes, m'a refusé l'esprit de prudence. Hélas ! je le crains bien, mes péchés ont attiré sur votre maison les malheurs qui l'ont frappée, et peut-être devriez-vous m'en bannir avec votre nièce.

— Clémentine n'est point ma nièce.

— Elle était celle de votre mari ; et vous l'avez toujours traitée comme telle, madame.

— Oui, j'ai réchauffé un serpent dans mon sein.

— Cette pauvre enfant, madame, est peut-être coupable à son insu.

— Je veux le croire : elle ne peut pas avoir eu la témérité de supposer possible un mariage entre elle et mon fils ; et celui-ci connaît trop bien les devoirs de sa position sociale pour avoir eu la pensée de s'abaisser jusqu'à mademoiselle Couturier. Quand je pense que, dans le public, on parle de mon fils et de cette malheureuse enfant, c'est affreux !

— Oh ! oui, madame, c'est affreux ! dit Rosalie avec un air désolé.

— Et quel parti prendre ? Je n'en vois qu'un de raisonnable, les séparer. Clémentine a une tante en Suisse ; je vais lui envoyer sa nièce.

— Cette femme est protestante.

— C'est vrai, je n'y pensais pas ; il y aurait là un danger ; ce n'est pas là qu'elle reviendrait à sa vocation, cette vocation que je croyais toujours si ardente !

— Elle était sincère, madame ; mais le démon est venu, il a cherché à détruire l'œuvre de la grâce. Comme le bon Père Gribeauval, je crois encore que la grâce sera plus forte que le démon.

— Vous avez donc écrit là-dessus au révérend Père ?

— Oui, madame la comtesse : le trouble était dans mon âme ; et j'ai dû recourir aux lumières de mon directeur.

— Pouvez-vous me montrer sa réponse ?

— Sans doute, madame : je n'ai pas de secrets pour vous, vous le savez bien. Je ne vous ai même pas caché les faveurs que Dieu prodigue à une misérable telle que moi ; car, je le reconnais, je suis une misérable. L'expression de votre colère fait saigner mon pauvre cœur si dévoué à vos intérêts ; mais je mérite d'être punie de mon excès d'affection pour vous. La sensibilité excessive, même pour les créatures les plus parfaites, est toujours une faute. Je suis l'épouse du Dieu jaloux; il me punit en me privant de votre bienveillance.

La profonde humilité de Rosalie, et cet accent plaintif, particulier aux dévotes, touchèrent madame de Lentilly. Elle se repentit d'avoir été trop loin; car, après tout, il n'y avait rien de bien grave : un amour qui s'ignore n'est pas fort dangereux. Elle lut la lettre du Père Gribeauval, et en accepta toutes les conclusions.

La comtesse pria Rosalie d'excuser une vivacité, bien pardonnable à une mère.

— Nous partirons, Raphaël et moi, dans quinze jours, lui dit-elle. Vous resterez ici avec Clémentine. J'avancerai le voyage que je voulais faire à Paris, et j'y resterai plus de temps que je ne me l'étais proposé. Quand nous reviendrons, j'espère que vous aurez fait comprendre à Clémentine que la plus grande grâce que Dieu puisse faire à une jeune fille, placée comme elle dans une position délicate, est celle de la vocation religieuse. Cette grâce, elle l'a reçue; je regarde tout le reste comme un enfantillage. Cette petite ne connaît ni la vie ni le monde. Dites-lui bien que mon fils se mariera sans aucun doute, et qu'un mariage entre elle et lui est impossible. Jusqu'au jour de notre départ, gardez là-dessus avec elle un silence absolu. Et croyez bien, ma chère Rosalie, que j'ai, pour vous, autant d'affection que de respect.

Il fallait s'occuper des préparatifs du départ. Madame de Lentilly aimait à tout diriger, à tout surveiller elle-même. Elle donnait dix ordres à la fois, et souvent contradictoires, faisait perdre la tête à ses gens, et la perdait elle-même, à propos de vétilles sans importance. Clémentine, que sa tante n'avait jamais initiée à ces petits

détails d'intérieur, fut assez surprise de voir que, tout à .
coup, la comtesse ne pouvait plus se passer d'elle un seul
instant. Elle lui donnait des comptes à vérifier, des cal-
culs à faire. La jeune fille, très-étrangère à ce genre
d'occupations, se serait pourtant livrée avec joie à ce
travail ingrat, pour être agréable à sa tante, si elle n'eût
pas remarqué dans celle-ci une espèce d'irritation contre
elle qu'elle ne lui avait jamais vue. Certaines phrases
de sa tante, débitées comme des sentences, lui paraissaient avoir une signification fâcheuse. Le cœur de la
pauvre enfant se gonflait de douleur. Serait-il possible
que madame de Lentilly lui fît un crime d'aimer son fils?
N'avait-on pas tout fait pour qu'il en fût ainsi. Ils
n'avaient jamais eu de contact avec les enfants de
leur âge. On avait fait le vide autour d'eux, pour sauvegarder, disait-on, leur sainte innocence. Aussi isolés à
Brindas que Paul et Virginie dans les solitudes de l'Ile
de France, comme eux ils s'étaient aimés! Pouvait-il en
être autrement?

Pour le moindre prétexte, une erreur dans un compte,
un ordre mal compris, madame de Lentilly se montrait
sévère pour Clémentine. Elle lui rappelait durement sa
naissance et sa pauvreté, lui disait, avec une ironie bles-
sante, que si elle avait rêvé les grandeurs, les richesses
de ce monde, au lieu de la vie religieuse, elle se faisait
d'étranges illusions. Si elle renonçait au couvent, elle
devait prendre des idées conformes à la position infime
qu'elle aurait dans la société, s'occuper beaucoup moins
de science, et beaucoup plus de travail manuel. C'était
par affection pour elle et en souvenir de la mémoire de
son oncle, qu'on lui donnait ces conseils. Il serait donc
bon qu'elle s'habituât à beaucoup d'ordre et à beaucoup
d'économie, car il serait triste d'avoir rêvé une existence

princière, et de se trouver aux prises avec la médiocrité.

Tout cela se disait à bâtons rompus; un jour un coup d'épingle, le lendemain un autre. Peu à peu l'épingle devenait un stylet, et la pointe en pénétrait jusqu'au cœur de Clémentine.

Dans ces aimables conversations, presque toujours madame de Lentilly faisait les demandes et les réponses, et supposait une opposition à ses idées, pour se donner le plaisir de l'écraser par ses arguments les plus victorieux. Clémentine se sentait l'objet d'une malveillance continuelle. Lorsque la comtesse la laissait quelques instants, Rosalie apparaissait. A peine la pauvre enfant pouvait-elle, dans la journée, échanger quelques mots avec Raphaël.

Cela ne suffisait pas à la comtesse. Quelques jours avant celui qui était fixé pour le départ, madame de Lentilly pria son fils d'aller à Lyon surveiller les ouvriers tapissiers et décorateurs; il fallait que, dans son appartement, tout fût riche, élégant, et qu'il y eût cependant un caractère de simplicité convenable à l'habitation d'une famille chrétienne.

Clémentine ne souffrit pas de cette absence qu'elle pensait devoir si peu durer. Elle se sentait moins surveillée, madame de Lentilly était moins acerbe; elle se montra même par moments affectueuse pour sa nièce. Clémentine chercha à se persuader que les duretés des jours précédents tenaient à la santé de la comtesse, à son état nerveux. Madame de Lentilly se plaignait toujours de ses nerfs.

La veille du départ pour Lyon, la comtesse annonça qu'elle partirait seule. Il y avait encore quelques arrangements à prendre, quelques détails à surveiller. Mademoiselle Mangon et sa nièce règleraient tout cela.

Clémentine fut vivement contrariée de cette décision.
Les raisons données pour l'expliquer lui paraissaient
puériles. Ni elle, ni Rosalie n'étaient nécessaires à
Brindas. Elle n'avait pas vu Raphaël depuis quinze
jours, et le temps lui semblait déjà bien long. Elle
avait reçu plusieurs lettres de lui. On ne lui avait pas
demandé à les voir. Rosalie savait bien où les trouver.
Nous citerons les dernières.

Raphaël à Clémentine

« Comme toujours, cher ange, je ne t'enverrai que
quelques lignes. Le temps me manque pour t'écrire de
longues lettres. J'ai revu Véronique, c'est une sainte ;
elle est toujours sévère pour moi ; et je la crois encore
plus folle que sainte. J'entends d'ici une exclamation de
ma Clémentine : elle veut savoir le pourquoi de ce jugement ; il lui semble téméraire. Je te dirai cela plus
tard. Au reste, mon enfant, il y a à Lyon, dans le monde
religieux, bien d'autres fous que Véronique. J'en ai vu
quelques-uns d'étonnants. J'ai vu aussi, dans ce monde-
là, quelques sages ; ceux-là seront nos guides. Tout ceci
est encore pour moi la bouteille à l'encre. Nous étudions, dans ce moment, les premiers siècles de l'Église ;
nous ne ferions pas mal, je crois, d'étudier le nôtre.

« Adieu, ma chérie, on m'appelle : il s'agit d'affaires
graves, le choix d'une étoffe pour les rideaux du salon. »

Raphaël à Clémentine.

« Ma chérie, je ne m'occupe plus que de futilités, et je t'assure que j'ai pour cela des dispositions extraordinaires. Comme ma mère me laisse carte blanche, je viens de faire un coup d'État : j'ai changé l'ameublement de ta chambre. Figure-toi que l'ordre avait été donné de la décorer absolument comme celle de mademoiselle Mangon. Je soupçonne la miraculée d'avoir inspiré cette belle invention : il y a des jours où ma mère ne voit que par ses yeux. *Dunque* le papier était couleur marron, avec une bordure violette, les rideaux du lit et des croisées couleur marron avec une bordure violette, le meuble marron avec une passementerie violette. J'ai laissé ces agréables couleurs à sainte Rosalie ; et, pour toi, j'ai fait remplacer tout cela par une jolie tapisserie fond blanc avec des gerbes de fleurs. Les rideaux, le meuble, tout est assorti. Tu as des jardinières dans l'embrasure de tes croisées, un prie-Dieu en bois sculpté, une glace de Venise, un bureau en laque de Chine, des vases du Japon. Tout cela est frais, riant comme toi. Tu verras comme ton frère a du goût, quand il s'agit de sa sœur. Je ne te donne pas d'autres détails, il faut bien te ménager quelques surprises. Le cabinet de travail te plaira. Je suis sûr que sainte Mangon pincera ses lèvres minces et lèvera les yeux au ciel, en voyant ta chambre privée de marron et de violet, couleurs si convenables pour une future *solitaire*. Voilà pourquoi, ma chère enfant, il faut te décider à dire bien nettement que tu ne veux plus être religieuse. Oh ! chérie, sais-tu bien que j'ai peur de voir revenir ici ta vocation ? Ce bruit, cette foule, cette acti-

vité si grande pour de petites choses, ces misérables
futilités du monde, ces scandales, les vices des uns, les
fausses vertus des autres, l'égoïsme de tous, tout cela
doit froisser les âmes délicates. Dans ce tumulte des
grandes cités, il leur semble ne plus entendre la voix de
Dieu; elles se trouvent plus loin du souverain bien, de
l'éternelle beauté, et elles vont chercher le repos à l'abri
du cloître. Mais, à la campagne où nous avons toujours
vécu, en face de cette nature splendide, on se sent près
de Dieu, on en est pénétré. Sa voix arrive à notre âme
avec les chauds rayons du soleil, avec la pureté de l'air,
avec le chant des oiseaux, le parfum des fleurs et des
grands bois, avec le bruit du torrent et le murmure des
ruisseaux. *Cœli enarrant gloriam Dei.* Dieu est toujours là; pas n'est besoin de fonder *l'ordre des Solitaires* pour le trouver. Sois bien sûre, mon enfant, que
toutes tes aspirations vers le cloître n'étaient qu'un produit factice de ton imagination et des influences dont tu
étais entourée, à commencer par la mienne.

« Puissions-nous rester toujours à Brindas! C'est là
qu'il est bon d'aimer Dieu, et de s'aimer. Je crains qu'à
Lyon et à Paris tu sois moins à moi, et que nous soyons
moins à Dieu.

VII

ILLUSIONS DÉTRUITES

Le lendemain du départ de madame de Lentilly, Clémentine remarqua, dans Rosalie, un air de solennité extraordinaire. En revenant de l'église de Brindas, où elles étaient allées entendre la messe, elle parla à mademoiselle Mangon des différentes choses que la comtesse leur avait recommandées.

La dévote ne répondait que par monosyllabes.

En rentrant au château, elle se retourna vers son élève, et lui dit :

— Voulez-vous me suivre dans mon oratoire? La comtesse m'a ordonné d'avoir avec vous une explication. C'est aux pieds de la Vierge immaculée et du crucifix que je dois vous parler.

Clémentine devint pâle; un frisson passa dans ses veines. Elle pressentait que cette explication demandée si solennellement devait avoir une connexité avec les paroles amères, les irritations contenues de la comtesse.

C'était dans son amour qu'elle allait être frappée; mais de quelle manière? Quoi qu'il en fût, le secret de son cœur lui appartenait. On pouvait le soupçonner, mais elle ne le livrerait pas à Rosalie.

Celle-ci se dirigea lentement vers l'escalier qui conduisait à son oratoire; elle en monta non moins lentement toutes les marches, se retournant de temps en temps pour voir si Clémentine la suivait; et elle lui montrait un visage rigide et impassible, peu propre à la rassurer.

En arrivant à l'oratoire, Rosalie se mit à genoux devant une statue de la Vierge; sa compagne suivit machinalement son exemple. Rosalie resta quelque temps en prière, les bras en croix; Clémentine, inquiète, effarée, ne pouvant retrouver dans son esprit une seule formule, ou les confondant toutes ensemble, se releva, s'assit sur un tabouret de paille, seul siége qui se trouvât là, et resta anxieuse, sans faire attention le moins du monde à la fervente Rosalie dont la poitrine était soulevée par ces espèces de gémissements qui sont la propriété exclusive de certaines dévotes.

Quand la sainte crut avoir produit son effet, elle se leva, et, debout, en face de Clémentine, dont le tabouret ne figurait pas mal la sellette d'un accusé, elle jeta un long et sombre regard sur le visage bouleversé de la pauvre enfant.

Celle-ci leva les yeux sur Rosalie, et, rencontrant ce regard froid et profond, tressaillit nerveusement. Mais, reprenant toute son énergie, elle dit à Rosalie:

— Que me voulez-vous? et qu'avez-vous à me dire, de la part de ma tante?

— D'abord, qu'elle n'oubliera jamais que vous êtes la nièce de son mari, si vous savez vous montrer digne de son affection.

— M'en suis-je jamais montrée indigne ?

— Le monde vous accuse.

— Le monde ! De quoi pourrait-il m'accuser ?

— Le monde est pervers et cruel, Clémentine : il juge témérairement ; la comtesse et moi nous croyons à votre innocence. Mais il y a autre chose que les jugements du monde ; et c'est devant un autre tribunal que je viens vous appeler, celui de votre conscience.

— Elle ne me reproche rien, dit fièrement Clémentine, en jetant sur la dévote un regard assuré.

— Vraiment ! reprit celle-ci avec un sourire ironique ; je crois alors, mademoiselle, que vous négligez beaucoup la pratique de l'examen de conscience. Je vous avais enseigné à le faire selon la sainte habitude des âmes religieuses. Quand on sonde les mouvements de son cœur, deux fois dans la journée, on apprend à connaître les motifs de ses défaillances dans le bien, des dégoûts qui font abandonner les pieuses résolutions ; on voit l'origine de ses tiédeurs dans le service de Dieu ; on reconnait les mouvements que le démon produit dans son cœur et dans ses sens ; on note ses infidélités, ses résistances à la grâce ; on comprend le mauvais usage qu'on a fait des dons de Dieu, et, le front dans la poussière, on s'écrie : Pardon, mon Dieu, pardon, je suis coupable !

Clémentine avait trop vécu dans l'atmosphère mystique pour que cette pieuse tirade ne fît pas sur elle un certain effet. Elle garda, quelques instants, le silence, comme si elle eût voulu sonder les replis les plus cachés de son cœur.

— Je puis, dit-elle enfin, n'avoir pas été assez reconnaissante des dons de Dieu, et je me reconnais coupable envers lui. Mais il s'agit ici, ce me semble, de savoir si je suis digne ou non de l'affection de madame

de Lentilly. Là-dessus ma conscience est tranquille. Je
trouve mon cœur plein de reconnaissance pour ma tante ;
je l'aime de tout l'amour qu'on peut avoir pour une
mère ; et je ne sais pas ce qu'elle pourrait me reprocher.

— Votre peu de confiance en elle.

— Je ne vous comprends pas.

— Clémentine, il y aura après demain huit mois que
vous avez pris la résolution de renoncer à la vie religieuse, que la sainte Vierge et Dieu vous avaient inspiré
d'embrasser ; il y a huit mois que vous avez foulé aux
pieds cette grâce insigne ; votre tante l'a-t-elle appris par
vous ?

Clémentine baissa la tête.

— Vous voyez, à la manière dont je précise les dates,
que j'ai connu votre pensée aussitôt qu'elle a été conçue
dans votre esprit. A moi, pécheresse indigne, Dieu accorde le don de lire dans les cœurs. Science amère, car
le cœur de l'homme est plein d'iniquités ; il estime tout
ce qui est du monde, honneurs, richesses, voluptés ; et,
même dans les meilleurs, la part donnée à l'estime des
dons célestes et à l'amour du Créateur tient bien peu de
place.

— Et vous avez dit à ma tante que je renonçais à la
vie religieuse ?

— Oui. J'ai espéré d'abord que la grâce vaincrait
le démon qui vous tentait. Le démon a définitivement
vaincu ; vous avez rejeté la grâce ; mon devoir était
de faire connaître à votre tante vos nouvelles dispositions.

— Ma tante a trop d'équité pour me faire un crime
de mon silence. Elle comprendra mon embarras pour
expliquer le changement qui s'est fait dans mes idées.
J'ai été follement timide, voilà tout.

—En supposant que vous eussiez surmonté cette timidité et que vous eussiez dit à Madame de Lentilly : — Je ne veux plus me faire religieuse ; le monde a pour moi un si grand attrait que je ne puis m'en arracher, — croyez-vous que votre tante ne vous eût pas demandé comment ce monde, que vous ne connaissez pas, a pu l'emporter sur la volonté de Dieu si clairement manifestée ?

— Mais je nie cela, s'écria Clémentine avec impatience ; je nie d'avoir résisté à la grâce. Ma prétendue vocation avait si peu de racines dans mon âme, qu'elle en est sortie sans secousse, sans combat. Un jour, je ne l'y ai plus trouvée ; et, à sa place, il y avait une volonté bien formelle de ne jamais engager ma liberté, et le désir de rester avec ma tante à Brindas, d'adoucir ses chagrins, de partager sa vie isolée.

— Madame de Lentilly n'est pas isolée ; elle a son fils ; et, pour lui, elle rentre dans le monde ; faiblesse maternelle que je n'ai pas le droit de juger. Je n'ai que celui de gémir sur les terribles défections auxquelles je suis condamnée à assister.

Croyez-moi, Clémentine, vous avez fait des rêves dangereux ; ces rêves ne pourront jamais se réaliser. Madame de Lentilly m'a chargée de vous prévenir que votre séjour avec elle et M. Raphaël de Nervieux, soit à Lyon, soit à Paris, était impossible. Votre affection, très-innocente, nous le croyons, pour le fils de votre bienfaitrice, vous a rendue l'objet des malignes observations du public ; le monde ne croit pas à la vertu. Madame de Lentilly en a été profondément blessée et irritée. Elle m'a reproché mon peu de surveillance. Il m'a bien fallu lui dire que vous aviez près de vingt ans, et qu'il m'était difficile, à présent, de vous maintenir dans ma dépendance.

Vous me faites assez sentir que vous ne voulez plus en
aucune manière accepter ma direction. Vous ne m'aimez plus, ma pauvre enfant; et je ne suis pas assez dé-
tachée des choses de la terre pour ne pas souffrir de
votre froideur pour moi. Nos deux existences devaient
être étroitement unies; nous devions travailler à la gloire
de Dieu et à la régénération de la société moderne par la
fondation d'un ordre, dont le nom seul, *les Solitaires*, devait effrayer le démon. Mais le champ que nous avons cul-
tivé ensemble, pendant tant d'années, dans lequel ont
germé ces belles fleurs de la foi, de l'espérance et de l'a-
mour, qui devaient produire des fruits de vie, des âmes d'é-
lite, des *solitaires* ; ce champ comme celui du père de famille a été ravagé par l'ennemi : il y a semé l'ivraie. J'en
recueille aujourd'hui les fruits amers. Chère Clémentine,
vous avez ouvert votre âme à un amour insensé, et il vous
apportera d'affreux désespoirs. Les calomnies dont vous
avez été l'objet, — et Rosalie entra dans quelques détails, — sont votre première punition. Je devrais m'en
rejouir; car vous serez sauvée et purifiée par la douleur;
et faible créature que je suis moi-même, je souffre de
vos peines, Clémentine, je souffre de celles que je vois
pour vous dans l'avenir, et je serai punie de vous avoir
trop aimée.

Clémentine était anéantie. Cette censure imméritée
d'un monde qu'elle ne connaissait même pas, était, sur
son pauvre cœur, comme le fer rouge sur la chair du
condamné. Et quel était le résultat de ces accusations
portées si légèrement, de ces incriminations d'actes si
innocents? Sa disgrâce auprès de sa tante et sa séparation d'avec Raphaël. Oh! comme dans ce moment les
peintures effrayantes que les prédicateurs et les livres
ascétiques font du monde lui paraissaient vraies! Ra-

phaël lui en avait fait comprendre l'exagération ; mais,
dans ce moment, ce n'était plus à la raison de Raphaël
qu'elle croyait. Il était, pensait-elle, trop grand, trop
supérieur au monde pour bien le juger ; il le consi-
dérait d'une trop grande hauteur pour en voir toutes les
fanges. Oui, le monde était pervers, cruel, calomniateur,
envieux, doutant de toute vertu, parce que nulle vertu
n'était en lui. Ce monde, que lui voulait-il à elle ? L'avait-
elle cherché ? Non, Brindas était l'oasis dans laquelle elle
croyait pouvoir vivre, pour aimer et pour être aimée, sous
l'œil de Dieu seul. Et voilà que ce monde, auquel elle ne
demandait rien que l'oubli, la prenait pour objet de sa
stupide curiosité, prétendait sonder son cœur pour en
découvrir les doux et saints mystères, et en faire l'objet
de ses railleries !

Nous avons tous plus ou moins ressenti cette douleur
qui ne ressemble à aucune autre, qui brûle, qui déchire
les fibres les plus délicates du cœur, lorsque, pour la première fois, on est en butte aux lâches atteintes de la calomnie. L'homme peut les braver ; le témoignage de sa
conscience peut lui suffire ; mais la femme ! mais la jeune
fille ! Quelle que soit la noblesse, la chasteté de son âme,
l'accusation la plus injuste lui paraîtra toujours une
souillure.

Dans ces moments douloureux, une parole amie est
douce, bien douce au pauvre cœur meurtri. Rosalie voulait
reconquérir une partie de son influence sur son élève.
Elle avait été sévère, même dure au commencement de
leur conversation ; elle avait vu Clémentine se révolter
intérieurement, et elle lui avait alors porté le coup qui
devait l'abattre. Quand elle la vit humiliée, tremblante,
éperdue, se demandant si on n'allait pas à jamais la
séparer de Raphaël, Rosalie donna à sa voix d'autres

inflexions; elle chercha le chemin du cœur de Clémentine avec d'affectueuses paroles ; et, s'approchant d'elle, elle déposa un baiser sur son front. La pauvre enfant passa ses deux bras autour du cou de son institutrice et éclata en sanglots.

— Rosalie, ma chère Rosalie, suis-je donc bannie par ma tante, et ne la reverrai-je plus ? Au nom du ciel, dites-moi toute la vérité. Je ne comprends rien ; il me semble que je suis tombée dans des abîmes, et je cherche une main pour m'en retirer.

— Calmez-vous, ma chère fille, recourez à Dieu, c'est lui qui vous sauvera. Il frappe pour guérir ; les afflictions sont des épreuves ou des châtiments qu'il nous envoie.

— Oui, oui, je sais cela, dit Clémentine interrompant Rosalie qu'elle voyait lancée dans les lieux communs de la dévotion. J'accepte l'épreuve ; mais dites-moi la vérité, toute la vérité.

— Cette vérité n'est pas si effrayante que vous le pensez. Madame de Lentilly partira pour Paris, avec son fils, dans quinze jours. Pendant tout ce temps-là, nous resterons ici. Ils y séjourneront quelques semaines ; et ils reviendront passer le reste de l'hiver à Lyon.

Clémentine respira : elle avait craint un instant d'être bannie de cette maison où elle avait été si heureuse. Après avoir supporté courageusement les trois années d'absence de Raphaël, elle aurait bien la force de supporter les six mois de séjour de son ami à Paris et à Lyon. Quand il serait de retour dans cette dernière ville, il viendrait souvent à Brindas; ils n'étaient qu'à demi-séparés. Elle remercia Dieu d'avoir adouci l'amertume du calice.

Rosalie comprit ce qu'elle éprouvait.

— Ma chère enfant, lui dit-elle, madame de Lentilly désire que vous fassiez, pendant ces six mois de solitude, de sérieuses réflexions. Elle ne veut pas vous interdire toute relation avec son fils. Vous pourrez écrire tous les quinze jours à votre tante. Dans cette lettre, vous en mettrez une autre, décachetée, pour M. de Nervieux. Je dois lire aussi celles qu'il vous écrira.

— Soit, dit Clémentine, j'obéirai.

Tout le charme de sa correspondance avec Raphaël était détruit.

— Madame de Lentilly, ajouta Rosalie, espère marier son fils, avant la fin de l'hiver.

Clémentine tressaillit.

— Alors, continua Rosalie, madame de Lentilly laissera Brindas au jeune ménage; et elle se fixera à Lyon; et, si vous persistez à refuser la grâce de prédilection qui vous est offerte, vous pourrez rester avec votre tante.

— Raphaël ne se mariera jamais, dit Clémentine.

— Vous le croyez?

— J'en suis sûre.

— Il vous l'a dit?

— Oui, il me l'a dit.

— Il n'a que trop prouvé que ses déterminations ne sont pas inébranlables. Pour obéir à sa mère, il a renoncé au sacerdoce; pour lui obéir, il épousera une femme riche et de haute naissance. Ne vous bercez donc pas d'illusions, et comprenez que, si Raphaël ne se mariait pas, vous n'en seriez que plus complétement séparés.

— Comment cela? Que voulez-vous dire?

— Madame de Lentilly vous aime trop pour exposer votre réputation à de plus graves atteintes que celles qu'elle a déjà reçues. Pour une femme, Clémentine, la réputation est le premier des biens. Les enfants de Dieu qui embrassent la sainte folie de la croix peuvent et doivent se réjouir, quand ils sont outragés et calomniés; Dieu est leur juge et leur appui ; les enfants du monde doivent vivre selon les convenances du monde, subir ses préjugés, sous peine d'être flétris par ses arrêts.

Vous avez six mois pour réfléchir. Madame de Lentilly espère que, voyant le néant de vos espérances, vous reviendrez à Dieu et à votre première vocation.

Mais s'il n'en est pas ainsi, et si Raphaël ne se marie pas cet hiver, madame de Lentilly, pour sauvegarder votre réputation à l'un et à l'autre, et peut-être pour préserver son fils d'une influence qu'elle peut redouter, vous éloignera. Elle ne peut pas vous contraindre à embrasser la vie religieuse, mais, vous le savez, avant l'âge de vingt-cinq ans, vous ne pouvez pas disposer de la somme léguée par votre oncle; vous dépendez de madame de Lentilly; elle vous placera dans un couvent de Lyon comme pensionnaire libre. Vous recevrez au parloir les personnes désignées par votre tante. Elle m'a chargée de vous dire que vous pourrez toujours compter sur son affection et sa générosité pour vous.

— Je n'irai point au couvent, dit Clémentine. Si madame de Lentilly veut me chasser de Brindas, ma place est dans la famille de mon père. Là ma naissance et ma pauvreté ne me seront pas imputées à crime. Je ne veux rien, absolument rien de madame de Lentilly ; et je vous prie, mademoiselle, de lui écrire que je veux partir immédiatement.

— Cela n'est pas possible.

— Pourquoi cela n'est-il pas possible ?

— Votre tante n'y consentirait pas.

— De quel droit me retiendrait-elle ici? La mort de

mon oncle a brisé nos liens; je ne suis pour elle qu'une étrangère.

— Pour madame de Lentilly vous ne pouvez pas être une étrangère, vous êtes la nièce de son mari ; il lui a confié le soin de vos intérêts; elle vous aime sincèrement. Ma chère enfant, elle avait prévu vos irritations et vos révoltes.

— Mes révoltes ! L'autorité contre laquelle je m'insurge doit-elle donc être tellement sacrée pour moi qu'elle m'impose l'obligation d'attendre ici l'heure fixée pour la dernière humiliation, et de me voir chassée dans six mois, quand je puis aujourd'hui sortir librement ?

Je ne sais ce qui domine en moi du sang des Lentilly ou de celui des Couturier ; je ne renie ni l'un ni l'autre. Mon père, pauvre artiste, obligé, hélas ! vous le savez, — tout le monde ne le sait-il pas ici ! — d'abdiquer sa dignité pour nourrir sa femme et son enfant ; mon père, malgré sa profonde détresse et celle des deux êtres qu'il aimait le plus au monde, ne voulut jamais rien demander aux parents de sa femme. Il ne pouvait pas oublier que, trois jours après son mariage, ma mère avait reçu une lettre signée des principaux membres de sa famille; on lui signifiait en quatre lignes que désormais il n'y aurait plus rien de commun entre eux et la femme de Couturier.

J'ai l'orgueil de mon père.

— L'orgueil est un grand péché.

— Il peut être une vertu pour les petits et pour les dédaignés du monde.

— L'ingratitude est-elle aussi une vertu ? La passion vous fera-t-elle oublier les bienfaits de votre tante ? Et les années de bonheur que vous avez passées près d'elle ne lui ont-elles donc pas créé quelques droits sur vous ?

— Oui, j'ai été heureuse ici, bien heureuse, s'écria la jeune fille !

Et les jours paisibles de son enfance et de sa jeunesse se présentèrent à son esprit avec leurs souvenirs enivrants et purs ; et tout cela était passé, et toutes ces joies ne devaient plus renaître !

Rosalie, en voyant les larmes de son élève, s'applaudit d'avoir fait vibrer en elle la corde de la reconnaissance. Cette fois elle avait frappé juste : Clémentine était vaincue : elle courbait la tête sous la fatalité de sa position. Quitter Brindas, c'était se séparer tout à fait de Raphaël. Elle se décida à vivre, encore six mois, avec ses chers souvenirs, et, sans se l'avouer, car elle savait combien elles étaient insensées, avec ses espérances.

VIII

PREMIÈRES LUTTES

Madame de Lentilly en arrivant à Lyon, éprouva une sensation pénible, en voyant avec quel soin son fils avait fait décorer le petit appartement de Clémentine. A l'exception d'un prie-Dieu de bois sculpté, et surmonté d'un beau Christ en ivoire, rien dans cette chambre n'annonçait qu'elle fût destinée à la future fondatrice de l'ordre des *Solitaires*. Qui donc avait révélé à Raphaël l'art de faire de la simplicité luxueuse et élégante? Etait-ce dans les missions orientales qu'on apprenait cela? La comtesse était femme, elle avait aimé : elle reconnut l'amour. Raphaël s'était trahi, sans y penser, par le soin qu'il avait mis à décorer le sanctuaire de son idole.

— Ce serait donc par amour pour cette petite fille, plutôt que par déférence pour mes volontés, qu'il a renoncé au sacerdoce? se disait la comtesse.

Cette pensée lui causa un profond dépit. Longtemps

son esprit troublé s'arrêta sur l'idée, humiliante à ses
yeux, que le cher enfant n'avait paru lui faire un sacrifice
que pour satisfaire son amour. Toutefois elle chercha à
se rassurer; et, toujours obstinée à son plan, elle se dit
que le premier amour fraternel, inspiré par la solitude,
disparaîtrait bientôt, quand le jeune homme se trouverait en contact avec ce que Paris et Lyon lui offriraient
de jeunes personnes aussi remarquables, pour l'esprit et
la beauté, que Clémentine, mais plus dignes de lui par leur
naissance.

Trois jours après, on remit à la comtesse, en présence
de son fils, des lettres de Brindas. L'une était de Rosalie, l'autre de Clémentine. Dans celle-ci, il y avait un petit
billet pour Raphaël. Il contenait trois ou quatre lignes
bien froides, bien compassées. Clémentine, sachant que
tout ce qu'elle écrirait à son ami passerait sous des yeux
prévenus, avait déchiré vingt billets, avant d'en avoir
fait un qui ne pût prêter à une interprétation malveillante.

On comprend l'impression que fit cette lecture sur
Raphaël. Il se domina cependant et dit à sa mère :

— Mademoiselle Mangon vous dit-elle quel jour elle
arrivera avec Clémentine?

— Non, mais elle me parle de discussions survenues
entre le curé et les bonnes sœurs. Les deux parties l'ont
prise pour arbitre, et il faudra bien quelques jours avant
de parvenir à rétablir la paix.

— Clémentine n'a pas l'habitude de se mêler de ces
petits commérages de couvent et de sacristie, qui se re-
nouvellent beaucoup trop. Elle pourrait laisser à Brindas
mademoiselle Rosalie et venir à Lyon.

— Il ne serait pas convenable qu'elle y vînt seule.

— Je puis aller la chercher et la ramener ici.

— Il serait encore plus inconvenant qu'elle voyageât seule avec vous.

Raphaël resta stupéfait : dans son ignorance des choses de ce monde, il se demandait si sa mère parlait sérieusement.

— Vous voyez dans Clémentine une sœur, ajouta la comtesse. Aux yeux du monde, mademoiselle Couturier est pour vous une étrangère; elle a vingt ans et vous en avez vingt-trois.

Raphaël avait toujours vécu dans les régions de l'idéal; il lui fallait en descendre. Il avait trop de bon sens pour ne pas comprendre que sa mère était dans le vrai. Mais ce mot : — une étrangère, — appliqué à Clémentine, le froissa extrêmement.

Quelques jours après, madame de Lentilly dit à Raphaël que le docteur Bérard lui conseillait de partir immédiatement pour Paris, afin de consulter un médecin spécialiste sur une maladie dont elle souffrait depuis longtemps.

— Partons dès demain, ma chère mère, dit Raphaël. Envoyez une dépêche à mademoiselle Rosalie pour qu'elle arrive ici avec Clémentine.

— Mon cher enfant, Rosalie m'est trop utile à Brindas pour que je puisse l'emmener à Paris; et, comme je craindrais qu'elle ne s'y ennuyât seule, Clémentine restera avec elle.

— Je ne saurais comprendre que vous vous privassiez de la société de Clémentine, pour le bon plaisir de mademoiselle Mangon; et je ne vois nulle raison pour sacrifier votre nièce à son institutrice.

— Je ne la sacrifie pas. Il est beaucoup mieux pour elle de rester à la campagne.

Elle s'arrêta, puis reprenant :

Et, pour vous éclairer un peu, et vous dire toute ma pensée, voici ce qu'il faut que vous compreniez :

Clémentine n'est pas destinée à vivre dans le monde. Depuis que je suis ici, j'ai beaucoup réfléchi à son sujet : j'ai demandé des conseils. Je dois vous le dire, puisque vous insistez là-dessus avec tant de vivacité, la vocation de Clémentine me paraît avoir perdu de sa première ferveur ; et ce n'est ni à Lyon ni à Paris qu'elle pourrait la reprendre ; elle y mènerait sans doute une vie très-retirée. Il est évident que mademoiselle Couturier ne peut pas être présentée dans le monde ; mais elle en entendrait parler, elle en entreverrait les côtés séduisants sans en voir les innombrables misères. Le Père Gribeauval assure que sa vocation religieuse est plus exposée à se perdre dans de telles conditions que si elle se trouvait jetée dans le tourbillon du monde au milieu de ses fêtes et de ses plaisirs : car, alors, sa conscience si délicate lui découvrirait bientôt le néant et la vanité de toutes ces choses. Et Véronique pense là-dessus comme le Père Gribeauval.

— Ainsi le Père Gribeauval et Véronique condamnent Clémentine à rester à Brindas avec mademoiselle Mangon ? Pour toute distraction, elle aura à soigner les nerfs de son institutrice et à l'admirer dans ses extases ; et tout cela, pour conserver une vocation qui n'existe plus, si toutefois elle a jamais existé.

— Ni le Père Gribeauval ni Véronique n'ont condamné Clémentine à rester à Brindas. Cette décision vient de moi ; et mademoiselle Couturier n'a pas à s'en plaindre.

La façon dédaigneuse dont sa mère avait prononcé trois fois le nom de Couturier fut pour Raphaël une révélation subite.

— Pauvre mère, se dit-il, elle se figure que Clémentine est un obstacle à ses projets. Dans ce moment, tout ce que je pourrais lui dire pour la rassurer serait inutile. Le temps seul pourra la convaincre que je suis bien décidé à ne jamais me marier. Alors elle cessera de craindre Clémentine, et nous pourrons vivre heureux tous les trois.

Raphaël, plein de ces belles illusions, se rendit à l'appartement qu'il avait si bien décoré pour sa chère Clémentine, et il se mit à emballer tous les objets d'art dont le transport était facile. Sa mère le surprit dans cette occupation.

— Voici, lui dit-elle, un billet de Clémentine, il était dans une lettre que je viens de recevoir.

— Ma chère mère, dit Raphaël avec un sourire un peu contraint, vous avez donc chargé Clémentine d'occupations bien importantes, qu'elle ne trouve pas le temps de m'écrire une lettre de deux ou trois pages?

Et le jeune homme lisait et relisait ce billet plus froid que le premier et encore plus laconique.

— Il y a dans tout cela, se dit-il, de l'influence du Père Gribeauval, de Véronique, et probablement de sainte Rosalie Mangon.

La comtesse, en entrant, avait vu la caisse dans laquelle son fils serrait avec soin les statuettes, les coupes, les vases qu'il avait ôtés des étagères. Une autre caisse encore ouverte contenait le beau Christ en ivoire et son cadre sculpté.

— Que signifie tout cela? dit madame de Lentilly; en désignant les deux caisses.

— Rien que de très-simple, chère maman; je m'étais fait un plaisir de décorer la chambre de ma sœur. Puisqu'elle ne viendra pas à Lyon, je lui enverrai tout ce qui peut s'envoyer.

— Mais cela n'a pas le sens commun, mon cher enfant, s'écria la comtesse ; ma nièce n'a nul besoin de
tout cela. Son appartement — Rosalie m'en a souvent
fait le reproche — est déjà trop richement meublé. Tous
ces objets d'art, ce beau Christ, sont ici parfaitement à
leur place. Il pourrait arriver telle circonstance où vous
regretteriez de ne pas les y avoir laissés.

— Je n'en prévois pas une seule : nous ne pouvons
recevoir ici que des étrangers. Je voulais faire une surprise agréable à Clémentine. Autant que possible, il faut
arriver à mon but.

Et Raphaël continua à remplir ses caisses.

Madame de Lentilly comprit qu'il serait imprudent
d'insister. Elle sortit très-mécontente. Tout ce que son
fils voulait envoyer à Brindas lui semblait un vol fait à
sa future belle-fille.

Le soir même de ce petit incident, elle dit à son fils :

— Nous partirons après-demain pour Paris ; et demain, si le temps est beau, nous irons faire nos adieux à
Clémentine et à mademoiselle Rosalie.

Le lendemain, un soleil splendide éclaira Lyon.

— Irons-nous déjeuner à Brindas ? demanda Raphaël
à sa mère.

— Non, j'ai des courses à faire ce matin. Nous partirons à midi.

On n'avait pas encore fini de déjeuner, lorsqu'on annonça le Père Gribeauval.

— Je croyais, dit Raphaël à sa mère, que vous aviez
donné l'ordre de ne pas recevoir ?

— Vous savez bien que ma porte n'est jamais fermée
pour le bon Père.

Madame de Lentilly alla au salon recevoir le jésuite.
Raphaël ne se crut pas obligé de la suivre.

La conversation dura longtemps. Sans doute il ne s'agissait pas d'une simple visite de politesse, mais d'une conférence sur quelque grave sujet. Raphael supposait qu'on parlait de Clémentine et de lui; et cette pensée n'était pas de nature à calmer son impatience. Enfin, à deux heures, la comtesse reparut; mais il était trop tard pour aller à Brindas. Elle avait un rendez-vous avec son notaire pour cinq heures; elle allait écrire à Clémentine et à mademoiselle Mangon.

— Très-bien, dit Raphaël, je porterai moi-même vos lettres.

— Tu vas aller à Brindas ?

— Oui, chère maman; et, comme je n'ai rien à démêler avec votre vieux notaire, j'y dînerai et je reviendrai dans la soirée.

Madame de Lentilly, qui avait calculé tous ces retards pour rendre impossible une dernière entrevue, n'osa pas s'opposer à ce départ. Raphaël n'était plus un enfant, il était facile de s'apercevoir qu'il entendait bien n'être pas traité comme tel. Heureusement Rosalie serait là.

Raphaël partit. Mais, ne voulant pas que mademoiselle Mangon se trouvât, toute la journée, en tiers entre lui et Clémentine, il laissa sa voiture au village de Brindas, et se rendit à pied au château, afin que le bruit du cheval et des roues n'attirât pas l'attention de Rosalie. Il savait que, de trois heures à cinq heures, l'extatique était dans son oratoire particulier. Les fenêtres de cet oratoire donnaient sur la cour. Il arriva par le jardin : il espérait trouver Clémentine seule dans le salon. La jeune fille était en effet à son piano. Le bruit de la porte du jardin qui s'ouvrait lui fit tourner la tête de ce côté-là. Elle aperçut Raphaël.

Les premières entrevues, après des contradictions que
ne soupçonnent jamais de jeunes cœurs dans leur amour,
ont un sentiment d'âpre bonheur que la parole ne saurait
rendre. Le baiser d'amitié fraternelle fut plus brûlant
que ne l'avait été même celui de Raphaël à son retour
des Indes. Les regards parlèrent leur muet langage ;
les mains se serrèrent. Ils se comprenaient si bien
ainsi !

Raphaël rompit le premier cet éloquent silence. Rosalie pouvait être avertie de son arrivée à Brindas, et
elle se hâterait de venir les trouver. Il proposa une promenade dans le parc. Là, il apprit de Clémentine tout ce
qui s'était passé entre elle et Rosalie ; elle lui cacha
seulement les calomnies dont ils avaient été l'objet.

— Ta mère, lui dit-elle, s'imagine que je suis un obstacle à ses projets sur toi. De là son irritation, de là ses
prescriptions au sujet de notre correspondance ; de là
viendra peut-être pour moi l'ordre d'un éternel exil.

— Non, ma Clémentine, tu ne seras pas exilée, lui dit
Raphaël. Je ferai bien comprendre à ma mère que toutes
ses tentatives pour me marier seraient inutiles. Tout ce
que mon cœur peut donner d'affection t'appartient ; et
crois-le, chère, jamais, jamais personne ne pourra t'aimer comme moi. Le bonheur d'aimer ainsi ma sœur et
d'être aimée d'elle est pour moi si grand que je me demande comment le cœur humain peut le contenir. Dis-
moi, ma Clémentine, que ton frère aura toujours le rang
suprême dans ton cœur ! Chère, bien chère, si tu me
retirais un jour ta tendresse, sais-tu bien que j'en mourrais ? Sais-tu bien que tu es ma vie ? Sais-tu que le jour
où tu es arrivée ici, tu es entrée si profondément dans
mon cœur que tu ne pourrais t'en arracher sans le
briser ?

— Raphaël, dit Clémentine d'une voix altérée, pourquoi sembles-tu supposer mon affection moins forte que la tienne? Qui pourrais-je aimer comme je t'aime?

— Oh! ma Clémentine! ne pense pas que je doute un seul instant de ton cœur. J'ai employé une hypothèse que je reconnais insensée pour te faire comprendre combien tu m'es chère. Il n'y a pas d'amour sans la foi, ma sœur adorée, et j'ai la foi de notre amour mutuel.

— Oui, dit Clémentine, nous avons la foi, nous avons l'amour, mais nous n'avons pas l'espérance.

— Et pourquoi n'aurions-nous pas l'espérance, chère enfant? Sois donc bien sûre que, lorsque ma mère sera désabusée de ses visions matrimoniales à mon sujet, elle sera très-heureuse d'avoir auprès d'elle ses deux enfants pour l'aimer et pour remplacer tout ce qu'elle a perdu. Faut-il donc se décourager, pour quelques nuages qui viennent assombrir notre beau ciel? Tu sembles n'écouter que les mugissements de la tempête, et moi je pressens déjà le calme qui doit lui succéder. Je me vois entre ma sœur et ma mère, et Dieu seul au-dessus de nous trois. Sœur bien-aimée, peut-être existe-t-il des félicités plus enivrantes, il n'en est pas de plus vraies. Notre amour à nous n'est pas de la passion. La passion est un état violent de l'âme; l'amour en nous doit être une vertu, et Dieu ne permettra pas que nous l'oublions jamais.

Clémentine écoutait Raphaël avec un ravissement indicible. Il lui semblait que le doux lien d'affection mutuelle qui les unissait se resserrait encore davantage; et, pourtant, il y avait, dans le plus intime de son cœur, une impression dont elle n'osait pas se rendre compte.

Depuis qu'elle avait reconnu le néant de sa vocation,

elle avait entrevu non-seulement l'amour éthéré et platonique dont Raphaël venait de lui tracer le séduisant tableau, mais encore l'amour dans le mariage ; le mariage, ce grand mot qui fait rêver les jeunes filles, d'autant plus qu'il y a dans ce mot un mystère, un inconnu, et que l'inconnu aura toujours un puissant attrait pour ces belles descendantes d'Ève !

En quoi l'amour dans le mariage différait-il de celui que le jeune de Nervieux et elle éprouvaient l'un pour l'autre ? Clémentine ne le savait pas ; mais elle se demandait comment il se faisait qu'ayant renoncé au sacerdoce, Raphaël eût conservé la volonté de rester dans le célibat ? C'était, sans doute, pour mener une vie plus parfaite ; mais, à sa place, elle n'eût pas pris cette détermination.

Par ce phénomène que nous avons tous observé en nous, la dualité de la pensée, pendant qu'elle souriait aux espérances de l'avenir avec Raphaël, qu'elle répétait avec lui qu'ils seraient heureux, bien heureux, une voix intime lui disait qu'il y aurait pu avoir pour eux un bonheur plus complet.

Les doux épanchements furent interrompus. Raphaël et son amie avaient oublié les heures. Le jour commençait à baisser. Rosalie, son oraison terminée, était descendue, et ne trouvant pas son élève, elle était allée la chercher dans le jardin. Là, elle apprit du jardinier l'arrivée de Raphaël. Elle se dirigea du côté du parc, et au détour d'une allée, elle se trouva en face des deux jeunes gens. Clémentine ne put retenir un petit cri de surprise. Quant à Raphaël, il salua Rosalie avec beaucoup d'aisance. La conversation s'engagea entre la dévote et lui ; il raconta les petits événements du monde religieux de Lyon qui pouvaient l'intéresser. Rosalie aimait Raphaël.

Elle quitta, peu à peu, l'air de duègne espagnole qu'elle avait pris en l'abordant. Elle se dit que, ne pouvant prévoir cette visite, sa responsabilité était à couvert.

Après le dîner, on alla dire ensemble, comme autrefois, le chapelet, et Raphaël repartit pour Lyon. Son but était rempli : il avait pris avec Clémentine les moyens d'assurer le secret et la liberté de leur correspondance.

IX

LA MANIE MATRIMONIALE

Madame de Lentilly, en arrivant à Paris, renoua des relations avec un cousin du père de Raphaël, M. de Lozane, conseiller à la cour impériale.

Dans ses rares excursions à Paris, la comtesse ne aisait jamais au conseiller et à sa femme qu'une seule visite de convenance. On lui rendait cette visite. A cela se bornaient leurs relations de famille. Les jésuites avaient donné à la comtesse des préventions contre le conseiller. Il était religieux, il faisait ses pâques, mais il était imbu, disaient les bons Pères, des idées détestables du gallicanisme; il se posait en catholique libéral; et madame de Lentilly, sur la parole de ses maîtres, voyait dans le conseiller presque un hérétique.

Mais le jour où elle alla faire avec son fils la visite de convenance, qu'elle se promettait bien de ne pas renouveler, au conseiller et à sa femme, ceux-ci lui présentèrent une jeune et charmante personne : c'était leur fille, Claire de

Lozane. Tout entière à ses préoccupations matrimoniales, madame de Lentilly pensa que Claire serait pour son fils un excellent parti. Quel dommage que le conseiller fût animé d'un si mauvais esprit ! S'il n'eût été que libre penseur, on aurait pu espérer sa conversion, mais un gallican ! Malgré ces désolantes réflexions, elle fit une seconde visite. Raphaël avait trouvé dans son cousin un homme sérieux, à idées élevées ; il accompagna volontiers sa mère. On accepta une invitation à dîner ; et, au bout de quinze jours, l'intimité entre madame de Lentilly et les Lozane était complète.

La conversation tombait souvent sur le terrain religieux ; et la comtesse, qui ne manquait pas d'un certain bon sens, surtout quand elle était éloignée de son directeur jésuite, s'aperçut qu'on pouvait être gallican et bon catholique. Elle se souvint fort à propos qu'à l'époque de sa jeunesse, tous les évêques français, sauf peut-être deux ou trois, professaient les doctrines gallicanes, et n'en étaient pas moins soumis au chef de l'Église. Le gallicanisme n'était donc pas une forme de l'hérésie protestante, comme ne cessent de le répéter les jésuites, dans leur *Civiltà cattolica*, leur *Univers* et leurs autres journaux. Hélas ! le désir de marier son fils avait altéré, dans le cœur de la comtesse, la pureté des saines doctrines jésuitiques et veuillotistes !

Claire était vraiment charmante. Elle avait de la grâce, des talents, de l'esprit, une instruction sérieuse. Elle avait été élevée par sa mère, femme très-distinguée et tout à fait à la hauteur de l'intelligence de son mari. Raphaël appréciait tous ces avantages à leur juste valeur ; il aimait à causer avec sa jolie cousine, à faire de la musique avec elle ; et le conseiller et sa femme auraient vu avec plaisir resserrer les liens qui unissaient les deux familles.

Probablement, Claire partageait l'opinion de ses parents. Elle trouvait son cousin bien beau et bien aimable.

Madame de Lentilly triomphait, mais avec modestie. Elle ne voulait pas se hâter de faire expliquer son fils sur le point important, le mariage. Elle pouvait échouer par trop de précipitation; il fallait attendre, et, sous un prétexte ou sous un autre, elle prolongeait son séjour à Paris.

Pendant ce temps, la correspondance de son fils et de sa nièce était fort régulière; et si madame de Lentilly avait pu voir seulement le grand format des lettres que Raphaël allait, tous les huit jours, chercher et mettre à la poste, elle aurait tremblé pour la réussite de ses projets.

Voici une des dernières lettres écrites de Paris par Raphaël :

« Vraiment, chère, tu es jalouse de cette petite cousine que j'ai trouvée à Paris? Sais-tu que je voudrais bien te voir dans ces moments-là. Je connais tous les sentiments qui peuvent se lire sur ta physionomie si expressive, sauf celui de la jalousie. Tes beaux yeux noirs lancent-ils des flammes? ou bien, profonds et rêveurs, semblent-ils suivre, dans l'espace, ces sombres visions qui troublent le repos des victimes de la jalousie?

« Tu vois, chère ange, que je ne prends pas au sérieux la dernière phrase de ta lettre. Nous ne pouvons pas douter l'un de l'autre. Le sentiment qui nous unit est si grand, si pur, si exceptionnel, si élevé dans les régions de l'idéal que, puissions-nous en concevoir un autre, nous ne voudrions pas un seul instant y arrêter notre pensée. Serait-il possible de s'aimer plus saintement, plus noblement, plus tendrement que nous ne nous aimons? Qui pourrait nous aimer et qui pourrions-nous aimer ainsi? Vois, mon ange, comme Dieu, en offrant à nos lèvres cette coupe du pur amour, a pris soin d'en écarter tout danger. Elevés ensemble, habitués à nous donner les doux noms de frère et de sœur, ayant nourri la pensée, pendant les premières années de notre jeunesse, de renoncer au monde, notre amour est né et il a vécu dans une telle atmosphère de chasteté sainte qu'il ne saurait en supporter une autre, et c'est en cela qu'il est unique et qu'on n'en peut trouver d'exemple qu'aux belles époques de l'Église où, selon saint Augustin, le mariage des âmes était un véritable mariage.

« Ne sois donc plus jalouse, et sache-le bien, ma Clémentine, jamais l'amour n'est arrivé dans un cœur d'homme à un aussi haut degré de puissance que dans le mien. Quand j'y arrête ma pensée, que je veux le soumettre à l'analyse, je suis ébloui par son immensité. Il est au-delà des limites de mes sensations et de mon intelligence ; il se perd dans l'infini. Dieu m'a donné cette flamme ; et cette flamme retourne à lui comme à la source de tout amour vrai.

« Je sais que tu m'aimes ainsi, ma Clémentine, et que jamais le doute n'est entré sérieusement dans ton cœur. Tu t'es permis une de ces charmantes coquetteries de femme ; tu as manifesté des craintes que tu n'avais pas, pour qu'on te rassurât. Ce n'est pas bien d'être coquette, mademoiselle ! Ne le soyez plus, sinon je vous gronderai bien fort. Il y a de ces mots qu'il ne faut pas dire, même en riant.

« Claire est charmante, je te le répète, mais elle ne saurait t'être comparée. Elle est jolie. Toi, tu es belle de la beauté des anges. Une éducation sérieuse a développé son intelligence ; mais qu'elle est loin d'avoir la richesse de ton imagination, la profondeur de ta pensée !

Elle est la prose, tu es la poésie. J'aime à faire de la musique avec elle, j'en conviens ; sa voix est exercée et brillante, elle charme mes oreilles. Ta voix, si sympathique et si touchante, charme mon cœur, le passionne et lui fait rêver les joies du ciel. Oh ! ma Clémentine, laissons ces comparaisons, et ne demande plus « si cette jeune fille, élevée au milieu des splendeurs du monde, ne me paraît pas préférable à la solitaire de Brindas. »

« Sais-tu quel est l'attrait qui m'entraîne chez M. de Lozane ? C'est lui-même. Il appartient à cette école que nous avons si souvent entendu flétrir par le Père Gribeauval et le curé actuel de Brindas, l'école gallicane. J'avais déjà commencé à douter, avec l'abbé Louis et avec toi, que la doctrine du gallicanisme fût hostile à la papauté, et qu'elle eût de si nombreux points de contact avec l'hérésie que ce fût à peine une exagération de dire : l'*hérésie gallicane*. M. de Lozane est, à Paris, un des chefs du parti gallican. Il m'a démontré, pièces en main, c'est-à-dire par des documents acceptés par tous les hommes graves qui se sont occupés de ces questions, que les principes du gallicanisme sont les principes constitutifs de l'Église universelle. Il m'a fait suivre pas à pas les déviations qui ont amené les usurpations de l'ultramontanisme, et il m'a montré celui-ci aussi inconciliable avec la doctrine de l'Évangile et des saints Pères qu'avec la raison. J'ai l'habitude, quand une fois j'entrevois une vérité, de la suivre jusqu'à ce que la lumière soit faite ; et, après avoir étudié avec M. de Lozane, je me suis convaincu que non-seulement il n'y a pas d'*hérésie gallicane ;* mais que les ultramontains sont les novateurs, et que, si le mot hérésie n'était pas une flétrissure, il serait plus vrai de dire, en parlant de leur doctrine : l'*hérésie ultramontaine*.

« Voilà, ma chère, les sérieuses questions qui ont amené
une liaison intime entre M. de Lozane et moi. Ma mère,
je n'en doute pas, car elle a trahi souvent dans nos causeries, et peut-être avec intention, le secret de ses espérances, a pu croire que Claire était pour quelque chose
dans mes fréquentes visites chez le conseiller. Comme
cette jeune personne et moi pourrions être l'un pour
l'autre un parti très-convenable, je n'ai pas voulu que ni
son père ni elle-même pussent me supposer des vues bien
éloignées de mon esprit. Sans affectation aucune, je leur
ai fait connaître ma résolution de ne jamais me marier.
Au reste, je vois venir, depuis quelques jours, dans leur
maison, un jeune auditeur au conseil d'État, M. de Lafère, qui pourrait, avant qu'il soit peu, ne pas être indifférent à ma jolie cousine. Ce choix me paraîtrait excellent ; c'est aussi, je crois, l'opinion du conseiller et celle
de sa femme. Ma mère ne voit rien, et je la laisse dans
sa quiétude.... »

X

UN JÉSUITE MÉCONTENT

La quiétude de madame de Lentilly dura jusqu'au moment où M. de Lozane lui présenta le jeune auditeur, comme son futur gendre. Le chagrin et même l'irritation de la pauvre mère furent extrêmes. Elle croyait, et avec raison, que si Raphaël avait voulu se poser comme candidat à la main de Claire, il eût été accepté avec joie par ses parents et par elle-même.

La comtesse, désespérée de son échec, ne voulut pas rester davantage à Paris. Raphaël, dans toutes les questions où Clémentine ne se trouvait pas intéressée, n'avait d'autre volonté que celle de sa mère ; et, malgré les instances de M. et de madame de Lozane pour qu'ils assistassent au mariage de leur fille, madame de Lentilly et son fils partirent pour Lyon. Il fut décidé qu'on y resterait jusqu'à la fin de mai.

Il était difficile de revenir à Lyon, sans aller à Brindas. Madame de Lentilly se décida à s'y rendre avec son fils ;

mais elle emmena avec eux un architecte; et, pendant les
trois jours qu'ils restèrent au château, Raphaël fut obligé
de donner son avis sur des réparations et des embellisse-
ments à faire. Il s'agissait de supprimer deux ailes du bâ-
timent situées en retour. Beaucoup moins élevées que le
corps de logis principal, elles produisaient le plus mauvais effet. L'architecte voulait les remplacer par quatre
pavillons flanqués de poivrières, ce qui devait donner à
Brindas un petit air féodal. Madame de Lentilly redou-
tait la dépense, et le curé de Brindas, qui passait plus de
temps au château qu'au presbytère, remarquait que ces
pavillons feraient disparaitre l'oratoire particulier de
Rosalie : — Il serait, disait-il, étrange de voir une famille
pieuse détruire un lieu consacré, tant de fois, par la présence de la sainte Vierge et des anges, et par de véritables miracles. Ne vaudrait-il pas mieux faire bâtir là
une chapelle qui rappelât le souvenir ·des grâces que
Dieu a répandues sur cette maison?

Madame de Lentilly n'était pas éloignée de suivre cette
idée ; et l'architecte, qui ne demandait qu'à bâtir, dessi-
nait déjà le plan d'une chapelle gothique.

Raphaël se serait intéressé à ces questions architectu-
rales, s'il n'avait pas fallu s'y absorber complétement.
Impossible de s'occuper d'autre chose, impossible de
causer avec Clémentine un seul instant; il fallait calcu-
ler, arpenter, faire des devis. Le soir, l'architecte étendait
une carte où les plans de toutes ces magnificences étaient
étalés, et tout le monde était convié à les étudier. Quelques furtifs serrements de main, quelques paroles rapidement échangées, furent tout ce que Raphaël et Clémentine purent donner aux épanchements de leurs cœurs,
après une si longue absence.

Rosalie, grâce à sa double clef, avait lu toutes les

lettres de Raphaël. Par leur contenu, elle pouvait deviner une partie de celles de Clémentine. Elle ne parla point de ces lettres à la comtesse; il aurait fallu dire par quels moyens elle en avait eu connaissance : cela aurait pu faire naître des soupçons sur ce soleil qui lui révélait tant de choses. Par surcroit de prudence, Rosalie confia à la comtesse et à ses directeurs que Dieu, pour la punir sans doute de ses infidélités, ou pour l'éprouver, lui avait ôté les dons extraordinaires qu'il lui avait accordés autrefois. Dieu, ajoutait modestement Rosalie, l'avait depuis longtemps prévenue qu'il lui retirerait ces faveurs spéciales lorsqu'elles cesseraient d'être utile à sa gloire à lui et à ses desseins. L'éternel souverain des mondes avait eu avec elle des procédés; elle sortait de l'état extatique, toujours un peu fatiguant, avec les honneurs de la guerre.

Rosalie avait, pour en agir ainsi, non-seulement un motif de prudence, mais encore un autre beaucoup plus personnel. Voyant qu'elle devait renoncer à créer un ordre religieux dont elle serait la souveraine absolue, elle rêvait une position moins élevée, et calculait les avantages d'une royauté constitutionnelle. Plus que jamais elle se décidait pour l'expectative; et, ne pouvant diriger les événements, elle les attendait, se promettant bien d'agir, en temps et lieu, selon les intérêts de sa chère et précieuse personne.

Son témoignage, invoqué par la comtesse, fut favorable à Clémentine. La jeune fille donnait de longues heures à ses exercices de piété et sa ferveur était très-édifiante.

— Paraît-elle disposée à revenir à sa vocation? demanda la comtesse.

Rosalie ne pouvait rien affirmer.

— Je reviendrai à Brindas dans trois mois, pour y
passer l'été. Si Raphaël n'est pas marié, que pourrai-je
faire ?

— Dieu vous inspirera, madame; il vous fera connaître sa sainte volonté.

Et la miraculée se disait tout bas : Dans trois mois, je
saurai lui inspirer assez de sécurité pour qu'elle ne songe
pas à se séparer de Clémentine. Quelle manie de vouloir
marier son fils malgré lui! M. Frédéric de Lentilly doit
bientôt revenir du Mexique; il trouvait Clémentine bien
jolie, il y a quatre ans; et la beauté de mon élève n'était pas
alors ce qu'elle est aujourd'hui. Qui sait s'il n'en deviendra pas amoureux, et si Clémentine, bien convaincue que
Raphaël ne pensera jamais à l'épouser, ne se trouvera pas
heureuse de reprendre ce beau nom de Lentilly que sa
mère a si sottement changé pour celui de Couturier? Attendons ! Le jeune comte de Lentilly, par sa présence,
fera probablement éclater l'orage qui gronde sourde-
ment, ou il ramènera le calme par un mariage que la
comtesse verrait avec d'autant plus de plaisir qu'au fond
elle aime beaucoup sa nièce. Une voix m'a toujours dit
que ma destinée était inséparable de celle de mon élève.
Je resterai donc avec elle, et alors?... La volonté de Dieu
se manifestera pour moi.

Rosalie Mangon l'extatique, Rosalie qui avait eu le
privilége de mourir et de ressusciter, composait les premiers chapitres d'un petit roman très-mondain. Elle s'é-
tait amollie dans les délices de Brindas, et ne craignait
rien tant que de quitter cette Capoue. Si ce malheur lui
arrivait, la générosité de la comtesse la préserverait des
privations, de la pauvreté; mais il lui faudrait reprendre
la vie mesquine et obscure de cette classe qui n'appartient pas au peuple, dont elle ne partage plus les labeurs,

et qui n'a pas encore pris rang dans la bourgeoisie.

Au bout de quatre jours, madame de Lentilly, son fils, l'architecte et ses plans retournèrent à Lyon.

Le lendemain, la comtesse alla chez les jésuites ; et après avoir entendu la messe dans leur église, elle eut un long entretien avec le Père Gribeauval.

Elle lui raconta quelles espérances elle avait conçues, à Paris, de marier Raphaël avec une petite nièce de son premier mari, et combien sa déception avait été cruelle.

Le Père Gribeauval ne parut pas très-sensible à sa douleur.

— Je ne comprends pas, madame, lui dit-il, comment la pensée d'un tel mariage a pu entrer dans votre esprit. M. le conseiller de la cour impériale est connu, dans Paris, comme un des chefs du parti gallican. Quand nos évêques, en 1854, et tout récemment en 1862, se sont inclinés si humblement devant le successeur de Pierre, ils ont reconnu, au moins tacitement, qu'à lui seul appartient de proclamer des dogmes et de régir et de gouverner l'Église de Dieu. Après cela, on ne peut être excusé de témérité et même d'hérésie, en tenant encore pour le gallicanisme.

— Le père de Raphaël était un saint, et il était gallican.

— Oui, c'était un véritable saint ; mais croyez bien, madame, que, s'il vivait encore, il serait ultramontain, comme le sont à présent tous les catholiques dévoués à l'Église. Pie IX, en proclamant seul le dogme de l'Immaculée Conception, a fait acte d'infaillibilité. L'Église a-t-elle protesté ? — Non. — Donc elle a reconnu que le pape est infaillible. Il n'y a rien à répondre à cela.

La comtesse n'était pas assez instruite en matières théologiques, pour dire au Père qu'il y avait au contraire beaucoup à répondre : que Pie IX, en agissant comme infaillible, avait résolu la question par la question même : que les évêques n'étaient point, à Rome, réunis en concile : qu'ils étaient là des individualités et rien de plus, et n'avaient, dans ces conditions, ni le pouvoir de rejeter ni celui de sanctionner les décisions du pontife.

Elle reçut, avec soumission, la mercuriale du révérend Père, trembla quand il lui dit que Dieu, pour la punir d'avoir marché sans consulter ses guides spirituels, pourrait bien permettre que son fils épousât sa nièce, et ne se rassura que lorsque le jésuite, s'adoucissant, lui promit encore de travailler à la restauration du nom des Nervieux. Il y avait, au couvent du Sacré-Cœur, une riche héritière à laquelle il avait déjà pensé pour Raphaël.

XI

NOUVELLES IMPRUDENCES

Charmée des espérances que lui donnait le jésuite,
madame de Lentilly commença une neuvaine au cœur
de sainte Anne, pour obtenir le succès des démarches
qu'il lui promettait de faire. Elle avait passé une partie
de la matinée avec Véronique. Cette sainte fille gémissait
toujours sur ce qu'elle appelait le retour de sa noble
amie aux vanités du monde; mais, pourvu que celle-ci
évitât de lui parler du mariage de son fils, ce mot
mariage effarouchant singulièrement la pudeur de l'extatique, rien ne troublait leur pieuse intimité.

Madame de Lentilly était rentrée chez elle, au moment
du déjeuner. Arrivée dans la salle à manger, elle n'avait
vu qu'un couvert.

— M. de Nervieux ne déjeune-t-il pas ici?

On lui avait répondu que M. de Nervieux avait pris
une voiture et était allé à Brindas. Il avait chargé son

valet de chambre de dire à madame la comtesse que
probablement il ne reviendrait pas pour le dîner.

— C'est bien, avait dit la comtesse, ne voulant pas,
devant ses gens, paraître surprise de la conduite de son
fils.

Raphaël avait été élevé, par sa mère, en petite fille bien
sage, bien soumise. La comtesse, en le voyant revenir,
après trois ans d'absence, aussi aimant que par le passé,
ne put se figurer qu'il n'était plus un enfant, mais un
homme. Les parents tombent plus ou moins dans cette
illusion. Le jour où ils voient leur chère progéniture
voler de ses propres ailes, ils éprouvent un singulier
étonnement. Il y a en eux quelque chose qui semble se
briser. Leur mission est finie, celle de leurs fils commence.

Ce moment devait être plus douloureux pour la mère
de Raphaël que pour toute autre mère; elle était blessée
à la fois dans son cœur et dans son orgueil.

Elle ne pouvait se dissimuler que le désir de revoir
Clémentine attirait seul son fils à Brindas.

Devait-elle avoir, avec lui, une explication décisive sur
ses sentiments pour mademoiselle Couturier? Devait-
elle attendre quelque temps? Elle se décida pour ce dernier parti. Quand les femmes ont évoqué un fantôme,
elles ne redoutent rien tant que d'aller droit à lui, et de
lui demander s'il est une réalité ou une ombre.

Raphaël, à son retour, fut reçu par sa mère avec une
froideur glaciale. Il ne sembla pas s'en apercevoir; il fut,
avec elle, bon, caressant; il lui parla très-naturellement
de son voyage, de Clémentine, de Rosalie Mangon et du
curé de Brindas qu'il avait invité à dîner. Il mit du
charme et de la grâce dans ses moindres paroles; et, pour
adoucir la physionomie rigide de madame de Lentilly, il

eut de charmantes coquetteries féminines, de véritables câlineries d'enfant. La comtesse ne put conserver longtemps une sévérité dont elle souffrait la première; et, après une causerie de deux heures, pendant lesquelles ni l'un ni l'autre ne dévoilèrent leur pensée, la mère et le fils se séparèrent satisfaits.

Raphaël ne voulut plus s'exposer à des réceptions si peu agréables. Il allait à Brindas deux ou trois fois par semaine, sans en prévenir sa mère; il y restait une heure ou deux, ayant bien soin de choisir le moment où il pouvait trouver Clémentine seule.

Raphaël voyait avec bonheur approcher le moment de retourner à la campagne. Il souffrait d'être obligé de dissimuler avec sa mère. Il était dans l'exercice de ses droits. A vingt-quatre ans, les lois divines et humaines le rendaient maître de ses actions; mais, pour les âmes généreuses, les affections imposent des devoirs en dehors des limites posées par la loi.

On arriva ainsi aux derniers jours de mai.

Un matin, madame de Lentilly fit appeler son fils. Quand il entra chez elle, il la trouva excessivement troublée; il prévit une orageuse explication.

— Mon fils, dit la comtesse, vous êtes majeur et je n'ai pas le droit de vous demander compte de votre conduite, je le sais.

— Pourquoi me parlez-vous ainsi, ma mère? Me serais-je donc, à mon insu, rendu si coupable envers vous que vous soyez en droit de douter du cœur de votre fils?

— L'amour maternel a ses jalousies et ses exigences. Qu'est-ce que l'affection sans la confiance mutuelle? Je croyais avoir occupé, jusqu'à présent, le premier rang dans votre cœur; et Dieu m'est témoin que mon plus grand désir était de m'y voir remplacer par une femme digne d'être aimée de mon fils.

— Mais je veux bien mieux que cela, mère chérie, je veux que vous gardiez votre place dans mon cœur à tout jamais. Que vous ai-je demandé autre chose, sinon de vous consacrer toute ma vie? Pourquoi faut-il que nous soyons toujours divisés sur un point d'où dépend mon bonheur et le vôtre?

— Parce que je ne vois à votre éloignement pour le mariage aucun motif raisonnable; et j'en vois un dont je suis aussi surprise qu'affligée.

— Veuillez vous expliquer, ma mère.

— Vous aimez Clémentine, et elle vous aime.

— Je ne vous ai jamais nié cette affection.

— Dites-le mot, cet amour.

— Soit, ma mère, cet amour.

— Ansi, vous l'avouez?

— Pourquoi ne l'avouerais-je pas à ma mère, puisque cet amour est pur, et qu'elle sait bien qu'il a commencé le jour où Clémentine est arrivée à Brindas?

— Si je ne devais pas six années de bonheur à M. de Lentilly, reprit la comtesse d'une voix tremblante de colère, je dirais : Maudit soit le jour où sa nièce est entrée chez moi !

— Oh ! ma mère, quelle parole venez-vous de prononcer! Comment cette pauvre enfant que vous avez tant aimée est-elle devenue l'objet de votre aversion ?

— Elle m'a enlevé ton cœur et ta confiance, Raphaël.

— Vous êtes dans l'erreur : ma tendresse pour Clémentine n'a en rien diminué celle que j'ai toujours eue pour vous. Elles sont inséparables l'une de l'autre. Pourquoi, par des mots cruels, détruisez-vous mes beaux rêves? Lorsque votre lettre m'est arrivée en Orient, pour me rappeler près de vous, je vous ai obéi, j'ai consenti avec joie à me consacrer tout entier à votre bonheur. A mon retour à Brindas, Clémentine m'a avoué ses répugnances pour la vie monastique qu'elle avait rêvée dans un moment d'enthousiasme enfantin. J'ai cru reconnaître là l'intervention de la providence : elle vous donnait Clémentine pour remplacer le fils que vous aviez perdu. — Ma mère aura toujours deux enfants pour l'aimer, me disais-je, et ceux-là ne la quitteront jamais. — C'était là mon rêve.

— Vous aviez donc l'intention de donner votre nom à la fille de Couturier?

— Je n'en ai jamais eu la pensée.

— Je vous remercie de cette parole, mon fils. Elle me prouve que vous n'avez pas oublié ce que vous devez aux traditions de votre famille, et au rang que vous occupez dans la société.

— Ce ne sont pas ces considérations qui m'ont arrêté. Si j'avais voulu me marier, je n'aurais pas eu d'autre femme que Clémentine; mais, je vous l'ai dit, en revenant en France, et je vous l'ai souvent répété, je ne me marierai jamais. Ne revenons donc plus sur des discussions pénibles pour nous deux. Vous avez un fils et une fille; laissez-les s'aimer et vous aimer ! Le bonheur est là pour tous les trois, ma mère.

— Clémentine renonce-t-elle aussi au mariage?

— Je le crois; mais, si jamais elle pensait autrement, ce serait moi, son frère, qui me chargerais de la doter.

— Comme vous le dites, mon fils, vous avez fait un rêve, et ce rêve est impossible à réaliser.

— Et pourquoi cela?

— Vos imprudences et celles de Clémentine sont

l'obstacle que vous avez posé vous-même à sa réalisation.

— Nos imprudences, ma mère! En quoi avons-nous été imprudents?

— Quand nous quittâmes la campagne pour venir à Lyon, je savais depuis quelques jours que votre intimité de tous les instants avec Clémentine avait été l'objet de malveillantes observations. Cela me décida à laisser ma nièce à Brindas. Je ne vous parlai pas de tout cela, je craignais déjà que, sans vous l'avouer peut-être, vous ne fussiez follement épris de cette enfant; je ne voulais pas, en contrariant votre passion, vous la révéler à vous-même.

Vous savez quelles espérances j'avais conçues ; votre obstination inconcevable, si vous n'avez pour mademoiselle Couturier qu'un amour fraternel, les a détruites ; et c'est une grande douleur pour moi. Mais enfin, mon fils, vous êtes libre, vous arrangerez votre existence non selon mes goûts, mais selon les vôtres. Quant à Clémentine, je dois vous prévenir que je viens de me trouver en face d'un devoir pénible, et je n'ai pas hésité un instant à faire ce que me commandait l'intérêt de sa réputation et de la vôtre. Depuis que nous sommes revenus de Paris, il n'y a pas eu de semaines que vous n'ayez fait plusieurs voyages à Brindas. Vous m'en avez caché la plus grande partie. Ne m'interrompez pas, mon fils, je ne me plains pas, je ne vous accuse pas, je raconte. Ces visites à Brindas, mademoiselle Rosalie n'en a connu que quelques-unes, tant vous avez bien pris vos précautions, pour n'y voir qu'une seule personne; mais elles ont été notées avec soin par un public malveillant. Vous savez qu'à Brindas et dans les environs, il y a un certain nombre de familles que je n'ai pas voulu attirer chez moi, bien

moins en raison de leur position sociale, inférieure à la
nôtre, que de leurs opinions révolutionnaires et anti-re-
ligieuses. Froissés dans leur orgueil, ces gens-là se sont
faits mes ennemis et les vôtres; ils ont épié vos démarches, ont compté les heures de vos rendez-vous, et
ils ont fait, sur l'emploi de ces heures mystérieuses, les
commentaires les plus outrageants.

— Ni moi, ni Clémentine, nous n'avons à rougir de
l'emploi de ces heures mystérieuses, comme vous les ap-
pelez.

— Je le sais très-bien, mon fils, mais vous n'en êtes
pas moins coupable d'avoir ainsi exposé la réputation de
votre sœur d'adoption. Si vous ne m'aviez pas si soigneusement caché vos excursions à Brindas, je vous en aurais signalé l'inconvenance. Vous ne savez pas, Raphaël,
jusqu'où peut aller la méchanceté du monde, et quel
plaisir il trouve à souiller de sa bave impure ce qu'il y a
de plus saint et de plus sacré. Votre piété, celle de Clémentine n'ont servi qu'à rendre les dards de la calomnie
plus aigus et plus empoisonnés. Mais je dois vous le dire,
en réduisant à leur juste valeur toutes ces accusations,
en restant dans la simplicité des faits, c'est-à-dire votre
correspondance et vos visites clandestines, vous n'en avez
pas moins manqué à toutes les règles de la prudence et
des convenances sociales.

— Cela peut être vrai, ma mère, dit tristement Raphaël. Il m'est infiniment pénible d'apprendre que ma
chère Clémentine a été calomniée par ma faute. Elle et
moi nous ignorons bien des choses; quand on craint
beaucoup le regard de Dieu, on ne pense pas à redouter
celui du monde. Et, d'ailleurs, le monde, qu'est-il pour
nous? Quels liens nous attachent à lui et lui à nous? Comment ma sœur et moi pouvions-nous redouter les arrêts

de cette étrange personnalité qu'on appelle le monde?
N'avons-nous pas été élevés dans la haine et dans le mépris de ce monde?

— Sans doute, nous devons le haïr, car il est l'ennemi
de Dieu ; et Clémentine aurait été bien heureuse si elle
avait eu le courage de le fuir et de se réfugier à l'ombre
du cloître. Mais ce ne sont pas seulement les gens sans
religion que vous avez scandalisés par vos fatales imprudences; j'ai appris, il y a trois jours, par la lettre que je
relisais lorsque vous êtes entré, que les bruits fâcheux
colportés dans Brindas sont arrivés jusqu'à Lyon. Notre
monde à nous, si religieux et si austère, juge sévèrement mon imprévoyance et ma faiblesse. J'ai dû me
rendre à de sages conseil, et Clémentine...

La comtesse s'arrêta.

— Clémentine! dit Raphaël en regardant sa mère
avec anxiété.

— J'ai dû, mon fils, reprit la comtesse, m'imposer
une séparation momentanée. Ce matin, Clémentine a dû
quitter le château de Brindas.

Raphaël devint tellement pâle que sa mère en fut effrayée.

— Vous avez chassé Clémentine de votre maison? dit
le jeune homme d'une voix tremblante.

— Quelle expression, mon cher enfant, employez-
vous là?

— Oui, vous l'avez chassée! Ce que je dis dans ce
moment, le monde, dont vous invoquez aujourd'hui l'autorité, le dira comme moi : vous l'avez chassée! Vous
n'avez donc pas compris que vous confirmiez, par cet
acte de cruauté, les calomnies infâmes dont on a souillé
votre fils et votre nièce?

— Vous ne pouviez pas, après ce qui s'est passé, rester ensemble à Brindas.

— Il fallait me consulter, avant de prendre ce parti
extrême : c'est moi qui me serais exilé ; mon départ aurait réduit les calomniateurs au silence, sans flétrir cette
orpheline que vous aviez promis à votre mari de protéger.
J'aurais voyagé, le temps nécessaire pour apaiser ces
haines que Clémentine et moi n'avons pas méritées, mais
dont nous sommes les victimes.

— Ainsi, mon fils, vous m'auriez sacrifiée ?

— Ma mère, vous le savez bien, mon amour pour
vous est extrême ; mais, à côté de celui-là, il y en a un
autre presque aussi saint et tout aussi pur ; je ne saurais
être heureux, si l'un ou l'autre est violemment brisé. Con-
sentez, ma mère, à vous séparer de votre fils pendant un
an ou deux, et rappelez votre fille auprès de vous. Ne la
rendez pas responsable de mes fautes, et ne lui imposez
pas une flétrissure que rien ne saurait effacer.

— J'ai pris toutes les précautions possibles pour atté-
nuer l'effet d'une mesure dont je ne saurais me repentir.

Clémentine a été souffrante cet hiver. Le docteur Bérard conseilla le changement d'air. Ce fut alors que des
lettres, les unes anonymes, les autres écrites par des amis
dévoués m'apprirent ce qui s'était passé. L'ordonnance
du médecin me fournissait un prétexte pour éloigner Clémentine. Elle a une tante en Suisse, dans le canton de ***;
c'est une vieille fille, sœur du père de Clémentine. Elle a
manifesté plusieurs fois le désir de voir sa nièce. Comme
cette demoiselle Couturier est protestante, je n'aurais pas
envoyé là Clémentine, si le docteur Bérard n'avait pas dit
que l'air des vallées suisses était le meilleur qu'elle pût
respirer. Pour écarter toute idée de discussion entre nous
deux, j'ai voulu que mademoiselle Mangon l'accompa-

gnât; elle donnera à Clémentine les soins qui lui sont nécessaires; elle la maintiendra dans la piété et la préservera des mauvaises impressions qu'elle pourrait recevoir des hérétiques. Vous le voyez, Raphaël, il n'y a pas là de disgrâce. Le monde, au contraire, ne peut voir dans ce départ qu'une nouvelle preuve de mon affection pour ma nièce. Laissez-moi donc arranger toutes choses dans votre intérêt et dans celui de Clémentine; votre prudence ne vous a pas si bien servi que vous ne puissiez vous en rapporter à la mienne. Ne pensez pas à vous séparer de moi; et, si vous ne craignez pas de briser le cœur de votre mère, pensez à votre sœur que votre départ rendrait très-malheureuse.

Dans la disposition d'esprit où se trouvait Raphaël, cette dernière considération pouvait seule être de quelque poids sur son esprit; il était profondément irrité contre sa mère, contre les voisins du château de Brindas, contre le monde dévot de Lyon et surtout contre lui-même; il ne pouvait s'empêcher de convenir que les reproches de la comtesse étaient, sous quelques rapports, très-fondés. Clémentine elle-même lui avait fait quelques observations sur le mystère qu'il mettait dans ces fréquentes visites.

— Le monde nous observe, lui disait-elle.

— Qu'est-ce que le monde pour nous? lui répondait Raphaël; est-ce que nous appartenons au monde? Quand je viens ici, je n'ai jamais plus d'une heure ou deux à y rester. Faut-il, pour que je puisse causer avec toi, que tu aies Rosalie Mangon à ta droite et le curé à ta gauche? Que pourrais-je te dire, en présence de ces deux personnages? Laissons Rosalie raconter ses extases au futur historien de sa vie, et donnons à nos cœurs leur libre épanchement, avec Dieu seul pour témoin.

Clémentine finissait toujours par trouver les raisons de Raphaël excellentes. Celui-ci frémissait à présent d'une colère d'autant plus violente qu'il ne savait, comme on le dit vulgairement, à qui s'en prendre.

Quand le premier mouvement fut calmé, Raphaël comprit que mettre une seconde fois les mers entre lui et Clémentine était, de tous les partis à prendre le plus mauvais.

Il fut décidé qu'on retournerait immédiatement à la campagne.

— Ma chère mère, dit Raphaël, je n'ai pas la pensée de vous imposer des lois dans votre propre maison ; vous y avez, l'été dernier, à peu près attiré toute la société lyonnaise ; je ne sais si vous avez l'intention de recommencer cette année, mais je dois vous dire que je veux vivre dans un isolement complet. Le monde des libres penseurs et le monde religieux m'inspirent une égale répulsion : nous avons été, Clémentine et moi, outragés par tous les deux.

La comtesse assura son fils qu'elle ne désirait qu'une vie tranquille ; sa santé lui en faisait d'ailleurs une nécessité.

QUATRIÈME PARTIE

L'IDÉAL ÉVANOUI

I

COMME DANS LES ROMANS

Frédéric de Lentilly à Prosper de Lanfeld.

Août 1864.

« En arrivant en France, mon cher Prosper, je n'aspirais qu'au repos. Deux blessures, l'une reçue en Italie et l'autre au Mexique, menaçaient de se rouvrir; et la perspective d'une vie remplie d'infirmités me jetait dans une humeur sombre, fort éloignée de mon caractère habituel. Je consultai, à Paris, le docteur Nélaton; il me rassura, et pratiqua une opération assez douloureuse, dont le succès fut merveilleux. Sa dernière ordonnance me prescrivait d'aller passer quelques mois à la campagne.

« — Surtout, me dit-il, n'allez pas dans un de ces châteaux où l'on transporte la vie parisienne avec autant de facilité que n'importe quel colis. N'avez-vous pas, dans

votre famille, quelque bon vieux manoir, où l'on mène une
vie aussi paisible que confortable, où l'on se couche de
bonne heure, après avoir fait un whist? Je voudrais même,
si cela était possible, qu'il n'y eût pas de chasseurs. Souvenez-vous que tout exercice violent vous est interdit,
pendant six mois au moins.

« D'après cela, mon cher Prosper, il ne me restait
plus qu'à m'envelopper de flanelle, et à chercher un château comme celui de la *Belle au bois dormant*, dans lequel je m'endormirais moi-même jusqu'à parfaite guérison.

« Naturellement je pensai à Brindas.

« J'avais su, à Paris, que Raphaël avait quitté ses
missionnaires, et qu'il avait jeté le froc aux orties. Quelle
surprise! Raphaël l'archange, le mystique Raphaël renonçait aux célestes tabernacles et revenait prosaïque-
ment à la vie des simples mortels! L'amour de la créature
l'avait sans doute emporté sur l'amour du Créateur : il
n'avait pu vivre loin de Clémentine.

« Que te dirai-je? Les voyages, les dangers, « l'herbe
tendre » qui se trouve toujours sous les pas d'un officier
de cavalerie, tout cela avait presque effacé le souvenir de
ma charmante cousine. Eh bien! la pensée qu'elle allait
appartenir à un autre homme que moi, qu'elle lui appartenait peut-être déjà, me fut amère. Je me sentis jaloux
de Raphaël, comme je l'avais été à mon dernier voyage
de Brindas; je ne voulus pas attacher d'importance à ces
mouvements de l'âme qu'on ne peut définir, tant ils sont
contradictoires. Pouvais-je appeler amour ce sentiment
d'admiration sensuelle produit sur moi, il y a quatre ans,
par l'éclosion subite de la beauté de Clémentine? Et ne
devais-je pas, au contraire, me réjouir du bonheur de
ces deux êtres charmants qui ne ressemblent en rien à

tout ce que j'ai vu dans le monde? Aussi, ce bonheur, je voulus le contempler encore ; et, puisqu'on me prescrivait un long séjour à la campagne dans les conditions de l'existence la plus paisible, je n'avais rien de mieux à faire que d'aller à Brindas. J'écrivis aussitôt à ma belle-mère pour lui annoncer mon arrivée.

« Je fis part de ma résolution à mon fidèle Jacques. Il m'en parut si joyeux que je dus rendre hommage à sa constance. Rosalie Mangon règne toujours sur son cœur.

« — Tu devrais épouser sainte Rosalie, dis-je à Jacques.

« — Oh! si elle voulait y consentir !

« — Tu n'aurais pas peur de prendre une femme qui meurt et qui ressuscite à volonté ?

« — Vous plaisantez, mon capitaine, vous n'avez jamais cru à tout cela. Moi, je ne sais qu'en penser ; mais après tout, cela ne rend pas mademoiselle Rosalie bien effrayante. C'est une belle fille.

« — Belle, soit. Cette beauté a bien trente-sept ou trente-huit ans...

« — C'est vrai, elle n'est plus bien jeune, mais elle doit avoir de bonnes petites économies. Ma mère m'a laissé les siennes ; et avec cela on pourrait bien entrer en ménage ; mais une sainte comme mademoiselle Mangon voudra-t-elle se marier? Quand j'étais à Brindas, elle était bien aimable pour moi ; et quelquefois j'aurais pu croire que je ne lui déplaisais pas trop ; et, si j'osais espérer...

« — Espère, mon garçon, espère! Le plus grand bonheur de la vie, c'est d'avoir à espérer quelque chose.

« Quand j'arrivai à Brindas, je trouvai ma belle-mère seule. La pauvre femme a vieilli de vingt ans. En me voyant, elle se jeta, toute en pleurs, dans mes bras. Elle me fit répéter ce que je lui avais déjà dit dans mes lettres : les détails de la mort de son fils, et de son retour aux sentiments religieux de sa jeunesse. Plusieurs fois, j'avais voulu interrompre ce triste entretien pour m'informer de Raphaël et de Clémentine.

« — Ils se portent bien, très-bien, me dit-elle enfin, j'ai eu de leurs nouvelles ce matin ; ils seront ici dans huit jours. Clémentine vous a sans doute fait part de son mariage avec mon fils.

« — Ils sont donc mariés ! m'écriai-je.

« Et je sentis je ne sais quoi qui me mordait au cœur.

« — Hélas ! oui, me répondit-elle. Ce mariage vous paraît bien étrange, n'est-ce pas ? Ce n'est pas là ce que voulait votre père. Bien que Clémentine fût sa nièce, s'il eût vécu, il aurait certainement pris une énergique résolution pour empêcher cette mésalliance. Moi, mon cher Frédéric, j'ai été faible, je me suis laissé arracher mon consentement.

« Ma belle-mère me raconta tout ce qui s'était passé. C'est un roman du genre le plus pathétique, mon cher Prosper ; en voici le résumé.

« Madame de Lentilly voulait marier son fils, pensant avec raison que, s'il avait perdu le goût de la vie sacerdotale, il avait dû en prendre un autre. Tentatives inutiles ; Raphaël déclara net qu'il ne se marierait jamais. Soupçonnant Clémentine d'être pour quelque chose dans cette décision, la comtesse alla passer l'hiver à Paris et à Lyon avec son fils, et laissa ma cousine à la campagne sous la garde de sainte Mangon.

« Je te fais grâce des différents projets de mariage conçus alors, et du détail des perfections des jeunes filles sur lesquelles on avait jeté ses vues. Raphaël les trouvait charmantes, mais il refusait de les épouser. De plus, pendant les quatre mois qu'il resta à Lyon avec sa mère, il faisait, à l'insu de celle-ci, de fréquentes excursions à Brindas. Le candide Raphaël n'avait pas le courage de braver les préjugés de l'orgueil du rang, dont il savait sa mère imbue, et de dire carrément qu'il voulait épouser Clémentine Couturier; mais il trouvait bon, pour se livrer aux douceurs d'un amour platonique, de tromper mère et duègne, avec l'habileté du roué le plus expert. Pouvait-on attendre cela d'un jeune homme élevé dans le plus exalté dévotisme? Il paraît que certaines sciences se développent d'elles-mêmes, à un moment donné; et cela sans maître.

« Mais il n'y a pas d'habileté qui ne puisse se trouver en défaut; et il y a partout des gens qui semblent n'avoir d'autre souci que celui des affaires des autres. Bientôt il ne fut bruit dans la commune de Brindas, et même à Lyon, que des amours de Raphaël et de Clémentine. Les ennemis de la comtesse, en général libres-penseurs, avaient une occasion trop belle de se moquer de l'éducation qu'elle avait donnée à ses enfants pour la laisser échapper; les dévôts, déjà scandalisés de ce qu'ils appelaient la défection de Raphaël et de Clémentine, ne voulurent pas voir que l'intimité fraternelle, dans laquelle ils avaient vécu, expliquait et justifiait bien des choses. Ils furent plus sévères que les libres-penseurs; ils virent à Brindas l'abomination de la désolation, pendant que les indévots, tout en riant des rendez-vous du beau défroqué et de la belle Clémentine, disaient qu'après tout, il n'y avait pas, au fond, peut-être beaucoup de mal.

« Le bruit de ces clameurs arriva aux oreilles de ma belle-mère. Elle interrogea Rosalie. Celle-ci n'avait rien

vu, rien deviné. Le soleil, où elle voyait jadis tant de
choses, ne fonctionnait plus.

« Ma cousine a, sur les bords du lac de Genève, dans le
canton de Vaud, une tante, vieille fille très-respectable.
Ma belle-mère crut faire merveille en envoyant Clémentine chez cette parente, sous prétexte de changement
d'air. Rosalie l'accompagna. Désespoir de Raphaël, désespoir de Clémentine. Celle-ci, qui ne souffrait que d'une
légère indisposition en quittant Brindas, tomba dans un
état de langueur qui bientôt devint très-grave. De temps
immémorial, dans les romans, il est d'usage que les
jeunes filles deviennent sérieusement malades quand on
les sépare de leur bien-aimé. Il est non moins d'usage
que les parents barbares qui n'ont pas voulu allumer le
flambeau de l'hyménée pour les deux amants, — vieux
style, — attendent que l'intéressante malade n'ait plus
qu'un souffle de vie pour donner leur consentement.
Alors la mourante ressuscite, comme Rosalie Mangon;
elle se marie et elle a beaucoup d'enfants. Dans le roman de ma cousine, tout se passa et tout se passera, je
l'espère, selon le programme.

« Raphaël, au bout de deux mois de séparation, reçut
un billet de Clémentine.

« Je me meurs, lui écrivait-elle. Par un miracle de la
« Providence, je puis t'écrire un dernier adieu. Je vais
« t'attendre au ciel : là, plus de séparation. Adieu, mon
« Raphaël, tu as bien aimé Clémentine, mais Clémentine
« t'a encore plus aimé. »

« Ce billet fut un coup de foudre pour Raphaël; dans
les derniers mots il crut voir un reproche. Il alla trouver
sa mère.

« — Savez-vous que Clémentine est mourante, et que
peut-être, dans ce moment, elle n'existe plus ?

« — Je sais que Clémentine est très-malade, mais je crois qu'elle n'est pas dans un aussi grand danger que vous paraissez le craindre. Rosalie espère encore beaucoup. Mon intention est de partir, dans deux ou trois jours, pour la Suisse.

« — Moi je pars à l'instant, dit Raphaël.

« — Mais cela n'est pas possible, cela ne doit pas être...

« Raphaël n'était plus là. Il prenait une voiture, arrivait à Lyon, puis à Genève, s'embarquait sur le lac pour arriver à la résidence de mademoiselle Couturier.

« Tu vois d'ici le tableau :

« Clémentine, pâle et consumée par la fièvre, éprouve, en voyant son ami, une commotion qui peut la tuer à l'instant ou la sauver. — Elle la sauve. — Surprise de Rosalie. La vieille tante laisse tomber sa Bible et ses lunettes, en voyant ce beau jeune homme dans un tel état d'exaltation qu'elle est tentée de le prendre pour un fou.

« Raphaël interroge les médecins. La maladie de Clémentine tient à une cause morale : le bonheur de revoir son ami l'a déjà ranimée, etc., etc. On sait le remède à ces maladies-là : c'est le mariage. Toujours l'air connu des romanciers. Mais ce qu'il y a de vraiment original dans le roman de Raphaël et de Clémentine, c'est que Raphaël n'avait jamais eu, assure sa mère, la pensée de se marier avec Clémentine ; il le lui avait dit plusieurs fois. Il l'aimait comme une sœur ; et si rien n'eût contrarié cette affection paisible, la comtesse de Lentilly n'aurait pas eu le déplaisir de voir mademoiselle Couturier devenir madame de Nervieux. Et il est très-bizarre que son fils se soit marié malgré elle et malgré lui-même.

« Ma mère, écrivait-il quelques jours après son arrivée

« à X..., la maladie de Clémentine est grave, très-grave;
« elle tient à une cause morale : cette cause, vous la
« connaissez. Vous nous avez séparés l'un de l'autre
« violemment; à présent, il faut nous réunir à tout prix,
« sinon Clémentine mourra. Je veux qu'elle vive, je veux
« réhabiliter sa réputation compromise par votre sévé-
« rité et par mes imprudences. Pour cela, il faut lui
« donner mon nom, et je le lui donnerai. Envoyez-moi
« donc immédiatement tous les papiers qui me sont né-
« cessaires.

« Vous le voyez, je ne mets pas en doute votre con-
« sentement. S'il arrivait trop tard, sachez bien que je
« suis décidé à ne me séparer de Clémentine ni dans la
« vie ni dans la mort. Si vous refusiez de la sauver, je
« resterais là où serait son tombeau : car, là, un jour,
« serait aussi le mien. »

« Madame de Lentilly s'est conformée aux injonctions
de son fils.

« A dater du jour de son mariage, le rétablissement
de Clémentine — toujours comme dans les romans — a
marché à toute vapeur; et dans quinze jours elle sera à
Brindas.

« Ma pauvre belle-mère ne m'a pas fait ce récit, sans
verser beaucoup de larmes. Je n'ai pas été très-sensible
à sa douleur. La part de l'orgueil y est trop grande.
Pourquoi, après tout, s'est-elle obstinée si longtemps à
vouloir marier son fils ? Sans cette persécution stupide,
Raphaël serait encore à Brindas avec Clémentine. Ils ré-
citeraient ensemble l'office de la Vierge et le chapelet,
et ils feraient des lectures scientifiques et spirituelles.
Clémentine, un beau jour, fatiguée de ce régime, découvrirait qu'il est possible d'aimer à la fois un frère et
un mari.

« Le docteur Nélaton m'a fait pressentir qu'il me faudrait peut-être renoncer au service.

« — Alors, lui dis-je, il faudra me marier?

« — Je vous le conseille, m'a-t-il répondu.

« Je te jure, mon cher Prosper, que cette parole a évoqué en moi le souvenir de Clémentine. J'en étais plus amoureux que je ne le croyais, et je ne pardonnerai jamais à ma belle-mère d'avoir amené son fils à ce mariage auquel il ne pensait pas, par les belles précautions qu'elle a prises pour l'empêcher.

« Je termine cette longue lettre, j'ai les nerfs fatigués. Si l'amour malheureux me conduisait aussi aux portes du trépas? Bah! personne ne m'empêcherait de les franchir; et mon ingrate cousine me donnerait à peine quelques larmes. On est si égoïste quand on est heureux, et surtout heureux à deux! Adieu, mon ami, je divague, et mes plaisanteries sont trop forcées pour être spirituelles. »

II

RETOUR DANS L'ÉDEN

Clémentine rentra à Brindas, avec son mari, le cœur plein de la même ivresse qu'Ève eût éprouvée, s'il lui eût été donné d'écarter l'épée flamboyante de l'archange, et de reprendre possession de l'Éden.

En descendant de voiture, madame de Nervieux trouva, sur le perron du château, madame de Lentilly et Frédéric.

Clémentine fléchit à demi le genou devant sa belle-mère, et la regarda avec des yeux à la fois si tendres et si suppliants que la comtesse se sentit émue jusqu'au fond de l'âme. Elle ouvrit ses bras à la femme de Raphaël, en la nommant sa fille, et, grâce à la mobilité de ses impressions, elle se trouva dans ce moment la plus heureuse des belles-mères.

Frédéric félicita chaleureusement sa cousine et Raphaël; et celui-ci l'accueillit avec cette affectueuse cordialité qui donnait tant de charme à ses moindres paroles.

Pendant ce temps-là, au bas du perron, les domestiques s'agitaient autour de la voiture, pour décharger les malles et les caisses; et, bien que Jacques pût se dispenser de ce travail, il était un des plus empressés. Rosalie était là, vidant les poches de la voiture et remettant au cher dragon tous ces petits objets dont les femmes savent si bien encombrer les moindres recoins. Si Frédéric eût pu s'occuper d'autre chose que de Clémentine, il aurait vu, lui auquel rien n'échappait, les mains de l'extatique et celles du soldat s'effleurer un peu plus qu'il n'était nécessaire. Les petits yeux de Rosalie se baissaient pudiquement sous les regards enflammés de Jacques; et, quand ils se relevaient, leur expression était des plus rassurantes pour le fidèle Breton.

La maladie de Clémentine avait laissé des traces trop visibles pour qu'il fût permis d'en mettre en doute la gravité. Elle était d'une pâleur extrême, et, avec sa robe blanche, elle ressemblait à ces statues du moyen âge, aux contours grêles et gracieux, qui ornent les façades de nos cathédrales gothiques. Il y avait dans son regard la mélancolie douce de ceux qui ont beaucoup souffert et qui doutent encore de leur bonheur.

Frédéric trouvait bien qu'elle n'arrivât pas à Brindas avec l'orgueil d'une triomphatrice. Il l'aimait mieux ainsi, encore à demi courbée par le souffle de l'orage qui avait failli la briser.

Raphaël était tout amour, tout bonheur. Il regardait avec des yeux charmés cette belle et touchante créature qui s'appuyait sur son bras. Était-il bien vrai qu'elle fût à lui, à lui pour toujours? Il y avait pour elle, dans son amour, des délicatesses infinies, quelque chose qui ressemblait à du respect.

Il est rare que deux jeunes époux, très-épris l'un de l'autre, ne trahissent pas naïvement le secret des joies de la possession mutuelle.

Frédéric, amoureux et jaloux, observait Raphaël et Clémentine avec cette âpre curiosité qui nous porte à chercher les émotions douloureuses; leur extrême réserve le surprenait. Il y avait, dans leurs amours, une inconnue qu'il ne pouvait dégager.

Le capitaine de dragons était trop l'homme de la vie positive pour bien comprendre l'amour de Clémentine et de Raphaël. Cet amour ne ressemblait en rien à ce qu'il avait vu dans le monde ni à ce qu'il avait ressenti lui-même. Tous nous avons une propension naturelle à nier les sentiments que nous sommes incapables d'éprouver.

— Raphaël, se disait Frédéric, est trop livré aux contemplations de la vie mystique et contemplative pour être réellement amoureux. Quand la passion ne tient pas le premier rang dans notre cœur, que sa flamme ne consume pas tout ce qui n'est pas elle, ce n'est plus la passion. L'amour n'a jamais occupé le premier rang dans le cœur de Raphaël. S'il aimait trop ma cousine pour consentir à épouser une des belles et riches héritières qu'on lui proposait, il n'en est pas moins certain qu'il ne lui a pas donné son nom par un acte libre de sa volonté, mais par un concours de circonstances qu'il n'avait ni prévues ni désirées.

L'amour de Clémentine avait été sans doute plus ardent, plus exclusif que celui de Raphaël. En était-il pour cela plus vrai? Quand le besoin d'aimer s'était éveillé dans le cœur de la jeune fille, Raphaël seul était là pour en absorber les effusions; point d'objet de comparaison; elle avait dû fatalement l'aimer. Et Frédéric qui, sans être ni trop fat ni trop orgueilleux, avait une assez bonne opinion de lui-même, se disait que, s'il fût venu plus souvent à Brindas, il aurait pu l'emporter sur son rival; mais pouvait-il prévoir que cette petite fille, qu'il trouvait presque laide, deviendrait plus belle et plus désirable pour lui que pas une des femmes qu'il avait rencontrées?

Le capitaine de Lentilly avait depuis longtemps perdu l'habitude d'imposer un frein à ses passions. Sans doute la pensée de séduire la femme de Raphaël était encore loin de son esprit. Il se complaisait dans ce qu'il croyait être une étude du cœur humain, d'autant plus intéressante qu'il s'agissait de deux êtres que le monde n'avait pas marqués de son empreinte banale. Il n'était pas homme à s'effrayer du sentiment de joie qu'il éprouvait, quand il lui semblait reconnaitre dans l'affection des deux époux l'un pour l'autre la continuation de l'amitié fraternelle, pas plus qu'il ne s'effrayait de la jalousie qui brûlait son cœur à la pensée que la possession, cet écueil des amours vulgaires, devait nécessairement exalter la passion de Raphaël pour sa femme.

Dans la première hypothèse, Clémentine pouvait s'apercevoir un jour qu'elle avait plus donné qu'elle n'avait reçu; dans la seconde, son amour pour Raphaël pouvait grandir encore.

Dès les premiers jours du retour à Brindas, le jeune couple avait repris la vie à deux, là où elle avait été interrompue. Raphaël se remit avec passion à l'étude: et, comme autrefois, il associait Clémentine aux labeurs de son intelligence. Rien ne semblait avoir changé. C'était la même régularité monastique; seulement, en donnant toujours une large part à leurs devoirs religieux, ils en avaient élagué les petites pratiques et les dévotieuses puérilités. Ils se pénétraient de plus en plus de la

parole du Christ, dite au pied du Garizim à la Samaritaine :
« Femme, il viendra un temps où l'on n'adorera plus
Dieu ni dans le temple ni sur cette montagne, mais où on
l'adorera en esprit et en vérité. »

Frédéric devait passer tout l'hiver à Brindas. La comtesse de Lentilly lui prodiguait des soins maternels. Elle
l'appelait son fils, et se montrait bien plus affectueuse
pour lui qu'elle ne l'avait été durant la vie du comte de
Lentilly. L'officier de dragons, nature très-personnelle,
aimait à se voir l'objet de ces soins, de ces attentions
de tous les instants. Clémentine et son mari n'étaient
pas tellement absorbés dans leur félicité, qu'ils ne par-
tageassent les sollicitudes de la comtesse pour leur cousin.
Raphaël l'avait trouvé à Brindas avec un véritable plaisir,
et il cherchait à lui en rendre le séjour agréable. Frédéric
aimait la lecture; mais la bibliothèque, expurgée une
première fois par les jésuites, une seconde par un Père
carme, et une troisième par un révérend capucin, exposait aux regards ses rayons dépouillés. Il n'y restait plus
que des livres de science, quelques historiens jésuites,
la *Somme* de saint Thomas, et bon nombre de livres ascétiques. Raphaël écrivit à son cousin le conseiller de la
cour impériale ; et celui-ci lui envoya non-seulement tous
les bons auteurs du dix-septième et du dix-huitième
siècle, mais encore nos meilleurs écrivains contemporains.

On fit venir aussi de la musique nouvelle. Auber, Gou-
nod, Halévy, Donizetti, furent interprétés par Clémentine, Frédéric et Raphaël.

Frédéric demanda un soir à sa cousine de lui faire entendre avec son mari un de ces cantiques qu'ils chantaient
autrefois. Il en indiqua quelques-uns et des plus excentriques. Elle refusa.

— Vous savez, mon cher capitaine, dit Raphaël, que je commence à croire à la nécessité d'une réforme dans l'Église. Le temps est-il arrivé? Je ne le crois pas. Je ne suis pas d'ailleurs encore assez instruit, et je suis trop jeune pour entrer dans la lutte. En attendant, je cherche, ou plutôt Clémentine et moi nous cherchons le vrai, et nous travaillons à nous réformer dans notre vie chrétienne, à en éloigner tout ce qui est faux. Or, mon cher Frédéric, outre que ces cantiques, que nous chantions autrefois, sont d'une détestable littérature, ils ont le double inconvénient d'être aussi mauvais au point de vue chrétien qu'au point de vue de l'art. Pour notre première réforme, nous avons brûlé les cantiques de Marie Alacoque et beaucoup d'autres aussi stupides dont vous vous êtes tant moqué, et avec raison, il y a quelques années.

Notre littérature religieuse n'est pas riche en poésie lyrique. Cependant nous avons quelques beaux cantiques. Nous vous les chanterons avec plaisir. Ils n'offensent ni le bon sens ni la grammaire; les idées en sont élevées. Dans les *Cantiques* dits de *Saint-Sulpice*, il y en a quelques-uns de ce genre, mais très-peu. Le plus grand nombre appartiennent au genre niais, ils sont remplis de mièvreries stupides. Ils rendent l'amour de la créature pour son créateur en fades roucoulements. Les notions qu'on y trouve sur le devoir, sur la conscience, sont absurdes. Voilà une jeune fille de douze à quatorze ans : elle va participer pour la première fois au banquet eucharistique : pour préparation à cet acte solennel, on ne trouve rien de mieux que de lui faire chanter : *qu'elle a perdu l'aimable innocence, qu'elle a chassé Dieu de son cœur, qu'elle a commis mille péchés mortels*, et autres sottises semblables.

Hélas! si cela pouvait être vrai, cette pauvre enfant serait une triste exception; il faudrait une main délicate pour panser les blessures de son âme et se garder surtout de lui en faire proclamer le triste aveu.

S'il n'y a dans tout cela que des formules, où en est la moralité? Et si les jeunes filles — et elles n'y manquent pas — les prennent au sérieux, elles se persuadent donc que leurs étourderies, leurs petites désobéissances, leurs charmants caprices, sont les *mille péchés mortels* qu'elles ont commis.

J'ai vu ma Clémentine verser des torrents de larmes, la veille du jour de sa première communion, en chantant, avec l'expression la plus douloureuse :

> J'ai perdu mon innocence,
> Ah! quel malheur !

Plus âgé qu'elle de trois ans, j'étais presque aussi naïf. Pourtant je me disais déjà que l'innocence ne doit pas se perdre avec tant de facilité, et que le *malheur* de la chère petite n'était pas si grand qu'elle le pensait.

Ce qu'il y a de déplorable, c'est d'initier la jeunesse aux mystères les plus saints, en lui donnant des idées fausses.

Ne vous semble-t-il pas, mon cher Frédéric, que voilà une réforme bien facile à opérer?

— Sans doute, tout prêtre de bon sens doit en comprendre la nécessité impérieuse.

— Eh bien! vous vous trompez. Dans l'erreur tout se tient. Ce serait le premier coup porté à l'échafaudage du faux mysticisme, et celui qui le tenterait se trouverait en face d'une formidable opposition.

J'ai essayé de convertir à mes idées le curé de Brindas. Je n'ai réussi qu'à le scandaliser. .

— Les saints, m'a-t-il dit, ont employé ces expressions que vous trouvez ou exagérées ou inconvenantes.
Que peut-on faire de mieux que de mettre dans la bouche
des enfants le langage des saints glorifiés par l'Église ?
Il n'y a rien à répondre à de pareils arguments.

III

INVESTIGATIONS INDISCRÈTES

La comtesse de Lentilly n'entendit pas cette conversation, et si elle l'eût entendue, il est certain que l'opinion du curé de Brindas eût été la sienne. Bien qu'elle
fût convenable et même affectueuse pour Clémentine,
elle n'avait pas encore pris son parti de ce qu'elle appelait la mésalliance de Raphaël. Si le spectacle de son
bonheur ne l'irritait pas précisément, il semblait qu'elle
éprouvait le besoin de l'avoir le moins possible sous les
yeux ; et, lorsque la santé de la jeune femme fut bien rétablie, la comtesse alla s'installer dans son appartement
à Lyon, et ne fit plus à Brindas que des apparitions
très-rares.

Les jésuites et Véronique lui faisaient entendre que
ses déceptions étaient un châtiment. Elle avait arraché
Raphaël au sanctuaire; Dieu la punissait dans son orgueil, c'était justice. Rien ne dispose à la contrition d'une
faute comme de n'en avoir pas retiré les avantages qu'on

en attendait. Madame de Lentilly était donc très-contrite, et, pour expier son péché, elle augmentait ses largesses et donnait des sommes fabuleuses pour le *denier de Saint-Pierre*. Les Jésuites et les moines ne remuaient pas un moellon dans la ville, — et l'on sait quelles immenses constructions s'édifient sur le sol favorisé par leur présence, — sans que la comtesse n'y contribuât largement. Jusqu'au mariage de son fils, elle s'était toujours montrée généreuse ; mais, depuis cette époque, elle était devenue une véritable proie pour les moines. Entre eux la lutte était vive : c'était à qui arracherait les meilleurs lambeaux de cette proie ; la victoire restait toujours aux plus habiles ; il n'est pas besoin de les nommer.

Frédéric trouvait que l'absence de sa belle-mère n'ôtait rien à l'agrément du séjour à Brindas. Devant elle, il n'osait pas autant donner l'essor aux saillies de son humeur joyeuse, saillies toujours convenables et dont Clémentine s'amusait beaucoup. Les longues soirées d'hiver se passaient à faire de la musique et en causeries intimes animées par la gaieté de Frédéric. Celui-ci savait, et voulait quelquefois être sérieux ; il provoquait Raphaël sur le terrain des discussions philosophiques et religieuses. Ce qui lui manquait du côté de la science était remplacé par la facilité de l'élocution, et par l'art de donner à des paradoxes l'apparence de la vérité. Clémentine s'intéressait à ces joutes philosophiques. Les deux combattants cherchaient tous les deux ses suffrages, et, si elle partageait toutes les idées religieuses de son mari, elle était quelquefois entraînée par la hardiesse des idées de son cousin.

Raphaël trouvait les objections de Frédéric bien faibles et bien frivoles ; il en saisissait le faux. Mais si, dans les discussions, il y a toujours un côté pratique et évidem-

ment vrai sur lequel on se sent très-fort, il y en a un
autre plus abstrait qu'il est difficile de traiter par des arguments d'une précision mathématique ; et voilà pourquoi les disputes s'éternisent sans succès pour la cause
du vrai.

Frédéric attendait là Raphaël, et, au besoin, il se tirait d'un dilemme embarrassant par une de ces plaisanteries auxquelles il est impossible de répondre. Clémentine riait ; Frédéric n'en demandait pas davantage ; il se
souciait peu de gagner sa cause avec son cousin, s'il ne
la perdait pas avec Clémentine.

C'était un charmant intérieur que celui de Brindas. La
liberté y était complète : on arrangeait l'emploi de sa
journée comme on l'entendait. Frédéric ne voulait pas
s'imposer aux jeunes époux et gêner leurs épanchements ;
il voulait être désiré et non supporté ; c'était une tactique
habile. Il lisait, et il écrivait beaucoup, surtout à son ami
Prosper de Lanfeld. Nous allons donner quelques-unes
de ces lettres.

Frédéric de Lentilly à Prosper de Lanfeld.

Brindas, 1ᵉʳ janvier 1865.

« Je te fais grâce, cher ami, des compliments d'usage,
quand on date sa lettre du premier jour de l'année ; tu
sais combien je t'aime, et je ferais tous les jours des
vœux pour ton bonheur, si j'avais dans mes prières la foi
que Rosalie a dans les siennes. Mais je suis modeste, et
je sais bien que je suis loin d'être en aussi bons termes
avec le ciel que cette sainte fille, à moins pourtant que

ce ne soit lui, — et je serais alors en grande faveur, — qui ne m'ait envoyé ce matin mes étrennes. Mais non, ça ne peut pas être le ciel. Quelles étrennes, mon cher Prosper ! j'en ai encore le cœur tout ému.

« Ainsi que je te l'ai écrit vingt fois, je suis admirablement soigné et choyé ; tout ce qui peut être utile et agréable à un malade qui n'est pas tout à fait moribond, m'est prodigué ; ma cousine est la providence du pauvre infirme ; elle veille sur les moindres détails, et, grâce à elle, je reprends tous les jours mes forces ; seulement, tu le sais, cette chère, cette adorable providence, je ne la vois qu'au moment du dîner et pendant le reste de la soirée. Nous nous séparons à dix heures, une heure plus tard que dans un couvent. Raphaël vient, tous les matins, dans ma chambre, causer quelques instants avec moi. Clémentine n'y est entrée qu'une seule fois, le jour où, par suite d'une imprudence, j'éprouvai l'accident si grave dont je t'ai parlé.

« Ce matin Raphaël a entr'ouvert ma porte en me disant :

« — Voulez-vous recevoir une visite ?

« Et, sans me laisser le temps de répondre, il a ouvert la porte entièrement. L'atmosphère était tellement chargée de vapeurs que je pouvais à peine lire, et, tout à coup, il m'a semblé que la lumière entrait à flots dans ma chambre.

« Clémentine était là !

« — Mon cousin, me dit-elle, en prenant le ton naïf des villageoises de Brindas, et me faisant une grande révérence d'une gaucherie charmante, je viens vous souhaiter une bonne année accompagnée de plusieurs autres, et le paradis à la fin de vos jours, mon cousin, si vous êtes bien sage.

« Te dire la grâce de cette adorable créature, le charme de son sourire, de sa gaieté d'enfant, c'est impossible. Ce petit incident est puéril sous ma plume; dans ma vie, il prend les proportions d'un événement. Je me serais, je crois, prosterné devant Raphaël pour le remercier quand il m'a dit, en me désignant sa femme.

« — Frédéric, le jour du premier de l'an, on s'embrasse.

« Mais, après avoir posé avec délices mes lèvres sur le beau front de Clementine, ma reconnaissance pour son mari s'est changée en irritation. Je lui en ai voulu à cet homme d'être le maître de cette femme et de me l'avoir manifesté, en me jetant une des faveurs qu'elle lui prodigue, comme le riche jette les miettes de sa table au mendiant affamé.

« Clémentine a prodigieusement rougi, quand je l'ai embrassée. Pourquoi cela? Devant le mari, je ne pouvais qu'effleurer son front de mes lèvres. Aurais-je pressé sa main assez tendrement pour qu'elle pût comprendre la sensation qui m'enivrait? Je ne sais, mais il est certain qu'elle a rougi.

« Ils m'ont dit, en me quittant, qu'ils allaient à Lyon voir leur mère; ils ne reviendront que demain, et probablement ils ramèneront avec eux la comtesse.

Frédéric à Prosper de Lanfeld.

2 janvier 1865.

« Pour parler la langue du château des mystiques, — tu sais que c'est ainsi que j'ai baptisé Brindas, — j'ai commis hier un gros péché de curiosité.

« On m'a servi à dîner dans ma chambre. J'ai causé avec Jacques, pendant mon repas; et, pour lui être agréable, je lui ai parlé de sa dulcinée.

« — Rosalie veut-elle toujours se faire religieuse? lui ai-je demandé.

« Sa figure s'est épanouie dans un sourire de triomphe.

« — Je ne le crois pas, mon capitaine : mademoiselle Rosalie a bien pleuré en voyant son élève s'engager dans une union charnelle.

« — Où diable prends-tu tes expressions?

« — Ce ne sont pas les miennes, ce sont celles de mademoiselle Mangon.

« — Bien, cela est tiré du vocabulaire des mystiques.

« — Je ne comprends pas, mon capitaine.

« — Rosalie t'apprendra cela et bien d'autres choses, mon garçon; elle en sait plus long que toi. Tu dis donc qu'elle a pleuré?

« — Oui, mon capitaine.

« — Et pourquoi a-t-elle pleuré?

« — Il paraît, mon capitaine, que Dieu a fait connaître à mademoiselle Rosalie que sa destinée était liée à celle de madame de Nervieux.

« — Eh bien?

« — Dame, mon capitaine, madame de Nervieux s'est mariée, et mademoiselle Rosalie pleure parce qu'il se pourrait bien qu'elle aussi... fût amenée...

« Jacques sourit encore, et il ajouta :

« — Elle m'a invité à aller ce soir avec elle prendre le thé.

« — Dans son appartement? Peste!

« — Pas tout à fait, mon capitaine, mais dans le petit

salon bleu qui sépare la chambre de M. de Nervieux de celle de sa femme. C'est là que M. l'abbé Louis donnait autrefois ses leçons. La chambre de mademoiselle Rosalie est auprès de ce salon. Elle y passe, tous les matins, pour ne pas réveiller madame.

« — Madame de Nervieux a donc conservé son appartement de jeune fille?

« — Oui, mon capitaine; et M. de Nervieux habite celui de la comtesse.

« Et à quelle heure dois-tu prendre le thé avec mademoiselle Mangon?

« — A neuf heures, mon capitaine. Nous devons lire un petit livre bien intéressant de monseigneur de Ségur; un traité de nos devoirs envers le Saint-Père. Ah! mon capitaine, faut-il que nous nous soyons battus en 1859 pour ces gueux d'Italiens et contre notre père bien-aimé!

« — Tu es fou, mon garçon, nous ne nous sommes pas battus contre le pape. Tu sais bien que la France le protége à Rome. Mais je ne te vois pas la médaille que tu as si bien gagnée à Magenta. L'aurais-tu perdue?

« — Non, mon capitaine, c'est que... mademoiselle Rosalie voyait cette médaille avec peine; elle voulait me la faire jeter dans la pièce d'eau; je n'ai pas voulu lui obéir; mais, pour ne pas l'affliger, je ne porte plus ma médaille. Mademoiselle Rosalie m'en a donné une très-belle, celle de saint Benoît, qui a le pouvoir de chasser le diable.

« — Eh bien! mon garçon, cette médaille pourra te servir ce soir. Mademoiselle Mangon te reçoit dans le salon de sa maîtresse; il est bien près de sa chambre à elle. Prends garde au diable, mon ami Jacques : il est bien malin quand il se fait bigote!

« Jacques me laissa. Il était sept heures du soir. Que faire de ma soirée? Je me mis à lire sans comprendre ce que je lisais. Je pensais à cette distribution d'appartements de monsieur et de madame de Nervieux. Ils n'habitaient donc pas la même chambre? Cela me faisait plaisir. Pourquoi? je n'en sais rien. C'était une de ces mille sensations stupides qui peuvent arriver au cœur humain.

« D'ailleurs ces chambres sont bien près l'une de l'autre. Et ce voisinage de la Mangon, quelle singulière fantaisie a eue Clémentine de conserver sa dévote auprès d'elle?

« Tout cela m'intriguait : et me voilà pris d'un désir irrésistible d'aller explorer cette partie du château, la seule que je ne connusse pas.

« J'entendis sonner la cloche. Elle appelait tous les habitants de la maison à la chapelle, pour y faire la prière en commun. J'assiste quelquefois à cette prière, surtout pour entendre la douce voix de Clémentine reprendre avec les assistants la prière commencée par Raphaël. L'interminable et monotone « *Priez pour nous !* » des litaniés me paraît, sur les lèvres de cette femme, une harmonie céleste.

« Pendant une heure, j'étais bien sûr de ne rencontrer personne dans les corridors. Je sors de ma chambre; je descends le grand escalier, et je vais prendre celui qui conduit à l'aile droite du château. J'arrive à la porte de ce petit salon bleu, où l'heureux Jacques doit passer deux heures de tête-à-tête avec sainte Mangon.

« J'entre, beaucoup plus ému qu'un voleur qui vient pour crocheter un secrétaire. Ce n'était pas le même genre d'émotion, me diras-tu; sans doute, cependant il y avait quelque chose d'analogue; j'entrais là furtivement, et si j'eusse vu tout à coup Raphaël devant moi, j'aurais été presque aussi déconcerté que le voleur en face d'agents de police venus pour le prendre au piége.

« Pourquoi ce trouble? Je ne jouais pas le rôle d'un séducteur émérite, mais bien celui d'un adolescent, dans toute la ferveur de son premier amour, ne demandant qu'à entrevoir le sanctuaire où repose sa divinité, et se croyant un audacieux scélérat, s'il emporte un des gants parfumés de sa belle.

« Ces réflexions calmèrent mes remords ; alors je me trouvai ridicule. Je fis un pas en arrière, puis deux en avant. Le diable me poussait sans doute, et je n'avais pas la médaille de saint Benoît pour le chasser. J'entrai dans le petit salon bleu.

« Il est encore consacré à l'étude. Il y a une magnifique bibliothèque et un bureau en bois de cèdre avec des incrustations en cuivre. Le meuble du salon et les rideaux sont en damas bleu, et, par leur richesse et leur élégance, ils font contraste avec le goût sévère de la bibliothèque et du bureau.

« J'entrai dans la chambre de Raphaël. C'est presque celle d'un moine. Quelques beaux tableaux, représentant des sujets religieux, en sont le seul luxe. Le lit, sans rideaux, est en bois de noyer. Des chaises et des fauteuils de paille, voilà tout l'ameublement.

« Je ne restai pas longtemps dans cette cellule ; et rentrant dans le salon bleu, je pénétrai dans la chambre de madame de Nervieux.

« Je te fais grâce de mes impressions, l'amour vrai a sa pudeur. Tout ce que je puis te dire, c'est que je ne dérobai ni le gant, ni la pantoufle de Clémentine.

« Autant l'appartement de Raphaël est austère, autant celui de sa femme est riche et élégant.

« Le blanc est la couleur dominante. Les rideaux, les

meubles, les tentures sont en soie blanche relevée par
une passementerie bleu et or. Sauf la richesse des étoffes
et des meubles, la profusion des objets d'art qu'on y
rencontre, cette chambre, avec ses draperies blanches,
a l'aspect virginal de celle d'une jeune fille. Rien n'y
trahit qu'un mari puisse, à ses heures, venir étendre
ses bottes devant cette cheminée en marbre de Carrare
et fumer ses *londrès*. Après être resté là quelques instants, mon agitation s'est calmée. Il me semblait que mon
cœur s'y purifiait. Au-dessous d'un très-beau Christ en
ivoire, est le prie-Dieu de Clémentine. Tu ne te moqueras
pas de moi, Prosper, puisque ton cœur est resté chrétien,
quand je te dirai que je me suis agenouillé sur ce prie-
Dieu et que j'y ai prié pour le bonheur de ma cousine.
Uu rayon de foi, fugitif comme celui d'un soleil d'hiver,
est venu illuminer mon âme. Je suis sorti de là comme
d'un temple.

3 janvier 1864.

« *P. S.* Ne souriras-tu pas de la manière dont j'ai
terminé hier cette lettre et, tout en rendant hommage à
mes sentiments vertueux, ne te demanderas-tu pas si je
me soutiendrai longtemps dans ces hauteurs sublimes ?
Je n'en sais rien : je suis amoureux, j'en perds la tête.
Qu'attendre d'un malheureux insensé sinon des actes de
folie ?

IV

LA PRIÈRE DU SOIR

Au mois d'avril, Frédéric reçut l'ordre de se rendre à Paris pour reprendre son service. Sa santé était à peu près rétablie ; et, malgré les instances des châtelains de Brindas qui voulaient qu'il demandât une prolongation de congé, il se décida à partir dans le plus bref délai.

Etait-ce le sentiment du devoir militaire qui le guidait? Était-ce la prudence qui lui conseillait de fuir un séjour de plus en plus dangereux pour lui? Il y avait un peu de tout cela. Frédéric n'était pas entièrement corrompu. La pensée de jeter le trouble dans cet intérieur paisible, où il avait été reçu avec tant d'affection, lui était odieuse.

Lorsque la conscience n'a pas une règle positive, qu'elle ne cherche pas la sanction de ses actes dans des sphères plus hautes que celle du monde, elle ne manque pas de sophismes pour s'absoudre de ses plus coupables délits. Frédéric élevé religieusement n'en était pas encore là. Pour lui, l'adultère était un crime et une là-

cheté. En raison des relations qui existaient entre lui
et Raphaël, la faute eût été plus vile encore. Raphaël
était le fils de la femme de son père. Celui-ci, en l'adop-
tant, avait créé entre les deux jeunes gens une espèce de
fraternité. N'était-ce pas en raison de ce titre sacré de
frère, que Raphaël l'avait accueilli si affectueusement?
Bien décidé à fuir le monde, à ne pas le laisser pénétrer
dans son sanctuaire, il avait fait une exception pour Frédéric. Quoi de plus lâche que d'abuser de la confiance
d'une âme si pure qu'elle ne soupçonnait même pas les
dégradations que les passions accomplissent, plus ou
moins lentement, dans les cœurs où elles sont entrées?

Frédéric s'était dit tout cela, la première fois que, sincère avec lui-même, il s'avoua qu'il aimait Clémentine
et qu'il l'aimait d'amour. Mais la foi n'était plus dans son
âme qu'à l'état latent; il ne lui demandait plus ses inspirations.

Il se dit qu'il était un honnête homme, qu'il saurait se
poser une limite, et qu'il ne la franchirait jamais. Il voulait aimer Clémentine ; mais loin de lui la coupable pensée
de s'en faire aimer.

Le divin réparateur voulant élever la morale à son plus
haut degré de puissance dit au peuple qui l'écoutait :

« Vous avez appris qu'il a été dit aux anciens : —
« Vous ne commettrez point l'adultère. — Mais moi je
« vous dis que quiconque aura regardé une femme avec
« un désir pour elle, a déjà commis l'adultère dans son
« cœur. »

Frédéric ne voulut pas se souvenir de cet enseignement : il s'enivra de la présence de la femme adorée, de
ses sourires, de ses paroles, de tout le charme qu'elle
répandait autour d'elle. Il se crut bien sûr de commander
à ses regards, à l'accent de sa voix, et de ne jamais tra-

hir, par le plus léger indice, le secret de son cœur. Il marcha résolument dans cette voie périlleuse.

Sa passion s'exalta : et, ne pouvant plus s'en dissimuler les dangers, il chercha de nouveaux sophismes pour s'absoudre, ou pour se trouver moins coupable.

Il se posa la question que se pose tout homme amoureux d'une femme mariée :

— Clémentine avait-elle bien réellement de l'amour pour son mari ? Ces enfants, élevés dans les serres chaudes du mysticisme, avaient-ils jamais su ce que c'était que l'amour ? Raphaël si beau, si intelligent, si aimant qu'il pût être, pouvait-il inspirer ce sentiment ? Son cœur n'était-il pas plus tendre que passionné ? La tendresse pouvait-elle suffire à l'âme ardente de Clémentine ?

Non, elle ne suffisait pas, si Frédéric en croyait la flamme qui jaillissait parfois des grands yeux noirs de sa cousine ; non, s'il étudiait en elle ses mystérieuses langueurs, ses mélancolies sans objet, ses gaietés nerveuses.

Que se passait-il dans le cœur de cette femme ? Elle avait été appelée à vivre sous le ciel toujours pur du bonheur conjugal, sans qu'un nuage en vint jamais troubler la sérénité ; pour elle, la brise était constamment douce et parfumée ; une main amie était toujours là, prête à écarter des sentiers où elle portait ses pas, les aspérités et les ronces. Tel était le sort de Clémentine, et il semblait à Frédéric que cette nature énergique et puissante s'énervait dans ce placide bonheur.

Il y a des plantes qui s'inclinent sans se briser sous l'effort de la tempête. Quand elle est passée, elles se relèvent radieuses, leur feuillage a pris un nouvel éclat, leurs parfums sont plus pénétrants ; l'orage leur a donné une nouvelle vie, il semble qu'il soit une des nécessités de leur être.

Il y a des femmes, pensait Frédéric, qui ressemblent à ces plantes.

Sa passion avait marché à grands pas, depuis six mois : il commençait à sentir l'impossibilité de la contenir davantage. Vingt fois il avait formé le projet de quitter Brindas, sans pouvoir se décider au départ. L'ordre du ministre de la guerre lui arriva comme une planche de salut ; il y avait encore en lui assez d'instincts honnêtes pour qu'il s'empressât de la saisir.

La veille de son départ, la soirée fut triste. Raphaël et sa femme regrettaient l'aimable et brillant officier. Son esprit original, ses paradoxes, sa gaieté si charmante, — et toujours si convenable que sainte Rosalie elle-même ne s'en effarouchait pas, — faisaient une diversion heureuse dans le calme de leur intérieur. Les regrets étaient-ils aussi vifs dans le cœur de Raphaël que dans celui de sa femme? Ceci est un mystère.

Clémentine avait eu ses orages, elle avait failli en être brisée ; elle était dans la période d'apaisement : le calme lui était doux et elle aimait Raphaël.

Elle ne songea donc pas plus que celui-ci à dissimuler la peine que le départ de son cousin lui causait. Elle la laissait voir avec une naïveté charmante.

Frédéric eût préféré moins de franchise. La modestie n'était pas au nombre de ses qualités dominantes ; il était surpris que sa cousine jugeât inutile de cacher ses impressions.

Alors il s'applaudit de sa vertu. Il fallait qu'il fût bien resté dans son rôle d'honnête homme, pour avoir produit si peu d'effet. Il se trouva héroïque et il écrivait le soir même à Prosper de Lanfeld.

« ..... J'ai été bien heureux pendant les six mois que je suis resté ici ; et c'est au moment où le bonheur m'échappe que j'en comprends l'étendue. Il a fallu à nos premiers parents trouver dans l'exil une terre désolée et stérile pour apprécier le charme des ombrages de l'Éden ; et pourtant Ève s'ennuyait sous ces beaux ombrages. Ce fut, pour se distraire, qu'elle prêta l'oreille aux discours du tentateur. Cette distraction nous a coûté cher.

« Moi je ne me suis pas ennuyé dans mon paradis. J'étais amoureux. Tous les jours, je voyais mon Ève. J'ai plus vécu dans ces six mois que dans les années qui se sont écoulées depuis ma sortie de Saint-Cyr.

« Tu m'écrivais dans ta dernière lettre :

« — Prends garde ! prends garde ! Je sais quelle est « la fougue de tes passions ; et le frein qui les domine me « semble plus que léger. »

« Tu ne serais pas si effrayé si tu savais combien je tourne à l'Amadis, depuis que je suis ici. J'aime pour le seul plaisir d'aimer. Je trouve que c'est bête ; mais c'est comme cela. Rassure-toi donc, homme vertueux, je quitterai Brindas avec mon innocence. Clémentine ne se doute pas de mon amour ; et Raphaël lui-même, pourrait me tresser une couronne de fleurs d'oranger...

. . . . »

Il était onze heures du soir, l'atmosphère était alourdie par les premières chaleurs du printemps. Frédéric, après avoir écrit sa lettre, se sentit la tête embarrassée, et il descendit dans les jardins. Bientôt il se trouva en face de l'extrémité de l'aile droite du château. Comment était-il arrivé là plutôt qu'ailleurs ? il n'aurait pas pu le dire.

Au premier étage surmonté de la mansarde où se trouvait le *premenoir spirituel* de Rosalie, il y avait trois larges fenêtres. Deux étaient celles du salon bleu, l'autre celle de la chambre de Raphaël. Le salon bleu était éclairé, et les fenêtres étaient restées ouvertes.

En face, était un tertre avec des rochers et un sentier escarpé pour conduire au sommet. On avait eu sans doute la prétention de représenter, par cette construction de mauvais goût, une colline, peut-être même une montagne.

Le capitaine de dragons se dit que du haut de ce tertre, il verrait très-bien l'appartement de Clémentine et de Raphaël. Une voix, celle de la conscience, murmura doucement qu'une investigation dans les heures intimes de deux époux était chose peu délicate. Mais Frédéric ne voulut pas écouter cette voix qui en était arrivée à parler bien bas. Il gravit la petite colline, et blotti entre deux buissons de lauriers à larges feuilles, bien certain qu'on ne pourrait le voir là, ni du salon bleu ni de l'oratoire de Rosalie, il regarda.

Sur la table, une lampe éclairait le salon. A gauche la porte de la chambre de Clémentine, à droite celle de son mari.

Clémentine, à demi couchée sur une causeuse, était enveloppée dans un peignoir blanc garni de dentelles. Elle défaisait les nattes de ses cheveux, et leurs boucles épaisses et soyeuses, objet de l'admiration de Frédéric, tombaient sur les épaules de la jeune femme. Elle passait ses doigts effilés dans ses beaux cheveux ; et, si elle eût pu deviner que là, près d'elle, il y avait un homme qui l'examinait avec des yeux passionnés, et s'enivrait de sa vue, on aurait pu croire qu'il y avait de la coquetterie dans le geste de cette main si blanche, se jouant dans ces boucles de jais. Ce mouvement faisait retomber la large manche du peignoir jusqu'au coude, et laissait voir la forme charmante du bras. Cette femme entourée, comme d'un nuage, de mousseline et de dentelle, eût été pour un artiste un divin modèle, s'il avait voulu représenter l'idéal de la grâce et de la chasteté.

Frédéric aurait passé de longues heures, sans se lasser, à la considérer ainsi nonchalante et gracieuse, et à suivre le mouvement cadencé de son petit pied sortant à demi d'une pantoufle de velours rouge.

Raphaël, l'heureux possesseur de cette femme, ne jetait pas un regard sur ce trésor. Il était assis près de la table, et lisait dans un livre dont le format parut étrange à Frédéric. Ce livre avait au moins l'épaisseur de deux in-8°. Il était relié, et avait un fermoir en argent bruni et un signet avec des petits glands du même métal. Raphaël tournait quelquefois rapidement les pages, revenait à celles qu'il avait passées sans les lire, puis il se levait faisait quelques pas dans le salon, toujours en lisant.

Frédéric n'y comprenait rien. Ce n'était pas là une lecture ordinaire.

Il arriva un moment où Raphaël se mit à genoux, ouvrit son livre et, après deux ou trois minutes, il se releva en faisant le signe de la croix. Puis il mit ce livre dans un des tiroirs du bureau. Alors il s'approcha de la causeuse, regarda Clémentine, qui devait lui paraître bien belle avec ses cheveux épars ; il s'assit à côté d'elle. Celle-ci se releva à demi. Frédéric ne pouvait entendre la conversation, mais, deux ou trois fois, il vit Raphaël prendre la main de la jeune femme et la porter à ses lèvres.

Enfin, ils se levèrent, et allèrent se placer en face d'une belle Vierge du Titien que Frédéric avait beaucoup admirée, le soir de son excursion dans le salon bleu ; c'était le seul tableau qui s'y trouvât.

Ils se mirent tous les deux à genoux. Raphaël prit les

deux mains jointes de sa femme entre les siennes, et celle-ci appuya sa belle tête sur l'épaule de son mari ; ils commencèrent une prière. La lumière les éclairait si parfaitement que Frédéric pouvait distinguer le mouvement des lèvres de Raphaël. Bien qu'un vague murmure parvînt seul à ses oreilles, il s'apercevait que ce n'était pas la récitation vulgaire de ces formules qui se répètent *ne varietur*, tous les jours de l'année : c'était une improvisation. Raphaël faisait la véritable prière, la seule qui soit digne de l'être raisonnable, et, si l'on peut s'exprimer ainsi, la seule digne de Dieu.

Frédéric se souvint du temps où il avait prié, lui aussi, avec ferveur. Il comprit un instant la volupté sainte de deux âmes unies par la même foi, la même espérance, le même amour. Il voyait, de temps en temps, Clémentine relever la tête. Et les yeux fixés sur son mari, elle semblait l'écouter avec ravissement ; et puis, elle cachait encore son visage, comme une gracieuse enfant, sur l'épaule de Raphaël.

Les pensées et les désirs coupables de Frédéric disparaissaient. Cette prière qu'il n'entendait pas purifiait son âme.

— Comme ils doivent s'aimer ! se disait-il en considérant le groupe charmant qui se trouvait comme placé dans une atmosphère lumineuse, comme ils doivent s'aimer, ces deux êtres unis par le cœur, unis par l'intelligence, unis par la même foi ! Et, supposé que cela fût en mon pouvoir, ne serais-je pas le dernier des misérables, si j'arrachais Clémentine à cet amour exceptionnel, pour la jeter dans un amour vulgaire ? Pourquoi me répéter, pour m'absoudre des désirs qui brûlent mes veines quand j'effleure seulement sa robe, que ces deux beaux enfants n'ont pas de passion l'un pour l'autre ? De

la passion, grand Dieu ! et quelle passion pourrait être
préférable au sentiment qui les unit? Quel est celui qui,
comprenant, comme je les comprends à présent, leurs
chastes amours, ne donnerait pas, pour boire une seule
fois à cette coupe que Dieu lui-même dans sa munifi-
cence présente à leurs lèvres, les voluptés que peut
donner une femme aimée? Non, ce n'est pas la possession de ce beau corps, dont je cherchais tout à l'heure à
deviner les contours sous la draperie légère qui les
couvre, que je dois envier à Raphaël; ce que je dois lui
envier c'est d'avoir créé pour Clémentine un idéal auquel
nul que lui ne pourrait atteindre.

La prière était terminée. Raphaël passa son bras autour de la taille de sa femme pour la relever; et, la tenant ainsi, ils se promenèrent dans le salon bleu, pendant
deux ou trois minutes. Le cœur de Frédéric battit avec
violence, quand il vit Raphaël, toujours dans la même attitude, arriver à la porte de la chambre de sa femme et
déposer, en ouvrant cette porte, un long baiser sur son
front.

Frédéric alors poussa un rugissement de rage ; il descendit du tertre avec rapidité, il semblait qu'une force
invisible l'entraînait.

— Je suis fou, se disait-il, absolument fou. Sur quels
nuages me suis-je donc perché tout à l'heure pour voir
passer devant mes yeux tant d'horizons fantastiques?
Après tout, leur poésie d'amour est-elle si céleste qu'ils
ne descendent jamais au terre-à-terre de la prose? Je ne
comprends rien à mon émotion, sinon que je deviens
stupide. Mais, sur mon honneur, il est heureux pour
Raphaël que je sois obligé de partir demain, car je me
sens un terrible désir de savoir si mon pieux cousin, avec
son amour doublé de mysticisme, serait plus difficile à

supplanter que tout autre mari. C'est singulier comme les points de vue sous lesquels nous envisageons les choses peuvent, au moindre choc, changer d'aspect!

Frédéric se promena quelque temps, pour calmer son agitation ; et, la nuit, il rêva qu'il faisait sa prière avec Clémentine, et que Raphaël, à son tour, blotti entre les deux lauriers, les observait,

Le lendemain il se trouva un peu honteux de sa folie de la veille, et plus que jamais jaloux du bonheur de Raphaël.

V

L'AVEU

En arrivant à Paris, Frédéric écrivit à Prosper de
Lanfeld, et lui laissa voir ce qu'il voyait lui-même dans
son propre cœur. Il lui raconta tout ce qui s'était passé
la veille de son départ de Brindas. Sa lettre se terminait
ainsi :

« En me réveillant, après ce rêve bizarre, je me trouvai dans une disposition d'esprit plus calme et moins hostile au bonheur conjugal de Raphaël. Je descendis au
salon ; j'y trouvai Clémentine et son mari qui devaient
m'accompagner à Lyon. Madame de Lentilly nous attendait à déjeuner. Ils me firent réitérer la promesse, que
je leur avais déjà faite, de venir, l'hiver, chasser à Brindas. Je pensais que d'ici là il s'écoulerait plusieurs mois.
J'avais le temps nécessaire pour me guérir de ma fatale
passion. J'étais décidé à employer pour cela la méthode
homœopathique *similia similibus curantur*, mais avec

cette différence que j'emploierais les plus hautes doses possibles.

« Je n'avais plus que deux heures à passer à Brindas, et il m'était difficile de ne pas éprouver un vif sentiment d'admiration pour moi-même, en me rappelant les joies et les souffrances des six mois qui venaient de s'écouler, de pouvoir me dire qu'Alexandre, Scipion l'Africain, Bayard et tous les chastes héros de l'antiquité et du monde moderne, n'étaient, pour la vertu, que de petites gens auprès de moi. D'abord, ils n'aimaient pas ces femmes que les circonstances leur offraient *ex abrupto*. J'aurais voulu les voir, ces pudibonds personnages, rester six mois en face d'une Clémentine, en être tous les jours plus épris, et la quitter sans lui laisser soupçonner que :

Pour un cheveu,
Infant don Luiz, je donnerais l'Espagne...

« Tu sais le reste.

« Je me trouvais donc parfait, ou peu s'en faut. Mais, hélas ! les chutes des simples mortels, comme celles des grands empires, tiennent souvent à de légères causes. Pendant que, tout en causant avec ma cousine et avec son mari, je m'abandonnais à une satisfaction d'orgueil si légitime, on vint avertir Raphaël que son homme d'affaires désirait lui parler. Nous avions encore une heure, avant le moment fixé pour le départ. Il sortit, et je restai seul avec Clémentine.

« Elle était triste, très-triste. Je ne sais quelle révolution se fit dans mon esprit. Tout en échangeant avec elle des paroles insignifiantes, je regardais la pendule. Dans une heure, dans une demi-heure, dans un quart d'heure, il faudrait partir. La voiture arrivait devant le perron, et j'entendais la voix de Raphaël qui congédiait son homme d'affaires ; je n'avais plus que cinq minutes, cinq minutes à être seul avec elle ! Ma tête se perdit. Je dis à Clémentine que je l'aimais, que je l'avais toujours aimée, et toutes les folies que l'amour le plus passionné peut inspirer. Éperdue, elle m'écoutait sans m'interrompre. Elle cherchait à retirer ses mains, que j'avais saisies pour les couvrir de baisers. Elle se leva comme pour me fuir, mais je l'enlaçai dans mes bras, et mes lèvres touchèrent les siennes. Elle s'arracha de mon étreinte, et retomba sur son fauteuil. Ses yeux se fixèrent sur moi. Ils avaient une expression étrange, indéfinissable. Ce n'était pas de la colère, c'était de la frayeur mêlée de surprise.

« Elle tremblait, son visage un instant empourpré devenait d'une pâleur livide. Je crus qu'elle allait s'évanouir, et je tombai à ses genoux.

« Je lui demandai pardon ; je lui protestai que mon respect pour elle serait désormais égal à mon amour. Je fus éloquent sans doute : car je parlais avec conviction : j'étais réellement au désespoir de ma folie.

« Clémentine, silencieuse, continuait à me regarder avec une profonde stupeur.

« — Au nom du ciel ! Clémentine, lui dis-je, un mot, un seul mot ! dites que vous me pardonnez et que vous oublierez !

« — Je vous pardonne et je veux oublier.

« Les pas de Raphaël se firent entendre. Il venait dans le salon.

« — Votre mari va entrer, Clémentine, calmez-vous ! que penserait-il s'il vous voyait ainsi troublée ?

« — Ne craignez rien, mon cousin. Raphaël ne soupçonnera pas que vous avez été déloyal envers lui. Il n'a jamais compris une lâcheté.

« — Clémentine, vous m'aviez promis mon pardon !

« — Je pardonne, mais je ne saurais oublier encore.

« Et, se levant avec la dignité d'une reine, elle me jeta un regard d'un suprême dédain ; et s'avançant vers son mari, qui entrait dans le salon, elle lui dit le plus naturellement du monde :

« — Je vous prie, mon cher Raphaël, de m'excuser auprès de votre mère ; je me sens fatiguée et j'ai besoin de repos.

« — N'éprouves-tu que de la fatigue, ma bien chère ? Tu es pâle, tes mains sont glacées ! Veux-tu que j'amène ici avec moi le docteur Bérard ?

« — Non, non, dit Clémentine en essayant de sourire, je n'ai nul besoin du bon docteur, je ne souffre que d'une légère courbature.

« — Si je ne craignais pas de blesser ma mère, je resterais avec toi : bien qu'il me fût pénible de ne pas accompagner notre cher Frédéric jusqu'à Lyon. Je suis persuadé qu'il est pour quelque chose dans ton indisposition.

« — Que dites-vous, Raphaël ? m'écriai-je.

« — Mais c'est très-simple, me dit-il sans avoir remarqué mon émotion. Une intimité de six mois tient une place dans la vie ; elle crée une habitude de rapports affectueux qu'on n'abandonne pas sans regrets. Vous êtes un frère pour nous, mon cher Frédéric ; ne l'oubliez jamais, je vous en prie !

« — Non, lui dis-je en lui serrant la main avec force, et en regardant Clémentine, jamais je ne l'oublierai.

« Tout autre mari que Raphaël, placé dans les mêmes circonstances, m'eût paru, je crois, un peu ridicule par

24

l'excès de sa cofiance ; mais, en face de cette nature si
noble, si loyale, je ne pouvais que me sentir humilié et
embarrassé.

« Clémentine s'en aperçut, et l'adorable créature vint
à mon secours en disant :

« — Frédéric est notre frère, soit ; mais il nous manque une sœur, et c'est à lui de nous en amener une à
Brindas le plus tôt possible.

« — Vous me condamnez donc au mariage, madame ?
Ne pourrai-je revenir ici, sans avoir au préalable passé
par la mairie et par l'Église ?

« — Oh ! mon cher ami, dit Raphaël, marié ou non
marié, vous serez toujours ici le bien venu, n'est-ce pas,
Clémentine ?

« — Sans doute, mon ami.

« Je n'avais jamais tant admiré l'empire que les femmes
peuvent avoir sur elles-mêmes. J'avais, il n'y avait pas
dix minutes, vu madame de Nervieux effrayée, indignée
de mon audace, — peut-être plus effrayée qu'indignée,
— en proie à une surexcitation nerveuse que je redoutais de voir se changer en convulsions ; et, tout à coup,
satisfaite de m'avoir adressé quelques duretés, elle se
trouve en face de son mari, et elle est calme. J'étais le
seul coupable, c'est vrai ; mais n'y a-t-il pas des fautes
dont on peut être complice malgré soi ? Ce baiser qui m'a
enivré, l'aurait-elle reçu sans la plus légère émotion ?
Chi lo sà ?

« Elle soutint son rôle jusqu'à la fin. Au moment où je
montai en voiture avec son mari, elle me tendit une main
que j'effleurai seulement de mes lèvres, et sans oser ré-
clamer une faveur plus grande au nom de mon titre de
parent... »

VI

LES DÉSENCHANTEMENTS

Depuis un an, Clémentine et Raphaël réalisaient un des plus beaux rêves que puissent faire des natures nobles et élevées, l'amour dans le mariage. Aujourd'hui ce rêve se fait peu. Ce ne sont plus seulement les pères de famille qui ne voient dans le mariage qu'une affaire, une association de capitaux et qui disent ensuite : — Si l'amour, si la sympathie peuvent se glisser entre deux portefeuilles bourrés de billets de banque, nous n'y voyons pas d'inconvénient, ce sera un luxe de plus. — A présent les enfants ne calculent pas moins bien que les auteurs de leurs jours : il n'est pas rare d'entendre une jeune fille dire carrément : — Je veux un mari très-riche. — Jamais on n'a tant lu de romans que de nos jours, et jamais on n'a été moins romanesque.

Sauf *Paul et Virginie* lu par Clémentine, ni elle ni Raphaël n'avaient jamais ouvert un roman, mais ils en mettaient un en action. Ils avaient reconstitué pour eux le Paradis terrestre. Fuir le monde, vivre l'un pour l'autre de la vie du cœur et de l'intelligence, voilà ce qu'ils avaient voulu. Excepté le curé de Brindas et quelques révérends Pères, attirés dans l'orbite de madame de Lentilly pendant ses courts séjours à la campagne, nul homme que Frédéric, nulle femme du monde, même du monde dévot, n'avaient encore pénétré dans leur Éden.

Raphaël avait hérité de son père d'une véritable passion pour l'étude, et surtout pour celle des questions religieuses. Il n'en est guère, en effet, de plus attrayante. A cette étude se rattachent toutes les autres : philosophie, histoire, littérature, science, beaux-arts ont avec elle de nombreux points de contact ; et le champ des investigations devient immense.

Depuis sa première jeunesse, il avait pris l'habitude d'étudier avec Clémentine, et il continuait à l'associer à ses travaux. L'intelligence de sa femme lui semblait vivifier et compléter la sienne.

— Seul, lui disait-il quelquefois, je ne suis qu'un chercheur du vrai ; avec toi, je deviens un penseur. Tu te dis mon élève ; tu es plus que cela, tu es mon génie inspirateur, la meilleure partie de moi-même, et si je ne t'avais pas, je ne serais plus rien. Ton esprit est la vie de mon esprit, comme ton cœur est la vie de mon cœur. Jamais deux existences n'ont été si complétement fusionnées que la tienne et la mienne. Oh ! ma chère Clémentine, je crains toujours de ne pas être assez reconnaissant envers Dieu qui m'a donné tant de bonheur !

Il est une remarque que tous les observateurs ont pu faire. Le ciel est pur, l'air est calme, pas un point noir à l'horizon ; et, tout à coup, les organisations exceptionnellement nerveuses éprouvent un malaise étrange ; elles se sentent fatiguées, même dans le repos; et sous le poids d'une vague inquiétude. Mais les nuages s'amoncellent; l'éclair déchire la nue. C'est l'orage qu'on avait pressenti, même avant qu'il fût formé, c'est l'orage; et l'on peut être foudroyé!

Mais il y a d'autres horizons appartenant au domaine de la psychologie. Là peuvent aussi surgir des points noirs, et bien avant leur apparition l'âme les pressent, et elle se trouble.

Le ciel des deux solitaires de Brindas n'avait pas cessé un instant d'être serein. Le regard de Clémentine avait pour Raphaël le même enivrement qu'autrefois; il était toujours aussi tendre; elle avait toujours pour lui ces mots si doux, ces prévenances délicates qui sont le charme de la vie à deux; et cependant Raphaël, véritable sensitive, pressentait qu'il y avait quelque chose de changé autour de lui.

Quand il était seul, dans cet appartement dont Frédéric avait remarqué la simplicité austère, il sortait, d'un petit coffre en bois de chêne fermant à clef, un manuscrit, et il écrivait.

Ce manuscrit, Clémentine ne l'avait jamais vu. C'était le seul secret qui fût entre Raphaël et sa femme. Il mettait là ses pensées les plus intimes, celles que l'on craint quelquefois de s'avouer à soi-même.

On n'étudie pas sérieusement les questions religieuses sans être assailli par des doutes terribles; et, jusqu'à ce qu'on en ait trouvé la solution, jusqu'à ce que la lumière se soit faite, on souffre de cruelles angoisses. Raphaël, en raison de sa sensibilité, de son exquise délicatesse de conscience, de son amour ardent du vrai, était plus accessible qu'un autre à ces angoisses. Il est souvent difficile de mettre le vrai à la place du faux, de rejeter et d'élaguer dans une juste mesure, de garder la foi sans nier les droits de la raison. De là des luttes, des inquiétudes, d'horribles souffrances.

Raphaël voulait partager avec Clémentine les joies du cœur et celles de l'intelligence ; mais il voulait souffrir seul. Quand leur esprit commençait à se trouver en face de terribles problèmes, il en détournait l'attention de sa femme, et n'en cherchait la solution que dans le silence et la solitude. C'est alors qu'il prenait son manuscrit et qu'il y consignait ce qu'il appelait son enquête sur les griefs réciproques de la raison et de la religion, telle qu'elle est comprise dans notre siècle.

Pour les esprits sérieux, la lecture de ces manuscrits aurait sans doute un grand charme. Peut-être les publierons-nous un jour, car nous les avons entre les mains.

Quelquefois, il y écrivait des réflexions étrangères à ses préoccupations habituelles. Elles étaient jetées çà et là. C'était une impression reçue, une pensée fugitive dont il avait rougi. Rares d'abord, elles en vinrent à occuper, tous les jours, plus de place. Les questions religieuses et philosophiques semblaient avoir pour Raphaël moins d'intérêt; il se sentait envahi par une souffrance morale dont il ne pouvait préciser la cause.

Nous allons donner de ces manuscrits ce qui tient aux sentiments intimes de cette âme exceptionnellement belle.

Les premières ont été consignées dans le manuscrit, quelques semaines après le départ de Frédéric.

28 *Mai* 1865. — « Peu d'hommes peuvent dire à Dieu : Seigneur, j'ai beaucoup désiré, je vous ai beaucoup demandé; et vous m'avez donné tout ce que j'ai désiré, tout ce que je vous ai demandé. Vous avez rempli,

jusqu'aux bords, la coupe des félicités que j'avais rêvées. Je me suis engagé, imprudemment peut-être, dans une voie difficile, toute semée de fleurs, mais remplie d'é-cueils. J'ai été soutenu par votre force, et je ne crains plus d'avoir à me repentir de ce que j'ai fait.

« Voilà ce que je disais à Dieu ce matin ; et je crois que je n'avais jamais eu le sentiment de mon bonheur aussi vif et aussi complet qu'aujourd'hui.

« Mais ce soir, j'ai ouvert ma bible au hasard, et je suis tombé sur le livre de Job. J'ai parcouru quelques pages de ce sublime poëme, et j'ai senti mon cœur se serrer.

« Était-ce un avertissement ?

« Hélas ! il n'est que trop vrai que l'*homme vit peu de temps sur la terre et que ce peu de temps est rempli de beaucoup de misères*. Ce matin, je chantais à Dieu un hymne de reconnaissance ; peut-être me faudra-t-il dire avec Job : *Si bona suscepimus de manu Dei, mala quare non suscipiamus ?* . . . .

. . . .

26 *Juin*. — « Clémentine me cause de l'inquiétude. Elle m'assure que sa santé est parfaite ; je voudrais le croire ; mais je remarque en elle des symptômes qui accusent une vague souffrance. Son caractère est changé ; il est devenu inégal. Elle a des moments d'excessive gaieté, auxquels succède une sombre mélancolie. J'avais déjà remarqué ces inégalités, quelque temps avant le départ de Frédéric ; mais elles étaient bien moins fréquentes qu'à présent.

« Ce qui n'est pas changé dans ma chère Clémentine, c'est son amour pour moi ; jamais elle n'a été plus aimante. . . . .

15 *Juin*. — « Ce matin, à déjeuner, Clémentine était

excessivement gaie ; tout semblait l'amuser ; elle avait
des rires éclatants de jeune fille. Cette gaieté m'attris-
tait, elle n'était pas naturelle. Elle avait pris Rosalie
pour objet de ses plaisanteries, et elle lui faisait subir de
véritables taquineries d'enfant gâté. .

« Il y a longtemps que nous sommes convenus, ma
femme et moi, que mademoiselle Mangon a joué souvent
la comédie, et qu'elle a usé et abusé de la crédulité de
ma mère et de la nôtre. Je me souviens que nous re-
çumes fort mal l'abbé Louis quand il voulut nous désa-
buser au sujet des fameux stigmates. Nous ne voulûmes
pas l'écouter. Ces visions, ces révélations merveilleuses
étaient pour nous une distraction, un espèce de spectacle.
Et nous aurions été alors bien contrariés d'être désabu-
sés. A présent, ma mère et notre jeune curé sont les
seuls à croire aux visions de Rosalie ; mais si nous esti-
mons peu son caractère, nous ne devons pas oublier son
dévouement pour nous. Elle a été admirable en Suisse,
pendant la maladie de Clémentine. C'est elle qui a trouvé
le moyen, — ma mère n'a jamais su cela, — de m'envoyer le billet que ma pauvre amie m'écrivit, presque
mourante. Si j'ai pu arriver assez à temps pour sauver
ce que j'ai de plus cher au monde, c'est à Rosalie que je
le dois. Aussi, j'ai reproché à Clémentine la persistance
de ses plaisanteries et de ses allusions à une inclination
qu'elle suppose à mademoiselle Mangon. Celle-ci en a
paru très-blessée. Lorsque ma femme lui a dit : Il y a
aujourd'hui deux mois que mon cousin est parti, chère
Rosalie, soyez sincère avec nous, ne voyez-vous pas
quelquefois Jacques dans votre soleil? Rosalie n'a rien
répondu ; elle s'est levée ; elle a jeté sur son ancienne
élève un regard sombre et sévère ; et elle est sortie.

« J'ai beau chercher ce qu'il y a pu avoir de pénible

pour Clémentine dans mes observations, je ne le trouve pas ; mais, sauf le regard, elle a fait absolument comme Rosalie, elle est sortie brusquement du salon. Je suis allé dans sa chambre, et je l'y ai trouvée pleurant avec une amertume dont rien ne peut donner l'idée. Depuis que je la connais, je ne l'avais jamais vue, pour une cause aussi futile, dans un semblable état. Je me suis assis à côté d'elle, je lui ai demandé pardon ; on est toujours coupable quand on afflige l'être aimé. Ses pleurs ont redoublé. Elle a appuyé sa tête sur ma poitrine.

« — Laisse-moi là ainsi, mon Raphaël, m'a-t-elle dit, ne me demande pas pardon, ne me gronde pas, ne m'interroge pas. Je suis bien là, près de toi ; mais laisse-moi pleurer.

« — Pauvre chérie, tes larmes sont un véritable enfantillage ; il est impossible que tu aies un chagrin que je ne connaisse pas ?

« — Non, Raphaël, non, je n'ai pas de chagrin, je suis heureuse, bien heureuse.

« — Et tu n'es pas malade ?

« — Je ne suis pas malade, je n'ai pas de chagrin. C'est un enfantillage, tu as dit le mot ; dans ce moment, j'ai les nerfs surexcités ; près de toi, je me calmerai. Encore une fois, mon Raphaël, sois bon pour ta Clémentine et laisse-la pleurer.

« — Pleure donc, ma pauvre enfant, lui ai-je dit. Et, penchant ma tête sur la sienne, j'ai eu bien de la peine à ne pas pleurer aussi. . . . .
. . . .

1er *Juillet.* — « Clémentine est atteinte d'une véritable maladie nerveuse ; et je ne sais pourquoi elle semble n'avoir d'autre pensée que celle de me dissimuler ses

souffrances. Si je remarque sa tristesse, si je m'en afflige, elle s'irrite. Elle ne comprend pas, dit-elle, le besoin que j'éprouve de me forger des inquiétudes; cela
seul suffirait pour la rendre malade. Si alors j'affecte de
paraître rassuré, de ne pas voir son accablement, des
paroles empreintes d'amertume me disent qu'elle est
blessée de ma prétendue indifférence. En vérité, je suis
presque tenté de croire qu'elle éprouve le besoin de me
trouver des torts envers elle. . . . .

10 *Juillet.* — « Je suis allé à Lyon; j'ai parlé au docteur Bérard.

« — J'aurais besoin de voir madame de Nervieux,
m'a-t-il dit. D'après les observations que vous avez faites
sur son état, il ne me paraît pas qu'il y ait autre chose
qu'une affection nerveuse. Tâchez de déterminer votre
femme à me consulter. D'ici là, je ne puis prescrire
autre chose que des distractions. Vous menez une vie
trop retirée; madame de Nervieux a besoin de mouvement...

« Des distractions!... La vie que j'ai faite à Clémentine ne serait-elle donc plus celle qu'elle me semblait
devoir toujours préférer à toute autre? Ne comprendrait-
elle plus les joies de la solitude à deux? . . . . . .

. . . .

« Le docteur ne connaît pas Clémentine, quand il suppose que, pour la guérir, il faut du mouvement, des distractions; ce sont les femmes oisives et futiles qu'on
traite par ces petits moyens-là. Clémentine ne leur ressemble en rien. Elle est constamment occupée. Je remarque même que, depuis deux mois, elle est possédée
d'une véritable fièvre de travail intellectuel. Pendant
mon voyage, j'ai appris l'anglais et l'allemand. Elle a
voulu apprendre ces deux langues. Elle s'est remise à

l'étude du latin; elle fait des extraits de nos lectures. Je voudrais qu'elle donnât moins de temps à ces études; je crains pour elle la fatigue; mais je crains encore plus de la contrarier. Hier, je lui ai conseillé de laisser l'allemand. Frédéric, lui ai-je dit, le sait bien mieux que moi; et, puisqu'il doit revenir cet hiver, il te donnera des leçons.

« — Je ne veux pas d'autre professeur que toi, m'a-t-elle répondu. Tu as quelquefois de bien singulières idées. . . . .

15 *Juillet.* — « Ma mère est arrivée hier à Brindas. Il y a près de trois mois qu'elle n'y était venue. Elle a été frappée du changement de Clémentine et de sa pâleur. Elle l'a questionnée affectueusement sur sa santé, sans obtenir d'autre réponse que celle-ci :

« — Je ne souffre pas, je ne me suis jamais si bien portée. Ne croyez pas un mot de tout ce que vous dira Raphaël. Il a dans ce moment une véritable monomanie, celle de me croire malade.

« — Oh! ma chère enfant, a repris ma mère, ne pensez pas que je sois inquiète de vous trouver un peu changée; l'altération de vos traits est pour moi d'un bon augure; et, si, je ne me trompe pas, vous êtes tout à fait ma fille.

« Clémentine a prodigieusement rougi. Elle est restée un instant interdite. Ma mère semblait s'amuser d'un embarras qu'elle prenait pour la confirmation de ses espérances. Elle nous l'a donné à entendre.

« — Vous vous trompez, madame, a répondu Clémentine, avec une sécheresse que je ne lui avais vue encore ni avec moi ni avec personne; je n'ai pas le bonheur de pouvoir me dire tout à fait votre fille. Il est fâcheux que vous mettiez à votre bienveillance pour moi des conditions tout à fait indépendantes de ma volonté.

« Et elle est sortie du salon.

« Ma mère s'est montrée très-irritée et contre Clémentine et contre moi. Heureusement, le curé de Brindas est arrivé fort à propos pour interrompre une scène pénible. Ma mère et lui avaient de graves intérêts à traiter ensemble. Il ne s'agissait de rien moins que de sauver le monde et la papauté temporelle. Je les ai laissés discuter ensemble sur les nouveaux moyens proposés pour arriver à ce but, et je suis allé chercher Clémentine.

« Je n'ai trouvé Clémentine ni dans sa chambre, ni dans le cabinet d'études. Je suis allé dans le parc et j'ai aperçu bientôt les plis de sa robe blanche. Je me suis avancé doucement, elle était assise et elle pleurait! Et elle répétait avec l'accent le plus douloureux :

« — Jamais! jamais!

« La lumière s'est faite. J'ai compris!

« Clémentine, mon adorée Clémentine, nul ne saura jamais ce que j'ai souffert en voyant couler tes larmes, et en me disant que c'était une véritable douleur qui les faisait couler.. Pardonne-moi de n'avoir pas cherché à te consoler! mais j'ai eu peur... Oui, j'ai eu peur de ce que nous aurions pu nous dire en ce moment.

« Ma mère est partie ce matin. Pendant les huit jours qu'elle est restée à Brindas, elle est restée très-froide pour Clémentine; mais celle-ci est délicieuse pour moi. A mon tour, j'étais triste et préoccupé; ces larmes, que j'avais vu couler, étaient sur mon cœur comme un poids qui l'étouffait; mais Clémentine s'est montrée si aimante que j'ai bien vu que son cœur était toujours le même. Elle est convenue qu'elle avait depuis longtemps les nerfs très-irrités; elle a consenti à consulter le docteur

Bérard. Elle m'a répété, vingt fois, qu'elle était la plus heureuse des femmes. Jamais nous n'avions eu ensemble de plus douces causeries; jamais nos cœurs ne s'étaient mieux épanchés l'un dans l'autre. »

VII

LES SÉDUCTIONS DE LA TOILETTE

Clémentine, comme elle l'avait promis, alla à Lyon pour consulter le docteur Bérard. Celui-ci, après avoir interrogé la jeune femme, après l'avoir auscultée avec le plus grand soin, déclara qu'elle avait la plus riche organisation qu'il fût possible de rencontrer, mais que, par suite des chagrins qu'elle avait eus avant son mariage, la sensibilité nerveuse avait pris un développement excessif. Il prescrivit le changement d'air.

— Allez à Paris, lui dit-il, dans les Pyrénées, aux bains de mer. Tout sera bon, puisqu'il n'y a pas d'affection particulière à guérir.

Après avoir donné cette consultation, le docteur Bérar se disait à lui-même : Je crois avoir prescrit le meilleur traitement possible; mais les femmes sont quelquefois peu sincères avec les médecins du corps et même avec ceux de l'âme; je pourrais bien m'être trompé. Je connais celle-ci depuis son enfance, et je n'en suis pas

beaucoup plus avancé. Quand une surexcitation nerveuse
n'a pas son principe dans une cause physique, il faut en
chercher une morale. Pour madame de Nervieux, quelle
est-elle? Je n'en sais rien. J'en ai imaginé une rétrospec
tive, parce qu'il fallait dire quelque chose; mais cela n'a
pas le sens commun. Elle est heureuse, cette femme-là.
Elle a un mari charmant, dont elle est adorée et pour
lequel elle a failli mourir d'amour, il n'y a pas un an. A
la vérité, elle n'a pas encore l'espoir de devenir mère;
mais, à son âge et à celui de son mari, il n'y a pas lieu
de désespérer encore ; et son état nerveux ne peut dé-
pendre de cette cause. Où donc est-elle, cette cause? Au
château de Brindas, la vie n'a jamais ressemblé à celle
du vulgaire des mortels. Il n'y avait là de raisonnable que
le comte de Lentilly ; mais pour ne pas compromettre sa
tranquillité, il se gardait bien de mettre sa raison en travers de la folie des autres. Il doit être resté à M. et à
madame de Nervieux quelque chose des excentricités
mystiques de leur jeunesse. Ils n'auraient pas dû se marier ensemble. M. de Nervieux a paru très-surpris quand
je lui ai dit que sa femme avait besoin de distractions et
qu'il n'y avait pas d'autre médication que celle-là. Il ne
sait pas que les femmes peuvent s'ennuyer de leur bonheur, quand il est trop uniforme, et que l'ennui peut tuer
l'amour.

Monsieur et madame de Nervieux décidèrent qu'ils
iraient à Biarritz prendre les bains de mer. Ce qui les
détermina, fut la certitude d'y rencontrer leur cousine,
cette charmante Claire de Lozane que madame de Lentilly
avait tant désirée pour sa belle-fille, et qui s'était mariée
avec M. de Lafère, auditeur au conseil d'Etat.

M. de Lozane avait été très-surpris du mariage de
Raphaël. Il est croyable qu'il regretta pour sa fille ce

jeune homme si intelligent qu'il avait contribué à ramener, au point de vue religieux, dans la voie rationnelle où s'établissent les convictions profondes et inébranlables. M. de Lozane regardait Raphaël comme son disciple; il s'applaudissait de l'avoir arraché à la secte théocratique.

La seule chose que M. de Lozane n'eût pas combattue, c'était le penchant de Raphaël au mysticisme, soit que le conseiller lui-même eût quelques tendances de cette nature, soit qu'il pensât que l'âge, l'expérience modifieraient ce qu'il pouvait y avoir d'exagéré dans la religion de son jeune ami; et, quand celui-ci lui confia sa détermination de ne jamais se marier, il crut devoir respecter le sentiment religieux qui l'avait inspirée.

Après le mariage de Raphaël, madame de Lozane et sa fille écrivirent à Clémentine des lettres très-affectueuses. Plus tard, madame de Lafère lui fit part de la naissance de son fils, et, sans qu'elles se fussent jamais vues, il s'était établi une espèce d'intimité entre les deux jeunes femmes. Clémentine avait été très-reconnaissante des prévenances des parents de son mari pour elle. C'était un contre-poids aux dédains de sa belle-mère.

Monsieur et madame de Lafère étaient à Biarritz, lorsque Clémentine et Raphaël y arrivèrent. Les deux jeunes femmes s'examinèrent mutuellement avec beaucoup de curiosité.

— Voilà celle que Raphaël aurait pu aimer, se disait Clémentine.

— Voilà celle qu'il a préférée à toutes les autres femmes, se disait Claire.

Madame de Lafère était très-heureuse; elle ne pouvait pas avoir un regret. Clémentine ne songeait plus à être jalouse. Toutes les deux étaient des femmes trop

supérieures pour ne pas se rendre justice mutuellement. Au bout de huit jours, elles étaient inséparables.

Lorsque Frédéric était parti pour Paris, Raphaël et
madame de Lentilly lui avaient donné des lettres de
recommandation pour la famille de Lozane. Il avait été
parfaitement accueilli.

— Vos lettres et celles de votre mari suffisaient sans
doute pour nous prévenir en votre faveur, disait quelquefois madame de Lafère à Clémentine ; mais votre cousin
vous a si bien dépeinte telle que vous êtes, qu'en vous
voyant, il m'a semblé que je retrouvais une ancienne
connaissance.

Monsieur et madame de Lafère parlaient de Frédéric
avec une grande bienveillance.

— Mon père, disait la jeune femme, le trouve un peu
superficiel, un peu léger ; mais il est si gai, si spirituel et
de si bonne compagnie, que nous vous sommes reconnais-
sants de nous l'avoir fait connaître.

— Et ma femme, ajouta l'auditeur, s'intéresse tellement à M. de Lentilly qu'elle veut le marier.

— Vraiment ! dit Clémentine. Et mon cousin paraît-il
décidé à contracter un engagement aussi sérieux ?

— Je le crois, répondit Claire. La jeune personne que
je lui destine est mon amie ; elle est charmante, elle a
une fortune considérable. M. de Lentilly ne saurait faire
un meilleur choix. Et, d'après une conversation que j'ai
eue avec lui la veille de mon départ, je suis bien persuadée que s'il n'est pas encore tout à fait amoureux d'Emma Larry, il est bien près de le devenir. Il la trouve
ravissante.

— Et mademoiselle Emma est-elle aussi bien disposée
en faveur de Frédéric ?

— Il m'est plus difficile de vous répondre là-dessus. Emma est peu communicative.

Cette conversation rendit Clémentine rêveuse toute la journée.

— Frédéric l'avait déjà oubliée ! Il n'y avait pas trois mois qu'il lui·faisait une déclaration d'amour des plus passionnées, d'un amour, disait-il, qui n'avait jamais eu d'égal, d'un amour qui ferait le malheur éternel de sa vie. Cette éternité avait été de quelques semaines : il aimait une autre femme !

Clémentine était-elle blessée dans son cœur ou dans son orgueil? Elle ne le savait pas elle-même. Elle se repentait de sa tendre compassion pour cet amour qu'elle avait inspiré sans le vouloir, et qu'elle pensait devoir rendre Frédéric si malheureux.

Madame de Lafère, comme presque toutes les jeunes femmes, aimait la toilette, le mouvement, les fêtes, tout cela dans une mesure raisonnable. Le monde l'avait charmée, il ne l'avait pas enivrée; mais il y avait entre ses habitudes et celles de Clémentine une très-grande distance. Clémentine avait été élevée dans l'horreur du monde et de ses plaisirs; et bien qu'elle n'eût pas conservé toutes les idées exagérées qu'elle avait reçues de Rosalie et de ses directeurs, ses goûts, ceux de son mari surtout, l'avaient tenue jusque là dans l'éloignement complet de ce que l'on appelle le monde. A l'époque de son mariage, elle n'avait même pas fait les visites d'usage. Sa belle-mère se montra peu empressée de la présenter dans la société aristocratique de Lyon. Et Raphaël ne voyait de bonheur possible, pour Clémentine et pour lui, que dans l'isolement le plus complet. Dieu, la science et l'amour devaient être les trois termes de leur existence. En dehors de cela, rien n'existait pour eux; et il avait fallu les symptômes inquiétants qu'il avait remarqués dans la santé de sa femme et l'ordonnance d'un médecin, dans lequel il avait la plus grande confiance, pour décider Raphaël à modifier complétement son existence. Il s'y résigna; mais le jour où il quitta Brindas avec sa Clémentine pour se rendre à Biarritz, il eut le pressentiment que le bonheur en sortait avec eux et qu'il n'y rentrerait pas.

Clémentine, mariée dans des circonstances extraordinaires, n'ayant alors auprès d'elle qu'une vieille tante méthodiste et une institutrice extatique, toutes les deux professant une égale horreur, malgré la différence de religion, pour le luxe, les parures et tout ce qu'elles appelaient les pompes de Satan, Clémentine n'avait pas eu les préoccupations des jeunes filles de son âge. Il n'y avait pas eu pour elle de corbeille de mariage renfermant les précieux écrins, les splendides cachemires, les riches étoffes et toutes les élégantes superfluités qui sont offertes par l'usage bien plus encore, hélas! que par l'amour, aux fiancées, la veille de leur mariage.

En arrivant à Brindas, le premier soin de Raphaël fut de faire décorer somptueusement l'appartement de sa femme. Il voulait que tout fût beau autour d'elle; mais quand à l'embellir elle-même par de luxueuses et élégantes parures, la pensée ne lui en vint même pas. Clémentine embellissait tout ce qu'elle touchait. Rien ne pouvait l'embellir. Les habitudes de simplicité de la jeune fille furent celles de la jeune femme. Elle était presque toujours vêtue de blanc. Raphaël aimait à la voir ainsi.

— Tu me rappelles, lui disait-il, le rêve que je faisais souvent dans mon enfance d'un bel ange qui venait entr'ouvrir mes rideaux et se pencher, en souriant, vers moi?

Il y avait dans Clémentine une grâce et une distinction auxquelles des bijoux et de riches étoffes ne pouvaient rien ajouter. Aussi madame de Lafère trouva d'abord la simplicité de sa cousine charmante. Puis elle s'en étonna, puis elle la critiqua.

— On vous prend, la première fois qu'on vous voit, pour une reine, ma chère Clémentine; mais on finit par se demander pourquoi cette reine se met toujours comme une pensionnaire qui sort du couvent.

Les deux cousines étaient de la même taille. Claire essaya ses toilettes à Clémentine; et celle-ci s'aperçut qu'aussi bien que le commun des mortelles elle était très-capable de s'occuper de modes et de colifichets pendant des heures entières.

Elle en fut assez surprise, et Raphaël le fut bien davantage. Mais lorsque madame de Lafère déclara gravement qu'une réforme dans la toilette de Clémentine était indispensable, il ne fit nulle objection. On alla passer trois jours à Bayonne, et la transformation fut complète. Clémentine apprit à porter, avec beaucoup de goût, ces toilettes presque tapageuses que les femmes du meilleur monde adoptent pendant la saison des bains. Raphaël se montrait très indulgent pour les bottes, les gilets, la canne de Clémentine, pour ses petits chapeaux perchés sur un énorme chignon fait tout entier de ses magnifiques cheveux, ce que pas une femme ne voulait croire. Il se contentait de la plaisanter sur ce qu'il appelait ses déguisements; mais au fond de l'âme il lui semblait que sa femme perdait pour lui quelque chose de son individualité.

Il y avait toutes les semaines, à Biarritz, d'excellents concerts. Raphaël y allait toujours avec sa femme et avec monsieur et madame de Lafère. Il y avait aussi des bals. La première fois que madame de Lafère proposa à Clémentine d'y aller, elle essuya un refus formel. Clémentine craignait de déplaire à son mari; car au fond elle avait le plus vif désir d'aller à ce bal. Madame de Lafère pénétra facilement la cause du refus de Clémentine; elle se chargea d'aplanir les difficultés. Elle parla à Raphaël; celui-ci répondit qu'il laissait sa femme libre d'aller au bal, si cela lui convenait, mais que bien certainement il ne l'y accompagnerait pas. Clémentine n'en demanda pas davantage; et pendant deux jours elle ne s'occupa que de ses préparatifs de toilette. Pendant ce temps-là, Raphaël se promenait seul et rêveur sur le bord de la mer. Il était profondément blessé de voir à Clémentine une telle ardeur pour des plaisirs qu'il ne partageait pas avec elle. Était-ce entre eux le commencement d'une séparation morale?

Au moment de partir pour le bal, Claire et Clémentine entrèrent dans le salon où Raphaël et M. de Lafère causaient ensemble. Clémentine avait jeté sur elle un châle léger; Claire, d'un mouvement rapide. le lui enleva en disant à Raphaël :

— Voyez comme elle est belle ainsi!

La robe de bal de Clémentine, un peu moins décolletée que celle de Claire, l'était assez pour laisser voir des épaules et des bras beaux comme ceux des statues antiques. Elle était, devant son mari, rougissante et presque confuse. Raphaël la considéra un instant, et puis, sans dire une parole, il sortit du salon.

Clémentine resta interdite, ses yeux se remplirent de larmes.

— Votre mari serait-il jaloux, mon bel ange? lui dit madame de Lafère.

— Non, répondit Clémentine, Raphaël est ce qu'il y

a de plus noble, de plus parfait sur la terre ; jamais un sentiment mauvais n'entrera dans son cœur. Seule je puis le comprendre.

Le soir, Raphaël n'écrivit sur le manuscrit confident de ses plus secrètes pensées que ces seuls mots :

« Qu'elle était belle ! belle d'une beauté que je ne lui connaissais pas encore. Mon Dieu, sauvez-moi ! »

La saison des eaux se passa en fêtes et en plaisirs. Clémentine y mettait toute l'ardeur de son caractère. Jusque là comprimée dans les habitudes d'une vie presque monacale, elle prenait son essor, et ce monde, qu'elle avait tant de fois maudit sans le connaître, lui paraissait enivrant.

M. de Lafère et Raphaël recevaient souvent des lettres de Frédéric. Ces lettres étaient charmantes. Frédéric se doutait bien qu'elles seraient lues par Clémentine. Il répondait aux questions de M. de Lafère au sujet d'Emma avec beaucoup d'adresse. Il y avait de ces mots dans lesquels Clémentine seule pouvait trouver un double sens et reconnaître une lutte entre une passion sans espérance et un nouveau sentiment qui pouvait recevoir une sanction légitime.

VIII

L'ENNUI

Après six semaines de séjour à Biarritz qui avaient paru bien courtes à Clémentine et bien longues à Raphaël, monsieur et madame de Lafère partirent pour Paris, et Raphaël et Clémentine pour Brindas. Il fut convenu que M. de Lafère et sa femme viendraient y passer les vacances et qu'ils amèneraient avec eux leur petit garçon, Claire ayant déclaré qu'elle avait trop souffert d'être restée deux mois sans son cher trésor.

En arrivant à Lyon, Raphaël et Clémentine allèrent voir le docteur Bérard. Il avait prescrit pour tout remède du mouvement et de la distraction, jamais médication n'avait été plus efficace. Clémentine était resplendissante de beauté et de santé. Mais Raphaël était maigri et changé. Des palpitations de cœur auxquelles il avait été sujet dans son enfance, et qui avaient disparu pendant son voyage aux Indes, le fatiguaient encore quelquefois. Le docteur prescrivit quelques remèdes, et prenant Raphaël à part, il lui dit :

— Vous le voyez, cher monsieur de Nervieux, je ne
m'étais pas trompé sur l'état de votre femme. A présent
ne faites pas autour d'elle une solitude absolue. Le calme
est bon pour vous, pour elle il ne vaut rien. Tâchez de
concilier et vos goûts et les siens ; quand on s'aime, rien
n'est plus facile ; et souvenez-vous qu'il n'est jamais prudent de laisser pénétrer l'ennui dans son ménage. Si
madame de Nervieux devient mère, tout ira bien. Je la
connais assez pour savoir qu'elle n'aura pas besoin d'autres distractions que celles qu'elle trouvera auprès du
berceau de son enfant. Après l'éducation qu'elle a reçue,
une réaction de la vie mondaine contre la vie mystique
était inévitable. Cette réaction sera peut-être de peu de
durée. C'est un équilibre à rétablir. Pour traiter les
femmes du monde, cher monsieur de Nervieux, un médecin doit faire bien plus de psychologie que de physio-
logie.

Raphaël ne contestait pas la valeur de ces observations. Sans doute tout cela était vrai ; et il lui faudrait
voir s'écrouler pierre par pierre cet édifice de félicité
conjugale qu'il avait construit, avec tant d'amour,
dans un monde idéal qui ne ressemblait en rien au
monde réel. Qu'il fût emporté par une tempête ou qu'il
s'affaissât par impuissance de subsister, Raphaël se disait
que le jour où il lui faudrait en considérer les tristes
débris il serait d'autant plus malheureux qu'il ne souffrirait pas seul.

En rentrant à Brindas avec sa femme, Raphaël éprouva
la sensation délicieuse de l'exilé qui touche le sol de la
patrie. Clémentine paraissait presque aussi heureuse que
lui. Il semblait à Raphaël qu'il avait été séparé d'elle
depuis deux mois et qu'il la retrouvait aussi aimante que
par le passé. Ses appréhensions disparurent. Il s'indigna

contre lui-même. Comment avait-il pu croire qu'une femme comme Clémentine, avec un esprit si supérieur, une âme si élevée, pût regretter les stériles agitations d'une vie de plaisirs futiles? Elle avait pu s'en amuser quelques instants; c'était une nouveauté pour elle. Mais préférer les joies de cette vie tumultueuse aux joies de la vie à deux, Clémentine avait pour cela l'âme trop grande et le cœur trop aimant.

Il est certain que la vue de Brindas avait exercé sur Clémentine une salutaire influence. L'air qu'elle respirait sous ces beaux ombrages calmait ses agitations. Elle aspirait au repos, et reconnaissante de la condescendance que lui avait montrée Raphaël, pendant leur séjour à Biarritz, elle n'en éprouvait que plus vivement le désir de le rendre heureux.

Après avoir présidé au déballage des caisses qu'elle avait apportées, déballage qui causa des surprises sans nombre à Rosalie Mangon, Clémentine reprit ses études avec son mari. La vie coula douce et paisible pendant quelques semaines. Raphaël finit par croire qu'il avait fait un mauvais rêve.

Monsieur et madame de Lafère devaient arriver à Brindas à la fin d'octobre. Raphaël écrivit à Frédéric pour lui rappeler la promesse qu'il lui avait faite de venir ouvrir la chasse dans le Lyonnais.

« Clémentine et moi, lui disait-il, nous désirons beaucoup vous voir arriver avec monsieur et madame de Lafère. Nous comptons sur vous pour nous aider à leur rendre le séjour de Brindas aussi agréable que possible. »

Clémentine aurait bien voulu que son mari ne parlât pas à Frédéric du désir qu'elle avait de le voir revenir, mais sous quel prétexte pouvait-elle faire modifier cette phrase? Les femmes, dit-on, sont fertiles en expédients, et cependant Clémentine n'en trouva pas. Et d'ailleurs à quoi bon? Elle n'avait nul motif de s'effrayer du retour de Frédéric. N'était-il pas amoureux d'Emma? Son mariage avec elle n'était-il pas à peu près arrêté? Le passé devait être oublié. Et quand Raphaël lui proposa de signer, elle aussi, cette lettre si pressante, elle prit la plume, et mit au-dessous de sa signature :

« Tout ce que mon mari désire, je dois le désirer aussi. Venez donc à Brindas avec madame de Lafère, je regrette de ne pouvoir ajouter, et avec madame Frédéric de Lentilly. Mais d'après votre dernière lettre, je dois espérer que cette charmante Emma sera bientôt ma cousine, ou plutôt ma sœur. »

La conscience de Clémentine se trouva tout à fait rassurée.

— Certainement, se dit-elle, il faudrait que Frédéric fût bien fat s'il voyait dans ma signature autre chose que l'explication que je lui en donne. Il est léger, très-léger, — et la jeune femme soupira en pensant à cette légèreté de l'aimable capitaine de dragons, — mais il ne me confondra jamais avec les femmes faciles qu'il a pu rencontrer.

Clémentine n'attendait pas sans une certaine impatience le moment de l'arrivée de ses hôtes. Son courage ne s'était pas longtemps soutenu. Brindas lui semblait un désert; Rosalie, toujours mystique, toujours en conférences avec le curé, lui était insupportable. Le curé s'était montré fort scandalisé des allures mondaines que Clémentine avait prises à Biarritz; et il donnait à Rosalie la mission de lui faire comprendre que ses toilettes

étaient trop excentriques, ses crinolines trop volumi-
neuses, ses robes trop courtes ou trop longues, ses chapeaux trop petits. Voyant que les observations de Rosalie
étaient inutiles, il déclama au prône contre le luxe extravagant des femmes, et fit des allusions fort peu voilées
à celles qui, après avoir donné l'exemple de la simplicité
et de la modestie chrétiennes, venaient scandaliser les
fidèles par l'extravagance de leurs vêtements. Raphaël
fut très-mécontent de cette philippique. Mais madame
de Lentilly, qui se trouvait précisément à Brindas ce
jour-là, prit fait et cause pour le curé et fit à sa belle-
fille un véritable sermon de dévote, aigre-doux depuis le
premier mot jusqu'au dernier.

— Ta femme se perd, dit-elle à Raphaël, le jour où
elle retourna à Lyon. Quand tu as fait la folie de l'épouser, je me consolais en me disant que tu aurais une
femme solidement chrétienne, et il n'en est rien.

— Ma chère mère, avait répondu Raphaël, ma femme
est très-bonne chrétienne, je vous assure; la religion ne
dépend pas de la forme d'un chapeau ou de l'ampleur
d'une robe.

Ces tracasseries mesquines excédaient Clémentine.
Les six semaines qui devaient encore s'écouler jusqu'à
l'arrivée de ses hôtes, lui paraissaient devoir durer des
siècles. Elle se remit à l'étude avec une ardeur fiévreuse.
Raphaël lui fit là-dessus quelques représentations ami-
cales. Clémentine lui répondit qu'un peu de fatigue
intellectuelle valait mieux que l'annihilation de la
pensée.

— Que veux-tu dire, ma chère enfant? Tu ne peux
craindre l'annihilation de ta pensée. Quelle pourrait être
la cause d'un semblable malheur?

— L'ennui, répondit Clémentine.

Effrayée du mot qu'elle venait de prononcer, elle regarda son mari : il était d'une pâleur mortelle, et dans ses traits bouleversés on pouvait deviner ce que ce mot avait eu pour lui de cruel.

— Pardonne-moi ! lui dit Clémentine en se jetant dans ses bras.

— Te pardonner, chère adorée, cela m'est bien facile; mais comment me pardonnerai-je à moi-même ?

Et il sortit de ce cabinet d'études où il avait passé les heures les plus délicieuses de sa vie.

Il n'y eut point d'explication entre les deux époux. Tous les deux semblaient redouter d'en provoquer une. Mais nous lisons dans le journal de Raphaël :

« 15 septembre 1863. — J'ai bu encore aujourd'hui quelques gouttes de mon calice ; sans doute je l'épuiserai jusqu'à la lie. Elle s'ennuie auprès de moi !... Elle me l'a dit. A sa stupeur j'ai compris que cette parole s'est échappée de ses lèvres, sans qu'elle en ait eu presque la conscience. Il y a eu révélation pour elle et pour moi; révélation douloureuse pour tous les deux ! J'ai cru pendant, les premiers jours qui ont suivi notre retour à Brindas; que nous allions reprendre notre vie douce et calme, et que nous y retrouverions le bonheur d'autrefois. C'était une illusion. Résignons-nous. »

Quelques jours après cette scène pénible, Raphaël proposa à sa femme d'inviter, pendant le séjour de monsieur et de madame de Lafère à la campagne, quelques personnes de Lyon et des environs de Brindas.

— Nous avons, lui dit-il, peut-être eu tort de nous isoler, comme nous l'avons fait jusqu'à présent. Le monde a été injuste à notre égard ; mais notre rancune a duré assez longtemps; il faut faire notre paix avec lui.

Tout cela fut dit presque gaiement. Clémentine comprit que son mari lui faisait encore un sacrifice. Ce sacrifice, elle l'accepta; mais elle se montra si reconnaissante; si affectueuse, que Raphaël put croire encore au bonheur.

IX

LES ZOUAVES PONTIFICAUX

L'ardeur des âmes pieuses pour la souveraineté temporelle du pape était arrivée à son plus haut développement. D'après la convention de septembre 1864, nos troupes devaient cesser d'occuper Rome en 1866. Les partisans du pouvoir temporel redoutaient, avec raison, une attaque du côté de l'Italie ; et ils savaient très-bien que les sujets restés fidèles au pape étaient trop peu nombreux pour lutter contre l'immense majorité des Romains qui veulent bien de Pie IX comme pape, mais qui ont en horreur le gouvernement des prêtres. Il fallait donc, de toute nécessité, une occupation étrangère assez forte pour maintenir au moins ce bon peuple romain. On perfectionna l'invention des zouaves pontificaux ; et bientôt cela fit fureur dans le monde catholique. Aussi, dans toute la contrée lyonnaise, on ne parlait que zouaves, on ne rêvait que zouaves.

Madame de Lentilly était particulièrement prise de

cette fièvre. Pour obéir aux inspirations de son zèle, elle résolut d'équiper à ses frais douze zouaves pontificaux ; et, d'après l'inspiration de Rosalie, elle décida que la commune de Brindas aurait la gloire de les fournir. Pour la somme de six mille francs, la châtelaine douairière de Brindas offrirait au Saint-Père douze défenseurs du plus pur sang lyonnais.

Le curé de Brindas se pâmait de joie à l'idée que douze de ses paroissiens sauveraient la papauté.

Le jour où il eut cette certitude, il vint au château bénir les saintes inspirations de la comtesse. La scène fut des plus émouvantes. Elle se passa dans le grand salon. Rosalie, comme les prêtresses antiques sur leur trépied, eut une espèce de vision ou d'attaque nerveuse, et elle s'écria tout effarée :

— Oh ! mon soleil ! mon soleil, que je n'avais pas vu depuis si longtemps, le voilà : il est revenu. J'y vois l'immortel Pie IX glorifiant notre œuvre et faisant descendre sur la paroisse de Brindas, sur son pasteur et sur cette maison, toutes les bénédictions du ciel.

Le dimanche suivant, l'œuvre des zouaves pontificaux fut solennellement annoncée en chaire. Le curé rappela le souvenir des croisades, l'ardeur que les chrétiens des grands siècles (style de son journal) avaient prouvée pour leur foi, les prodiges de leur valeur. Notre siècle ne pouvait rester en arrière sur ces belles époques. Il fallait se croiser pour délivrer Rome « la sainte, » menacée par les barbares de la Révolution. (Toujours style du pieux journal.)

Le curé n'oublia pas de parler du dénuement dans lequel se trouvait le Saint-Père. Le tableau pathétique qu'il traça de la profonde misère de Pie IX tira des larmes des yeux de toutes les dévotes. Les trois quarts prirent à la lettre les hyperboles du curé, qui alla jusqu'à désigner le pape sous le nom « d'illustre mendiant. » — Il faut envoyer des zouaves au pape pour le défendre ; il faut lui envoyer de l'argent pour l'aider dans son dénuement, — tel fut le mot d'ordre. L'enthousiasme gagna toutes les têtes féminines de Brindas.

— Nous, disaient les jeunes filles, nous, les pauvres ouvrières, nous allons porter à M. le curé, pour être vendus au profit du denier de saint Pierre, nos boucles d'oreilles, nos croix d'or ; nous y joindrons nos épargnes : vous, jeunes gens, partez pour Rome !

Ce qui était triste, dans ce mouvement passionné, inspiré par le curé de Brindas et par Rosalie, c'est que beaucoup de ces filles généreuses avaient des parents dans la misère. Le curé le savait ; et il acceptait leurs dons. La *Semaine religieuse* enregistrait les offrandes abondantes, les sacrifices du petit peuple de Brindas. Quelle gloire pour sa paroisse !

Ce fut là le plus grand succès du jeune curé. La population calme et virile, demeura étrangère à cette échauffourée de zèle. On eut bien de la peine à réunir cinq ou six mauvais drôles, à l'esprit aventurier, auxquels commençait à peser la vie des champs, et qui désiraient voir du pays. On les expédia à Rome avec un brave garçon, bien pieux, bien croyant, membre du tiers-ordre de Saint-François et ayant fait vœu de virginité ; il était chargé de répondre des autres.

Madame de Lentilly disait à Rosalie qu'il était triste qu'on n'eût pu trouver à Brindas qu'un si petit nombre de héros dévoués, et qu'il n'y en eût même qu'un seul sur lequel il fût permis de compter.

— Madame, avait répondu sentencieusement la miraculée, Dieu n'a pas besoin d'un grand nombre : *mille en tueront dix mille.*

Oh ! les saintes âmes, que c'est terrible !

Frédéric de Lentilly à Prosper de Lanfeld.

Château de Brindas, 10 octobre 1865.

« *Alea jacta est,* mon cher Prosper. Je suis ici avec ma permission signée par Raphaël, et, ce qui est essentiel pour moi, contresignée par Clémentine. Sans cela, je ne serais revenu à Brindas qu'après avoir pris mes grades dans l'honorable corporation des hommes mariés.

« Je devais faire le voyage avec M. et madame de Lafère ; mais jamais les femmes ne sont prêtes au jour fixé. Deux fois le départ a été retardé. La troisième fois, comme il s'agissait d'une indisposition du petit garçon, qui pouvait se prolonger, je suis parti seul.

« Je savais qu'à Biarritz, Clémentine avait pris quelques allures de lionne. Lionne encore timide, supposais-je. J'ai trouvé, en effet, qu'il y avait eu transformation. Mon bel ange a tant soit peu reployé ses ailes. J'aime mieux cela. Elle est moins imposante. — Peu t'importe à présent, me diras-tu, puisque tu penses à te marier. — Aussi, je ne fais que constater la position : habitude de stratégiste, rien de plus.

« La main sur la conscience, je puis t'affirmer que je suis arrivé à Brindas avec la ferme résolution de ne voir, dans Clémentine, que la femme de mon ami. J'avais fait des réflexions sérieuses sur mon avenir. Emma Larry est une charmante créature. Ce n'est pas une Clémentine ; mais, celle-ci ne pouvant être à moi, je trouvais

que faire un mariage de raison avec une femme qui a
tout pour elle, esprit, beauté, fortune, c'était de la
chance. Je te dirai même que j'ai tout fait pour devenir
amoureux d'Emma. Je le désirais si vivement que quelquefois je croyais avoir réussi.

« Avant de faire une démarche définitive, je voulais
savoir si je convenais à mademoiselle Larry. Madame
de Lafère doit la faire expliquer là-dessus.

« Le souvenir de Clémentine m'était doux, mais il ne
me troublait plus; et je me disais qu'il serait absurde de
conserver de l'amour pour une femme qui ne m'aime pas
et qui aime son mari, surtout quand ce mari est Raphaël,
c'est-à-dire l'être le plus parfait qui existe.

« Je l'ai revue, et je me suis trouvé pour elle ce que
j'étais le jour où je m'en suis séparé. Je ferai tout pour
assurer la réussite de mon mariage avec mademoiselle
Larry. Mais s'il se rompait?

« Ma foi, je croirais à la fatalité. »

Frédéric à Prosper de Lanfeld.

18 octobre 1865.

« Madame de Lafère est arrivée ce matin avec son
mari et son enfant. Elle a apporté la solution de mon
problème. Je suis libre, mon ami; mademoiselle Emma
ne veut pas être la comtesse de Lentilly. Elle aime, à ce
qu'il paraît, depuis longtemps, un jeune avocat plein
d'avenir, mais sans fortune et qui, sachant bien qu'il serait refusé par M. Larry, homme positif s'il en fut, n'a-
vait jamais demandé la main d'Emma.

« Celle-ci, en m'acceptant, aurait fait aussi un mariage

de raison. C'est bizarre ; mais ce qui me paraissait très-naturel de moi à elle, me paraît choquant d'elle à moi. Heureusement pour nous deux, le petit avocat vient de faire un héritage sur lequel il ne devait pas compter. Le voilà millionnaire. Il s'est fait présenter à M. Larry, et tu devines le reste.

« Après avoir reçu mon arrêt de la bouche de madame de Lafère, — et l'aimable femme était plus consternée que moi de ma défaite, — le hasard a voulu qu'en la quittant, je rencontrasse Clémentine seule dans le jardin. Je lui ai appris que mon mariage n'aurait pas lieu.

« Clémentine a paru peu sensible à mon infortune, et si j'osais, je dirais que j'ai cru remarquer qu'elle en éprouvait une satisfaction réelle. Oh ! si j'en étais sûr, c'est alors que je dirais : FATALITÉ !

« Jacques est ici avec moi. Il est plus que jamais amoureux de Rosalie ; et je le crois décidé à lui offrir son cœur et sa main, à présent que son engagement est terminé. Je ne crois pas au succès de Jacques. Rosalie, par ce mariage, descendrait du piédestal où elle s'est placée. Elle a bien trop d'orgueil pour y consentir. Jacques réussirait mieux d'une autre manière ; mais je suis devenu trop vertueux pour lui donner ce mauvais conseil. »

X

LE DÉSESPOIR

Raphaël et Clémentine avaient complétement modifié les conditions de leur existence. Ainsi que l'avait dit Raphaël, ils s'étaient réconciliés avec le monde. En attirant au château de Brindas tout ce qui se trouvait à Lyon et dans les environs de personnes distinguées par leur position sociale, leurs talents, leur fortune, Raphaël sacrifiait ses goûts à ceux de Clémentine. Ce sacrifice lui parut d'abord très-pénible ; mais il ne tarda pas à reconnaître que la vie du monde, étant le résultat de l'instinct de relation qui est en nous, a ses satisfactions légitimes. Il comprit que, dans un milieu variable de sa nature, l'intelligence se développe, les idées deviennent plus larges, les préjugés s'effacent, et que du frottement des opinions diverses, ayant toutes leur part d'erreur et de vérité, jaillit pour le penseur une lumière qui est le complément de son éducation intellectuelle.

Si l'amour de Clémentine pour Raphaël eût gardé sa première énergie, ce changement dans les habitudes des deux époux eût été retardé; mais il se serait toujours produit. Raphaël, par le seul travail de sa raison et par son sentiment du vrai, en serait venu tout naturellement à se dire qu'une vie d'amour dans laquelle deux êtres, isolés de toute relation avec leurs semblables, se suffiraient toujours à eux-mêmes, était le rêve de deux imaginations romanesques.

Tout imprégnés d'idées mystiques, jetés constamment en dehors du vrai, Raphaël et Clémentine avaient voulu relier la terre au ciel en s'absorbant dans la double contemplation de l'amour divin et de l'amour humain. C'était certes le plus bel idéal qu'il leur fût possible de concevoir; mais c'était encore du mysticisme.

Rentré dans une voie plus normale dont la poésie n'était pas exclue, — car l'idéal est, dans une certaine limite, un des besoins de l'âme humaine et un de ses éléments de perfectibilité, — Raphaël, s'il eût été toujours aimé, n'eût pas reproché à Clémentine d'avoir compris avant lui les réalités de la vie.

Sans doute l'isolement semblait être la condition de la position difficile dans laquelle ils étaient placés. Ces difficultés, il les avait pressenties sans en avoir mesuré l'étendue. A présent elles surgissaient tous les jours devant lui, menaçantes et terribles, et il se sentait faible pour les combattre.

Ce bonheur d'aimer et d'être aimé, qu'il avait tout fait pour conserver, ce bonheur lui échappait. Le jour où Clémentine laissa connaître que l'ennui était venu se placer entre elle et lui, il avait vu ses joies se couvrir d'un crêpe funèbre, et s'il ne se dit pas alors : Elle ne m'aime plus! c'est qu'une douleur morale, quelle que

soit sa nature et son intensité, n'a pas et ne peut pas
avoir la brutale certitude d'une douleur matérielle. On
ne l'accepte pas, on ne veut pas y croire; la lutte paraît
possible; et, pendant longtemps, les espérances et les
craintes se balancent dans des proportions à peu près
égales.

Telle était la situation de Raphaël; il s'acharnait à
retenir les lambeaux de ce bonheur qui lui échappait. Un
mot affectueux de Clémentine, un regard où il lui semblait
lire les ineffables tendresses des premiers mois de leur
union, cicatrisaient, pour un temps bien court, les douloureuses blessures de son cœur. Il cherchait surtout à
s'abuser, mais souvent sans pouvoir y réussir; car l'a-
mour, que les anciens nous représentent aveugle, a des
clairvoyances terribles. C'est en vain qu'il se couvre les
yeux d'un bandeau, son regard pénètre jusque dans le
plus intime de l'âme de l'être aimé, et, malgré lui, il en
note toutes les défaillances.

Si l'on pouvait peser les douleurs de ceux qui ont été
séparés par la mort d'un être adoré, qui ont entendu ses
lèvres pâles murmurer un dernier adieu, et les douleurs
de ceux qui se disent dans une horrible angoisse : Cet
amour qui était ma vie, je l'ai perdu, perdu pour toujours! si, dis-je, on pouvait peser ces deux douleurs, la
première ne serait pas la plus digne de pitié.

La position de Raphaël était d'autant plus terrible que
c'était lui qui l'avait faite ce qu'elle était. Sans doute les
circonstances la lui avaient imposée; mais, avec plus de
raison, plus d'expérience des choses de la vie, une éducation plus rationnelle, plus de connaissance de l'époque
où il vivait, Raphaël aurait dominé les circonstances. Il
ne se serait pas dit : Pourquoi ne ferais-je pas ce qui
s'est fait il y a des siècles?

Et dans ses heures de désespoir, il écrivait :

« .... Telle est la situation fatale où je me trouve,
que Clémentine ne peut plus être heureuse ni par moi,
ni sans moi. Je vois se démolir tous les jours l'édifice de
ma félicité. Je l'avais placé dans un monde idéal qui
ne peut en rien se concilier avec le monde réel ; mais
cela, je ne le savais pas alors. . . . .
. . . .

« Quel sera l'avenir de Clémentine ? Si je pouvais souffrir seul, Dieu m'est témoin que je ne me plaindrais pas.
Ma part de bonheur sur la terre a été si belle qu'il m'a
semblé quelquefois que, nouveau Prométhée, j'avais ravi
au ciel même, non l'étincelle de vie qui anime le corps,
mais celle de l'amour pur qui est la vie de l'âme. Avoir
eu quelques jours de cet enivrement auquel toutes les
voluptés des sens ne sauraient ajouter rien, c'est plus
qu'un mortel n'a le droit de désirer ; mais il faudrait
mourir, quand Dieu, après avoir porté cette coupe à vos
lèvres, vous la retire ! Hélas ! la coupe est devenue pleine
d'amertume pour tous les deux. Clémentine souffre avec
moi et à cause de moi. . . . .
. . . .

« Quelquefois, dans mes heures solitaires, lorsque
mon cœur bat à briser les parois de ma poitrine, que
mon sommeil est troublé par d'étranges hallucinations,
je vois tout à coup, devant moi, cette créature adorée. Son
visage est triste et sévère, et elle me dit : « J'allais mou-
« rir, Raphaël ; alors tu m'as prise par la main et tu
« m'as dit : Lève-toi, mon amour sera plus fort que
« la mort. Veux-tu mon amour ? et cet amour je l'ai
« accepté. Mais tu as ajouté : Enfant, la terre n'est pas
« digne de nous et nos cœurs ne sont pas faits pour les
« amours de la terre, il faut aspirer plus haut. Et, me

« prenant par la main, tu m'as conduite dans la région
« des rêves. J'y ai entrevu une lumière céleste. J'y ai
« entendu des harmonies ineffables ; mais la lumière a
« disparu ; les harmonies ne se font plus entendre, je
« ne vois que l'ombre autour de nous. Les joies de la
« terre n'existent plus pour moi, et le ciel me repousse.
« Raphaël, Raphaël, pourquoi ne m'as-tu pas laissée
« mourir ? » . . . .

. . . .

« Il y a des moments où je me demande si, en disant
le mot qui devait arracher cette enfant à la tombe déjà
entr'ouverte, je n'ai pas cédé à un sentiment d'égoïsme,
si je n'ai pas recherché plutôt mon bonheur que le sien.
Mieux eût valu pour tous les deux peut-être, que je l'eusse
déposée dans son cercueil, et que je fusse resté à prier et
à pleurer sur sa tombe. . . . .

. . . .

« Je suis l'homme du passé, ou quelque fantôme des
vieux âges égaré dans l'âge moderne. Elle, c'est le présent, c'est l'avenir, c'est tout ce qui aime, tout ce qui
respire. Elle est la vie, et je suis la mort. Il lui faut la
lumière, les parfums des fleurs, le chant des oiseaux et
les rires des enfants. Moi, il me faut la tombe d'où je
suis sorti pour la river à mon cadavre. Malheur à moi !
malheur à moi ! Mon Dieu, vous me pardonnerez, je l'ai
tant aimée que j'ai cru que mon amour lui tiendrait lieu
de tout ! »

XI

DÉFAILLANCES

Clémentine était presque aussi malheureuse que son mari. Depuis l'arrivée de Frédéric et de M. et madame de Lafère, le château de Brindas était très-animé. Clémentine, la plus gracieuse des châtelaines, cherchait tous les moyens de rendre le séjour de Brindas agréable à ses hôtes; elle organisait des parties de plaisir, des chasses, qu'elle suivait à cheval; car elle était devenue une habile écuyère, et elle effrayait, par ses hardiesses, les plus intrépides. Le soir, on faisait de la musique, et, lorsque les invités étaient assez nombreux, on dansait. Clémentine semblait n'avoir jamais ni connu ni désiré autre chose que cette existence mondaine, très-convenable sans doute, et qui laissait toujours une large part aux devoirs religieux, mais enfin bien éloignée des idées de mysticité qui avaient dominé son éducation.

Ce n'était pas le bonheur qu'elle cherchait dans cette vie nouvelle; ce qu'elle voulait, c'était s'étourdir sur ce qu'elle éprouvait, lorsque, malgré elle, elle sondait les mystères de son cœur. Du bruit, du mouvement, des agitations pour empêcher la conscience de faire entendre une voix importune, voilà ce qu'elle voulait, voilà ce qu'elle ne pouvait trouver.

Son amour pour Raphaël, qu'elle croyait devoir remplir toute sa vie et la suivre au delà du tombeau, s'effaçait chaque jour davantage. Deux ans ne s'étaient pas écoulés, que toute cette poésie qui l'avait si chastement enivrée, avait disparu. Les défaillances de son cœur l'effrayaient et l'humiliaient profondément.

Il est peut-être plus douloureux pour une nature noble et élevée, qui a fait de l'amour une vertu, de cesser d'aimer que de ne plus être aimée. On peut perdre le cœur de ce qu'on aime, et conserver sa dignité et l'estime de soi-même ; on est l'offensé, on a le beau rôle, celui du martyr, et quel martyre n'a pas sa secrète volupté ! La femme, cherchant, plus que l'homme, l'idéal, est peut-être plus heureuse de l'amour qu'elle ressent que de celui qu'elle inspire. Et Clémentine, en s'avouant que le sentiment qu'elle éprouvait pour Raphaël, si tendre qu'il fût, ne pouvait plus suffire à alimenter le foyer des passions ardentes qui s'étaient tout à coup développées en elle, se sentait déchue à ses propres yeux. Quand elle se rappelait les touchants témoignages de l'affection de Raphaël, elle ressentait un attendrissement douloureux ; quand elle le comparait à tous les hommes qu'elle connaissait, même à Frédéric, elle constatait son immense supériorité sur eux, non-seulement au point de vue de l'intelligence et de la grandeur du caractère, mais encore au point de vue de la beauté physique. Cet être si parfait, si aimant, était toujours pour elle un ami bien cher ; mais l'amour qu'elle avait eu pour lui avait dis-

paru. Comment cela ? Elle ne le savait pas. Elle se dit
d'abord qu'elle n'était qu'une femme vulgaire, que son
âme n'avait pu rester à la hauteur de celle de Raphaël.
Mais, après s'être accusée d'ingratitude, après avoir versé
les larmes amères du repentir, Clémentine en arriva à la
dernière lâcheté où conduit toujours l'inconstance du
cœur. Elle se nia à elle-même l'amour auquel elle avait
dû tant de bonheur. Ce jour-là, elle s'avoua qu'elle
éprouvait pour Frédéric une passion insensée.

— C'est bien là l'amour ! se dit-elle ; l'autre n'était
qu'une illusion ; j'aime pour la première fois !

Quand une femme, pour trouver une excuse à une
passion coupable, prononce ce mot fatal, elle fait, vers
l'abîme, le dernier pas.

XII

COMMENT L'EXTATIQUE ENLEVA LE DRAGON

Il y avait une nombreuse réunion au château de Brindas. La comtesse de Lentilly y était venue passer deux jours. Pour être agréable à sa mère, Raphaël avait invité le Père Gribeauval et un Père dominicain spécialement chargé de la direction de Véronique. L'étoile de cette fille était toujours resplendissante. Celle de Rosalie avait pâli. Véronique, on ne l'ignorait pas, l'avait blamée sévèrement d'être restée à Brindor après le mariage « des deux malheureux apostats : » c'est le nom que la sainte donnait toujours à Raphaël et à Clémentine. Le fanatisme détruit la charité : il y a une antinomie complète entre ces deux sentiments.

Le Père Gribeauval se souciait médiocrement de Rosalie; cependant il la soutenait encore et donnait à entendre qu'elle était appelée à une mission qui serait connue plus tard.

Rosalie avait reçu l'ordre du Père de se montrer pleine

d'indulgence pour les vanités mondaines de madame de Nervieux, et de gagner par là son affection, afin de pouvoir, la ramener plus facilement à Dieu, quand cette crise serait passée. En attendant, Rosalie devait, toujours dans l'intérêt du bien, tenir le jésuite au courant de ce qui se passait à Brindas. Rosalie n'y manquait pas ; et avant que Clémentine se le fût avoué à elle-même, le Père Gribeauval connaissait le penchant qui l'entraînait vers Frédéric.

— C'est un grand malheur sans doute, disait le Père à Rosalie qui conférait un jour avec lui sur les symptômes de cet amour naissant. C'est un malheur ; mais Dieu, pour rappeler à lui les âmes d'élites, pour les faire rentrer dans la voie de la perfection qu'elles abandonnent, permet quelquefois qu'une chute terrible vienne les humilier et leur prouver leur faiblesse ; et alors elles se relèvent à jamais, vaincues par la miséricorde divine.

Le jésuite prescrivit sur tout cela à Rosalie le plus grand secret et spécialement avec madame de Lentilly.

Le jésuite, voulant flatter Rosalie, ajouta :

— Ma chère fille, si Dieu vous rend les dons extraordinaires dont il vous a favorisée autrefois, vous pourrez en parler à madame de Lentilly, au curé de Brindas et à un petit nombre de personnes prudentes.

Rosalie, se voyant autorisée, rentra dans l'état extatique, mais avec beaucoup de modération. Sans doute elle avait une haute opinion de la prudence de Jacques, car elle lui confia toutes les faveurs spirituelles qu'elle recevait d'en haut.

Jacques était prudent, mais sa discrétion n'était pas toujours à toute épreuve. De temps en temps, Frédéric entendait parler du fameux soleil ; et, chose singulière, il arrivait quelquefois que les oracles de la sainte répondaient aux plus secrètes pensées du capitaine de dragons.

Sur les cinq zouaves pontificaux arrivés à Rome, deux avaient déjà déserté ; et l'on assurait qu'il s'étaient engagés dans les bandes de Garibaldi. Grand scandale ! Quant au petit saint appartenant au tiers-ordre et qui avait fait vœu de virginité, il avait reçu un coup de poignard d'un mari jaloux qui trouvait mauvais que sa femme préférât un charmant garçon à un vieux cardinal qui n'avait d'autre mérite que de bien payer. On arrangea un peu l'histoire, et on fit du galant zouave un martyr de la bonne cause.

Heureusement, Rosalie vit dans son soleil qu'un guerrier fameux, qui s'était déjà couvert de lauriers dans vingt combats, allait prendre en main la cause du ciel, et que l'édification surpasserait de beaucoup le scandale donné par les lâches déserteurs du drapeau pontifical.

Cet oracle, en si beau style, avait circulé. Quel serait l'illustre guerrier ? Raphaël assurait que ce ne pouvait être que Frédéric ; mais celui-ci prétendait qu'il ne se sentait pas encore touché de la grâce guerroyante qui devait le conduire sous les ordres du général Kanzler.

Une heure avant le dîner, Frédéric monta dans son appartement, et il s'étonna que Jacques ne fût pas là pour le servir. Tout en cherchant, d'assez mauvaise humeur, son habit, son gilet, etc., il aperçoit une lettre sur une table. Il l'ouvre, regarde la signature ; c'était celle de Jacques. Frédéric lit la lettre, la met dans sa poche en disant :

— Ah ! Père Gribeauval je suis enchanté que vous diniez avec nous, ainsi que le curé de Brindas.

Pendant le dîner, on remarqua que la place de Rosalie était inoccupée.

— Probablement, dit Clémentine, elle se sera endormie dans son oratoire : cela lui arrive assez souvent depuis quelques jours.

— Il faut bien se garder de la réveiller, dit la comtesse de Lentilly ; il est très-dangereux de la tirer de ses états d'extase.

— Ma cousine, dit Raphaël à madame de Lafère, apprenez que le sommeil change quelquefois de nature ; pour certaines âmes privilégiées il devient l'extase (1).

— Mademoiselle Mangon, dit Frédéric, ne dort pas dans ce moment ; elle n'est pas dans son oratoire.

— Vous savez donc où elle est ?

— Oui, j'ai aussi mes visions et je vous les communiquerai bientôt.

Quand on fut dans le salon, les deux révérends Pères placés chacun dans un bon fauteuil, aux coins de la cheminée ; que la comtesse, Claire, Clémentine, madame de Villechenève et sa nièce Isaure, qu'elle aurait bien voulu marier avec le beau capitaine de dragons, eurent pris place autour d'une grande table ronde, pour travailler à divers petits ouvrages, Claire dit à Frédéric :

— A présent, Monsieur de Lentilly, ne vous faites pas prier davantage, et puisque vous n'ignorez pas « le destin d'une tête si chère, » dites-nous ce qu'est devenue Rosalie. Je ne sais rien de plus amusant que les histoires qu'on débite sur le compte de cette étrange fille.

— Il y a souvent, dans ces histoires, plutôt un sujet d'édification qu'un sujet d'amusement, dit le Père Gribeauval. Je conviens pourtant que mademoiselle Mangon est un peu singulière.

(1) Voir la note sur Marie Taïgi, p. 223.

— Elle l'est même beaucoup, mon Père, dit Clémentine ; mais, sans les assurances de M. de Lentilly, j'en serais inquiète et je la ferais chercher ; car, depuis que je la connais, je ne me suis jamais aperçue que ses extases l'empêchassent d'entendre la cloche qui annonce le dîner.

— Je suis certain, dit le Père Gribeauval, qu'elle a été retenue par quelque bonne œuvre.

— J'en suis aussi persuadé, dit le dominicain.

— Et vous avez raison, mes Pères, dit Frédéric ; car il ne s'est agi de rien moins, pour elle, que de contribuer à sauver le pouvoir temporel, en renforçant l'armée du pape d'un zouave ; et celui-là ne désertera pas.

— Hélas ! dit la comtesse, j'ai reçu ce matin une lettre de monsignor **. Les deux derniers Brindasiens, qu'on espérait avoir convertis, ont déserté comme les autres.

— C'est vraiment désolant, dit le dominicain ; il doit y avoir un vice dans l'organisation de cette armée.

— Je crois même, dit M. de Lafère, qu'il y en a plusieurs. Mais comment savez-vous, capitaine, que mademoiselle Mangon a sacrifié son dîner pour se livrer au recrutement d'un zouave?

— Elle a fait mieux que de le recruter.

— Comment donc?

— Elle l'a enlevé bel et bien.

— Enlevé ! dit la comtesse avec impatience ; que nous racontez-vous là? Qui donc Rosalie a-t-elle enlevé?

— Mon pauvre Jacques.

— Jacques !

— Jacques lui-même. A dix heures, ce soir, ils arriveront à Marseille ; demain, ils s'embarqueront pour Rome. Jacques sera zouave, et l'extatique, cantinière.

A cette conclusion, un fou rire s'empara de tous ceux

qui étaient là, à l'exception de la comtesse, du Père jésuite et du curé. Quant au dominicain, comme il estimait
Rosalie à sa juste valeur, il se mordait les lèvres pour
ne pas partager l'hilarité générale.

— Vous faites là une bien mauvaise plaisanterie, Frédéric, dit la comtesse ; cette sainte fille a droit au respect de tous.

— Madame, je la respecte, et je trouve son escapade
superbe. Une extatique ne doit pas se marier comme
une autre ; et, puisque M. le curé écrit la vie de la pieuse
Rosalie, ce mariage sera la conclusion de la première
partie de son récit.

— Mademoiselle Rosalie se marier ! Quel conte vous
a-t-on fait là ? dit sévèrement le curé.

— Ce n'est pas un conte, monsieur le curé, c'est bien
une histoire ; et voici la preuve.

Et Frédéric lut la lettre de Jacques.

« Mon capitaine,

« Je suis le plus heureux et le plus malheureux des
hommes : le plus heureux, car celle que j'aime depuis si
longtemps veut bien être ma femme, et le plus malheureux, parce que je quitte le meilleur des maîtres. Tout
s'est passé si vite que je n'ai pas eu le temps de prévenir
mon capitaine. J'en suis tout bouleversé. Hier, encore,
j'étais soldat dans les dragons de l'empereur des Français, demain je serai soldat du pape. Mademoiselle Rosalie m'assure que c'est bien plus que d'être général en
France ; mais je n'ai pas eu à choisir.

« Ce matin, je suis allé à la messe avec mademoiselle Rosalie. En sortant de la chapelle, elle m'a demandé si je voulais aller me promener avec elle. Je

lui ai répondu que ce serait un honneur et un bonheur pour moi.

« Quand nous eûmes fait à peu près deux cents pas ur la route de Lyon, mademoiselle Rosalie tomba tout à coup à genoux. Sa tête se renversa en arrière ; on ne ui voyait plus que le blanc des yeux ; tout son corps tremblait. Je fus un peu effrayé, je ne l'avais jamais vue en extase. — Mademoiselle Rosalie ! mademoiselle Rosalie ! lui disais-je. — Elle ne répondait pas. Enfin, au bout de quelques minutes, elle s'est levée et, me regardant fixement, elle m'a dit :

« — Jacques, vous m'aimez ! — Si je vous aime, mademoiselle ! mais c'est-à-dire que je suis fou d'amour.

« — C'est bien ; moi aussi je vous aime, car je sais que Dieu a de grands desseins sur vous. Vous êtes le guerrier que j'ai vu dans mon soleil ; je viens de vous y voir encore. Vous devez combattre les ennemis de l'immortel Pie IX ; et Dieu armera votre bras de tant de force que, nouveau Samson, vous exterminerez les Philistins, c'est-à-dire les garibaldiens et leur chef ; et l'enfer sera vaincu. Voulez-vous être zouave du pape ? Ma main est à ce prix.

« — Vous m'épouserez, mademoiselle ?

« — Je vous épouserai à Rome. Pour la cause du pape, je sacrifierai ma virginité. Vous êtes libre, n'est-ce pas ?

« — Mon dernier engagement expire dans trois jours. Quand partirons-nous pour Rome, mademoiselle ?

« — A l'instant. Vous voyez cette voiture qui arrive ; je vais demander au conducteur s'il a deux places à donner. Ce soir nous serons à Marseille.

« — Je voudrais au moins prévenir mon capitaine.

« — Vous écrirez à Lyon ; le conducteur se chargera de votre lettre ; elle sera ici à trois heures. Vous avez bien, sur vous, le portefeuille qui renferme vos valeurs?

« — Oui, mademoiselle. D'après vos conseils, j'ai mis la petite succession de ma mère et mes économies en rentes sur l'Etat; et je porte toujours ma fortune avec moi.

« La voiture passait près de nous; il y avait deux places; et nous sommes partis.

« Voilà ce qui s'est passé. Il ne me reste plus qu'à prier mon capitaine de me pardonner; mais je n'ai pu résister à la volonté de Dieu et à celle de Rosalie. »

La lettre parut très-amusante à tous ceux qui étaient là, excepté à la comtesse, au jésuite et au curé.

— Cette fille est folle, dit carrément le dominicain.

— Attendons avant de la juger ainsi, dit le Père Gribeauval; il y a des excès de zèle qui ressemblent à de la folie. On sait qu'après le départ de nos troupes de Rome, les garibaldiens, soudoyés par Victor-Emmanuel, attaqueront la ville sainte. Mademoiselle Mangon désirait depuis longtemps se dévouer à soigner les blessés de l'armée pontificale; elle suit aujourd'hui ce saint attrait que je n'ai jamais combattu. Je trouve tout simple que, par une subite inspiration, elle ait cherché un appui, et dans cet appui, un défenseur dévoué du saint-siége.

Et le jésuite se disait à part lui :

— L'équipée de cette fille est très-ridicule; mais il y a moyen, en arrangeant un peu les choses, d'en tirer parti, et d'en faire une histoire édifiante qu'on mettra dans la *Semaine religieuse* et dans le *Monde*.

Clémentine eut la curiosité d'aller dans la chambre de Rosalie, pour voir si elle n'y avait pas laissé une lettre :

— Car, dit-elle, il est étrange qu'elle nous ait quittés aussi cavalièrement.

— Mademoiselle Mangon, dit-elle en rentrant dans le

salon, a fait maison nette. Ses armoires sont ouvertes et vides. Elle n'a laissé qu'un paquet de vieilles hardes et... sa discipline.

Les rires recommencèrent de plus belle. Le curé de Brindas, terrassé par ce dernier incident, prit son chapeau, et sortit sans saluer personne.

— Le fait est, dit madame de Villechenève, qui s'était amusée plus que personne des aventures de l'extatique, qu'une discipline est un meuble assez inutile en ménage.

XIII

CE QUI DEVAIT ARRIVER

Frédéric de Lentilly à Prosper de Lanfeld

Brindas, le 8 février 1866.

« Pardonne-moi de ne t'avoir pas écrit depuis l'enlè-
vement de Jacques par Rosalie. Le château de Brindas a
tellement changé, il est devenu si animé, qu'il est difficile de trouver le temps d'écrire de longues lettres.

« Nous avons reçu des nouvelles du couple intéressant ; il a reçu la bénédiction nuptiale en arrivant à Rome.
Rosalie, en entrant dans la vie conjugale, n'a pas renoncé à la vie extatique. Elle cumule ; et le curé de
Brindas nous a dit, très-sérieusement, qu'à Rome on appelait déjà madame Jacques, la nouvelle Maria Taïgi.

Cette Taïgi était une sainte à extases, à ce qu'il paraît (1).

« Pour moi, je suis enchanté du départ de Rosalie ; je suis sûr que cette pénétrante fille avait deviné mon amour, et qu'elle m'espionnait. Si le hasard, ce dieu des amants, me fournissait l'occasion d'être quelques instants seul avec Clémentine, je voyais presque aussitôt apparaître la béate Rosalie ; et, quand je ne la voyais pas, j'avais le pressentiment qu'elle était près de nous et qu'elle nous écoutait. Hélas ! je n'ai pas gagné beaucoup à la fugue de cet affreux ange gardien de Clémentine ; car celle-ci me tient plus que jamais à distance : donc, elle me redoute, et peut-être se redoute-t-elle elle-même.

« Ne va pas me supposer des projets de séduction. On ne séduit pas une femme comme elle. Si j'en avais le coupable désir, je suis persuadé que je ne réussirais pas. En se dépouillant des langes du mysticisme, dans lequel fut enveloppée sa jeunesse, elle a gardé sa foi religieuse ; et cette foi lui donne de ses devoirs une trop haute idée pour qu'elle puisse y manquer jamais. Elle m'aime, je le crois. Mais elle ne me le dira pas : à

(1) Dernièrement on annonçait dans *l'Univers* la mise en vente des *images miraculeuses* de la vierge Anna-Maria Taïgi. La pieuse feuille assure que toutes les personnes « qui portent sur elles cette image s'en trouvent très-bien. » On ne recommande pas en plus beau style une pâte pectorale quelconque. Mais il y a une petite erreur. Maria Taïgi était mariée et mère de famille. Elle comprenait ses devoirs ; car l'un de ses graves historiens raconte que ses. *défaillances amoureuses* et ses *excès de délices* furent si répétées que Maria Taïgi fut contrainte de s'en plaindre à son divin époux, lui disant avec une naïve liberté : « Laissez-moi, seigneur ; allez-vous-en ! laissez-moi, car j'ai à faire ; je suis mère de famille, allez-vous-en, allez-vous-en ! » (*Vie de Maria Taïgi*, par Mgr Luquet, évêque d'Hesebon, 2ᵉ édit., p. 42) Que dirait-on de moi si, dans mes romans, j'inventais de si belles choses ?

ses yeux, cet aveu serait presque un crime ; et pourtant
je donnerais tous les bonheurs de la terre pour lui entendre prononcer, une seule fois, le mot qui enivre : Je
t'aime ! C'est la plus haute et la dernière faveur à laquelle
je veuille aspirer. Mon ami, je ne cherche pas à m'abuser moi-même. Si tu connaissais Clémentine, si tu voyais
son beau regard passionné et, en même temps, pur
comme celui d'une vierge, tu dirais que l'homme qui voudrait la faire descendre au niveau des femmes vulgaires
serait aussi lâche qu'insensé. Je puis être insensé, mais
je ne serai jamais un lâche. »

                              Brindas, le 18 février 1866.

« Elle m'aime, mon cher Prosper ! Elle me l'a dit. Ce
mot suprême s'est échappé de ses lèvres et de son cœur ;
et demain je me séparerai d'elle, peut-être pour toujours.
Je t'ai écrit avec quel soin Clémentine évitait les occasions de se trouver seule avec moi. Il m'était presque
impossible d'échanger quelques paroles avec elle. Je
craignais même que cet excès de précautions ne dévoi-
lât son secret au regard pénétrant de madame de Lafère.
Mais hier celle-ci, après le déjeuner, alla dans la chambre de sa nourrice, l'enfant était légèrement indisposé.
Clémentine allait la suivre, quand Raphaël l'arrêta en lui
disant :

« — Lis donc à Frédéric la lettre que tu as reçue ce
matin de ma mère. Tu sais qu'elle désire une réponse
immédiate.

« Et, prenant M. de Lafère sous le bras, il l'emmena
en lui disant qu'il voulait causer avec lui.

« Nous restâmes seuls, Clémentine et moi.

« Ma belle-mère, dans l'intérêt du salut de mon âme,
voudrait absolument me marier. Sa lettre n'avait pas
moins de quatre pages de détails sur les perfections de
mademoiselle Isaure de Villechenève ; j'ai vu ici deux ou
trois fois cette jeune personne : elle est très-jolie.
A-t-elle toutes les qualités que lui suppose ma belle-
mère, je n'en sais rien, et je n'ai nul intérêt à le savoir.
Il y avait aussi dans cette lettre beaucoup de renseignements sur l'illustration des Villechenève, sur leur fortune, etc. C'était magnifique.

« — Que dois-je répondre à madame de Lentilly ?
mon cousin, m'a dit Clémentine d'une voix un peu émue.

« — Que je la prie de la manière la plus formelle de
ne pas s'occuper de ce mariage. Je ne me marierai jamais, Clémentine. Vous savez bien que je ne puis aimer
au monde qu'une seule femme. Je me suis reproché
comme un crime d'avoir, pour vous obéir, pensé sérieusement à épouser mademoiselle Larry. Si ce mariage s'é-
tait fait et que je vous eusse revue, j'aurais haï cette
femme qui aurait eu des droits sur moi. Grâce au ciel, je
suis libre, libre de vous aimer, sans espérance, je le
sais ; mais un amour tel que le mien peut s'en passer.
Je veux rester libre, Clémentine, pour être ton esclave,
pour t'adorer à genoux.

« — Mais je ne suis pas libre, moi ! s'est-elle écriée.
Et ses larmes l'ont suffoquée.

« Je l'ai serrée dans mes bras.

« — Ah ! je savais bien, lui ai-je dit, que tu m'aimais,
Clémentine ; mais, dis-le moi ! Que je l'entende de ta
bouche, et je jure de ne te rien demander de plus.

« Elle s'est arrachée de mes bras. J'ai voulu retenir
une de ses mains dans les miennes ; cette main était
glacée.

« — Oui, je vous aime, m'a-t-elle dit, je vous aime d'amour ! Mais, sachez-le bien, Frédéric, j'aime Raphaël plus que vous. Vous ne savez pas, vous ne saurez jamais ce que Raphaël est pour moi, et ce que je suis pour lui. A présent, Frédéric, laissez-moi ! j'ai besoin d'être seule.

« Et elle est sortie.

« Je suis monté à cheval ; il me fallait de l'air et du mouvement.

« Clémentine n'a pas paru au dîner. Raphaël nous a dit qu'elle était allée à Lyon et qu'elle ne reviendrait que le lendemain.

« — Elle a voulu apprendre elle-même à ma mère le mauvais succès de sa négociation auprès de vous, Frédéric. Avez-vous bien réfléchi ? Si vous voulez vous marier, il vous serait difficile de trouver un parti plus convenable.

« — Et une jeune fille aussi charmante, ajouta madame de Lafère.

« — Elle est charmante, j'en conviens ; mais elle ne me plaît pas.

« — Alors vous avez raison, dit Raphaël.

« Et il me regarda d'une façon singulière. Il semblait qu'il voulût lire dans le fond de ma pensée le véritable motif de mon refus.

« Le dîner et la soirée furent assez tristes. Madame de Lafère était mécontente que Clémentine fût allée sans elle à Lyon. Raphaël était rêveur. M. de Lafère et moi nous soutenions seuls la conversation ; mais j'étais moi-même tellement préoccupé que je répondais à tort et à travers. Alors je voyais le regard scrutateur de Raphaël fixé sur moi. Pourquoi me regardait-il ainsi ?

« Le soir, en rentrant dans ma chambre, j'ai trouvé

sur la cheminée un billet cacheté, sans adresse. Voici ce
que j'y ai lu :

« Frédéric, vous ne pouvez rester ici. Si vous ne vous
« sentiez pas la force d'accomplir votre devoir d'hon-
« nête homme, moi je saurais faire le mien. Je dirais
« tout à Raphaël, et ce serait auprès de lui que je cher-
« cherais un refuge contre une passion coupable. Voyez
« si vous voulez imposer à lui et à moi une semblable
« douleur. »

« En lisant ce billet, j'ai compris que tout était fini
pour moi, et qu'il ne me restait plus qu'à obéir.

« Tu m'as souvent, mon ami, reproché la légèreté de
mon caractère, et tu ne me crois pas susceptible d'é-
prouver un sentiment vrai. Si je pouvais te dire les souffrances de cette longue nuit, que j'ai passée sans sommeil, peut-être ton opinion sur moi changerait-elle
beaucoup. »

La nuit de Raphaël ne fut pas moins agitée que celle
de Frédéric; il en passa une grande partie à mettre des
papiers en ordre et à écrire.

Nous trouvons dans son manuscrit :

« 18 février. — Depuis le jour où j'ai donné mon nom
à Clémentine, voici la première fois que je fais seul la
prière du soir. J'ai demandé à Dieu le courage et la résignation. Seul! être seul! Jamais je n'avais pesé cette parole des livres saints, *Væ soli*; j'en comprends aujour-
d'hui la profondeur.

« Il y a déjà longtemps que cette prière à deux avait
perdu pour nous ses joies. Nos âmes ne s'entendaient
plus; elles n'avaient ni les mêmes besoins ni les mêmes
aspirations. Nous n'avions plus comme autrefois d'ardentes effusions pour remercier Dieu de nous avoir donné
tant de bonheur. Tous les deux nous savions que nos fé-

licités n'étaient plus qu'un souvenir. Aussi cette prière du soir avait fini par devenir une souffrance pour Clémentine; et je n'osais pas lui dire que je m'en apercevais.

« Aujourd'hui j'ai prié seul; sa voix n'a pas répondu à la mienne, et mes lèvres n'ont pu proférer que les paroles du divin Maître dans son agonie : « *Mon âme est triste jusqu'à la mort.* » J'ai repassé devant Dieu mes années écoulées; j'ai rappelé les rêves de ma jeunesse, ma première vocation abandonnée; j'ai pesé de nouveau les motifs de cet abandon, je les ai trouvés justes. Je me suis rappelé la Suisse, où j'ai lié le sort de Clémentine au mien, et, après cette revue de toute ma vie, je me suis dit : « J'ai voulu réaliser un idéal impossible, j'ai « été un insensé. Mais ai-je été coupable? Seul vous le « savez, ô mon Dieu! Douloureuse épreuve ou expiation « méritée, j'accepte tout de votre main. »

« ..... Elle l'aime! Je l'ai soupçonné depuis le retour de Frédéric à Brindas; mais aujourd'hui en la surprenant, après la conversation qu'elle venait d'avoir avec lui, pâle, troublée, prête à me faire un aveu; quand je l'ai vue sous de frivoles prétextes partir pour Lyon, seule, pour ne revenir que demain, j'ai tout compris. La lumière s'est faite aussi éclatante que terrible. Tout est fini.

. . . .

« Je souffre à en mourir! Et, chose singulière, je me trouve moins malheureux. Mon avenir est plus sombre que jamais, mais dans le sien j'entrevois quelques lueurs. La conversation que j'ai eue aujourd'hui avec M. de Lafère m'a appris qu'il y a une issue pour sortir d'une position fatale. Si je dois souffrir seul, de quoi me plaindrais-je? Ce n'est pas à moi qu'il faut penser, mais à elle. Elle! toujours elle! Marcher, les pieds meurtris et

sanglants, dans les rudes sentiers de la vie, en la portant
dans mes bras pour lui éviter toute souffrance, n'est-ce
pas là ce que j'ai toujours voulu?. . . . .

. . . .

« Il me semble qu'un amour tel que le mien devait
être assez puissant pour absorber son âme dans la mienne,
de telle sorte qu'on ne pût les séparer. . . . . . .

. . . .

« Le séjour de Claire et de son mari à Brindas m'a
appris beaucoup de choses que je ne savais pas, sur lesquelles je ne voulais pas arrêter ma pensée. La famille,
c'est une chose sainte. J'ai vu ce jeune époux et cette
jeune épouse penchés sur le berceau de leur enfant, re-
cueillant ensemble ses sourires et ses baisers, et j'ai
trouvé ce spectacle à la fois sublime et touchant. C'est là
l'œuvre de Dieu; c'est là ce qu'il a voulu. Combien de
fois n'ai-je pas vu Clémentine prendre l'enfant de Claire
dans ses bras, le couvrir de ses baisers, et puis tout à
coup le rendre à la mère et sortir brusquement? Alors
Claire me disait :

« — Clémentine est, je crois, jalouse de mon bonheur
maternel. C'est un véritable enfantillage.

« Et moi je souriais; car, dans la vie du monde, il faut
sourire, même en recevant une cruelle blessure. Claire
ne savait pas que ses paroles pénétraient, comme un
dard acéré, jusqu'au fond de mon cœur. Clémentine,
chère victime de mon imprudence, tu n'es pas coupable
envers moi, et peût-être un jour tu pourras m'absoudre !

. . . .

« J'espère, je veux croire que Frédéric est un homme
d'honneur et qu'il saura le prouver. Je l'ai beaucoup observé. La jalousie m'a donné une pénétration qui n'est

pas dans mon caractère. De tout ce qui m'entoure, je n'aperçois que les beaux côtés, et je n'envie pas ces funestes clairvoyances qui font si souvent arriver ceux qui les possèdent au mépris de l'humanité que l'on doit aimer. Si la connaissance du cœur humain conduit au mépris de ses semblables, que Dieu me préserve de jamais l'acquérir !

. « Ce soir, Frédéric n'était pas ce qu'il est ordinairement. Quand il rencontrait mon regard, je le voyais se troubler. Il y a dû avoir entre eux une explication. Ils s'aiment; ils se le sont dit; je n'en doute pas. Frédéric aura juré un éternel amour. Sait-il ce que c'est que l'amour? Est-ce la première fois qu'il a fait un semblable serment? Clémentine est belle, bien belle ! Il l'aime pour sa beauté. Mais aimera-t-il son âme? Appréciera-t-il les trésors qu'elle renferme? Frédéric est-il digne de l'amour d'une femme comme Clémentine? S'il en est digne, il ne restera pas ici, il partira. On élève son âme par le sacrifice.

. « Et alors?...

« Alors le moment de la crise qui doit mettre un terme à une situation impossible sera arrivé. Crise terrible! mais pour la supporter, je suis homme, et surtout je suis chrétien. . . . .

. . . .

« Mais s'il prétendait rester ici, si, infâme séducteur, il cherchait à avilir cet ange ! A cette seule pensée, mon sang bouillonne dans mes veines, et la haine, ce sentiment que je n'ai jamais connu, entre dans mon cœur et le déchire. S'il en était ainsi, comment pourrais-je les sauver l'un et l'autre? »

XIV

LA CRISE

Frédéric à Prosper de Lanfeld.

19 février 1866.

« Clémentine est arrivée à Brindas à midi. Elle aussi
a souffert. Ses yeux sont entourés d'un cercle bleuâtre
qui donne à son regard quelque chose de sombre. Peu
d'instants après son arrivée, on a apporté le courrier : il
y avait plusieurs lettres pour moi, je suis sorti pour les
lire. En rentrant dans le salon, j'ai dit à M. et à madame de Nervieux qu'une lettre, que je venais de recevoir, me donnait une nouvelle qui me forçait, à mon
grand regret, de partir immédiatement pour Paris.

« Tout le monde s'est récrié là-dessus, excepté Clémentine.

« — Mon cousin, a-t-elle dit, a sans doute des raisons graves pour nous quitter?

« — Oui, ma cousine; c'est pour moi un devoir de partir.

« — C'est bien. On doit tout sacrifier au devoir. Quand partez-vous?

« — Demain matin, à six heures.

« Elle paraissait très-calme; cependant j'ai cru voir sur ses lèvres pâles un léger tremblement.

« Raphaël s'est avancé vers moi, il m'a serré la main avec force, puis il s'est éloigné; et je suis resté interdit. Pourquoi cette démonstration?

« J'ai trouvé le moyen de remettre un billet à Clémentine dont voici le contenu :

« Clémentine, vous le voyez, je n'ai pas balancé à
« vous obéir. Votre repos, votre bonheur me sont plus
« chers que la vie. Je ne vous demande qu'une grâce,
« une seule grâce; je vous la demande à genoux. Avant
« de vous quitter, sans doute pour toujours, je veux vous
« dire encore une fois que je vous aime, que je n'aime-
« rai jamais que vous. Ne comprenez-vous pas que je ne
« saurais vous faire mes adieux devant tous ceux qui
« nous entourent? Dans ces adieux officiels, je pourrai
« serrer votre main dans la mienne, peut-être même,
« comme parent, poser mes lèvres sur votre front.
« Mais que sont ces faveurs banales auprès du bonheur
« de vous entendre me dire encore une fois : Je t'aime ?
« Je ne veux que cela, Clémentine. Je veux que tu m'é-
« coutes, que tu saches ce que je souffre en te quittant;
« je veux m'enivrer encore quelques instants du bonheur
« de te voir. Devant ton mari, devant nos amis, j'ose à
« peine lever les yeux sur toi, tellement je crains de ne
« pas être maître de mon émotion. Douterais-tu de ma

« vénération, de mon respect pour toi? Je ne puis le
« croire. Tu ne me refuseras pas, chère adorée? Je ne te
« demande que quelques minutes de bonheur; et puis
« viendra la longue, peut-être l'éternelle séparation... »

. . . .

Quand une femme s'est engagée dans une voie funeste,
il est rare qu'elle ne la suive pas jusqu'au bout. Clémentine ne connaissait pas tous les dangers de celle où elle
était entrée; elle avait de chastes ignorances qui pour
elle étaient une excuse. La soumission de Frédéric l'a-
vait profondément touchée; il ne lui demandait que
quelques instants consacrés à de tristes adieux. Elle n'eut
pas le courage de les lui refuser et elle lui écrivit :

« Ce soir, à onze heures, dans la chambre de mademoiselle Mangon. »

Cette soirée fut encore plus triste que la précédente.
Claire et son mari pressentaient que quelque chose de
grave allait avoir lieu. Si prudent que soit l'amour, il se
cache difficilement. Raphaël, le plus inexpérimenté de
tous les hommes, avait fini par le reconnaitre dans le
cœur de Clémentine et dans celui de Frédéric. Madame
de Lafère avait eu souvent des soupçons; la pâleur et l'a-
battement de Clémentine, la gaieté factice de Frédéric, la
tristesse résignée de la physionomie de Raphaël les lui
confirmaient. Il y avait un mystère entre ces trois personnes; et les femmes, dans tout mystère, supposent volontiers l'amour. Frédéric, devant partir de grand matin,
fit ses adieux. Clémentine les reçut avec ce calme que la
douleur morale, arrivée un certain degré d'intensité,
donne presque toujours. On n'a plus la conscience de
soi-même; on marche, on agit, on parle, on écoute,
comme dans un rêve. On ne souffre plus, on est brisé.

Quand Clémentine se trouva seule avec Raphaël, dans

ce petit salon bleu consacré par eux à l'étude et à la prière, et où elle avait passé tant d'heures bénies d'une si tendre et si sainte intimité, elle se sentit presque défaillir sous le poids de ses émotions. Raphaël lisait, en se promenant, dans ce livre dont Frédéric avait remarqué le format étrange. De temps en temps, il jetait un regard rapide sur Clémentine; il la voyait affaissée sur elle-même, immobile; quelquefois il surprenait une larme s'échappant sous ses longs cils noirs et roulant le long de ses joues; et il était tenté de tomber à ses pieds et de lui dire :

— Pourquoi pleures-tu? Quelle que soit ta douleur, ne peux-tu donc la confier à ton frère et à ton ami?

Quand il eut terminé sa lecture, il s'approcha de Clémentine et lui dit :

— Veux-tu prier avec moi?

Elle ne répondit pas; mais, se levant, elle vint se mettre à genoux auprès de Raphaël.

— Qui sait, se disait celui-ci, si cette prière ne sera pas la dernière que nous ferons ensemble?

Jamais son improvisation n'avait été aussi éloquente; mais Clémentine en saisissait à peine quelques mots. Elle ne percevait que le son de la voix de Raphaël, dont les inflexions avaient quelque chose de si triste qu'elle en était émue jusqu'au fond de l'âme. Cette voix, qui lui semblait une douce plainte, lui rappelait tout un passé d'amour et de dévouement du côté de Raphaël, et, du sien, les lâchetés et les ingratitudes dont elle s'était rendue coupable. Faisant enfin un effort sur elle-même, elle chercha à comprendre la prière de Raphaël. Il la terminait en demandant à Dieu la force qui fait accomplir le devoir, et les consolations célestes qui guérissent les cœurs brisés.

Alors Clémentine fondit en larmes et, se levant, elle dit à Raphaël :

— Demain tu liras dans mon cœur ; ne me demande rien à présent. Sois sûr que je veux être digne de toi. Je ne sais quelle ombre a passé entre nous deux. Suis-je coupable ou insensée ? Demain je te dirai tout. Toi seul peux me guérir ou me pardonner.

Clémentine, en entrant dans sa chambre, regarda la pendule ; il était dix heures et demie.

— Grâce au ciel, il en est encore temps, se dit-elle ; et, prenant une plume, elle écrivit :

« Frédéric, je vous ai fait une promesse qu'il ne me serait possible de tenir qu'en me rendant coupable envers Raphaël. Oubliez-moi et soyez heureux ! Quant à moi, que ma fatale et bizarre destinée s'accomplisse ! »

Et, ouvrant la porte de communication, elle entra dans la chambre occupée jadis par Rosalie Mangon, pour y déposer son billet. Frédéric était là.

— Merci ! s'écria-t-il, merci ! vous aussi vous avez devancé l'heure, merci, ma bien-aimée !

— Frédéric, lui dit Clémentine, je ne vous croyais point encore ici, et j'avais résolu de ne pas vous revoir. Voici le billet que vous deviez trouver.

— Je ne lirai point ce billet, Clémentine.

Et Frédéric le déchira.

C'était donc là la récompense que je devais attendre de ma soumission à vos ordres. Quand je consentais à m'éloigner de vous, à ne vous revoir que lorsque vous me rappelleriez vous-même, une froide parole d'adieu, nn serrement de main devant des étrangers, tel eût été le prix de mon sacrifice ? Broie ton cœur, misérable, tu n'obtiendras pas un mot de pitié ! Voilà sans doute ce que vous m'écriviez, madame ? L'amour a d'autres exi-

gences ; je dirai plus, il a d'autres droits. Et je me
croyais aimé ! Quand vous m'avez dit : Je vous aime !
madame, vous me trompiez donc, ou vous vous trompiez
vous-même? Vous l'avez reconnu, et vous m'écriviez pour
me signifier mon arrêt. C'est cela, n'est-ce pas, Clémentine?

— Non, Frédéric, non, ce n'est pas cela. Vous savez
bien que je vous aime ; mais ce que vous ne savez pas,
c'est que, pour vous l'avouer sans crime, je donnerais
ma vie.

— Et pourquoi serait-ce un crime, puisque tu n'as
rien à craindre de moi? T'ai-je demandé d'autre bonheur
que celui d'épancher mon âme une dernière fois devant
toi? Chère adorée, tous les deux nous avons mé-
connu l'amour : tu as pris pour lui une sainte amitié
fraternelle ; j'ai donné son nom sacré à des entraînements passagers. L'un comme l'autre, nos cœurs,
quand ils ont échangé le mot suprême, étaient vierges
d'amour. Aussi je ne suis pas jaloux de ton affection pour Raphaël ; ce n'est pas celle-là que je désirais
t'inspirer. Elle te crée des devoirs, il est vrai ; je sais
bien que c'est en vain que j'essayerais de te les faire oublier ; et d'ailleurs je ne le voudrais pas. L'auréole de
vertu qui pare ton beau front n'est pas celle que j'ai
trouvée sur celui des femmes du monde : la leur, elles la
laissent tomber avec la même facilité qu'elles rejettent
les fleurs flétries pendant une nuit de bal ; mais toi, tu
ne peux inspirer qu'une adoration pleine de respect.
Pourquoi donc me craindrais-tu? et pourquoi voulais-tu
me ravir les courts instants de bonheur qui me sont ré-
servés? Bonheur plein de tristesses ! Mais, pour ces tristesses, je sacrifierais toutes les joies.

Et Frédéric serrait les mains de la jeune femme dans

les siennes, les couvrait de baisers. Elle ne les retirait pas; elle le regardait. Les énergies de la passion se révélaient à elle et la troublaient.

Frédéric voyait ce trouble. Plus expérimenté que Clémentine, il savait qu'il pouvait en abuser; mais il aimait, en effet, pour la première fois, et l'amour vrai a des délicatesses qui en purifient les entraînements coupables. L'honneur faisait encore entendre sa voix. C'était bien assez d'avoir porté le trouble dans cette âme, sans vouloir encore la faire descendre aux derniers avilissements. Ce qu'il aimait dans Clémentine, c'était surtout ce qu'il n'avait rencontré dans aucune femme, un mélange de passion et de chasteté, une intelligence virile, et la candeur et la naïveté d'un enfant. Il l'aimait ainsi, il la voulait ainsi; il était dans ce.moment sur les hauteurs sublimes où peut élever la passion, quand elle est vraie, mais où il est si difficile de résister au vertige.

C'était déjà trop, pour Frédéric et Clémentine, d'être près l'un de l'autre, les mains se serrant, les haleines se confondant presque. Ils ne se parlaient plus, ils se regardaient. De ces deux regards jaillissaient des courants magnétiques, et les impressions se communiquaient rapides et brûlantes. Clémentine cherchait en vain à s'y soustraire. Elle essayait de rompre ce fatal silence, de prononcer le mot qui devait les séparer. Ce mot, elle ne le disait pas; elle voulait savourer quelques minutes de cette étrange volupté qu'elle n'avait pas encore connue.

Un léger bruit arracha les deux amants à leur extase; il venait du côté de la chambre de Clémentine. Celle-ci se retourna, ainsi que Frédéric. La porte était ouverte, et sur le seuil était Raphaël. Immobile, le visage couvert d'une pâleur livide, il les regardait, et son regard avait la fixité de celui d'un cadavre.

Clémentine jeta un cri déchirant. Elle s'élança vers Raphaël, et tomba à genoux devant lui, en lui disant :

— Raphaël, pardonne-moi !

— Chère enfant, lui dit Raphaël en la relevant, si tu avais besoin de mon pardon, ce ne serait pas à mes pieds que tu devrais être, mais dans mes bras. Pauvre roseau courbé sous l'orage des passions, ce n'est pas moi qui achèverai de te briser.

— Votre femme n'est pas coupable, monsieur de Nervieux. Cette entrevue, elle ne voulait pas me l'accorder. Je n'ai pas besoin d'ajouter que je suis entièrement à votre disposition.

Pendant que Frédéric lui parlait, Raphaël plaçait sa femme, à demi évanouie, sur un canapé; puis, s'adressant à Frédéric, il lui dit :

— Voilà donc toute la réparation que vous avez à m'offrir, un duel? Pensez-vous donc que votre sang puisse guérir la blessure de mon cœur? Et si vous répandez le mien, que deviendra cette femme? Serait-ce vous qui pourriez essuyer les larmes que lui arracherait le remords? Vous savez bien qu'un duel est impossible entre nous. Mes principes religieux ne me permettraient pas de l'accepter; et, à leur défaut, la philosophie seule me ferait repousser ces horribles notions sur l'honneur professées par des hommes courbés encore sous le préjugé des âges de barbarie.

Pendant que Raphaël parlait, Clémentine revenait à elle, et, le bras accoudé sur le canapé, la tête appuyée dans sa main, elle regardait alternativement son mari et Frédéric. Était-ce un rêve qu'elle faisait? Pourquoi ces deux hommes étaient-ils là, et que pouvaient-ils se dire? Et elle cherchait à rappeler ses esprits et à comprendre.

— Je vous respecte et je vous admire, monsieur de

Nervieux, disait Frédéric. Vous avez sur l'honneur des idées plus élevées que celles des hommes du monde. Mais croyez-moi, je vous le jure sur la mémoire de mon père, je n'ai jamais eu la pensée de séduire votre femme. Pour lui obéir, je pars demain, et cette entrevue, qui est la première, devait être aussi la dernière.

— Il eût été mieux de partir sans la revoir, Frédéric. Vous eussiez été plus digne de son estime et de la mienne. Ne croyez pas que je sois arrivé ici conduit par un soupçon injurieux à Clémentine. Inquiet de l'état d'agitation dans lequel elle m'avait quitté ; pour la première fois, depuis qu'elle porte mon nom, je suis entré le soir dans sa chambre. Elle n'y était pas. Cette porte était entr'ouverte. J'ai vu un rayon de lumière, et je suis arrivé ici.

Et, se retournant vers Clémentine, il lui dit :

— Reviens à toi, mon enfant, et écoute-moi ! Écoutez-moi aussi, Frédéric ! Je suis l'obstacle qui s'oppose à votre bonheur à tous les deux ; mais cet obstacle peut être brisé, et il le sera.

— Que voulez-vous dire, Raphaël ? s'écrièrent à la fois Frédéric et Clémentine.

— Rassurez-vous, dit Raphaël avec un triste sourire. Ce n'est point en quittant la vie que je vous rendrai la liberté. Ce serait pour moi le moyen le plus facile et le moins douloureux ; mais je méprise également la barbarie des duellistes et la lâcheté des suicides. Clémentine, notre union n'a été consacrée que par la loi civile, la loi civile peut la rompre. Devant les hommes, tu es ma femme ; devant Dieu, tu n'as jamais été que ma sœur. Ma sœur, je demanderai aux lois de te rendre la liberté. Mon amour fraternel n'a pu te suffire. Tu regrettes les joies de l'épouse, et plus encore celles de la mère. Quand je puis te rendre heureuse, comment hésiterais-je un instant?

Monsieur de Lentilly, je vous promets la main de ma sœur.

— Non, non! s'écria Clémentine en se levant impétueusement, jamais je ne consentirai à me séparer de toi. C'est toi, toi seul que j'aime! et Frédéric, à présent, je le hais.

— La douleur t'égare, ma pauvre enfant, laisse-toi guider par moi. Une séparation entre nous est devenue nécessaire; et, pour faire cesser toute indécision de ta part, je te dirai que mon repos l'exige.

Frédéric entendait sans comprendre. Quoi! cette femme qu'il aimait pourrait être à lui? Ce n'était pas possible! Il attendait une explication qu'il n'osait provoquer, tant il craignait d'y trouver non la confirmation, mais la ruine de ses espérances. Depuis une heure, il avait passé par tant d'émotions nouvelles et étranges qu'il craignait de devenir fou. Raphaël, l'époux de Clémentine, lui disait : « Je vous promets la main de ma sœur, » et cette sœur, c'était Clémentine!

Raphaël seul était calme, de ce calme du condamné à mort qui, en face de l'instrument de son supplice, n'a plus le sentiment de l'horreur de sa position.

— Demain, dit-il à Frédéric, au moment de votre départ, on vous donnera une lettre que vous remettrez à M. de Lozane; vous pourrez la lire, elle vous expliquera tout. Soyez certain que je ne vous abuse pas en vous disant que Clémentine peut être à vous. Voici mon fatal secret : je suis diacre de l'Église romaine, et les tribunaux prononceront toujours la nullité d'un mariage fait dans de telles conditions. Séparons-nous, à présent.

Clémentine a besoin de repos, et moi, j'ai besoin de me recueillir.

— Oui, dit Clémentine, séparons-nous ; et souvenez-vous, Frédéric, que cette séparation sera éternelle.

XV

DEUX VICTIMES

Raphaël, après avoir appelé auprès de Clémentine une femme de chambre, se retira chez lui et se disposa à écrire à M. de Lozane, l'éminent jurisconsulte auquel il voulait s'ouvrir, en toute franchise, pour connaître les moyens de casser son mariage avec Clémentine. Il ne savait qu'une chose, c'est que la magistrature annule toujours un mariage de ce genre (1). Pour tout ce qui était

(1) Bien qu'aucune loi n'interdise à un citoyen français, déjà entré dans les ordres, de se marier, la jurisprudence usuelle en France repousse ces mariages et regarde comme nuls ceux qui peuvent avoir été contractés. Ce qui a fait autorité sur ce point est une déclaration du ministère public en 1828, à l'occasion de la demande d'un prêtre de contracter un mariage légal, que, *la religion catholique étant la religion de l'Etat, les ordres sacrés sont un empêchement au mariage.*

On s'est surtout appuyé sur l'opinion de Napoléon 1er qui voulait imposer le célibat même aux professeurs universitaires, et qui proposa, dans le conseil d'Etat, le 20 novembre 1813, une loi qui interdirait le mariage aux prêtres. Mais cette loi n'a jamais été faite.

Nous ne sommes plus sous le régime de la *religion de l'Etat.* Cepen-

des formes de la procédure, il n'en avait pas la notion première.

Cette démarche, toute cruelle qu'elle était pour son cœur, était le premier besoin de sa conscience. Il mettait M. de Lozane au courant des faits matériels qui expliquaient son mariage bizarre : son éducation mystique, le vide qu'on avait fait autour de lui et autour de Clémentine, de telle sorte qu'ils avaient été l'univers l'un pour l'autre. Il lui racontait son voyage aux Indes, et comment l'évêque de la mission, ayant besoin de prêtres, l'avait engagé à entrer dans le sacerdoce. A vingt et un an, il reçut le sous-diaconat et il fit sans trembler, mais au contraire avec enthousiasme, le pas qui le séparait à jamais du monde. Quelques semaines après il recevait le diaconat.

« L'évêque de B..., écrivait Raphaël, qui tenait de Rome les pouvoirs nécessaires pour m'accorder les dispenses d'âge, eut de la peine à me donner les trois mois que je lui demandai de mettre entre mon diaconat et la dernière ordination au sacerdoce. Il céda enfin et ces trois mois furent consacrés à l'étude. On mit entre mes mains les cahiers de la *diaconale*. »

Raphaël raconta à M. de Lozane la révolution que cette étude fit dans ses idées. Il fut aussi surpris que pourrait l'être la plus chaste des jeunes filles en abordant les questions spéciales qui forment l'objet de ce qu'on appelle la *diaconale*. La première impression fut le dé-

dant, tout en accordant qu'un prêtre, en raison de la liberté des cultes, a le droit de changer de religion, on ne le force pas moins de subir la discipline de l'Eglise qu'il a abandonnée pour passer à une autre. Il y a là une grosse inconséquence; la loi, en France, ne reconnaît pas de vœux perpétuels, et, d'un autre part, on interdit aux prêtres le mariage! Cela ne peut s'expliquer que comme un reste de l'appui du bras séculier donné autrefois à l'Eglise.

goût. Puis vinrent les troubles de l'imagination. Ce ne
fut pas tout, Raphaël tomba bientôt dans une perplexité
étrange.

Ces livres, ces cahiers de mystérieuse *diaconale* ne
devaient pas avoir seulement pour but de le faire descendre jusqu'aux bas-fonds de la perversité humaine, de
lui dévoiler les turpitudes possibles où s'égarent certaines
imaginations aviliés. En quoi serait-il bon d'attirer l'attention du jeune diacre sur ces dégoûtants tableaux? Là
n'était pas certainement le but; il y avait donc un côté
pratique dans ces tristes études, et ce côté quel était-il?
La confession.

La confession! Quoi, il allait être exposé à recevoir de
pareilles révélations dans le tribunal de la pénitence !
Quoi, il lui faudrait interroger, sur ces matières, des
jeunes gens, des femmes, des adolescentes!

Raphaël s'était dit : Jamais ! jamais!

L'abbé Louis était absent. Il lui écrivit pour lui confier
ses terribles perplexités. En raison de la difficulté des
communications, la réponse se fit attendre. Elle arriva
enfin.

« Vous êtes bien bon de vous tourmenter de tout cela,
« disait l'abbé Louis. Dans la pratique, les prêtres intel-
« ligents font comme si la *diaconale* n'eût jamais existé.
« Ce sont vieilleries théologiques restées dans l'ensei-
« gnement depuis le moyen âge. Un saint évêque me
« disait que tout ce qu'un prêtre doit savoir sur ces ques-
« tions délicates pourrait se mettre dans quatre pages,
« et que tout le reste est inutile et dangereux. La ma-
« nière dont nos professeurs à Saint-Sulpice nous recom-
« mandaient la prudence, équivalait à nous dire : Per-
« dez, s'il est possible, le souvenir de votre *diaconale*
« et ne vous en servez jamais. »

En vain l'abbé Louis montra à Raphaël cette casuistique mal odorante comme l'une des innombrables routines léguées par le moyen âge, qui seront emportées à la prochaine réforme religieuse et qui devraient être dans un concile, si jamais on en rassemblait un, l'objet d'une sérieuse discussion. Rien de cela, pas même l'opinion de l'évêque cité, ne put rassurer Raphaël. Quand on a été toute sa vie étreint par l'absolu en matière religieuse, il est difficile d'en briser les entraves. Raphaël se disait que cette portion capitale de la théologie ne pouvait pas avoir été réservée, comme un dernier mystère, aux études du jeune diacre et n'être regardée que comme une vieillerie de la scolastique. Comment croire qu'on puisse vous dire d'un côté : Voilà l'enseignement; et que de l'autre on ajoute : Ne passez pas de la théorie à la pratique? Tout cela était absurde.

Les scrupules de Raphaël devinrent terribles. La prudence dans ces questions où commençait-elle? ou finissait-elle? Jamais il n'aurait le courage de faire un choix dans ces souillures; il voulait les oublier. Son vœu de sous-diaconat ne lui imposait que deux obligations : la continence et la récitation du bréviaire. Il garderait ce vœu, mais il était libre de demeurer diacre. Il n'assumerait pas de la sorte la terrible charge de directeur des âmes.

La lettre de sa mère, qui le rappelait auprès d'elle, lui parut une voix du ciel. Les mystiques sont fatalistes par nature.

— Dieu me parle par ma mère.

Et il ajouta, prenant une résolution irrévocable :

— Je ne serai jamais prêtre.

Après avoir expliqué à M. de Lozane les motifs qui l'avaient déterminé à ce parti extrême, il racontait les événements que le lecteur connaît déjà, son retour en France, ses discussions avec sa mère, le départ de Clémentine pour la Suisse, sa maladie tellement grave que, lorsqu'il arriva près d'elle, le médecin n'avait plus aucun espoir.

— C'est le moral qui est malade, disait-il; cette enfant a le cœur brisé; si vous l'aimez, elle pourrait être sauvée.

Une inspiration arriva à Raphaël; il sauverait Clémentine!

Il avait ouvert son âme à toutes les naïves et séduisantes théories que le mysticisme développa dans l'Eglise après les grands triomphes sur le paganisme, au sujet de ces amours angéliques que se donnaient des chrétiens absorbés par l'idéal et à un moment de forte réaction contre le sensualisme de l'ancien monde.

Entre un grand nombre d'exemples, celui d'Injuriosus et de Scolastique, raconté si simplement et si chastement par Grégoire de Tours (1), l'avait surtout séduit. Il

(1) Voici, un peu abrégé, le récit de Grégoire de Tours :
Injuriosus, sénateur d'Auvergne, rechercha en mariage une jeune fille fort riche. Quand les époux furent seuls, la jeune fille fondit en larmes et Injuriosus lui demanda : Pourquoi pleures-tu? — Hélas! répondit-elle, mes larmes n'effaceront point la douleur de mon cœur. J'avais promis de consacrer ma vie à Jésus-Christ et j'ai été forcée de m'unir à un époux mortel. Au lieu de la couronne de roses célestes, je reçois du mariage une couronne de roses flétries. O plût au ciel que je fusse entrée dans la mort avant que d'avoir goûté le lait! Plût au ciel que les baisers de mes douces nourrices ne m'eussent été donnés que dans mon cercueil!

— Scolastique, lui répondit son époux, nous sommes les uniques enfants d'une riche famille : si nous ne leur donnons pas d'héritiers leurs biens passeront à des étrangers. — Oh! dit la jeune fille, pour moi les biens de ce monde ne sont rien. Que sont les pompes de la terre pour ceux qui ne trouvent de félicités que dans la contemplation du Seigneur?

— Eh bien, lui dit son mari, tu fais briller à mes yeux les splen-

avoua à Clémentine quels liens l'attachaient à l'Eglise, et il lui proposa cet hymen des âmes dans lequel avaient vécu tant de saints personnages. Clémentine, ignorante des autres amours, avait accepté celui-là. Un jour était venu où elle avait appris qu'il en était un autre qu'elle aurait pu connaître et qui lui était à jamais interdit. Des fréquentations inévitables avec d'autres femmes tout enivrées des joies de la maternité, lui avaient montré le vide de son existence si exceptionnelle avec un amour qui se perdait dans les nuages et qui avait fini par saturer son cœur de l'affreux poison de l'ennui.

Raphaël se gardait bien d'accuser Clémentine; seul il se disait coupable. Il avait tendu à une perfection, il était tombé dans une folie.

Il insinuait, avec une habileté infiniment délicate, qu'il se croyait obligé d'arracher Clémentine à une situation qui l'exposait à trop de souffrances.

Raphaël terminait en priant son parent et son ami de

---

deurs de la vie éternelle; je m'unirai, si tu veux, à tes pensées. Il est difficile, dit-elle, que les hommes accordent aux femmes de telles choses; mais, si Dieu t'en donne la force, nous jouirons ensemble d'une récompense immortelle.

Alors Injuriosus fit le signe de la croix et dit : Que ta volonté s'accomplisse! et, s'étant donné la main, ils s'endormirent.

Et, dit le chroniqueur, *ils couchèrent depuis pendant un grand nombre d'années dans un seul lit et vécurent dans une admirable chasteté.*

Scolastique mourut et son époux la déposa dans le tombeau. Avant de recouvrir de la pierre funéraire les restes de celle qu'il avait si tendrement et si saintement aimée, il dit : Je te rends, Seigneur, ce trésor sans tache comme je l'ai reçu de toi.

Alors, la morte ouvrit les yeux et regarda son époux avec un amour plein de reconnaissance, et Injuriosus entendit ces paroles :

— Pourquoi dis-tu ce qui ne devait être su que de nous?

Quelques années après, Injuriosus mourut. On le plaça dans un tombeau auprès de celui de Scolastique. Le lendemain, les deux tombeaux n'en faisaient qu'un seul. On appela ce tombeau : *Le tombeau des deux amants.*

le guidèr dans cette difficile affaire où il avait à perdre,
avant.tout, le bonheur si longtemps savouré dans les
saintes extravagances de l'idéal, mais à gagner le repos
de sa conscience et la satisfaction de son honneur, ces
deux grandes choses auxquelles il se sentait disposé à
faire tous les sacrifices.

Cette lettre terminée, et il l'avait écrite avec le mélange de volupté et de ·torture qu'éprouve un homme
d'honneur qui obéit à un douloureux devoir, il tomba à
deux genoux près de la couche chaste où·il avait passé
de si douces, de si paisibles nuits.

Puis, se relevant, il jeta sur le papier ces paroles :

« — Mon Dieu ! mon Dieu ! le voilà fait ce sacrifice. O
mon Dieu, ces joies saintes devaient donc finir ainsi !
Seigneur !... Non, elle n'a pu être coupable, ma Clémentine. Je l'ai jetée, adolescente naïve, dans une existence
dont je devais soupçonner le danger. Son âme était revêtue de la fragile nature des filles d'Ève ; pouvais-je espérer qu'elle resterait toujours insensible aux attractions
presque irrésistibles de l'amour et aux saintes aspirations
de la maternité qui purifie et consacre cet amour ? Le coupable, l'insensé, c'est moi, Seigneur, moi seul !

« Maintenant, j'expie si cruellement mon erreur que
je n'ai pas à vous demander pardon. Je vous offenserais !
Je n'ai qu'à me souvenir que je suis votre enfant, et qu'à
tenir sur mes lèvres, tant que durera ma vie troublée et
douloureuse, cette coupe amère que les folies du mysticisme me réservaient à l'heure cruelle du réveil que je
n'avais pas prévue.

« Il faut que Clémentine, ma vierge demeurée chaste
sous mes baisers fraternels, connaisse ces délices de la
maternité que je lui ai stupidement ravies. Frédéric, tu

n'es pas mon rival ! Pour moi, il n'y a pas d'humiliation
à te dire : Voilà ton épouse ! Peut-être n'es-tu pas digne
d'elle ; mais dans un ordre de sentiments moins idéali-
sés, tu feras plus pour elle que n'a fait mon immense
amour. Elle sera avec toi dans les conditions normales de
la vie telle que Dieu l'a faite pour l'universalité des enfants de l'homme sous leur enveloppe terrestre.

« Clémentine, sois heureuse ! .

« A moi, pour jamais, dans ce monde, des tortures
que je ne connaissais pas ! Les passions des autres m'ont
révélé les miennes. Mon amour pour Clémentine serait,
à présent, un danger pour tous les deux. Mon Dieu, quel
martyre ! ! »

Le lendemain matin, Raphaël, inquiet de la santé de
Clémentine, s'empressa de demander de ses nouvelles.

Clémentine venait de partir pour Lyon, avec la femme
de chambre qui avait passé la nuit auprès d'elle.

Effrayée de sa situation, bourrelée de remords, aimant Raphaël plus qu'elle ne l'avait jamais aimé, car
l'amour chaste et idéalisé était devenu une de ces passions dévorantes dont, en quelques heures, elle avait deviné les enivrements et les dangers. Clémentine, par un
retour subit au mysticisme qui avait dominé sa jeunesse,
se dit : Que Dieu l'avait livrée à un esprit d'erreur et
d'aveuglement, pour la punir d'avoir renoncé à sa vocation religieuse. Le salut pour elle ne pouvait se trouver
que dans l'expiation ; et qui la guiderait mieux dans cette
voie que cette admirable Véronique, respectée par ceux-
mêmes qui ne voyaient dans elle qu'une hallucinée ?

A dix heures du matin, Clémentine était chez Véronique ; et, tremblante, baignée de larmes, elle tombait
à genoux devant l'extatique et lui racontait ses fautes et
ses douleurs. Véronique, qui n'avait pas les premières

notions des réalités sérieuses de la vie, au lieu de prendre
cette pauvre âme blessée, de jeter doucement sur elle
le baume de la compassion, resta dans son rôle d'en-
thousiaste.

— Malheureuse enfant! s'écria-t-elle, comment les
sept démons, dont parlent nos livres saints, sont-ils en-
trés dans ton cœur que j'ai connu autrefois si pur? Mais
le divin Maître a pardonné à Madeleine. J'entends sa
voix; il me dit qu'il te pardonnera aussi tes fautes. Que
ne puis-je te conduire dans une grotte sauvage semblable à celle de la grande pécheresse, et te dire : C'est
là qu'à son exemple tu dois vivre et mourir! Mais il est
d'autres solitudes; je t'en indiquerai une loin, bien loin
d'ici dans laquelle, ni l'infâme séducteur, ni le malheureux apostat ne sauraient te retrouver. Là, tu expieras
tes crimes et les leurs par les austérités et les larmes de
la pénitence.

Et Clémentine écrivit à Raphaël .

« Raphaël, mon grand, mon saint amour, je ne suis
plus digne de toi! J'ai profané, par des aspirations de
femme vulgaire, le mariage angélique de nos cœurs.
Adieu! adieu! pour toujours!

« Ne cherche jamais Clémentine! Elle va, sous un dé-
guisement dont nul n'aura le secret, cacher ses lâchetés
et sa honte dans la solitude d'une âpre vallée semblable à celle où tu allas la prendre pour en faire ton
épouse sœur.

« Elle ira expier, là, sa faute par ses remords, et dans
l'amer regret d'avoir empoisonné ta vie.

« J'écris à Frédéric qu'il me fait horreur. C'est toi que
j'aime de tout l'amour qu'une femme peut ressentir.

« Adieu, adieu! Il y a un ciel où l'on se retrouve.
Sortie de mes expiations humiliantes, je te rendrai pu-

rifiée celle que tu avais voulu élever sur la terre à la hauteur angélique. »

Quand Raphaël eut achevé de lire cette lettre, le papier tomba de ses mains tremblantes. Il leva les yeux au ciel et dit :

— O mon Dieu! la folie mystique aura donc fait deux victimes!

FIN

TABLE DES MATIÈRES

PREMIÈRE PARTIE

UN MONDE ÉTRANGE

SECONDE PARTIE

LE CHATEAU AUX MIRACLES

TROISIÈME PARTIE

AMOUR ET MYSTICISME

QUATRIÈME PARTIE

L'IDÉAL ÉVANOUI

FIN DE LA TABLE

2692. — Paris. — Imprimerie L. Poupart-Davyl, rue du Bac, 30.

Publications de A. Lacroix, Verboeckhoven et C°, Editeurs

OUVRAGES DE M. LARROQUE

EXAMEN CRITIQUE DES DOCTRINES DE LA RELIGION CHRÉ-
TIENNE. 2 vol. in-18 3ᵉ édition............................ 7 fr
    Le même ouvrage, 2 vol. in-8° (avec les annotations).......... 15 fr.
    Le même ouvrage, 2 vol. in-8° (sans les annotations)...... 10 fr.
RÉNOVATION RELIGIEUSE, 1 vol. in-18, 3ᵉ édition............. 3 fr. 50
    Le même ouvrage, in-8.................................. 7 fr.
    Le même ouvrage, 1 vol. in-8° (sans les annotations)....... 5 fr.
L'ESCLAVAGE CHEZ LES NATIONS CHRETIENNES, 1 vol. in-18... 2 fr. 50
LA GUERRE ET LES ARMÉES PERMANENTES. 1 vol. in-8°... 5 fr.
    Le même ouvrage, 1 vol. in-18................. 3 fr. 50

Victor Hugo. — *Les Misérables.* 10 vol. in-8.............. 60 fr.
   —   Id.   10 vol. in-18. .... 35 fr.
Victor Hugo raconté par un témoin de sa vie, avec œuvres inédites de
   Victor Hugo, notamment un drame : *Inez de Castro.* 2 vol. in-8. 15 fr.
Victor Hugo. — *William Shakspeare.* 1 fort vol. in-8°........ 7 fr. 50

COLLECTION DES GRANDS HISTORIENS
CONTEMPORAINS ET ÉTRANGERS
Format in-8 à 5 francs le volume

AUTEURS AMÉRICAINS

W.-H. Prescott. — *OEuvres complètes.* 17 vol., comprenant les ouvrages suivants
— *Histoire du Règne de Philippe II.* 5 vol. in-8.
— *Histoire du Règne de Ferdinand et d'Isabelle.* 4 vol. in-8.
— *Histoire de la Conquête du Pérou.* 3 vol. in-8.
— *Histoire de la Conquête du Mexique.* 3 vol. in-8.
— *Essais et mélanges historiques et littéraires.* 2 vol. in-8.
G. Bancroft. — *Histoire des États-Unis d'Amérique,* 9 vol. in-8.
J.-L. Motley. — *Les Pays-Bas au* XVIᵉ *siècle, histoire de la fondation de la
   République des Provinces-Unies.* 4 vol. in-8.
— *Histoire de la République batave depuis la mort de Guillaume le Taciturne,*
   4 vol. in-8.
Washington Irving. — *Histoire et légende de la Conquête de Grenade.* 2 vol. in-8
— *Vie, voyages et mort de Christophe Colomb.* 3 vol. in-8.
— *Vie de Mahomet.* 1 vol. in-8°
W. Emerson. — *Les Représentants de l'humanité.* 1 vol. in-12, 3 fr. 50 cent.

AUTEURS ANGLAIS

Sir Robert Peel. — *Mémoires.* 2 vol. in-8.
G. Grote. — *Histoire de la Grèce.* 15 vol. in-8, avec cartes.
Buckle. — *Histoire de la Civilisation en Angleterre.* 3 vol. in-8.
Ch. Mérivale. — *Histoire des Romains sous les Empereurs.* 8 vol. in-8°.

AUTEURS ALLEMANDS

Max Duncker. — *Histoire de l'Antiquité.* 8 vol. in-8.
Th. Mommsen. — *Histoire romaine.* 6 vol. in-8.
Gervinus. — *Introduction à l'Histoire du* XIXᵉ *siècle.* 1 vol. in-8.
— *Histoire du* XIXᵉ *siècle.* 12 vol. in-8.
Herder. — *Philosophie de l'Histoire de l'Humanité.* 3 vol. in-8.
G. Weber. — *Histoire universelle.* 8 vol. in-18, à 3 fr. 50 cent. le vol.
H. Barth. — *Voyages et Découvertes dans l'Afrique centrale et septentrionale,*
   4 vol. in-8, avec gravures, plans, carte, portrait, chromolitho-
   graphies, etc. 24 fr.

Paris. — Imprimerie L. Poupart-Davyl, rue du Bac, 30.

www.ingramcontent.com/pod-product-compliance
Lightning Source LLC
Chambersburg PA
CBHW070755030726
47504CB00003B/561